Henry
MILLER
1891 — 1980

Генри
МИЛЛЕР

Тропик Рака

Санкт-Петербург
Издательство «Азбука»
2001

УДК 82/89
ББК 84.7 США
М 60

*Перевод с английского
Г. Егорова*

Миллер Г.

М 60 Тропик Рака: Роман / Пер. с англ. Г. Егорова. — СПб.: Азбука, 2001. — 400 с.
ISBN 5-267-00152-X

Скандально известный роман «Тропик Рака» является первой частью автобиографической трилогии Генри Миллера (1891—1980), крупнейшего американского прозаика XX века. В нем нашли отражение события парижского периода жизни писателя.

© Л. Житкова, статья, 1994
© В. Пожидаев, оформление серии, 1996
ISBN 5-267-00152-X © «Азбука», 2001

> Эти романы постепенно уступят место дневникам и автобиографиям, которые могут стать пленительными книгами, если только человек знает, как выбрать из того, что он называет своим опытом, то, что действительно есть его опыт, и как записать эту правду собственной жизни правдиво.
>
> Ральф Уолдо Эмерсон

1

Я живу на вилле Боргезе. Кругом — ни соринки, все стулья на местах. Мы здесь одни, и мы — мертвецы.

Вчера вечером Борис обнаружил вшей. Пришлось побрить ему подмышки, но даже после этого чесотка не прекратилась. Как это можно так завшиветь в таком чистом месте? Но не суть. Без этих вшей мы не сошлись бы с Борисом так коротко.

Борис только что изложил мне свою точку зрения. Он — предсказатель погоды. Непогода будет продолжаться, говорит он. Нас ждут неслыханные потрясения, неслыханные убийства, неслыханное отчаяние. Ни малейшего улучшения погоды нигде не предвидится. Рак времени продолжает разъедать нас. Все наши герои или уже прикончили себя, или занимаются этим сейчас. Следовательно, настоящий герой — это вовсе не Время, это Отсутствие времени. Нам надо идти в ногу, равняя шаг, по дороге в тюрьму смерти. Побег невозможен. Погода не переменится.

Это уже моя вторая осень в Париже. Я никогда не мог понять, зачем меня сюда принесло.

У меня ни работы, ни сбережений, ни надежд. Я — счастливейший человек в мире. Год назад, даже полгода, я думал, что я писатель. Сейчас я об этом уже не думаю, просто я писатель. Все, что было связано с литературой, отвалилось от меня. Слава Богу, писать книг больше не надо.

В таком случае как же рассматривать это произведение?

Это не книга. Это — клевета, издевательство, пасквиль. Это не книга в привычном смысле слова. Нет! Это затяжное оскорбление, плевок в морду Искусству, пинок под зад Богу, Человеку, Судьбе, Времени, Любви, Красоте... всему, чему хотите. Я буду для вас петь слегка не в тоне, но все же петь. Я буду петь, пока вы подыхаете; я буду танцевать над вашим грязным трупом...

Но чтобы петь, нужно открыть рот. Нужно иметь пару здоровых легких и некоторое знание музыки. Не существенно, есть ли у тебя при этом аккордеон или гитара. Важно желание петь. В таком случае это произведение — Песнь. Я пою.

Я пою для тебя, Таня. Мне хотелось бы петь лучше, мелодичнее, но тогда ты, скорее всего, не стала бы меня слушать вовсе. Ты слышала, как пели другие, но это тебя не тронуло. Они пели или слишком хорошо, или недостаточно хорошо.

Сегодня двадцать какое-то октября. Я перестал следить за календарем. Может быть, ты назовешь это моим сном, продолжающимся с четырнадцатого ноября прошлого года. В нем есть пробелы, но это пробелы между снами, и сознание скользит мимо них. Мир вокруг меня растворяется, оставляя тут и там островки времени. Мир — это сам себя пожирающий рак... Я думаю, что, когда на все и вся снизойдет великая тишина, музыка наконец восторжествует. Когда все снова всосется в матку времени, хаос вернется на землю, а хаос — это партитура действительности. Ты, Таня, — мой хаос. Поэтому-то я и пою. Собственно, это даже и не я, а умирающий мир, с которого сползает кожура времени. Но я сам еще жив и барахтаюсь в твоей матке, и это моя действительность.

Дремлю... Физиология любви. Отдыхающий кит со своим двухметровым пенисом. Летучая мышь — penis libre. Животные с костью в пенисе. Следовательно, «костостой»... «К счастью, — говорит Гурмон, — костяная структура утрачена человеком». К счастью? Конечно, к счастью. Представьте себе человечество, ходящее с костостоем. У кенгуру два пениса — один для будней, другой для праздников. Дремлю... Письмо от женщины, спрашивающей меня, нашел ли я название для моей книги. Название? Конечно: «Прекрасные лесбиянки».

Ваша анекдотическая жизнь. Это фраза господина Боровского. Я завтракал с ним в среду. Его жена — высохшая корова — во главе стола. Она учит сейчас английский. И ее любимое слово — «filthy», что значит «грязный», «отвратительный», «мерзкий». Вам не понадобится много времени, чтоб разобраться, что это за язвы на заднице, эти Боровские. Но подождите...

Боровский носит плисовые костюмы и играет на аккордеоне. Неотразимое сочетание, особенно если учесть, что он неплохой художник. Он уверяет, что он поляк, но это, конечно, неправда. Он — еврей, этот Боровский, и его отец был филателистом. Вообще весь Монпарнас — сплошные евреи. Или полуевреи, что даже хуже. И Карл, и Пола, и Кронштадт, и Борис, и Таня, и Сильвестр, и Молдорф, и Люсиль. Все, кроме Филмора. Генри Джордан Освальд тоже оказался евреем. Луи Николс — еврей. Даже ван Норден и Шери — евреи. Фрэнсис Блейк — еврей или еврейка. Титус — еврей. Я засыпан евреями, как снегом. Я пишу это для своего приятеля Карла, отец которого тоже еврей. Это все необходимо понять.

Из всех этих евреев самая очаровательная — Таня, и ради нее я бы сам стал евреем. А почему нет? Я уже говорю, как еврей. Я безобразен, как еврей. Кроме того, кто может ненавидеть евреев так, как еврей?

Предвечерний час. Индиго, стеклянная вода, блестящие, расплывчатые деревья. Возле авеню Жореса рельсы сливаются с каналом. Длинная гусеница с лакированными боками извивается, как «американские горы» луна-парка. Это не Париж. Это не Кони-Айленд. Это — сумеречная смесь всех городов Европы и Центральной Америки. Подо мной — железнодорожные депо, черная клетчатка рельсов, как будто не спланированная инженерами, а раскинутая причудливым узором, вроде тех тонких трещин на полярном льду, которые запечатлеваются на фотографиях во всех градациях черного цвета.

Жратва — вот единственное, что доставляет мне ни с чем не сравнимое удовольствие. А на нашей великолепной вилле Боргезе не найдешь даже завалящей корочки. Временами это положительно ужасно. Я много раз просил Бориса заказывать хлеб к завтраку, но он всегда забывает. Он, очевидно, завтракает не дома. Возвращаясь, он ковыряет в зубах, и в его эспаньолке — остатки яйца. Оказывается, он ходит в ресторан из деликатности — ему, видите ли, тяжело уписывать сытный завтрак на моих глазах.

Мне нравится ван Норден, но я не разделяю его мнения о самом себе. Я не считаю, например, что он мыслитель или философ. Он просто человек, помешанный на манде. И из него никогда не выйдет писателя. Сильвестр тоже никогда не будет писателем, даже если бы его имя сияло огромными красными, в пятьдесят тысяч свечей, электрическими буквами. Как писателей я признаю только Карла и Бориса. Они одержимые. Их пожирает жгучее белое пламя. Они сумасшедшие, но у них нет слуха. Они — мученики.

С другой стороны, Молдорф — тоже мученик, но он далеко не сумасшедший. У Молдорфа просто словесный понос. У него нет ни кровеносных сосудов, ни сердца, ни почек. Это какой-то письменный стол, бюро с бесконечными ящичками, а на ящичках — ярлыки, надписанные белыми, черными, лиловыми, коричневыми и синими чернилами, шафраном, лазурью, бирюзой, кораллом, бисером, киноварью, ярью-медянкой, охрой, ониксом, сиеной, канителью, селедкой, сыром горгонзолой, анжуйским вином...

Взяв машинку, я перешел в другую комнату. Здесь я могу видеть себя в зеркале, когда пишу.

Таня похожа на Ирен. Ей нужны толстые письма. Но есть и другая Таня. Таня — огромный плод, рассыпающий вокруг свои семена, или, скажем, фрагмент

Толстого, сцена в конюшне, где закапывают младенца. Таня — это лихорадка, стоки для мочи, кафе «Де ла Либерте», площадь Вогезов, яркие галстуки на бульваре Монпарнас, мрак уборных, сухой портвейн, сигареты «Абдулла», Патетическая соната, звукоусилители, вечера анекдотов, груди, подкрашенные сиеной, широкие подвязки, «который час?», золотые фазаны, фаршированные каштанами, дамские пальчики, туманные, сползающие в ночь сумраки, слоновая болезнь, рак и бред, теплые покрывала, покерные фишки, кровавые ковры и мягкие бедра... Таня говорит так, чтобы ее все слышали: «Я люблю его!» И пока Борис сжигает свои внутренности виски, она произносит целую речь, обращенную к нему: «Садитесь сюда... О Борис... Россия... Что я могу поделать?! Я полна ею!»

Ночью, глядя на эспаньолку Бориса, лежащую на подушке, я начинаю хохотать... О Таня, где сейчас твоя теплая п....нка, твои широкие подвязки, твои мягкие полные ляжки? В моей палице кость длиной шесть дюймов. Я разглажу все складки и складочки между твоих ног, моя разбухшая от семени Таня... Я пошлю тебя домой к твоему Сильвестру с болью внизу живота и вывернутой наизнанку маткой... Твой Сильвестр! Он знает, как развести огонь, а я знаю, как заставить его гореть. Я вливаю в тебя горячие струи, Таня, я заряжаю твои яичники белым огнем. Твой Сильвестр немного ревнует тебя? Он что-то заподозрил? Что-то чувствует? Он чувствует в тебе, Таня, следы моего большого члена. Я разутюжил твои бедра, разгладил все морщинки между ногами. После меня ты можешь свободно совокупляться с жеребцами, быками, баранами, селезнями, сенбернарами. Ты можешь засовывать лягушек, летучих мышей и ящериц в задний проход. Ты можешь срать, точно играть арпеджио, а на пупок натягивать струны цитры. Когда я е.. тебя, Таня, я делаю это всерьез и надолго. И если ты стесняешься публики, то мы опустим занавес. Но несколько волосков с твоей п....нки я наклею на подбородок Бориса. И я вгрызусь в твой секель и буду сплевывать двухфранковые монеты...

Темно-синее небо с начисто выметенными барашками облаков. Тощие деревья, уходящие в бесконечность, их голые черные ветви, жестикулирующие, точно пьяные актеры... Серьезные и призрачные, со стволами бледными, как сигарный пепел. Величавая тишина. Европейская тишина. Закрытые ставни и лавки. И везде короткие красные сигаретные вспышки — любовные свидания. Но фасады домов слепы, девственно строги, если б не тень, брошенная на них деревьями... Проходя мимо Оранжери, я вспоминаю другой Париж. Париж Моэма и Гогена, Париж Джорджа Мура. Я думаю об ужасном испанце, который поражал мир своими акробатическими прыжками из одного стиля в другой. Я думаю о Шпенглере с его пугающими изречениями, и мне кажется, что «стиль», «великая школа» — фактически кончились. Я говорю «я думаю» — но это неточно. Я позволяю себе думать об этом, лишь перейдя через Сену и оставив позади карнавал электрических огней. Сейчас же, напротив, я не думаю ни о чем. Я — абсолютное чувство, человек, подавленный чудом этих вод, отражающих в себе забытый мир. Склонившиеся деревья смотрятся в мутное зеркало реки. Набегает ветер и наполняет их тихим шепотом, и они роняют слезы в струящуюся воду. Я задыхаюсь от этой красоты. И нет никого в мире, кому бы я мог передать хоть частичку своих чувств...

Проблема в том, что у Ирен не обыкновенное влагалище, а саквояж, и его надо набивать толстыми письмами. Чем толще и длиннее, тем лучше: avec des choses inouïes[1]. Вот Илона — это просто воплощенная манда. Я знаю это, потому что она прислала нам несколько волосков с нее. Илона — дикая ослица, вынюхивающая наслаждения. На каждом холме она разыгрывала блудницу, а иногда и в телефонных будках и в клозетах. Она купила кровать для короля Карола и кружку для бритья с его инициалами. Она лежала в Лондоне на Тоттнем-роуд и, задрав юбку, дрочила. В ход шло все — свечи, шутихи, дверные ручки. Во всей стране не было ни одного фаллоса, который подошел бы ей по размерам... Ни одного. Мужчины влезали в нее целиком и сворачивались калачиком. Ей нужны были раздвижные фаллосы — не фаллосы, а самовзрывающиеся ракеты, кипящее масло с сургучом и креозотом. Она бы отрезала тебе член и оставила его в себе навсегда, если б ты ей только позволил. Это была одна п.... из миллиона, эта Илона! Лабораторный экземпляр — и вряд ли на свете найдется лакмусовая бумага, с помощью которой можно было бы воспроизвести ее цвет. К тому же она была врунья. Она никогда не покупала кровать своему королю Каролу. Она короновала его бутылкой из-под виски по голове, и ее глотка была

---

[1] Неслыханных размеров (фр.).

полна лжи и фальшивых обещаний. Бедный Карол... он мог только свернуться калачиком внутри нее и помереть там. Она вздохнула — и он выпал оттуда, как дохлый моллюск.

Огромные толстые письма, avec des choses inouïes. Саквояж без ручек. Скважина без ключа. У нее был немецкий рот, французские уши и русская задница. П.... — интернациональная. Когда поднимался ваш флаг, она краснела до макушки. Вы входили в нее на бульваре Жюля Ферри, а выходили у Порт-де-Вилле. Вы набрасывали свои потроха на гильотинную повозку — красную повозку и, конечно, с двумя колесами. Есть одно место, где сливаются реки Марна и Урк, где вода, сползши с плотины, застывает под мостами точно стекло. Там сейчас лежит Илона, и канал забит стеклом и щепками; плачут мимозы, и окна запотели туманным бздежем. Илона — единственная из миллиона! П.... и стеклянная задница, в которой вы можете прочесть всю историю средних веков.

На первый взгляд Молдорф — карикатура на человека. Глазки — щитовидные железы. Губы — шины «Мишлен». Голос — гороховый суп. Под жилетом у него маленькая груша вместо сердца. С какой бы стороны вы на него ни посмотрели, вид одинаковый — вычурная табакерка, набалдашник слоновой кости, шахматная фигурка, барельеф старого храма, веер. Он до такой степени перебродил внутри, что потерял всякую форму и значение. Он — дрожжи без дрожжевого грибка, горшок без фикуса.

За всю историю человечества женщины по-настоящему оплодотворялись дважды — в девятом столетии и еще раз в Ренессанс. В эпохи великого переселения народов Молдорфа носили в желтых и белых животах. Задолго до Исхода в его кровь плюнул еще и татарин.

Дилемма, перед которой оказывается Молдорф, — это дилемма каждого карлика. Своими выпученными глазками он видит собственный силуэт, спроецированный на огромный экран. Голос Молдорфа, вполне соответствующий его ублюдочным размерам, опьяняет его. Он слышит рев, когда все слышат писк.

А его ум? Это — театр, где искусный актер играет сразу все роли. Молдорф разнообразно и точно играет клоуна, жонглера, акробата, священника, сладострастника, жулика. Театр для него слишком мал. Он взрывает его динамитом. Публика наэлектризована. Он добивает ее.

Я много раз пытался приблизиться к Молдорфу, но это — как приблизиться к Богу, Молдорф — это Бог, и он никогда не был ничем другим. Я просто пишу пустые слова...

Свои прежние суждения о нем я отбросил. Сейчас я думаю иначе, но всякий раз по-другому. Когда я насадил его на булавку, я понял только одно — это не навозный жук, а стрекоза. Он часто оскорбляет меня своей грубостью, а потом уничтожает вежливостью. Он может болтать, пока вы не начнете задыхаться, а потом сделаться тихим, как Иордан.

Когда он трусит ко мне, распростерши свои лапки и мигая своими потными глазами, мне кажется, что навстречу идет... Нет, все это не так надо описывать!

«Comme une oeuf dansant sur un jet d'eau»[1].

У него всего лишь одна тросточка. В кармане — рецепты Weltschmerz[2]. Он уже вылечился, и маленькая немецкая девочка, мывшая ему ноги, ходит теперь с разбитым сердцем. Он как господин Ничтожество, который таскал повсюду словарь языка гуджарати: «Неизбежно для каждого», что, разумеется, означало «необходимо». Боровский не понял бы всего этого. У Боровского специальная тросточка для каждого дня недели и еще одна для Пасхи.

Вместе с тем у нас так много общего, что, когда я смотрю на него, мне кажется, что это мое отражение в треснувшем зеркале.

Я просмотрел свои рукописи — страницы, испещренные помарками. Страницы литературы. Это меня немного пугает, уж слишком похоже на Молдорфа. Только я гой, а у гоев особый способ страдать. Гои страдают без неврозов. А если верить Сильвестру, человек без неврозов не может понять, что такое настоящее страдание.

Я помню, какое удовольствие доставляли мне страдания. Это как уложить с собой в постель звереныша. Иной раз он цапнет вас когтями — и вы испугаетесь. Но настоящего страха нет. Вы всегда знаете, что в любой момент его можно выкинуть вон или отрубить ему голову.

Есть люди, которые не могут сопротивляться страстному желанию влезть в клетку дикого зверя и при этом быть покалеченными. Они влезают туда далее без револьвера или хлыста. Страх делает их

---

[1] Как яйцо, подпрыгивающее в струе воды (фр.).
[2] Мировая скорбь (нем.).

бесстрашными... Для еврея мир — это клетка с дикими зверями. Дверь заперта, а он внутри — без револьвера или хлыста. Его отвага настолько велика, что он даже не чувствует запаха дерьма, лежащего в углу. И не слышит аплодисментов зрителей. Он думает, что драма разворачивается внутри клетки, что клетка — это весь мир. Стоя в ней, одинокий и беззащитный, он обнаруживает, что львы не понимают его языка. Ни один лев никогда не слыхал о Спинозе. Спиноза? Да какой в нем толк? В него даже нельзя вонзить зубы! «Мяса! Мяса!» — рычат львы, а еврей, окаменев, стоит в клетке. Его Weltanschauung[1] недостижима. Один удар звериной лапы — и от его космогонии остается лишь пшик.

Львы тоже разочарованы. Они жаждали мяса, костей, крови, сухожилий. Они жуют и жуют, но все это — слова, неперевариваемая жвачка. Жвачка — это только основа, в нее надо добавить сахар, чебрец, лакрицу. Она еще на что-то годится, когда ее собирают южноамериканские «чиклерос», которые пришли из-за хребта затонувшего материка. Они принесли с собой свой собственный алгебраический язык. В Аризонской пустыне они встретились с монголами, похожими на печеные баклажаны. Это произошло вскоре после того, как Земля изменила свою геофизическую ось и Гольфстрим распрощался с Японским течением. В недрах земли они нашли мягкий камень, сделали из него краску и потом расписались на кишках планеты своими каракулями. Они пожирали внутренности друг друга, но в конце концов лес задушил их вместе с их черепами и костями. Их язык канул

---

[1] Мировоззренческая позиция (*нем.*).

в вечность. Кое-где все же можно найти остатки этого зверинца — черепные коробки, покрытые диковинными надписями.

Какое отношение все это имеет к тебе, Молдорф? Слово в твоих устах — это анархия. Скажи его, Молдорф, я жду. Никто не знает, что за потные реки протекают, когда мы пожимаем друг другу руки. Пока Молдорф, открыв рот и клокоча слюной, формулирует свои мысли, я переношусь через Азию. Если бы я, взяв его тросточку, проткнул ему бок, то у меня хватило бы экспонатов для Британского музея. Мы стоим пять минут и за это время сжираем столетия одно за другим. Молдорф — сито, через которое я просеиваю анархию, превращая ее в слова. За словом — хаос. Каждое слово точно веревка, но нет и никогда не будет столько слов, чтобы сплести сеть.

Пока меня не было дома, повесили новые шторы. Они похожи на тирольские скатерти, смоченные лизолом. Комната сверкает. В растерянности я сажусь на кровать, думая о человеке, каким он был до рождения. Внезапно начинают бить колокола — странная, неземная музыка, и мне кажется, что я где-то в степях Центральной Азии. Некоторые колокола звучат протяжно, другие пьяно и сентиментально. Потом все снова умолкает, и только последняя нота, слегка царапающая тишину ночи — точно умирающий вздох гонга, точно потушенный огонь, — едва звучит.

Я условился сам с собой: не менять ни строчки из того, что пишу. Я не хочу приглаживать свои мысли или свои поступки. Рядом с совершенством Тургенева я ставлю совершенство Достоевского. (Есть ли что-нибудь более совершенное, чем «Вечный муж»?) Значит, существуют два рода совершенства в одном искусстве. Но в письмах Ван Гога совершенство еще более высокое. Это — победа личности над искусством.

Меня сжигает сейчас только одно желание: записать все, что было опущено в других книгах. Никто, насколько мне известно, не пытался уловить те «элементы», носящиеся в самом воздухе, которые придают нашей жизни направление и смысл. Лишь убийцы получают некоторое удовлетворение от жизни. Нашей эпохе нужны мощные взрывы, а то, что мы имеем, — не более чем попукивание. Революции удушаются в зародыше или слишком быстро побеждают. Энтузиазм быстро выдыхается. Все возвращается на круги своя. В жизни нет ничего, что могло бы заинтересовать человечество хотя бы на двадцать четыре часа. Мы проживаем миллионы жизней в каждом поколении, но получаем наслаждение от чего угодно — от энтомологии, от изучения океанов, от исследования строения клетки, — только не от самой жизни...

Телефонный звонок прерывает мои размышления, которые я все равно не довел бы до конца. Звонит некто, желающий снять квартиру...

Кажется, моя жизнь на вилле Боргезе подходит к концу. Ну что ж, я возьму эти листки и пойду дальше. Жизнь будет продолжаться всегда и повсюду. Куда бы я ни пришел, везде будут люди со своими драмами. Люди как вши — они забираются под кожу и остаются там. Ты чешешься и чешешься — до крови, но тебе никогда не избавиться от этих вшей. Куда бы я ни сунулся, везде люди, делающие ералаш из своей жизни. Несчастье, тоска, грусть, мысли о самоубийстве — это сейчас у всех в крови. Катастрофы, бессмыслица, неудовлетворенность носятся в воздухе. Чешись сколько хочешь, пока не сдерешь кожу. На меня это производит бодрящее впечатление. Ни подавленности, ни разочарования — напротив, даже некоторое удовольствие. Я жажду новых аварий, новых потрясающих несчастий и чудовищных неудач. Пусть мир катится в тартарары. Пусть человечество зачешется до смерти.

Я живу сейчас в таком бурном темпе, что мне даже трудно делать эти отрывочные заметки. После телефонного звонка явился какой-то господин с женой. Пока велись переговоры, я поднялся наверх и прилег. Вытянувшись на кровати, я думал о том, что мне делать. Не идти же назад в постель к этому педерасту и всю ночь выковыривать хлебные крошки, застрявшие между пальцами ног. Какой тошнотворный маленький сукин сын! Если в мире есть кто-нибудь хуже педераста, то это только скряга. Запуганный жалкий ублюдок, постоянно живущий под страхом остаться без денег — может быть, к восемнадцатому марта и уж наверняка к двадцать пятому мая. Кофе без молока и без сахара. Хлеб без масла. Мясо без соуса или вообще без мяса. И без того и без этого! Грязный, паршивый выжига. Я однажды открыл его шкаф и нашел там деньги, запрятанные в носок. Больше двух тысяч франков плюс еще чеки. Я бы простил даже это, если бы не кофейная гуща на моем берете, отбросы на полу, не говоря уже о банках с кольдкремом, сальных полотенцах и вечно засоренной раковине. Уверяю вас, что от этого маленького подлеца шел смрад, пока он не обливался одеколоном. У него были грязные уши, грязные глаза, грязная задница. Это был расхлябанный, астматичный, завшивевший мелкий пакостник. Но я бы ему все простил за приличный завтрак! Однако чего можно ждать от человека, у которого запрятаны две тысячи франков в грязном носке и который отказывается носить чистую рубашку и мазать хлеб маслом. Такой человек не только педераст и скряга, но к тому же и слабоумный.

Впрочем, хватит о педерасте. Я должен держать ухо востро и знать, что происходит внизу. Там — некий мистер Рен с супругой. Они пришли посмотреть квартиру. Они говорят, что хотели бы ее снять; слава Богу, пока только говорят. У миссис Рен разболтанный смех. Это обычно предвещает затруднения. Сейчас говорит мистер Рен. Его голос — скрипучий, нудный, но громкий — тупое оружие, которым он тычет в твое тело, в твои кости, в твои хрящи.

Борис зовет меня вниз, чтобы представить. Он потирает руки, точно ростовщик. Они обсуждают рассказ мистера Рена, рассказ о хромой лошади.

— А я думал, что мистер Рен — художник...

— Совершенно верно, — говорит Борис, подмигивая мне. — Но зимой он пишет, и пишет удивительно неплохо.

Я стараюсь втянуть мистера Рена в разговор — все равно о чем, пусть даже о хромых лошадях. Но мистер Рен почти косноязычен. Когда он говорит о времени, проведенном с пером в руке, его трудно понять. Он говорит, что, прежде чем коснуться бумаги, проводит целые месяцы в раздумьях. (А зима длится всего три месяца!) О чем он думает столько времени? Хоть убей, я не верю, что он писатель. Однако миссис Рен утверждает, что, когда мистер Рен наконец начинает писать, он просто не может остановиться.

Разговор не клеится. За мистером Реном трудно следить — он ничего толком не говорит. Он, видите ли, «думает во время разговора», как уверяет миссис Рен. Миссис Рен говорит о мистере Рене с благоговением: «Он думает во время разговора...» Очень, очень мило, как сказал бы Боровский, но также и затруднительно. Особенно если учесть, что этот великий мыслитель сам подобен хромой лошади.

Борис сует мне деньги, чтоб я сходил за выпивкой. Я пьянею, уже пока иду за ней. И я точно знаю, что скажу, когда вернусь. Я иду по улице, и во мне бульбулькает приготовленная речь вроде разболтанного смеха миссис Рен. Мне кажется, что она в легком подпитии. В таком состоянии она, вероятно, хороший слушатель. Выходя из винной лавки, я слышу звук текущей мочи. Весь мир — в текучем состоянии. Мне хочется, чтобы миссис Рен меня выслушала...

Борис снова потирает руки. Мистер Рен все еще косноязычит. У меня между ног бутылка, и я ввинчиваю в нее штопор. Рот миссис Рен выжидательно полуоткрыт. Вино течет мне на брюки, солнце струится в фонарное окно, и в моих жилах переливаются и бурлят тысячи диких мыслей. Они начинают выливаться из меня, как из лопнувшей трубы. Я говорю им все, что мне приходит в голову, все, что было закупорено там долгое время и что разболтанный смех миссис Рен неожиданно откупорил. Зажав бутылку между ног и подставив лицо солнцу, плещущему в окно, я снова переживаю прелесть тех первых тяжелых дней, когда я попал в Париж. Растерянный и нищий, я бродил по парижским улицам, как неприкаянное привидение на веселом пиру. Внезапно все подробности того времени всплывают в памяти — неработающие уборные; князь, чистящий мои туфли; кинотеатр «Сплендид», где я спал на чужом пальто; решетки на окнах; чувство удушья; жирные тараканы; пьянство и дуракаваляние. Танцы на улицах на пустой желудок, а иногда визиты к странным людям вроде мадам Делорм. Как я попал к мадам Делорм, я сейчас даже не могу себе представить. Но как-то я все-таки проскочил мимо лакея у дверей и горничной в кокетливом белом передничке и вперся прямо во дворец в своих плисовых штанах без единой пуговицы на ширинке и в охотничьей куртке. Даже и сейчас я вижу золото этой комнаты и мадам Делорм в костюме мужского покроя, восседающую на каком-то троне, золотых рыбок в аквариуме, старинные карты, великолепно переплетенные книги: чувствую ее тяжелую руку на своем плече и помню, как она меня слегка даже испугала своей тяжелой лесбийской ухваткой. Но насколько приятнее было болтаться в человеческой похлебке, льющейся мимо вокзала Сен-Лазар, — шлюхи в подворотнях; бутылки с сельтерской на всех столах; густые струи семени, текущие по сточным канавам. Что может быть лучше, чем болтаться в этой толпе между пятью и семью часами вечера, преследуя ножку или крутой бюст или просто плывя по течению и чувствуя легкое головокружение. В те дни я ощущал странную удовлетворенность: ни свиданий, ни приглашений на обед, никаких обязательств и ни гроша в кармане. Золотое время, когда у меня не было ни одного друга. Каждое утро — безнадежная прогулка в банк «Америкен экспресс», и каждое утро — неизменный ответ банковского клерка. Я ползал тогда по городу, как клоп, собирая окурки, иногда застенчиво, а иногда и нахально; сидел на садовых скамейках, втягивая живот, чтобы остановить его нытье, или бродил по Тюильри, глядя на безмолвные статуи, вызывавшие у меня эрекцию... По ночам я бродил вдоль Сены, сходя с ума от ее красоты, от деревьев, наклонившихся над водой, и от их разбитых отражений на текущей реке под кроваво-красными фонарями мостов... Женщины, спящие в подворотнях, на старых газетах, под дождем — и повсюду заплесневевшие ступени соборов, и нищие, и вши, и старухи, готовые к пляске святого Витта; тачки, сложенные штабелями, как винные бочки; запах ягод на рыночной площади и старая церковь, окруженная зеленью и синими огнями; сточные канавы с отбросами и шикарные женщины, возвращающиеся после вечеринки и ступающие по скользкой грязи в прюнелевых туфельках... Площадь Сен-Сюльпис, заброшенная и безлюдная, куда около полуночи каждый день приходила женщина со сломанным зонтиком и немыслимой вуалью. Тут, скрючившись, она и спала под своим зонтом, с опавшими ребрами, в платье, позеленевшем от старости, и от ее тела шел запах гнили... Я сидел здесь по утрам, дремля на солнце, мысленно проклиная сволочных голубей, повсюду собирающих крошки... Сен-Сюльпис! Толстые колокольни, кричащие афиши на дверях, мерцающие алтарные свечи... Площадь, которую так любил Анатоль Франс, — бормотание, доносящееся из алтаря, плеск фонтана, воркующие голуби, хлебные крошки, исчезающие словно по волшебству, и глухое урчание в пустых кишках... Здесь я сидел день за днем, думая о Жермен и о маленькой улочке возле Бастилии, где она жила, и слушая бормотание, долетавшее из-за алтаря... Мчащиеся мимо автобусы и солнце, жгущее асфальт — асфальт, вливающийся в меня и Жермен, — асфальт и весь Париж с его большими толстыми колокольнями.

Всего только год назад Мона и я каждый вечер, расставшись с Боровским, бродили по улице Бонапарта. Площадь Сен-Сюльпис, как и все в Париже, ничего тогда для меня не значила. Я отупел от разговоров и от человеческих лиц, меня тошнило от соборов, площадей, зоологических садов и прочей дребедени. Сидя в красной спальне в неудобном плетеном кресле, от которого изнывала моя задница, я поднимал книгу, смотрел на красные обои и слушал беспрерывный говор вокруг... Я помню эту красную спальню и всегда открытый сундук с ее платьями, разбросанными повсюду в кошмарном беспорядке. Красная спальня с моими галошами, тростями, записными книжками, к которым я даже не прикасался, и холодными мертвыми рукописями... Париж! Это был Париж кафе «Селект», кафе «Дом», Блошиного рынка, банка «Америкен экспресс»... Париж! Тросточки Боровского, его шляпы, его гуаши, его доисторическая рыба и доисторические же анекдоты. Из всего этого Парижа двадцать восьмого года только один вечер отчетливо вырисовывается в моей памяти — вечер, когда я уезжал в Америку. Удивительная ночь с подвыпившим Боровским, дующимся на меня за то, что я танцую с каждой потаскушкой. Но ведь мы уезжаем в Америку завтра утром! Я говорил это каждой встречной бабе — уезжаем завтра утром! Я говорил это блондинке с агатовыми глазами. А пока я это говорил, она взяла мою руку и зажала ее между своими ляжками. В уборной я стою над писсуаром с монументальной эрекцией, и мой фаллос кажется мне одновременно и тяжелым и легким, как кусок свинца с крыльями. И пока я вот так стою, вваливаются две американки. Я вежливо приветствую их с членом в руке. Они подмигивают мне и выходят. Уже в умывальной, застегивая ширинку, я снова вижу одну из них, поджидающую свою подругу, которая еще в уборной. Из зала доносятся звуки музыки, и каждую минуту может появиться Мона, чтобы забрать меня, или Боровский со своей тростью с золотым набалдашником, но я уже в руках этой женщины, она меня держит, и мне все равно, что произойдет дальше. Мы заползаем в клозет, я ставлю ее у стены и пытаюсь засунуть ей, но у нас ничего не получается. Мы садимся на стульчак, пытаемся устроиться таким способом, — и опять безуспешно. Как мы ни стараемся, ничего не выходит. Все это время она сжимает мой член в руке, как якорь спасения, но тщетно — мы слишком возбуждены. Музыка продолжает играть, мы вальсируем с ней из клозета в умывальную и танцуем там, и вдруг я спускаю прямо ей на платье, и она приходит от этого в ярость. Пошатываясь, я возвращаюсь к столу, а там сидят румяный Боровский и Мона, которая встречает меня строгим взглядом. Боровский говорит: «Слушайте, едем все завтра в Брюссель!» Мы соглашаемся. Когда я вернулся в отель, у меня началась рвота. Я заблевал все — кровать, умывальник, костюмы и платья, галоши, нетронутые записные книжки и холодные мертвые рукописи.

И вот несколько месяцев спустя — та же гостиница, та же комната. Мы смотрим во двор, где стоят велосипеды, а над ними, под самым чердаком, маленькая комнатка, в которой какой-то молодой идиот целый день заводит граммофон и громко повторяет разные заумные фразы. Я говорю «мы», но я забегаю вперед, так как Моны еще нет и я встречаю ее сегодня на вокзале Сен-Лазар. Вечером я стою там, мое лицо зажато решетками, но Моны в толпе нет. Я перечитываю телеграмму, но это ничего не меняет. Возвратившись в Латинский квартал, я как ни в чем не бывало плотно обедаю. Уже позднее, проходя мимо кафе «Дом», я внезапно вижу серьезное лицо, горящие глаза и бархатный костюмчик, который я обожаю, потому что под ним всегда ее теплые груди и мраморные ноги — прохладные, гладкие, сильные. Она поднимается из моря лиц и обнимает меня, обнимает страстно. Тысячи глаз, носов, пальцев, ног, бутылок, ридикюлей и блюдечек глазеют на нас, а мы — в объятиях друг друга, забыв все на свете. Я сажусь рядом с ней, и она начинает говорить. Это не речь — это поток слов. Дикие, чахоточные нотки истерики, извращения, проказы. Но я не слышу ни слова, потому что она прекрасна, потому что я люблю ее, потому что теперь я счастлив и готов умереть.

Мы идем по улице Шато в поисках Евгения. Проходим железнодорожным мостом. Здесь я когда-то стоял и смотрел с тоской на уходящие поезда, пытаясь представить себе, где она может сейчас быть. Все чарует меня... Дым, ползущий через мост и пробивающийся меж нашими ногами, лязг стрелок внизу и семафоры — все это у нас в крови. Я чувствую ее тело, такое родное, сейчас оно все мое... Я останавливаюсь и глажу теплый бархат. Все, что было вокруг нас, перестает быть, и только теплое тело под бархатом рвется ко мне...

Я опять в той же комнате и, спасибо Евгению, с пятьюдесятью франками в кармане. Я смотрю во двор, но граммофон умолк. Сундук открыт, и вещи Моны разбросаны, как и раньше. Она ложится на кровать не раздеваясь. Один, два, три, четыре... Я боюсь, что она сойдет с ума... Как хорошо опять чувствовать в постели под одеялом ее тело. Но надолго ли? Будет ли это навсегда? У меня предчувствие, что не будет.

Она говорит так лихорадочно и быстро, словно не верит, что завтра опять будет день. «Успокойся, Мона. Просто смотри на меня и молчи». В конце концов она засыпает, и я вытаскиваю из-под нее свою руку. Мои глаза слипаются... Ее тело — рядом со мной, и оно будет тут... во всяком случае до утра... Это было в феврале, в порту; метель слепила мне глаза; мы расставались. В последний раз я увидел ее уже в иллюминатор каюты; она махала мне на прощание рукой... На углу на другой стороне улицы стоял человек в шляпе, надвинутой на глаза. Его жирные щеки лежали на отворотах пальто. Мерзкий недоносок, тоже провожавший меня, недоносок с сигарой во рту. Мона, машущая мне рукой... Бледное печальное лицо, непокорные волосы на ветру. Но сейчас — эта печальная комната и она, ее ровное дыхание, влага, все еще сочащаяся у нее между ног, теплый кошачий запах, и ее волосы у меня во рту. Мои глаза закрыты. Мы ровно дышим в лицо друг другу. Мы так близко, и мы — вместе. Америка за три тысячи миль от нас. Это просто чудо, что она здесь, в моей постели, дышит на меня и что ее волосы у меня во рту. До утра ничего уже не может случиться.

Я просыпаюсь после глубокого сна и смотрю на нее. Тусклый свет пробивается в окно. Я смотрю на ее чудесные непокорные волосы и чувствую, как что-то ползет у меня по шее. Я смотрю на нее опять. Ее волосы — живые. Я отворачиваю простыню — здесь их еще больше. Они расползлись по всей подушке.

На заре мы быстро собираемся и выскальзываем из гостиницы. Все кафе еще закрыты. Мы идем по улице и чешемся. День поднимается в молочной белизне, коралловые полосы в небе, как улитки, выползающие из своих ракушек. Париж. Париж. Все может случиться здесь. Старые замшелые стены и уютное бульканье воды в писсуарах. Мужчины, слизывающие с усов пивную пену. С грохотом поднимаются ставни, и тонкие струйки стекают в сточные канавы. Огромные красные буквы «Амер Пикон», «Зигзаг». В какую сторону идти нам, куда и зачем?

Мона голодна. На ней тонкое платье. Ничего у нее нет, кроме вечерних накидок, флакончиков с духами, варварских сережек, браслетов и помад. Мы садимся в бильярдной на авеню Мэн и заказываем кофе. Уборная не работает. Пока мы найдем другую гостиницу, пройдет какое-то время. Мы сидим и вытаскиваем клопов из волос друг у друга. Мона нервничает. У нее лопается терпение. Ей нужна ванна. Ей нужно то, нужно это. Нужно, нужно, нужно...

— Сколько у тебя денег?

Деньги! Я совершенно забыл о них.

Отель «Соединенные Штаты». Лифт. Когда мы ложимся спать, еще совсем светло. Встаем в темноте, и первое, что мне надо сделать сейчас, — это найти деньги на телеграмму в Америку. Телеграмму недоноску с мокрой сигарой во рту. Но как бы то ни было, а на бульваре Распай есть испанка, которая никогда не откажет в горячей еде. К утру что-нибудь да случится. По крайней мере мы опять будем спать вместе. Без клопов. Грядет дождливый сезон. Простыни — без единого пятнышка...

2

Новая жизнь начинается для меня на вилле Боргезе. Сейчас только десять часов, а мы уже позавтракали и даже прогулялись. Теперь у нас в доме живет некая особа по имени Эльза. «Не валяй дурака, хотя бы несколько дней», — предупредил меня Борис.

День начался великолепно: яркое небо, свежий ветер, чисто вымытые дома. По пути на почту мы с Борисом обсуждаем книгу. «Последнюю книгу». Она будет написана анонимно.

То, что это начало новой жизни, я почувствовал сегодня утром, пока мы стояли перед глянцевым полотном Дюфрена — своего рода «маленьким завтраком» в тринадцатом столетии, без вина. Здоровая, крепкая, мясистая голая баба, розовая, как ноготь, с глянцевыми волнами тела; все вторичные признаки налицо и первичные отчасти тоже. Тело, которое возбуждает, росистое, как заря. Все в движении, ничего мертвого, застывшего. Стол ломится от еды и просто вываливается из рамы. Трапеза тринадцатого столетия с небольшой примесью джунглей, которые он так удачно запечатлел. Семья газелей и зебр, мирно общипывающих пальмовые листья.

Так вот, у нас появилась Эльза. Она играла для нас сегодня утром, пока мы были в постели. «Не валяй дурака, хотя бы несколько дней». Я согласен. Эльза — горничная, я — гость. Борис — важная персона. Начинается новая эпопея. Я смеюсь, пока все это пишу. Борис, эта лиса, знает, что должно случиться. У него нюх на такие вещи. «Не валяй дурака...»

Борис как на иголках. В любой момент может появиться его жена. Она весит больше восьмидесяти килограммов, эта дама. Борис весь умещается у нее на ладони. Такова ситуация. Он объясняет мне все это, когда мы возвращаемся вечером домой. Все, что он говорит, трагично, но и смешно, и я не могу сдержаться и смеюсь ему в лицо. «Почему ты смеешься?» — спрашивает Борис серьезно, но тут же начинает смеяться сам; он смеется со всхлипами, истерическими взвизгами, смеется, как беспомощный мальчик, который понимает, что, сколько бы он ни напялил на себя сюртуков, из него никогда не получится настоящий мужчина. Борис мечтает сбежать и изменить имя. «Пусть эта корова забирает все, — хнычет он, — только пусть оставит меня в покое». Но прежде ему надо сдать квартиру, подписать документы и выполнить тысячи формальностей, для чего он и держит сюртук. Размеры этой женщины грандиозны. Они-то и пугают его более всего прочего. Если бы он вдруг увидел ее сейчас стоящей на ступенях, то, вероятно, упал бы в обморок. Вот как он ее уважает!

Итак, не надо валять дурака с Эльзой. Она тут для того, чтобы готовить завтрак и показывать квартиру будущим постояльцам.

Но Эльза деморализует меня. Немецкая кровь. Меланхолические песни. Сходя по лестнице сегодня утром, с запахом кофе в ноздрях, я уже напевал: «Es wär so schön gewesen»[1]. Это к завтраку-то! И потом этот молодой человек наверху со своим Бахом. Эльза говорит: «Ему нужна женщина». Эльзе тоже кое-что нужно. Я это чувствую. Я не сказал Борису, но сегодня утром, пока он чистил зубы, она рассказывала мне про Берлин и тамошних женщин, которые очень аппетитны сзади, а повернутся — и пожалуйте, сифилис!

Мне кажется, что Эльза посматривает на меня с тоской, как на остатки от завтрака. Сегодня, после обеда, мы оба пошли в студию, чтобы кое-что написать. Мы сидели спина к спине за нашими пишущими машинками. Она начала письмо своему любовнику в Италии, но у нее заело машинку. Бориса не было дома — он ушел на поиски дешевой комнаты, куда тут же переберется, когда сдаст квартиру. Ничего не оставалось делать, как подъехать к Эльзе. Она этого хотела, но все-таки мне было ее немного жалко. Она написала только одну строчку своему любовнику — я прочел ее, когда нагибался к ней сзади. Но ничего не поделаешь. Это все проклятая немецкая музыка, сентиментальная и грустная. Она расслабляет меня. А потом — эти ее бисерные глазки, такие горячие и печальные одновременно.

Когда все было кончено, я попросил Эльзу сыграть мне что-нибудь. Она музыкантша, эта Эльза, хотя ее музыка и звучит так, точно кто-то бьет горшки. Играя, она плакала. Что ж, я ее понимаю. Она говорит, что везде с ней случается одно и то же. Везде ее подстерегает мужчина, в результате ей

---

[1] Это было бы так прекрасно *(нем.)*.

приходится бросать место; потом аборт; потом новое место и новый мужчина, и всем насрать на нее с высокого дерева, все хотят только пользоваться ею. Все это она говорит мне, сыграв Шумана — Шумана, этого плаксивого сентиментального немецкого нытика! Мне жалко Эльзу, но в то же время и наплевать на нее — баба, которая играет Шумана, должна уметь не попадаться на каждый встречный поц. Но этот Шуман... он хватает меня за душу, отвлекает от скулящей Эльзы, и мои мысли уносятся в прошлое. Я думаю о Тане, о своей жизни и о том, что безвозвратно кануло в Лету. Я вспоминаю летний день в Гринпойнте, когда немцы громили Бельгию, а мы, американцы, еще были достаточно богаты, чтобы не думать о судьбе какой-то нейтральной Бельгии. Мы были еще настолько наивны, что слушали поэтов и сидели вокруг спиритических столов, «выстукивая» духов. Воздух был напоен немецкой музыкой — ведь все это происходило в немецком районе Нью-Йорка, более немецком, чем сама Германия. Мы выросли там на Шумане, на Гуго Вольфе, на кислой капусте, кюммеле и картофельных клецках... Я помню, в тот же вечер был устроен очередной спиритический сеанс, и мы сидели за большим столом. Занавески были опущены, и какая-то дура пыталась вызвать дух Иисуса Христа. Мы держались за руки под столом, и моя соседка запустила два пальца в ширинку моих брюк. Потом я помню, как мы лежали на полу за пианино, пока кто-то пел унылую песню... Помню давящий воздух комнаты и сивушное дыхание моей партнерши. Я смотрел на педаль, двигавшуюся вниз и вверх с механической точностью — дикое, ненужное движение. Потом я посадил свою партнершу на себя и уперся ухом в резонатор пианино. В комнате было темно, и ковер был липким от пролитого кюммеля... Дальше все уже было в каком-то тумане... Мне казалось, что светает, что вода переливается через синий лед, над которым висит туманная дымка, что глетчеры ползут в изумрудную синеву, что серны и антилопы проносятся мимо, золотые сомы щиплют водоросли и моржи прыгают через Полярный круг...

Эльза сидит у меня на коленях. Ее глаза — как пупки. Я смотрю на ее влажный блестящий рот и покрываю его своим. Она мурлычет: «Es wär so schön gewesen...» Ах, Эльза, ты еще не знаешь, что это для меня значит, твой «Trompeter von Säckingen». Немецкие хоровые общества, Швабен Халле, Turnverein... links um, rechts um...[1], а затем удар веревкой по заднице.

Ах, эти немцы! Они подбирают всех вас, как омнибус. От них у вас несварение желудка. Как можно в один и тот же вечер объять и морг, и клинику, и зоологический сад, и знаки зодиака, и пещеры философии, и подворотни письмоведения, и колдовское варево Фрейда и Штекеля? С немцами можно пройти от Веги до Лопе де Веги, все в один вечер, и уйти глупым, как Парсифаль.

Я уже говорил, что день начался божественно. Только этим утром после нескольких недель пустоты я снова физически ощутил Париж. Может, это потому, что во мне начала расти Книга. Я повсюду ношу ее с собой. Я хожу по городу беременный, и полицейские переводят меня через дорогу. Женщины

---

[1] Трубач из Зекингена... Союз физкультурников... налево кругом, направо кругом... *(нем.)*

встают и уступают мне место. Никто больше не толкает меня. Я беременный. Я ковыляю, как утка, и мой огромный живот упирается в мир.

Сегодня утром, по пути на почту, мы поставили окончательную печать одобрения на нашу книгу. Мы с Борисом изобрели новую космогонию литературы. Это будет новая Библия — Последняя Книга. Все, у кого есть что сказать, скажут свое слово здесь — анонимно. Мы выдоим наш век, как корову. После нас не будет новых книг, по крайней мере целое поколение. До сих пор мы копошились в темноте и двигались инстинктивно. Теперь у нас будет сосуд, в который мы вольем живительную влагу, бомба, которая взорвет мир, когда мы ее бросим. Мы запихаем в нее столько начинки, чтоб хватило на все фабулы, драмы, поэмы, мифы и фантазии для всех будущих писателей. Они будут питаться ею тысячу лет. В этой идее — колоссальный потенциал. Одна мысль о ней сотрясает нас.

Уже сотни лет мир, наш мир, умирает. И никто за эти сотни лет не додумался засунуть бомбу ему в задницу и поджечь фитиль. Мир гниет, разваливается на куски. Но ему нужен последний удар, последний взрыв, чтоб он разлетелся вдребезги. Никто из нас не целен сам по себе, но каждый носит в себе материки, и моря между материками, и птиц в небе. Мы это все опишем — эволюцию этого сдохшего мира, который позабыли похоронить. Мы плаваем на поверхности, но мир уже утонул, тонет сейчас или утонет скоро. Наша Книга будет настоящим кафедральным собором, строить который будут все, кто потерял себя. Будут тут и панихиды, и молитвы, и исповеди, и вздохи, и рыдания, и бесшабашность; будут окнарозетки, и химеры, и служки, и гробокопатели. В этот собор можно будет въезжать на лошадях и гарцевать в проходах. О его стены можно будет биться головой — они не пострадают; молиться — на любом языке, а тот, кто не захочет молиться, может свернуться калачиком на ступенях и заснуть. Наш кафедральный собор простоит тысячу лет, и ничего равного ему не будет, потому что, когда исчезнут его строители, вместе с ними исчезнут и чертежи. Мы построим вокруг нашего собора город и заложим основы свободной коммуны. Нам не нужны гении — гении мертвы. Вместо немочи и бесплотных призраков нам нужны сильные руки с мясом на костях...

День идет бодрым шагом. Я стою на галерее у Тани. Внизу, в гостиной, разыгрывается драма. Главный драматург болен, и отсюда, сверху, его череп выглядит еще более опаршивевшим, чем всегда. Его волосы — солома. Его мысли — солома. Его жена — тоже солома, но немного еще влажная. Я стою на балконе и жду Бориса. Проблема с завтраком разрешена. Я упростил все. Если появятся новые проблемы, я буду носить их в своем рюкзаке вместе с грязным бельем. Я вытряхиваю мелочь из карманов. Зачем мне деньги? Я — пишущая машина. Последняя деталь в ней подогнана. Перебоев в работе нет. Между мной и машиной нет ничего. Я и есть эта машина...

Мне еще никто не сказал, в чем, собственно, заключается драма, происходящая внизу. Но я догадываюсь. Они стараются отделаться от меня. А я все-таки здесь, в ожидании обеда, и даже раньше, чем обыкновенно. Я советую им, где им сесть и что делать. Я вежливо осведомляюсь, не помешаю ли я им, но имею в виду, не помешают ли они мне, и они это хорошо понимают. Нет, милые тараканы, вы мне не мешаете. Вы меня питаете. Я смотрю, как вы сидите рядом, и я знаю, что между вами — пропасть. Ваша близость — это близость планет. Безвоздушное пространство между вами — это я. Если я уйду, исчезнет и пространство, и тогда вам негде будет больше плавать.

Таня настроена враждебно. Ее раздражает, если я замечаю еще что-то, кроме нее. По калибру моего возбуждения она понимает, что сейчас ничего для меня не значит. Она знает, что сегодня я не собираюсь ее удобрять. Она знает, что во мне что-то зреет и это «что-то» превратит ее в ноль. Она не слишком сообразительна, но тут она все хорошо сообразила...

У Сильвестра вид более удовлетворенный. Он будет обнимать Таню за обедом. Даже сейчас он не прерывает чтения моей рукописи, готовясь воспламенить мое «я» и использовать его против Таниного.

Любопытное сборище будет здесь сегодня. Сцена уже почти готова. Я слышу позвякивание стаканов. Приносят вино. Когда опустеют стаканы, Сильвестр вылезет наконец из своей болезни.

Вчера вечером у Кронстадтов мы разработали сегодняшнюю программу. Мы решили, что женщины должны страдать, а за кулисами должны происходить ужасы, бедствия, насилие, горе и слезы — как можно больше.

Это не случайность, что люди, подобные нам, собираются в Париже. Париж — это эстрада, вертящаяся сцена. И зритель может видеть спектакль из любого угла. Но Париж не пишет и не создает драм.

Они начинаются в других местах. Париж подобен щипцам, которыми извлекают эмбрион из матки и помещают в инкубатор. Париж — колыбель для искусственно рожденных. Качаясь в парижской люльке, каждый может мечтать о своем Берлине, Нью-Йорке, Чикаго, Вене, Минске. Вена нигде так не Вена, как в Париже. Все достигает здесь своего апогея. Одни обитатели колыбели сменяются другими. На стенах парижских домов вы можете прочесть, что здесь жили Золя, Бальзак, Данте, Стриндберг — любой, кто хоть что-нибудь собой представлял. Все когда-то жили здесь. Никто не умирал в Париже...

Снизу доносится разговор на символическом языке. Несколько раз всплывает слово «борьба». Сильвестр, больной драматург, говорит: «Я сейчас читаю „Манифест"». Таня спрашивает: «Чей?» Да, да, Таня, я ясно это слышал! Я пишу сейчас о тебе, и ты это чувствуешь. Говори, говори, чтоб я мог все это записать. Когда мы пойдем к столу, я уже не смогу делать свои заметки... Вдруг Таня говорит: «Здесь нет настоящего зала». Что это значит? Наверное, ничего.

Сейчас они вешают внизу картины. Это тоже чтобы произвести на меня впечатление. Они хотят мне сказать: смотри, мы у себя дома. Мы живем здесь по-семейному. Мы украшаем наш дом. Мы даже поспорим слегка о картинах — для тебя. Таня говорит опять: «Как обманчив человеческий глаз!» Ах, Таня, что ты такое говоришь! Но все равно, продолжайте комедию. Я здесь, чтобы съесть свой обед, который ты обещала; мне твой фарс очень нравится. Теперь уже Сильвестр перехватывает инициативу. Он старается объяснить одну из гуашей Боровского:

«А ну-ка подойди сюда, Таня. Посмотри. Ты видишь — вот этот играет на гитаре, а этот держит на коленях девушку». Правильно, Сильвестр. Совершенно справедливо. Уж этот мне Боровский со своими гитарами! Беда в том, что никто не может сказать, что именно он держит на коленях и кто играет на гитаре...

Скоро вкатится на четвереньках Молдорф и Борис со своим беспомощным смехом. На обед будет золотистый фазан, анжуйское и коротенькие толстые сигары. И Кронштадт, когда услышит последние новости, загорится на несколько минут, а потом погрязнет опять в навозе своей идеологии, и, может быть, родится новая поэма, большой золотой колокол без языка.

На час или около того пришлось прервать работу. Еще один явился смотреть квартиру. Наверху проклятый англичанин безостановочно играет Баха. Теперь, когда кто-нибудь хочет посмотреть квартиру, надо бежать наверх и просить пианиста на некоторое время умолкнуть.

Эльза звонит в овощную лавку. Водопроводчик ставит новый стульчак на унитаз. Когда раздается звонок, бедный Борис совершенно теряется. В волнении он уронил очки и сейчас ползает на четвереньках, подметая фалдами сюртука паркет. Это слегка напоминает театр ужасов «Гран Гиньоль» — голодный поэт приходит давать уроки дочери мясника. Каждый раз, когда в лавке раздается звонок, поэт пускает слюну. Малларме звучит как бифштекс, Виктор Гюго — как телячья печенка. Эльза заказывает легкий завтрак для Бориса: «Небольшую сочную свиную отбивную».

Перед моим мысленным взором проплывают на холодном мраморном прилавке целые груды розовых окороков, отороченных белым салом. Я голоден как собака, хотя мы выпили наш утренний кофе всего несколько минут назад. Только по средам у меня бывает второй завтрак — спасибо Боровскому. Эльза все еще звонит — она забыла заказать кусочек копченой грудинки. «Тоненький кусочек, не очень жирный...» Боже! Навалите горы сладкого мяса, тысячи устриц и моллюсков. Подкиньте еще жареной ливерной колбасы. Я могу сожрать тысячу пятьсот пьес Лопе де Веги в один присест!

На этот раз квартиру смотрит хорошенькая женщина. Конечно, американка. Я стою у окна, спиной к ней, и гляжу на воробья, расклевывающего свежее дерьмо. Удивительно, как легко достается воробьям хлеб насущный. Дождит. С неба падают огромные редкие капли. Я всегда думал, что птицы не могут летать с мокрыми крыльями. Удивительно, как все эти богатые затирухи, приехав в Париж, всегда находят самые лучшие ателье. Тощий талант, но толстый кошелек. В дождливую погоду они могут показывать свои новые модные дождевики. Жратва для них ничто: иногда они так заняты ерундой, что у них нет времени на завтрак. Какой-нибудь бутербродик в кафе «Де ла Пэ» или в баре «Риц». «Для девушек из благородных семейств» — так гласит объявление на старом ателье Пюви де Шаванна; я увидел его случайно, проходя мимо дня два назад. Богатые американские курвы с ящиками для красок через плечо. Тощий талант с толстым кошельком.

Воробей перепрыгивает с булыжника на булыжник. Если разобраться, так он настоящий Геркулес.

Вот для кого жратвы всегда навалом — в любой канаве. Хорошенькая американка спрашивает, где туалет. Туалет! Дай я покажу тебе, газель с бархатным носом. Ты говоришь, туалет? Пожалуйте сюда, мадам. Но имейте в виду, что нумерованные места — только для инвалидов войны!

Борис потирает руки — он обсуждает детали договора. Во дворе лают собаки, не собаки, а волки какие-то. Наверху миссис Мелвернес двигает мебель. Целый день ей нечем заняться, и она скучает. Стоит ей найти соринку, и она начинает мыть весь дом. На столе — виноград и бутылка десятиградусного vin de choix. «Конечно, конечно, — говорит Борис, — я могу поставить для вас здесь умывальник... проходите, пожалуйста. Это — туалет. Наверху, естественно, есть другой. Вам не очень нравится Утрилло? Нет, это тут... Надо заменить прокладку, и все будет в порядке...»

Она уйдет через несколько минут. На этот раз Борис даже не представил меня. Сукин сын! Так всегда, когда появляется богатая баба. Скоро я смогу опять сесть за машинку. Но почему-то у меня пропала охота. Хорошее настроение пошло к черту. Через час эта американка может вернуться и вытащить стул из-под моей задницы. Как тут работать, когда не знаешь, где ты будешь сидеть через полчаса. Если эта богатая шлюха снимет квартиру, мне негде будет даже спать. Когда попадаешь в такой переплет, трудно сказать, что хуже — не иметь ночлега или не иметь рабочего места. Положим, спать можно где угодно, но для работы нужно определенное место. Даже если то, что ты пишешь, и не шедевр. Даже для плохого романа требуется стул и некоторое уединение. Этим богатым курвам не приходится ломать голову над такими вопросами. Для их мягких задниц всегда готов стул...

Вчера мы оставили Сильвестра и его Бога сидящими у очага. Сильвестр — в пижаме, Молдорф — с сигарой во рту. Сильвестр чистит апельсин. Он кладет кожуру прямо на диван. Молдорф подсаживается поближе. Он просит разрешения прочесть опять свою блестящую пародию «Врата рая». Мы с Борисом собираемся уходить. У нас слишком хорошее настроение, чтобы сидеть в этой больничной обстановке. Таня идет с нами. Ей весело, потому что она намерена сбежать. Борису весело, потому что Бог в Молдорфе умер. Мне весело, потому что это новый акт комедии.

В голосе Молдорфа — почтительность. «Сильвестр, могу я побыть с вами, пока вы не ляжете спать?» Он ошивается здесь уже шесть дней, бегая за лекарствами, выполняя разные Танины поручения, утешая, советуя и охраняя двери от злых духов вроде Бориса и его приятелей-лоботрясов. Молдорф похож на дикаря, который обнаружил, что кто-то ночью обезобразил его идола. Вот он сидит сейчас у его ног с магическим цветком в руках и шепчет заклинания. Голос его мертвеет. Тело уже сковано параличом.

Он говорит с Таней как со жрицей, которая нарушила свой священный обет. «Вы должны быть достойны его. Сильвестр — это ваш Бог». И пока Бог страдает наверху (у него легкие хрипы в груди), жрец и жрица жрут. «Мы оскверняем себя...» — бормочет он измазанными соусом губами. У него способность жрать и страдать одновременно. Охраняя своего кумира от злых духов, он иногда поглаживает Танины волосы своей толстенькой лапкой. «Я начинаю влюбляться в вас. Вы совсем как моя Фанни...»

Во всех других отношениях это был счастливый день для Молдорфа. Из Америки пришло письмо. Мо получает пятерки. Марри учится кататься на велосипеде. Граммофон починили. По выражению его лица можно видеть, что в письме есть и другие новости, кроме отметок и велосипедов. Это ясно из того, что сегодня он накупил побрякушек для Фанни на триста двадцать пять франков. Вдобавок он написал ей письмо на двадцати страницах. Гарсон в кафе таскал ему лист за листом, заправлял его самописку чернилами, приносил сигары и кофе, слегка обмахивал, когда Молдорф потел, сметал крошки со стола, давал прикурить, когда сигара гасла, бегал за марками, танцевал, делал пируэты и кланялся до земли, рискуя сломать спину. Он получил большие чаевые. Даже более жирные, чем гаванская сигара «Корона-Корона». Молдорф, вероятно, записал это в своем дневнике. Он ведет его для Фанни. Все — для Фанни. И браслеты, и сережки. Он говорит, что Фанни стоит каждого истраченного на нее су. Лучше тратить деньги на Фанни, чем на шлюх вроде Жермен и Одетт. Да, это буквально то, что он сказал Тане. Он показал ей битком набитый подарками сундук. Все — для Фанни, и для Мо, и для Марри.

«Моя Фанни — самая умная женщина в мире. Я старался найти в ней хотя бы один недостаток, но это невозможно».

«Фанни — совершенство. Я вам скажу, что такое Фанни. Она играет в бридж как никто; она интересуется сионизмом, а если вы дадите ей старую шляпку, например, вы удивитесь, что она из нее сделает.

Бантик здесь, ленточка тут — красота! Вы знаете, в чем заключается наивысшее наслаждение? Нет? Наивысшее наслаждение — это когда ты сидишь вечером рядом с Фанни и слушаешь радио. Мо и Марри уже уснули. Фанни сидит так спокойно. Я чувствую, что вознагражден за все неприятности, за все тяготы, когда вот так сижу с Фанни. О, как умно и внимательно она слушает! Когда я думаю о вашем вонючем Монпарнасе, а потом вспоминаю наши вечера с Фанни в Бэй-Ридже в Нью-Йорке — это несопоставимые вещи. Ценности жизни всегда просты — хорошая еда, дети, притушенные лампы и Фанни, сидящая рядом, немного усталая, но веселая, довольная и сытая... Мы сидим так часами, не говоря ни слова. Вот что такое настоящее счастье».

«Сегодня я получил письмо от Фанни. Это не какое-нибудь обыкновенное письмо. Она пишет с чувством, с толком и языком, который может понять даже мой маленький Марри. Она такая тактичная, моя Фанни. Она пишет мне, что дети должны продолжать образование, но ее пугают расходы. Школа для Марри будет стоить тысячу долларов. Мо, конечно, получит стипендию. Но Марри — это настоящий маленький гений. Что поделаешь? Я написал Фанни, чтобы она не беспокоилась. Пошли его в школу — так я и написал. Что значит тысяча долларов? В этом году я заработаю больше, чем всегда. Мне ничего не жалко для Марри — ведь он настоящий гений, этот малыш».

Я бы хотел быть там у них, когда Фанни откроет сундук. «Посмотри, Фанни, — скажет Молдорф, — это я купил у старого еврея в Будапеште... Это носят в Болгарии... чистая шерсть. Это принадлежало какому-то великому князю; нет, нет, не сворачивай, это надо подержать на солнце... А это, Фанни, ты наденешь, когда мы пойдем в оперу, — вместе с гребнем, который я тебе показывал... Его выбирала Таня... У нее тот же тип лица, что и у тебя...»

А Фанни сидит на диване точно так, как она сидит на олеографии. С одной стороны — Мо, с другой — «маленький гений» Марри. Ее толстые ноги не дотягиваются до пола. В глазах — тусклый блеск марганцовки. Груди — спелые кочаны красной капусты, они колышутся, когда она наклоняется. А жизни в ней все-таки нет! Она как севшая батарейка; ее лицо пусто; оно никакое; чтоб оно ожило, его необходимо спрыснуть живой водой. Молдорф прыгает перед ней, как толстая жаба. Его телеса дрожат. Он поскальзывается, и ему трудно перевернуться на живот. Фанни слегка пихает его своей толстой ногой. Его глаза выпучиваются еще больше. «Пни меня, Фанни, это приятно». Она дает ему хороший пинок, и след ее ноги остается вмятиной на его брюхе. Его лицо — на ковре, и узоры под ним морщатся. Молдорф немного оживает, встает и начинает прыгать с места на место. «Фанни, ты душка!» Он почти сидит у нее на плече. Он кусает ей ухо, только самую мочку, там, где не больно. Но она мертва, эта севшая батарейка. Он скатывается ей на колени и содрогается там, как зубная боль, теплый и беспомощный. Его брюшко поблескивает, как кожа лакированного ботинка. В глазницах — две вычурные жилетные пуговицы. «Расстегни мне глаза, Фанни, я хочу лучше видеть тебя». Фанни несет его на кровать и заливает ему глаза горячим сургучом. Она кладет кольца вокруг его пупка и засовывает ему градусник в задний проход. Она укладывает его, и он снова содрогается. Вдруг он уменьшается и вовсе исчезает. Она ищет его повсюду, даже в собственных кишках. Повсюду. Что-то щекочет ее, но она не может понять, где именно. Кровать полна жаб и жилетных пуговиц. «Фанни, где ты?» Опять что-то щекочет ее, но она не знает где. Пуговицы сыплются с кровати. Жабы ползут вверх по стенам. Фанни щекотно. «Фанни, сорви сургуч с моих глаз. Мне хочется посмотреть на тебя!» Но Фанни смеется, корчится от смеха. Что-то сидит внутри нее и щекочет. Она умрет со смеху, если не узнает, что это такое. «Фанни, сундук набит чудесными вещами. Фанни, ты слышишь?» Фанни смеется, как толстый червяк. Ее живот раздувается от смеха. Ноги синеют. «О Боже, Моррис, мне щекотно... Я не могу остановиться!»

3

Воскресенье! Я ушел из виллы Боргезе перед завтраком, как раз когда Борис садился за стол. Ушел из чувства деликатности. Борису действительно неприятно есть и смотреть на меня, сидящего в ателье с пустым желудком. Не знаю, почему он не приглашает меня. Он говорит, что у него нет денег, чтоб кормить меня, но это не оправдание. Как бы то ни было, я стараюсь быть тактичным. Если ему тяжело есть в моем присутствии, ему, вероятно, будет еще тяжелее поделиться со мной. Я не хочу вникать в его душевные муки.

Зашел к Кронстадтам; они тоже ели. Цыпленка с диким рисом. Я сделал вид, что уже завтракал, хотя готов был вырвать кусок из рук их малыша. С моей стороны это не застенчивость, а скорее какой-то мазохизм. Они дважды предлагали мне сесть за стол, но я отказался. Нет, нет и нет! Я даже отказался от чашечки кофе. Я, видите ли, деликатен. Уходя, я кинул взгляд на тарелку их младенца; на куриных костях еще оставалось мясо.

Бесцельно брожу по городу. Чудесный день. Улица Бюси живет, вибрирует. Двери баров — настежь, вдоль тротуаров выстроились велосипеды. Все овощные и мясные рынки открыты, и торговля идет полным ходом. Руки, нагруженные овощами, завернутыми в газеты. Настоящее католическое воскресенье, по крайней мере с утра.

В полдень я стою с пустым брюхом на перекрестке узеньких кривых улочек, от которых прямо-таки разит жратвой. Напротив — отель «Луизиана». Угрюмая старая гостиница, хорошо знакомая разным сомнительным личностям с улицы Бюси в доброе старое время. Отели и жратва... я брожу как прокаженный, и крабы копошатся в моем желудке. По воскресеньям здесь настоящая лихорадка. Нигде в мире нет ничего подобного, разве что в Нью-Йорке, на Ист-Сайде или на Чатам-сквер. Рю де л'Эшоде кипит. За каждым поворотом извилистых улиц новая толчея. Длинные хвосты людей с овощами под мышкой и великолепным аппетитом в глазах. Кругом — ничего, кроме жратвы, жратвы и жратвы. Можно сойти с ума.

Перехожу сквер Фюрстенберга. Сейчас, в полдень, он другой, не такой, как ночью, несколько дней назад. Тогда он был пуст, печален, точно кладбище. Посреди сквера — четыре дерева, но почки еще не распустились. Это интеллектуальные деревья, взращенные булыжниками. Вроде стихов Т. С. Элиота.

Если бы Мари Лорансен привела сюда своих лесбиянок, это было бы для них самым подходящим местом. Бесплодное, бесполое место, засохшее, как сердце Бориса.

Возле церкви Сен Жермен на земле в маленьком палисаднике валяется несколько снятых сверху горгулий. Когда кажется, что эти чудовища вот-вот бросятся на тебя, становится жутковато. На скамейках тоже чудовища — старики, старухи, идиоты, калеки, эпилептики. Они спокойно дремлют в ожидании звонка на обед. Возле галереи Зак какой-то ублюдок нарисовал на тротуаре космос. Типичный космос художника, с какими-то ненужными подробностями, мелочами, завитушками — словом, со всякой чушью. В левом нижнем углу, однако, нарисованы якорь и колокольчик, в который звонят, созывая на обед. Да здравствует космос! Салют!

Продолжаю слоняться. Послеполуденное время. Живот сводит от голода. Начинает накрапывать. Нотр-Дам поднимается из воды, как надгробный памятник, горгульи высовываются над кружевным фасадом. Они висят там, точно навязчивая идея в голове маньяка. Старик с пожелтевшими бакенбардами подходит ко мне. В его руках какой-то вздор Яворского. Голова запрокинута, и грязно-золотистые струи дождя текут по лицу. Книжная лавка с рисунками Рауля Дюфи в витрине: поломойки с розами между ног. Книжонка о философии Жоана Миро. Философия, ни больше ни меньше!

В том же окне: «Человек, разрезанный на куски!» Глава первая: «Человек, как его видит его семья». Глава вторая: «Он же глазами своей любовницы». Третьей главы не видно. Надо прийти завтра за третьей и четвертой главами — букинист каждый день переворачивает страницу. «Человек, разрезанный на куски»... Я прихожу в ярость — мог бы и сам додуматься до такого названия. Где этот малый, который пишет: «Он же глазами своей любовницы... он же глазами... он же...»? Кто он? Где он? Я хотел бы обнять его. Ах, как я бы хотел быть человеком, которому пришло в голову такое заглавие, а не те, что сочинил я, — «Сумасшедший петух» и прочая белиберда. Не важно, мать его растак! Все равно я его поздравляю.

Я желаю тебе успеха, парень, с твоим прекрасным заголовком. И могу подарить тебе еще кусок для твоей следующей книги. Позвони мне. Я живу на вилле Боргезе. Мы там все умерли, умираем или скоро умрем. Нам нужны хорошие заглавия. Нам нужны бифштексы, отбивные, вырезка, почки, устрицы, потроха. Когда-нибудь, стоя на углу Сорок второй улицы и Бродвея, я вспомню твое заглавие. И я запишу все, что придет мне в голову, — икру, капли дождя, мазут, вермишель, ливерную колбасу, нарезанную ломтиками. И я не скажу никому, почему я, после того как все это было написано, пошел домой и разрезал младенца на кусочки.

Можно ли болтаться весь день по улицам с пустым желудком, а иногда и с эрекцией? Это одна из тех тайн, которые легко объясняют так называемые «анатомы души». В послеполуденный час, в воскресенье, когда пролетариат в состоянии тупого безразличия захватывает улицы, некоторые из них напоминают продольно рассеченные детородные органы, пораженные шанкром. И как раз эти улицы особенно притягивают к себе. Например, Сен-Дени или Фобур дю Тампль. Помню, в прежние времена в Нью-Йорке около Юнион-сквера или в районе босяцкой Бауэри меня всегда привлекали десятицентовые кунсткамеры, где в окнах были выставлены гипсовые слепки различных органов, изъеденных венерическими болезнями. Город — точно огромный заразный больной, разбросавшийся на постели. Красивые же улицы выглядят не так отвратительно только потому, что из них выкачали гной.

В Сите Нортье, около площади Комба, я останавливаюсь и несколько минут смотрю на это потрясающее убожество. Прямоугольный двор, какие можно часто видеть сквозь подворотни старого Парижа. Посреди двора — жалкие постройки, прогнившие настолько, что заваливаются друг на друга, точно в утробном объятии. Земля горбится, плитняк покрыт какой-то слизью. Свалка человеческих отбросов. Закат меркнет, а с ним меркнут и цвета. Они переходят из пурпурного в цвет кровяной муки, из перламутра в темно-коричневый, из мертвых серых тонов в цвет голубиного помета. Тут и там в окнах кривобокие уроды, хлопающие глазами, как совы. Визжат бледные маленькие рахитики со следами родовспомогательных щипцов. Кислый запах струится от стен — запах заплесневевшего матраса. Европа — средневековая, уродливая, разложившаяся; си-минорная симфония. Напротив через улицу в «Сине-Комба» для постоянных зрителей крутят «Метрополис».

Возвращаясь, я припомнил книгу, которую читал всего лишь несколько дней назад: «Город похож на бойню. Трупы, изрезанные мясниками и обобранные ворами, навалены повсюду на улицах... Волки пробрались в город и пожирают их, меж тем как чума и другие болезни вползают следом составить им компанию... Англичане приближаются к городу, все кладбища которого охвачены пляской смерти...» Это описание

Парижа времен Карла Безумного. Прелестная книга! Освежающая, аппетитная. Я все еще под впечатлением. Я плохо знаком с бытовыми подробностями Ренессанса, но мадам Пимпернель, прелестная булочница, и мэтр Жеан Крапотт, золотых дел мастер, часто занимают мое воображение. Не надо забывать также и Родена, злого гения «Вечного жида», который занимался своими темными делами, «пока не воспылал страстью к мулатке Сесили и не стал жертвой ее хитрости». Часто, сидя на площади Тампль и думая о проделках живодеров под командой Жана Кабоша, я вспоминал печальную судьбу Карла Безумного. Полуидиот, который бродил по залам своего дворца Сен-Поль, одетый в отвратительнейшие отрепья, сжираемый язвами и вшами и грызущий обглоданную кость, когда ему ее бросали, как паршивой собаке. На рю де Льон я искал остатки зверинца, где Карл кормил своих любимцев. Это было его единственное развлечение, да еще игра в карты со своей «невысокородной подругой» Одетт де Шандивер... Бедный дурак!

В такой же воскресный день, как сегодня, я встретился с Жермен. Я прогуливался по бульвару Бомарше, и в кармане у меня лежало сто франков, которые моя жена злобно перевела мне из Америки. Запах весны был уже в воздухе; ядовитой, зловонной весны, которая словно поднималась из выгребных ям. Каждый вечер я приходил сюда — меня влекли прокаженные улочки, раскрывавшие свое мрачное великолепие только тогда, когда начинал угасать свет дня и проститутки занимали свои места. Мне особенно запомнился перекресток улицы Пастера-Вагнера и улицы Амело, которая прячется за бульваром, как спящая ящерица. Здесь, в этом горлышке бутылки, ты всегда мог найти стайку стервятниц, горланящих и бьющих своими грязными крыльями. Они норовили вонзить в тебя острые когти и затянуть в подворотню. Веселая хищница даже не давала тебе времени застегнуть штаны, когда ты кончал свое дело. Она вталкивала тебя в комнатушку прямо с улицы — обычно в этой комнате не было окон, — подобрав юбки, садилась на кровать, делала тебе беглый медицинский осмотр, потом плевала тебе на член и заправляла его куда полагается. Пока ты мылся, другая ночная красотка уже стояла в дверях, держа за руку клиента и спокойно наблюдая, как ты заканчиваешь свой туалет.

Жермен не была такой, хотя с виду ничем не отличалась от других шлюх, которые собирались по вечерам в кафе «Де л'Элефан». Как я уже говорил, пахло весной, и несколько франков, которые наскребла для меня жена, жгли мне карман. У меня было предчувствие, что, не дойдя до площади Бастилии, я попаду в лапы одной из этих красоток. Фланируя вдоль бульвара, я заметил Жермен, направляющуюся ко мне обычным шагом профессиональной проститутки. Я заметил ее стоптанные каблуки, дешевые побрякушки и ту особую бледность, которая еще больше подчеркивается румянами. Договориться с ней было нетрудно. Мы сели за дальний столик маленькой пивной и быстро сошлись в цене. Через пять минут мы уже были на улице Амело в пятифранковой комнатушке со спущенными шторами и отвернутым одеялом. Жермен не торопилась. Она сидела на биде, подмываясь с мылом, и болтала со мной на разные приятные темы. Ей очень нравились мои штаны для гольфа. «Очень шикарно», — повторяла она. Когда-то штаны действительно были шикарными, но износились сзади до дыр; к счастью, фалды пиджака прикрывали мой зад. Жермен встала, чтобы вытереться, все еще болтая, но внезапно отбросила полотенце и, подойдя ко мне, начала ласково гладить себя между ног обеими руками, точно это была драгоценная парча, которой она нежно касалась. Было что-то незабываемое в ее красноречивых движениях, когда она приблизила свой розовый куст к моему носу. Она говорила о нем как о чем-то прекрасном и постороннем, о чем-то, что она приобрела за большую цену, что возросло в цене с тех пор во много раз и что сейчас для нее дороже всего на свете. Эти слова придавали ее действиям особый аромат, и казалось, это уже не просто то, что есть у всех женщин, а какое-то сокровище, созданное волшебным образом или данное Богом — и ничуть не обесцененное тем, что она продавала его каждый день много раз за несколько сребреников. Как только она легла на кровать, руки ее немедленно оказались между широко раздвинутыми ногами; лаская и гладя себя, она все время приговаривала своим надтреснутым хриплым голосом, какая это прелестная вещь, настоящее маленькое сокровище. И оказалась права. В этот послеполуденный воскресный час все шло как по маслу. Когда мы вышли на улицу и я взглянул на нее при резком солнечном свете, то увидел, что это обыкновенная проститутка — золотые зубы, герань на шляпке, стоптанные каблуки и т. д. и т. п. Но почему-то меня не возмутило, что она вытянула из меня обед, сигареты и деньги на такси; я даже поощрял все это. Она мне так понравилась, что после обеда мы опять пошли в ту же гостиницу и попробовали еще раз. Теперь уже — «по любви». И опять этот большой пушистый куст произвел на меня магическое впечатление. Для меня он тоже стал вдруг чем-то самостоятельным. Тут была Жермен, и тут был ее розовый куст. Мне они нравились по отдельности. И мне они нравились вместе.

Как я сказал уже, Жермен не была похожа на других. Когда позже она узнала о моих стесненных обстоятельствах, она повела себя самым благородным образом — покупала мне выпивку, открыла кредит, закладывала мои вещи, знакомила со своими подругами и так далее. Она даже извинялась за то, что не могла давать мне деньги, и я понял почему, когда мне показали ее сутенера. Каждый вечер я приходил в маленькую пивную, где собирались проститутки, и ждал там, когда придет Жермен и уделит мне несколько минут своего рабочего времени.

Когда потом, спустя несколько месяцев, я писал о Клод, я думал не о Клод, а о Жермен... «Все мужчины, которые были с тобой до меня, а сейчас — я, только — я... Баржи, плывущие мимо, их корпуса и мачты, и весь поток человеческой жизни, текущей через тебя, и через меня, и через всех, кто был здесь до меня и будет после меня, и цветы, и птицы в воздухе, и солнце, и аромат, который душит, уничтожает меня...» Это написано о Жермен. Клод была иной, хотя я и был к ней привязан и даже думал некоторое время, что люблю ее. У Клод были сердце и совесть; был и внешний лоск, что для шлюхи плохо. Клод приносила с собой чувство грусти, она давала вам понять, не желая того, что вы один из тех, кто послан ей на погибель. Я повторяю, она делала это невольно, она никогда бы не позволила себе сознательно вызвать в вас подобное ощущение. Она была слишком утонченной, слишком чуткой для этого. Это не мешало ей быть обыкновенной французской девушкой, наделенной обычным умом и получившей обычное воспитание. Просто жизнь сыграла с ней злую шутку. Она не была внутренне достаточно черствой, чтобы успешно противостоять ударам повседневной жизни. Это о ней были сказаны страшные слова Луи-Филиппа: «И наступает ночь, когда все кончено, когда уже столько челюстей работало над нами, что мы не можем больше стоять на ногах и тело наше висит на костях, как бы изжеванное всеми зубами мира». Жермен же, напротив, была шлюхой с пеленок. Эта роль ее вполне устраивала, она ей даже нравилась, хотя случалось, что от голода сводило кишки или не хватало денег на починку туфель. Впрочем, это были лишь маленькие неприятности, которые не затрагивали ее души. Страшнее всего для нее была скука. Бывали дни, когда наступало пресыщение, — но всего лишь дни! Обычно же она делала свое дело с удовольствием, во всяком случае такое создавалось впечатление. Разумеется, ей не было безразлично, с кем она шла в постель. Но главным для нее был самец как таковой. Мужчина! Она стремилась к нему. К мужчине, у которого между ногами было что-то, что могло ее щекотать, что заставляло ее стонать в экстазе, а в промежутках радостно, с какой-то хвастливой гордостью запускать обе руки между ногами и чувствовать себя принадлежащей живому потоку бытия. В том месте, куда она запускала обе руки, и была сосредоточена ее жизнь.

Жермен была шлюхой до кончиков ногтей, даже ее доброе сердце было сердцем настоящей шлюхи — вернее, оно было не столько добрым, сколько ленивым и безразличным; веселое сердце, которое можно затронуть на минуту, не нарушив его безразличия; большое и вялое сердце шлюхи, способное быть добрым, не привязываясь. Однако, как бы ни был безрадостен, безобразен и ограничен тот мир, в котором она жила, Жермен чувствовала себя в нем прекрасно. И это было приятно видеть. Когда мы познакомились поближе, ее товарки подтрунивали надо мной, говоря, что я влюблен в нее (ситуация, казавшаяся им невероятной), и я отвечал: «Конечно, я влюблен в нее и буду ей всегда верен». Это была ложь. Для меня любить Жермен было бы так же нелепо, как любить паука. И если я и был верен, то не ей, а той пушистой штуковине у нее между ногами. Всякий раз, глядя на женщину, я вспоминал Жермен и ее розовый куст, неизгладимо врезавшийся в мою память. Мне доставляло удовольствие сидеть на террасе маленькой пивной и наблюдать, как она работает. Все было так же, как со мной, — те же гримасы и те же трюки. Наблюдая за ней, я одобрительно думал: «Вот это работа!» Уже позднее, когда я связался с Клод и видел ее каждый вечер чинно сидящей за стойкой бара, в юбочке, пикантно облегавшей ее круглый задик, во мне просыпалось чувство протеста — мне казалось, что шлюха не имеет права сидеть, как приличная дама в ожидании господина, который будет медленно потягивать вместе с ней шоколад. Жермен делала не так. Она не ждала, пока к ней подойдут, а бежала за мужчинами, хватая их. Я хорошо помню ее дырявые чулки и стоптанные туфли; помню, как она влетала в пивную, быстрыми, точными движениями забрасывала в себя стаканчик чего-нибудь покрепче и тут же выбегала обратно на улицу. Настоящая труженица! Конечно, ощущать ее дыхание, эту смесь слабого кофе, коньяка, аперитивов, перно и других зелий, которые она поглощала в перерывах, чтобы согреться и набраться храбрости, было не слишком приятно. Но, выпив, она зажигалась, и огонь горел у нее между ног — там, где и должен он гореть у женщин. И этот огонь помогал вам снова обрести почву под ногами. Если она, лежа на кровати с раздвинутыми ногами, и стонала от страсти с каждым, то она была права. Именно это от нее и требовалось. Она не смотрела в потолок и не считала клопов на обоях; она честно делала свое дело и говорила только то, что хочет слышать мужчина, когда взбирается на женщину. А Клод? Нет, Клод была совсем другой. В ней всегда чувствовалась какая-то застенчивость, даже когда она залезала с тобой под простыню. И эта застенчивость обижала. Кому нужна застенчивая шлюха? Клод даже просила отвернуться, когда садилась на биде. Абсолютный бред! Мужчина, задыхающийся от желания, хочет видеть все, даже как женщина мочится. Может быть, и приятно знать, что женщина умна, но литература вместо горячего тела шлюхи — это не то блюдо, которое следует подавать в постели. Жермен понимала все правильно. Она была невежественна и похотлива и отдавалась своему делу с душой и сердцем. Жермен была шлюхой до мозга костей, и в этом была ее добродетель!

4

Пасха пришла с заморозками, но в постели было довольно тепло. Сегодня опять чудесно, и Елисейские поля в сумерках — как гарем с темноокими гуриями под открытым небом. Деревья в полном цвету, и их зелень так свежа и чиста, что кажется, они все еще влажны от росы. Пространство между Лувром и Триумфальной аркой — точно вариации для фортепиано. Вот уже пятый день, как я не прикасался к машинке и не брал в руки книги, а в голове у меня не было ни одной мысли, кроме мысли о том, что мне надо зайти в «Америкен экспресс». Сегодня я был там уже в девять утра, когда только отпирали двери, и еще раз — в час дня. Ничего нет. В половине пятого я бросился из гостиницы, решив сделать последнюю попытку. Едва я завернул за угол, как увидел Уолтера Пача. Он не узнал меня, а мне нечего было ему сказать, и я не остановил его. Позже, когда я сидел на скамейке в Тюильри, его немного сгорбившаяся фигура и блуждавшая на губах задумчивая, блаженная и вместе с тем серьезная улыбка всплыли в моей памяти. Глядя на нежную эмаль неба, бледно окрашенное и не отяжеленное дождевыми тучами небо, подобное улыбке старого фарфора, я думал о том, что происходит в голове этого человека, сумевшего перевести четыре толстых тома «Истории искусств», когда он смотрит на мир из-под своих полуопущенных век?

На Елисейских полях мысли катятся с меня, как пот. Жаль, что я недостаточно богат и не могу нанять секретаршу, которой бы я диктовал во время прогулок, потому что лучшие мысли приходят мне в голову не тогда, когда я сижу за машинкой.

Гуляя по Елисейским полям сейчас, я думаю о своем действительно замечательном здоровье. Когда я говорю «здоровье», по правде сказать, я имею в виду оптимизм. Неизлечимый оптимизм; видимо, одной ногой я все еще в девятнадцатом столетии — как большинство американцев, я немного отстал. Карл находит мой оптимизм отвратительным. «Стоит мне заговорить об обеде, — говорит он, — как ты уже сияешь». Это правда. Одна только мысль об обеде омолаживает меня. Обед! Это означает, что у меня появится топливо на несколько часов работы, а может быть, хватит даже и на эрекцию. Я этого не отрицаю. Я здоров как бык. Единственное, что омрачает мое будущее, — это голод. Если б можно было пожрать, а потом еще раз и еще.

Так вот, о Карле. Он последнее время сам не свой. Нервы у него никуда не годятся. Он говорит, что болен, и я верю ему, но это меня не трогает.

Я не умею расстраиваться. Мне это даже смешно. И это его, конечно, обижает. Вообще все во мне его обижает: мой смех, мой голод, моя настойчивость, моя беззаботность — решительно все. Карл то готов пустить себе пулю в лоб, потому что не может больше вынести этой «поганой дыры», именуемой Европой, то говорит, что хочет вернуться в Аризону, «где люди смотрят тебе прямо в глаза».

«Чудно! — говорю я. — Делай что хочешь, но только не затуманивай мои здоровые глаза своим меланхолическим дыханием!»

Но в том-то и горе — в Европе привыкаешь ничего не делать. Сидишь целыми днями и ноешь. Разлагаешься. Гниешь.

Если посмотреть правде в глаза, Карл — просто маленький мудак, сноб, аристократ, который живет в своем собственном безумном мире. «Я ненавижу Париж... — ноет он. — Все эти кретины, играющие целыми днями в карты... ты только посмотри на них! А писать?! Скажи, какой смысл цеплять одно слово за другое? Я ведь могу быть писателем и не писать, правда? Что я докажу, если напишу книгу? На кой черт нам книги — в мире уже и так слишком много книг...»

Боже ты мой, я сам прошел все это давным-давно. От моей юношеской меланхолии не осталось и следа. Мне глубоко наплевать и на мое прошлое, и на мое будущее. Я здоров. Неизлечимо здоров. Ни печалей, ни сожалений. Ни прошлого, ни будущего. Для меня довольно и настоящего. День за днем. Сегодня! Le bel aujourd'hui![1]

У Карла только один выходной в неделю, и в этот день, хотя это трудно себе представить, он еще несчастнее, чем всегда. Он уверяет, что презирает еду, но единственное, от чего он по-настоящему получает удовольствие в свой выходной, — это хороший обед. Может быть, он заказывает его для меня, я не знаю и не спрашиваю. Если к реестру своих недостатков он хочет присовокупить еще и мученичество — это его дело. В прошлый вторник, например, он потратил все, что у него было, на шикарный обед. Он повел меня в кафе «Дом» — последнее место в мире, куда бы я пошел в свой выходной. Но здесь ты становишься не только покорным, но и безразличным.

В кафе «Дом» у бара стоит Марлоу, в стельку пьяный. Он «в загуле», как он сам это называет, уже пять дней. Его «загул» означает беспробудное круглосуточное пьянство и непрерывное кружение по барам, которое заканчивается обычно в Американской больнице. Изможденное и костлявое лицо Марлоу —

---

[1] Прекрасное сегодня! *(фр.)*

это, собственно, и не лицо вовсе, а голый череп с двумя глубоко пробитыми дырами, в которых похоронены две дохлые улитки. К спине прилипли опилки — он только что вздремнул в сортире. В кармане — корректура последнего номера его журнала; очевидно, он нес ее в типографию, но по дороге кто-то соблазнил его выпить стаканчик. Рассказывает он об этом так, словно прошло уже месяцев пять. Он вынимает заплеванную корректуру и раскладывает на стойке бара. Он пытается прочесть свои стихи, написанные по-гречески, но в корректуре ничего нельзя разобрать. Тогда он решает произнести речь по-французски, но метрдотель быстро кладет этому конец. Марлоу обижен — он мечтает говорить по-французски так, чтобы его понимал каждый лакей. Он настоящий специалист по старофранцузскому, он великолепно переводит сюрреалистов, но сказать простую фразу вроде «пошел вон, старый мудак» не в силах. Никто не понимает Марлоу, когда он говорит по-французски, даже проститутки. Правда, когда он в таком состоянии, его трудно понять и по-английски. Он что-то кричит, брызгает слюной... никакой связи между словами. Единственное, что Марлоу произносит абсолютно четко, это: «Вам платить».

Даже когда он мертвецки пьян, врожденный инстинкт самосохранения не изменяет ему. Если у Марлоу есть хоть малейшее сомнение насчет того, кто будет платить, он начинает выкидывать номера. Обычно он притворяется, что слепнет. Теперь Карл уже знает все его фокусы, и, когда Марлоу вдруг сжимает виски и принимается стонать, Карл дает ему пинок под зад и говорит: «Брось валять дурака, болван! Со мной это не пройдет!»

Не знаю, может быть, это хитро задуманная месть, но так или иначе Марлоу в долгу перед Карлом не остается. Доверительно склонившись к нам, он хриплым каркающим голосом пересказывает сплетню, которую слышал где-то во время своих кружений по барам. Карл смотрит на него с удивлением. Он явно испуган. Марлоу повторяет сплетню с различными вариациями. С каждым разом Карл увядает все больше. В конце концов он не выдерживает. «Этого не может быть!» — «Очень даже может... — хрипит Марлоу. — Тебя скоро выгонят с работы... я это узнал из верных источников...» Карл смотрит на меня в отчаянии. «Ты думаешь, старый сукин сын п..дит? — шепчет он мне на ухо и уже в полный голос вопит: — Что же я буду делать? Я целый год добивался этой работы... Где я найду другую?!»

По-видимому, именно это Марлоу и хотел услышать. Наконец-то он нашел человека, положение которого еще хуже, чем его собственное. «Да, туговато придется...» — хрипит он, и его костлявый череп начинает светиться холодным электрическим светом.

Когда мы уходим из кафе «Дом», Марлоу, беспрерывно икая, силится объяснить нам, что ему необходимо вернуться в Сан-Франциско. Его, видимо, не на шутку беспокоит положение Карла. Он предлагает нам с Карлом заняться его журналом, пока сам он будет в отъезде. «Я могу положиться на тебя, Карл...» — говорит он и вдруг чуть не падает в канаву. У него начинается самый настоящий припадок. Мы затаскиваем его в бистро на бульваре Эдгара Кине и усаживаем на стул. На этот раз его действительно шарахнуло — дикая головная боль, от которой он визжит, мычит и качается из стороны в сторону, как скотина, которую хватили по башке кувалдой. Мы вливаем ему в глотку две рюмки «Фернет-Бранка», укладываем на скамью и закрываем лицо шарфом. Марлоу лежит и стонет. Через несколько минут он начинает храпеть.

— Что ты думаешь о его предложении? — спрашивает Карл. — Стоит браться? Он говорит, что даст мне тысячу франков, когда вернется. Я знаю, что он врет, но все-таки как ты думаешь?

Карл смотрит на лежащего Марлоу, приподнимает шарф с его лица и опять опускает. Внезапно на лице Карла появляется лукавая улыбка, и он подзывает меня поближе.

— Послушай, Джо, — говорит он. — Мы возьмемся за это. Мы возьмем его паршивый журнал и вы..ем старика Марлоу как следует!

— Каким это образом?

— Разгоним всех сотрудников и завалим журнал собственным дерьмом. Понял?

— Понял... но каким?

— Каким угодно. Он ничего не сможет сделать. Мы его у..ем. Один хороший выпуск, а потом журналу конец. По рукам, Джо?

Улыбаясь и хихикая, мы поднимаем Марлоу, тащим его к Карлу домой и, включив свет, обнаруживаем в постели Карла женщину. «Я совсем забыл о ней», — говорит Карл. Мы выкидываем писюху вон и укладываем Марлоу. Через несколько минут — стук в дверь. Это — ван Норден. Возбужден до невероятности. Оказывается, он потерял свою вставную челюсть в кафешантане «Баль негр» — так он по крайней мере думает.

В результате все вчетвером мы заваливаемся на одну кровать. От Марлоу воняет, точно от сгнившей копченой воблы.

Утром он и ван Норден уходят искать челюсть ван Нордена. Марлоу громко ревет. Он думает, что это он потерял челюсть.

5

Это мой последний обед в доме драматурга. Они только что взяли напрокат новый рояль, концертный. Я встретил Сильвестра, когда он выходил из цветочной лавки с фикусом в руках. Он попросил меня подержать горшок, а сам пошел за сигаретами. Одно за другим я испоганил все места, где меня кормили, места, которые я так старательно выискивал. Один за другим против меня восстали мужья — впрочем, иногда и жены. Прохаживаясь с фикусом в руках, я вспоминаю, как всего несколько месяцев назад эта идея явилась мне в первый раз. Я сидел на скамейке возле кафе «Куполь», вертя в руках обручальное кольцо, которое пытался всучить гарсону из кафе «Дом». Он предлагал за него только шесть франков, и это привело меня в ярость. Но голод не тетка. С тех пор как Мона уехала, я всегда носил это кольцо на мизинце. Оно стало до такой степени частью меня самого, что мне не приходила в голову мысль его продать. Это было обычное дешевенькое колечко из белого золота. Может быть, оно стоило когда-то полтора доллара, может, больше. Три года мы не думали об обручальных кольцах, пока однажды, идя на пристань встречать Мону, я не увидел на нью-йоркской

Мэйден-лейн ювелирный магазин. Вся витрина была завалена обручальными кольцами. На пристани Моны не оказалось. Дождавшись, когда сойдет последний пассажир, я попросил показать мне список прибывших. Имени Моны в нем не было. Я надел кольцо на мизинец и с тех пор с ним не расставался. Как-то я забыл его в бане, но мне его возвратили. Одна из завитушек обломилась. И вот теперь я сидел перед кафе, опустив голову и крутя кольцо на пальце, как вдруг точно кто-то хлопнул меня по плечу. Я сразу нашел и еду, и карманные деньги. Ведь никто не откажется накормить человека, если у него достанет храбрости потребовать этого. Я немедленно отправился в кафе и написал дюжину писем: «Не разрешите ли вы мне обедать у вас раз в неделю? Пожалуйста, сообщите, какой день вам удобнее». Результат превзошел все ожидания. Меня не просто кормили, мне закатывали пиры. Каждый вечер я возвращался домой навеселе. Они расшибались в лепешку, эти мои еженедельные кормильцы. Что я ел в другие дни, их не касалось. Иногда более внимательные подкидывали мне мелочь на сигареты и прочие карманные расходы. И все чувствовали огромное облегчение, едва до них доходило, что отныне они будут видеть меня лишь раз в неделю. Но настоящее счастье наступало, когда я говорил: «Сегодня мой последний обед у вас». Они не спрашивали, в чем дело. Только поздравляли. Часто я отказывался потому, что находил более приятных хозяев и мог позволить себе вычеркнуть из списка тех, кто надоел мне хуже горькой редьки. Об этом они, конечно, не подозревали. Вскоре у меня уже составилось твердое, окончательно установленное расписание. Я знал, что во вторник я буду есть это, а в пятницу — то. Я знал, что у Кронстадтов меня ждет шампанское и домашний яблочный пирог. А Карл будет каждую неделю кормить меня в новом ресторане и заказывать редкие вина, а после обеда водить в театр или в цирк «Медрано».

Мои кормильцы сгорали от любопытства, стремясь узнать, кто же еще меня кормит. Они спрашивали, где мне больше всего нравится, кто лучше всех готовит и т. д. Пожалуй, больше всего мне нравилось у Кронстадтов, может быть потому, что Кронстадт записывал на стене стоимость каждого обеда. Это не отягощало моей совести, я не намеревался ему платить, да он и не надеялся на возмещение расходов. Меня просто интриговали странные цифры. Он высчитывал все до последнего гроша, и если бы я когда-нибудь собрался ему заплатить, мне пришлось бы разменять мои купюры на мелочь. Его жена великолепно готовила, и ей было наплевать с высокого дерева на все его записи. Она взимала с меня дань копировальной бумагой. Честное слово! Когда я приходил без свежей копирки, она расстраивалась. За это я должен был на следующий день вести их маленькую дочку в Люксембургские сады и играть там с ней часа два-три. Это приводило меня в бешенство, потому что она говорила только по-венгерски и по-французски. Вообще все мои кормильцы были довольно странной публикой...

В доме у Тани я стою на галерее и смотрю вниз. Молдорф сидит около своего идола. Он греет ноги у камина, и во взгляде его водянистых глаз — невыразимая благодарность. Таня наигрывает адажио. Адажио говорит очень внятно: больше не будет слов любви! Теперь, снова стоя у фонтана, я смотрю на черепах, которые мочатся зеленым молоком. Сильвестр только что вернулся с Бродвея, и его сердце преисполнено любви. Всю ночь я лежал на скамейке в саду, а рядом мочились черепахи и разъяренные кони летели по воздуху в приапическом галопе, не касаясь ногами земли. Всю ночь я чувствовал запах сирени — той сирени, которая была в темной комнатке, где она распускала волосы, той сирени, которую я принес ей перед тем, как она пошла встречать Сильвестра. Он вернулся, по ее словам, преисполненный любви... А моя сирень — все еще в волосах, во рту, под мышками. Комната, напоенная запахом сирени, черепашьей мочи, любви и бешено скачущих коней. А утром — грязные зубы и запотевшие окна. Маленькие ворота, ведущие в сад, закрыты; народ спешит на работу, и железные жалюзи скрежещут так, точно это не жалюзи, а рыцарские доспехи. В книжном магазине против фонтана выставлена история озера Чад — молчаливые ящерицы, великолепные краски. Все эти письма, которые я писал ей, пьяные письма, написанные огрызками карандаша; сумасшедшие письма, намаранные углем, пока я слонялся от скамейки к скамейке; они будут теперь читать их вместе, и когда-нибудь Сильвестр отпустит мне комплимент. Он скажет, стряхивая пепел с сигареты: «А знаете, вы пишете совсем недурно... Постойте, вы же, кажется, сюрреалист?» Сухой, ломкий голос, налет на зубах, золотуха вместо золота и пепел вместо огня.

Я — на галерее с фикусом, а адажио внизу. Клавиши, черные и белые, сначала черные, потом белые и черные. Ты спрашиваешь, не сыграть ли что-нибудь для меня. Да, сыграй что-нибудь двумя пальцами. Сыграй адажио — это единственное, что ты знаешь. Сыграй, Таня, а потом отруби себе эти два пальца.

Не понимаю, почему ей так хочется все время играть это адажио! Старое пианино она забраковала, ей надо было взять напрокат концертный рояль — для ее адажио! Когда я вижу ее большие указательные пальцы, нажимающие на клавиши, а потом этот дурацкий фикус, я чувствую себя как тот сумасшедший на севере, который выбросил одежду и, сидя на суку нагишом, кидал орехи в замерзшую селедочную Атлантику. Есть что-то изводящее в этой музыке, что-то слегка печальное, точно она была написана на куске лавы молочно-свинцового цвета. И Сильвестр, наклонив голову, как аукционист, говорит Тане: «Сыграй ту, другую пьесу, которую ты разучивала сегодня». Как замечательно иметь смокинг, хорошую сигару и жену, которая играет на рояле. Очень приятно, успокаивает нервы. В антракте можно покурить и подышать свежим воздухом. Да, у нее гибкие пальцы, необыкновенно гибкие. Она также рисует по шелку. Не хотите ли попробовать болгарскую сигаретку? Послушай, голубушка, что ты играла и что мне так нравилось? Скерцо! О да, конечно, скерцо! Это замечательно — скерцо! Так говорит князь Вальдемар фон Швиссенайнцуг. Холодные глаза, будто запорошенные перхотью. Дурной запах изо рта. Кричащие носки. Гороховый суп с гренками, не угодно ли. «Мы всегда едим гороховый суп по пятницам. Не хотите ли попробовать красного вина? Красное вино хорошо к мясу». Сухой отрывистый голос: «Не угодно ли сигарету? Да, я люблю свою работу, но я не придаю ей большого значения. Моя следующая пьеса будет построена на многосторонней концепции мироздания. Вращающиеся барабаны с кальциевыми лампами. О'Нил как драматург — мертв. Мне кажется, дорогая, тебе надо чаще отпускать педаль. Да, это место прелестно... прелестно, не правда ли? Действующие лица в моей пьесе будут снабжены микрофонами. Мы их прикрепим к брюкам. Действие происходит в Азии, потому что там более благоприятные в акустическом отношении атмосферные условия. Не хотите ли попробовать анжуйского? Мы купили его специально для вас...»

Так он говорит в течение всего обеда. Это какое-то недержание речи. Похоже, что он просто вынул свой обрезанный пенис и мочится прямо на нас. Таня еле сдерживается. С тех пор как он вернулся домой, преисполненный любви, этот монолог не прекращается. Таня рассказывает, что он не перестает говорить, даже когда раздевается, — непрерывный поток теплой мочи, точно кто-то проткнул ему мочевой пузырь. Когда я думаю о Тане, вползающей в кровать к этому раздрызганному мочевому пузырю, меня душит злоба. Подумать только, что этот иссохший мозгляк с его дешевенькими бродвейскими пьесками мочится на женщину, которую я люблю! Он требует красного вина, вращающихся барабанов и горохового супа с гренками! Какое нахальство! И вот это ничтожество лежит сейчас рядом с печкой, которую я без него так хорошо топил, — и просто мочится! Боже мой, да стань же на колени и благодари меня! Неужели ты не видишь, что сейчас у тебя в доме — женщина? Неужели ты не чувствуешь, что она готова взорваться? А ты мямлишь, придушенный аденоидами: «Да-с... я вам скажу... на это можно смотреть с двух точек зрения...» Е..л я твои две точки зрения! Е..л я твое многостороннее мироздание и твою азиатскую акустику! Не суй мне в нос свое красное вино и свое анжуйское... дай мне ее... она моя! Иди сядь у фонтана и дай мне нюхать сирень. Протри глаза... забирай это паршивое адажио, заверни его в свои фланелевые штаны! И ту, другую пьесу и всю прочую музыку, на которую способен твой дряблый мочевой пузырь. Ты улыбаешься мне так самодовольно, с таким чувством превосходства. Я льщу тебе, неужели ты не понимаешь? Пока я слушаю твою дребедень, ее рука на моем колене, но ты этого не видишь. Думаешь, мне приятно страдать? Ах, это моя роль в жизни. Ты так считаешь. Очень хорошо. Спроси ее! Она скажет тебе, как я страдаю. «Ты рак и бред» — вот что она сказала мне на днях по телефону. У нее сейчас и рак, и бред, и скоро тебе придется сдирать струпья. У нее надуваются жилы, а твой разговор — одни опилки. Сколько бы ты ни мочился, ты не наполнишь чашу. Как это сказал мистер Рен? Слова — это одиночество. Я оставил пару слов для тебя на скатерти вчера вечером, но ты закрывал их своими локтями.

Он построил вокруг нее изгородь, как будто она — вонючие кости какого-то святого. Если бы у него хватило великодушия сказать: «Бери ее!» — может быть, и случилось бы чудо. Это так просто: «Бери ее». Клянусь, все обошлось бы благополучно. Кроме того, тебе не приходит в голову, что, возможно, я ее и не взял бы. Или взял на время и возвратил бы тебе улучшенной. Но строить забор вокруг нее — это тебе не поможет. Нельзя держать человека за загородкой — так больше не делается... Ты думаешь, жалкий, высохший недоносок, что я недостаточно хорош для нее, что могу замарать и испортить ее. Ты не знаешь, как вкусна иногда испорченная женщина, как перемена семени помогает ей расцвести. Ты думаешь, все, что нужно, — это сердце, полное любви; быть может, так оно и есть, если нашел подходящую женщину, но у тебя не осталось больше сердца... ты — огромный и пустой мочевой пузырь. Ты точишь свои зубы и пытаешься рычать. Ты бегаешь за ней по пятам, как сторожевой пес, и повсюду мочишься. Она не нанимала тебя в сторожевые псы... она взяла тебя как поэта. Она говорит, что ты был когда-то поэтом. Но что с тобой стало сейчас? Не робей, Сильвестр! Вынь микрофон из штанов. Опусти заднюю ногу и перестань мочиться. Не робей, говорю я, потому что она уже тебя бросила. Она осквернена уже, и ты вполне можешь сломать свою загородку. Незачем вежливо осведомляться у меня, не пахнет ли кофе карболкой. Это меня не отпугнет. Можешь положить в кофе крысиного яду и насыпать битого стекла. Вскипятить чайник мочи и добавить туда мускатных орехов...

Последние недели я веду общинный образ жизни. Я вынужден делить себя. В основном с несколькими сумасшедшими русскими, пьяницей голландцем и толстой болгаркой по имени Ольга. Из русских главным образом — с Евгением и Анатолием.

Ольга всего несколько дней назад вышла из больницы. Ей выжгли опухоль, и она слегка потеряла в весе. Однако не скажешь, что она очень страдала. По весу она не уступает небольшому старинному паровозику; она все так же потеет, у нее тот же запах изо рта и та же черкесская папаха, напоминающая парик из упаковочной стружки. На подбородке две бородавки, из которых растут жесткие волосы; вдобавок она отпускает усы.

На следующий день после выхода из больницы Ольга начала снова шить сапоги. В шесть утра она уже за работой — делает две пары в день. Евгений говорит, что Ольга — это обуза, но, по правде сказать, своими сапогами она кормит и Евгения, и его жену. Если Ольга не работает, в доме нечего есть. Потому все озабочены тем, чтобы Ольга вовремя легла спать, чтобы она хорошо питалась и т. д. и т. п.

Каждая трапеза начинается с супа. Какой бы это ни был суп — луковый, помидорный или овощной, — вкус у него всегда один. Вкус такой, как будто в этом супе сварили кухонное полотенце — кисловатое мутное пойло. Я вижу, как после каждого обеда Евгений прячет суп в комод. Он стоит там и киснет до следующего дня. Масло тоже прячется в комод — через три дня оно напоминает по вкусу большой палец на ноге трупа.

Запах прогорклого растопленного масла не слишком-то повышает аппетит, особенно когда вся стряпня происходит в комнате, где нет никакой вентиляции. Едва я вхожу, мне становится дурно. Но Евгений, заслышав мои шаги, кидается к окну, отворяет ставни и отдергивает висящую на окне простыню, назначение которой — не пропускать свет. Бедный Евгений! Он смотрит на жалкую обстановку, на грязные простыни, на грязную воду в раковине и говорит трагически: «Я — раб». Он повторяет это по десять раз в день. Потом снимает со стены гитару и поет.

Кстати, о прогорклом масле... запах прогорклого масла вызывает у меня и другие ассоциации... Я вижу себя стоящим в маленьком дворике, вонючем и жалком. Через щели в ставнях на меня уставились странные лица... старые женщины в платках, карлики, сутенеры с крысиными мордочками, сгорбленные евреи, девицы из шляпной мастерской, бородатые идиоты. Они иногда вылезают во двор — набрать воды или вылить помои. Однажды Евгений попросил меня вынести ведро. В углу двора я нашел выгребную яму со скользкими от экскрементов, или, говоря проще, — от дерьма, краями и с набросанными вокруг обрывками грязной бумаги. Я опрокинул ведро — раздалось чавканье, а потом неожиданно — еще одно. Когда я вернулся, разливали суп. Во время обеда я думал о своей старой зубной щетке, о том, что из нее вылезают щетинки и застревают в зубах.

Садясь есть, я стараюсь устроиться возле окна. Я боюсь сидеть на другой стороне стола, это слишком близко к кровати, а кровать — живая. Повернувшись, я вижу кровавые пятна на простынях. Но я стараюсь не смотреть туда. Я смотрю во двор, где ополаскивают помойные ведра.

Обед всегда кончается музыкой. Как только подается сыр, Евгений вскакивает и хватает гитару, которая висит над кроватью. Он поет всегда один и тот же романс. По его словам, у него в репертуаре пятнадцать или шестнадцать романсов, но я слышал не больше трех. Его любимый — «Charmant poème d'amour»[1]. В нем много «тоски» и «грусти».

После обеда мы идем в кинотеатр. Здесь Евгений садится за пианино в оркестровой яме, а я — в первом ряду. В зале ни души, но Евгений играет так,

---

[1] Очарование любви (фр.).

словно его слушают все коронованные властители Европы. Дверь в сад открыта, и запах мокрых листьев смешивается с «тоской» и «грустью» Евгения. В полночь, когда воздух пропах потом и зловонным дыханием зрителей, я возвращаюсь сюда спать. Красный фонарь с надписью «Выход», плавающий в табачном дыму, слабо освещает нижний угол асбестового занавеса; каждую ночь я засыпаю, глядя на этот искусственный глаз...

Стою во дворе; один глаз у меня стеклянный; смотрю вокруг и мало что понимаю. Мокрые мшистые булыжники, между которыми сидят черные жабы. Большая дверь ведет в подполье, скользкие ступени загажены летучими мышами. Дверь покосилась и осела, петли отваливаются, но на ней новенькая эмалированная табличка: «Пожалуйста, закрывайте дверь». Зачем закрывать? Странно. Я снова смотрю на табличку, но вдруг она исчезает и вместо нее — оконце из цветного стекла. Я вынимаю свой стеклянный глаз, дышу на него и протираю платком. Вижу женщину, сидящую на возвышении за огромным резным столом; вокруг ее шеи обвилась змея. Вдоль стен — бесчисленные книги и диковинные рыбы в разноцветных стеклянных шарах. На стенах — карты и гравюры, изображающие Париж до эпидемии чумы, карты древнего мира, Кноса и Карфагена, Карфагена до и после разрушения. В углу комнаты железная кровать и на ней — покойник. Женщина лениво встает, подходит к кровати, поднимает покойника и спокойно выбрасывает его из окна. Потом возвращается к резному столу, берет золотую рыбку из аквариума и глотает ее. Комната начинает медленно вращаться, и континенты один за другим сползают в море; остается только женщина, но ее тело — это сплошная географическая масса. Я высовываюсь из окна и вижу Эйфелеву башню, из которой бьет шампанское; она сделана целиком из цифр и покрыта черными кружевами. Канализационные трубы бешено журчат. Вокруг — пустота. Только крыши, разложенные в безупречном геометрическом порядке.

Мир выбросил меня, как стреляную гильзу. Густой туман пал на землю, покрытую замерзшим мазутом. Я чувствую, как вокруг меня бьется город, точно сердце, вырезанное из теплого тела. Окна моей гостиницы гноятся, и в воздухе — тяжелый едкий запах, как будто здесь жгли какую-то химию. Глядя в Сену, я вижу грязь и запустение, тонущие уличные фонари, захлебывающихся мужчин и женщин, дома на мостах — эти скотобойни любви. Возле стены стоит человек с аккордеоном, привязанным к животу; кисти рук у него отрезаны, но несмотря на это аккордеон извивается между его культяпками, точно мешок со змеями. Мир сжался до одного квартала, а дальше он пуст — ни деревьев, ни звезд, ни рек. Посреди улицы — колесо, в ступице колеса — виселица. Люди — собственно, это уже и не люди, а мертвецы — лихорадочно рвутся на виселицу, но колесо вращается слишком быстро...

Что мне нужно, чтобы оправдаться в собственных глазах? Вчера вечером я нашел ответ: Папини. Мне безразлично, кто он — шовинист, маленький Христосик или просто близорукий педант. Для меня он замечателен как неудачник...

Какие только книги он не прочел к восемнадцати годам! Не только Гомера, Данте и Гёте; не только

Аристотеля, Платона, Эпиктета; не только Рабле, Сервантеса, Свифта; не только Уолта Уитмена, Эдгара Аллана По, Бодлера, Вийона, Кардуччи, Мандзони, Лопе де Вегу; не только Ницше, Шопенгауэра, Канта, Гегеля, Дарвина, Спенсера, Гексли — не только их, но и всю мелочь между ними. Об этом он повествует на странице восемнадцатой. На двести тридцать второй странице он, увы, раскололся. Он сознается: я ничего не знаю. Только названия. Я составлял библиографии, писал критические эссе, злословил и клеветал... Я могу говорить пять минут или пять дней — какая разница. Все равно я всего лишь пустозвон.

И дальше: «Все хотят видеть меня. Всем позарез надо поговорить со мной. Люди пристают ко мне и к другим с расспросами. Что я делаю? Как поживаю? Выздоровел ли? Люблю ли, как прежде, загородные прогулки? Работаю ли? Закончил ли книгу? Когда начну следующую?..

Тощая немецкая обезьяна просит меня перевести ее труды. Экзальтированная русская девушка хочет получить мое жизнеописание. Знатная американка желает узнать все самые последние новости обо мне. Американский джентльмен приглашает меня на обед для задушевного доверительного разговора. Он пришлет за мной свой экипаж. Мой старый школьный товарищ и сосед по комнате, которого я не видел десять лет, хочет, чтобы я читал ему все мной написанное, как только поставлю точку. Приятель художник жаждет, чтобы я ему позировал. Газетный репортер ищет мой новый адрес. Знакомый мистик справляется о состоянии моей души; другой, более практичный знакомый — о состоянии моего кошелька. Председатель моего клуба просит выступить перед ребятами. Дама, увлекающаяся спиритизмом, надеется, что я приду к ней на чашку чая, и не один раз. Она интересуется моим мнением об Иисусе Христе и о новом медиуме...

Боже мой! Во что я превратился? Как смеют все эти люди вторгаться в мою жизнь, красть мое время, рыться в моей душе, высасывать мои мысли и превращать меня в своего компаньона, поверенного, в справочное бюро? За кого эти идиоты меня принимают? За платного увеселителя, который каждый вечер должен разыгрывать интеллектуальный фарс? За купленного со всеми потрохами раба, который должен ползать на брюхе перед этими бездельниками и класть к их ногам свои знания и мысли? Или за проститутку в борделе, которая должна поднимать юбку или снимать рубашку по первому требованию любого мужчины в дорогом костюме?..

Я — человек, который хотел бы прожить героическую жизнь и сделать мир более сносным — с моей точки зрения. И если мне случается иногда в минуту слабости или расслабленности дать выход своим эмоциям, — бывает, что без этого не обойтись! — жгучей ярости, застывшей в словах, страстной мечте, запечатленной в поэтических образах, — что ж, относитесь к этому как хотите... но оставьте меня в покое!..

Я — свободный человек, и мне нужна моя свобода. Мне нужно быть одному. Нужно думать о своем стыде и отчаянии в одиночестве; мне нужны солнце и камни мостовых, но без спутников, без разговоров, я должен остаться лицом к лицу с самим собой и с той музыкой, которая звучит в моем сердце. Чего вы все от меня добиваетесь? Если мне хочется что-нибудь сказать, я это печатаю. Если мне хочется что-нибудь дать, я даю. Ваше любопытство вызывает у меня тошноту! Ваши комплименты оскорбляют меня! Ваш чай для меня отрава! Я никому ничего не должен. Я ответствен только перед Богом — если Он существует!»

Мне кажется, что Папини слегка ошибается, говоря о своей потребности быть одному. Быть одному совсем не трудно, если ты нищий или неудачник. Художник всегда один — если он действительно художник. Нет, единственное, что на самом деле необходимо художнику, — это одиночество.

Я называю себя художником. Прекрасно. Я хорошо вздремнул сегодня после полудня. Теперь между позвонками у меня бархат, а в голове достаточно идей, по крайней мере на три дня. Я полон энергии, которую мне некуда тратить. Вот я и решил погулять. Уже на улице передумал и решил пойти в киношку. Не вышло — не хватило нескольких су. Пошел гулять опять, останавливаясь перед всеми кинотеатрами и рассматривая сначала афиши, потом цены. Эти опиокурильни — дешевенькая радость, но опять не хватает нескольких су. Если бы не так поздно, я вернулся бы домой и сдал в магазин пустую бутылку.

Когда я добрел до улицы Амели, я уже забыл про кино. Это одна из моих любимых улиц, одна из тех улиц, которые муниципалитет, по счастливому недосмотру, забыл залить асфальтом. Тут все еще круглые булыжники, выложенные узором от стены к стене. Улочка узенькая и всего в один квартал. На этой улице — отель «Претти». И еще маленькая церковка — точно для президента республики и его семьи.

Иногда приятно увидеть скромную церковь среди помпезных парижских соборов.

Мост Александра Третьего. Перед мостом — широкая, продуваемая всеми ветрами площадь. Тощие голые деревья, с математической точностью рассаженные в своих железных гнездах. Мрачность Дворца инвалидов, исходящая от купола и переливающаяся на темные улочки вокруг площади. Могила поэзии. Они положили его куда хотели, великого полководца, последнего большого человека Европы. Он крепко спит в своей гранитной постели. Ему уже не удастся перевернуться в могиле. Спи, Наполеон! Двери — на прочных засовах, и гробовая крышка пригнана точно. Им не нужны были твои идеи — только твой труп!

Река, вздутая и мутная, исполосована огнями. Я не знаю, как назвать то, что поднимается во мне при виде этого темного стремительного потока, но какой-то восторг охватывает меня, и я чувствую жгучее желание никогда не покидать этой страны. Я помню, как проходил здесь всего несколько дней назад по пути в «Америкен экспресс», зная заранее, что там ничего для меня нет — ни писем, ни телеграмм, ни денежного перевода, абсолютно ничего. По мосту проезжал фургон из «Галери Лафайетт». Дождь только что кончился, и солнце, пробившееся сквозь мыльные тучи, зажгло гребни крыш своим холодным огнем. Помню, как возница выглянул из фургона и посмотрел на реку в сторону Пасси. Этот простой, здоровый, одобрительный взгляд как бы говорил: «Ну, вот и весна!» А когда в Париж приходит весна, даже самый жалкий из его обитателей должен чувствовать, что он живет в раю. Но тут было больше — во взгляде возницы была фамильярная нежность. Это был *его* Париж.

Чтобы чувствовать себя здесь дома, не надо быть ни богатым, ни даже французом. Парижские нищие — я думаю, в Париже самые грязные и самые гордые нищие в мире — верят, что они здесь дома. Это то, что отличает парижанина от обитателей других больших городов.

Нью-Йорк вызывает у меня иное чувство. Нью-Йорк даже богатому человеку внушает, что он здесь никто. Это холодный, блестящий, злой город. Его дома́ давят. В его сутолоке — нечто безумное; чем быстрее темп, тем меньше духовности. Бесконечное брожение, но с таким же успехом оно могло бы совершаться и в лабораторной колбе. Никто не понимает смысла того, что здесь происходит. Никто не руководит этой энергией. Колоссальный город. Странный. Непостижимый. Столько энергии, столько усилий без малейшей согласованности, без какой бы то ни было координации.

Когда я думаю об этом городе, городе, где я родился и вырос, о Манхэттене, который воспел Уитмен, пламя дикой злобы облизывает мне кишки. Нью-Йорк! Эти белые тюрьмы; эти тротуары с копошащимися на них червями; эти очереди за хлебом; эти опиокурильни, построенные, как дворцы; эти еврейчики, эти прокаженные, эти бандиты, и надо всем этим — тоска, убийственная монотонность лиц, улиц, ног, домов, небоскребов, обедов, афиш, занятий, преступлений, любви... Целый город, возведенный над пропастью пустоты. Над пропастью бессмысленности. Абсолютной бессмысленности. А Сорок вторая улица! Вершина мира — так ее называют ньюйоркцы. Где же тогда его подвал? Вы можете целыми днями ходить по Сорок второй с протянутой рукой, и они будут кидать вам в шапку горячие угольки. Бедные и богатые, они ходят здесь задрав голову, рискуя сломать шею, и смотрят на свои великолепные белые тюрьмы. Они ходят, точно слепые гуси, и прожекторы серебрят их пустые лица пудрой восторга.

6

Эмерсон говорит: «Жизнь — это мысли, приходящие в течение дня». Если это так, то моя жизнь не что иное, как большая кишка. Я не только целыми днями думаю о еде, но и вижу ее во сне. Однако я не прошусь обратно в Америку, чтобы меня опять сковали узами брака и поставили к конвейеру. Я предпочитаю быть бедным человеком в Европе. Видит Бог — я вполне беден. Так что нужно только оставаться человеком.

На прошлой неделе я думал, что почти разрешил проблему собственного существования, что я на пути к экономической независимости. Дело в том, что я встретил еще одного русского по имени Сергей, или Серж. Он живет в районе Сюрен, в небольшой колонии эмигрантов и обнищавших художников. До революции Серж был капитаном императорской гвардии, в нем шесть футов и три дюйма росту без каблуков, и он пьет водку, как воду. Его отец был адмиралом или кем-то в этом роде на броненосце «Потемкин».

Я познакомился с Сержем при довольно странных обстоятельствах. Вынюхивая, где бы поесть, я однажды около полудня оказался неподалеку от театра «Фоли-Бержер», точнее говоря, от его служебного входа в узком переулке, упиравшемся одним концом в железные ворота. Я болтался там возле артистического подъезда, смутно надеясь на случайную встречу с какой-нибудь закулисной бабочкой, когда у театра остановился грузовик. Шофер — а это был не кто иной, как Серж, — увидел, что я стою, засунув руки в карманы, и спросил, не помогу ли я ему выгрузить железные бочки. Когда он узнал, что я американец, притом без гроша, он чуть не заплакал от радости. Оказалось, что он повсюду искал человека, который мог бы учить его английскому. Я помог ему закатить его бочки с какой-то дезинфекционной жидкостью, а заодно досыта насмотрелся на полуголых стрекоз, порхающих за кулисами. Весь этот эпизод оставил во мне смесь странных впечатлений — пустой театр, кукольные девочки, бочки с бактерицидным средством, броненосец «Потемкин», — а над всем этим мягкая обходительность Сержа. Это был нежный великан, мужчина с головы до пят, но с женским сердцем.

В соседнем кафе «Артист» Серж предложил мне сделку: я немедленно переезжаю к нему, он положит для меня матрас в коридоре, а за уроки английского я буду получать обед — обильный русский обед. Если же такового почему-либо не будет, тогда — пять франков. Это было прекрасно. Замечательно. Единственно, что меня смущало, — как я буду добираться каждое утро из пригорода в «Америкен экспресс»?

Серж хотел, чтобы мы начали заниматься немедленно, и потому дал мне денег на проезд в Сюрен. Я явился перед обедом, с рюкзаком, готовый к первому уроку. В доме уже были гости — они здесь всегда обедают целой толпой, в складчину.

За столом оказалось восемь человек и три собаки. Собаки едят первыми. Они едят овсянку. Потом начинаем есть и мы. Мы тоже едим овсянку, как закуску. «У нас, — подмигивает мне Серж, — американскую овсянку едят только собаки. А здесь она — для джентльменов». После овсянки подают грибной суп с овощами, потом яичницу с грудинкой, фрукты, красное вино, водку, кофе, сигареты. Русский обед — это совсем неплохо. За столом все говорят с набитыми ртами. К концу обеда жена Сержа, ленивая, неряшливая армянка, заваливается на диван и начинает пробовать конфеты. Она роется в коробке своими толстыми, жирными пальцами, надкусывает одну конфету за другой в поисках сладкой начинки, а потом бросает их собакам.

После обеда гости скрываются с такой быстротой, как будто боятся чумы. Мы с Сержем остаемся одни, если не считать собак и его жены, заснувшей на диване. «Я люблю собаки, — говорит Серж на ломаном английском. — Собаки — хорошо. Маленький собака, черви. Он молодой». Серж наклоняется и рассматривает белых глистов, лежащих между собачьими лапами. Он старается объяснить мне что-то о глистах по-английски, но ему не хватает слов. В конце концов он смотрит в словарь. «А-а, — говорит он торжествующе, — глисти!» Моя реакция, очевидно, не особенно умна, потому что Серж теряется. Он становится на колени, чтобы лучше рассмотреть их, берет одного и кладет на стол рядом с фруктами. «Хм, не очень большой... — бормочет Серж. — Следующий урок вы мне будет учить глист, да? Вы — хороший учитель. Я сделает хороший успех с вами...»

Когда я ложусь в коридоре на матрас, запах дезинфекционной жидкости душит меня. Острый, едкий, он, кажется, проникает во все поры моего тела. У меня начинается отрыжка, и я вспоминаю все съеденное — овсянку, грибы, грудинку, печеные яблоки. Я вижу маленького глиста, лежащего рядом с фруктами, и все разновидности червей, которых Серж рисует на скатерти, пытаясь объяснить мне, что происходит с собаками. В моем воображении возникает оркестровая яма «Фоли-Бержер» — везде, во всех щелях, тараканы, вши, клопы. Я вижу, как публика в театре чешется и чешется — до крови. Я вижу червей, ползущих по декорациям, как армия красных муравьев, уничтожающих все на своем пути. И хористок, сбрасывающих свои газовые туники и бегущих по проходам нагишом. И зрителей, тоже сдирающих одежду и скребущих друг друга, точно обезьяны.

Я стараюсь успокоиться. В конце концов, ведь я нашел дом и вечером меня ждет обед. И Серж — чудный парень, никакого сомнения. Но я не могу заснуть. Это все равно что пытаться заснуть в морге. Матрас пропитан жидкостью для бальзамирования покойников. Это — морг для вшей, клопов, тараканов, глистов. Я не могу выносить этого. И не буду. Ведь я — человек, а не вошь.

Утром я жду, пока Серж грузит свой грузовик. Я прошу его подвезти меня в Париж. У меня не хватает духу сказать ему, что я уезжаю навсегда. Я даже оставляю в доме рюкзак, хотя в нем все мое имущество. Когда мы проезжаем площадь Перье, я выпрыгиваю из машины. Мне нет особого смысла вылезать именно здесь. Но ведь и вообще особого смысла нет ни в чем. Я свободен — и это главное...

Легкий, как птичка, я порхаю из одного квартала в другой. Я чувствую себя так, словно только что вышел из тюрьмы. Я вижу мир новыми глазами. Все меня живо интересует — даже ерунда. На улице Фобур Пуассоньер я останавливаюсь перед витриной института физической культуры. В окне фотографии представителей сильного пола «до» и «после». Все — «лягушатники». На некоторых нет ничего, кроме пенсне и бороды. Не могу понять, как эти чудаки клюнули на гири и параллельные брусья. «Лягушатнику» положено иметь брюшко à la барон де Шарлю. У него может быть пенсне и бородка, но он не должен сниматься голым. Француз должен носить блестящие лакированные штиблеты, и из нагрудного кармана его чесучового пиджака должен высовываться — но не более чем на три четверти дюйма — аккуратно сложенный платок. На отвороте пиджака желательно носить красную ленточку Почетного легиона, а ложась спать, надевать пижаму.

Под вечер, приближаясь к площади Клиши, я прохожу мимо маленькой проститутки с деревянной ногой. Она всегда стоит здесь, против «Гомон Палас». На вид ей не больше восемнадцати. Вероятно, у нее постоянная клиентура. После полуночи она, в своем черном платье, стоит тут, будто привинченная. Я беззаботно прохожу мимо нее, и она напоминает мне гуся с раздутой больной печенкой, привязанного к столбу, чтобы мир мог лакомиться страсбургским паштетом. Это, должно быть, странное чувство — деревянная нога в постели. Можно себе представить разные неожиданности — занозы, например, и т. д. Но о вкусах не спорят.

На рю де Дам я сталкиваюсь с Пековером, несчастным малым, который работает в американской газете. Он жалуется, что спит всего по три-четыре часа, потому что в восемь утра уже должен быть на работе в приемной дантиста. По его словам, он делает это для того, чтобы заплатить за свою вставную челюсть. «Трудно читать корректуру, когда валишься с ног от недосыпа, — говорит он. — Моя жена думает, что все это капризы. „Что мы будем делать, если ты потеряешь работу?" — это постоянный ее припев». Но вообще-то Пековеру наплевать на работу, его жалованья все равно не хватает даже на карманные расходы. Вплоть до того, что он вынужден собирать собственные окурки, чтобы потом оставшимся в них табаком набивать трубку. Его костюм держится на французских булавках. У него пахнет изо рта и всегда потные ладони. К тому же и спит он всего три часа в сутки. «Так нельзя обращаться с человеком, — жалуется он. — Старший корректор готов задушить меня за пропущенное двоеточие. — И, вспомнив опять о жене, добавляет: — У этой растяки, на которой я женат, нет ни малейшего чувства благодарности... Уверяю тебя».

В конце концов мне все-таки удается вытянуть из него полтора франка. Я пытаюсь выжать еще пятьдесят сантимов, но безуспешно. Однако, как бы то ни было, мне хватит теперь на кофе с рогаликами. Около вокзала Сен-Лазар я знаю дешевое бистро.

Удача улыбается мне сегодня — в уборной я нашел билет на концерт. Легкий, как перышко, я направляюсь в «Саль Гаво». Капельдинер явно недоволен тем, что я не дал ему на чай. Всякий раз, проходя мимо, он смотрит на меня выжидательно, надеясь, видимо, что я наконец вспомню о чаевых.

Я так давно не был в обществе хорошо одетых людей, что меня охватывает легкая паника. Тут тоже попахивает дезинфекцией — может быть, Серж обслуживает и этот театр. Но, слава Богу, никто не чешется. В воздухе, напротив, стоит легкий, едва уловимый запах духов. Перед самым началом концерта на лицах слушателей появляется выражение тоски. Концерт — изысканная форма самоистязания. Дирижер стучит палочкой по пульту. Миг напряженной сосредоточенности — и почти тут же общее сонное безразличие, которое нагоняет на публику оркестр своей музыкальной изморосью. Моя голова, однако, свежа, и тысячи маленьких зеркал отражают происходящее. Нервы приятно вибрируют. Звуки прыгают по ним, как стеклянные шарики, подбрасываемые миллионами водяных струй фонтана. Мне никогда еще не приходилось слушать музыку с таким пустым желудком. Возможно, поэтому я не упускаю ни единого звука, даже звука падающей в зале булавки. Мне кажется, что я голый и что каждая пора моего тела — это окно, и все окна открыты, и свет струится в мои потроха. Я чувствую, как звуки забиваются мне под ребра, а сами ребра висят над пустым вибрирующим пространством. Сколько времени это продолжается, я не имею ни малейшего представления, я вообще теряю всякое понятие о времени и месте. Наконец я впадаю в какое-то полубессознательное состояние, уравновешенное чувством покоя. Мне кажется, что во мне — озеро, переливающееся всеми цветами радуги, но холодное, точно желе. Над озером широкой спиралью поднимается вереница птиц с длинными тонкими ногами и блестящим оперением. Стая за стаей взлетают они с озера, холодного и спокойного, проносятся под моими лопатками и исчезают в белом мареве пространства. Потом кто-то медленно, очень медленно, как старая женщина в белом чепце, проходит по моему телу, закрывая окна-поры, и я вновь обретаю себя. Внезапно зажигается свет, и я вижу, что человек в белой ложе, которого я принимал за турецкого офицера, на самом деле — женщина с корзиной цветов на голове.

Зал наполняется гулом голосов, и тот, кому хотелось кашлянуть, может наконец это сделать безнаказанно. Слышно шарканье ног, стук сидений, люди непрерывно шевелятся, встают, снова садятся, просто так, без всякой причины; шелестят программками, делая вид, что читают, потом запихивают их под сиденья, довольные тем, что можно не вспоминать, о чем они думали, слушая музыку, — потому что на самом деле они ни о чем не думали, но если они поймут это, то сойдут с ума. При ярком свете они смотрят друг на друга бессмысленно и напряженно. Но как только дирижер стучит палочкой по пульту, они снова погружаются в каталепсию, потом непроизвольно начинают почесываться, потом перед их мысленным взором внезапно возникает витрина с шарфом и шляпой. Они с изумительной ясностью видят мельчайшие детали, но где находится сама витрина, вспомнить не могут, и это лишает их сна и покоя. Они слушают с удвоенным вниманием, но, как ни прекрасна музыка, проклятая шляпа и шарф все время отвлекают их.

Мучительное состояние публики передается оркестру; он начинает играть с поразительной живостью. Второй номер программы проходит с такой быстротой, что, когда музыка неожиданно обрывается и в зале вспыхивает свет, слушатели застревают, как морковки, в своих креслах, их челюсти конвульсивно двигаются, и, если к ним подойти и внезапно крикнуть прямо в ухо: «Брамс, Бетховен, Менделеев, Герцеговина», они ответят вам без малейшего колебания: «4, 967, 289».

К началу Дебюсси атмосфера уже отравлена. Я ловлю себя на мыслях: как все-таки должна себя чувствовать женщина при совокуплении? острее ли наслаждение и т. д.? Пытаюсь представить себе — вот что-то проникает в меня между ляжками, но ничего не чувствую, кроме туповатой боли. Пытаюсь сосредоточиться, но музыка ускользает, и все, что я мысленно вижу, — это ваза с фигурами. Ваза медленно поворачивается, и фигуры уходят в пространство. Потом остается только медленно поворачивающийся свет — и как это свет может поворачиваться? Мой сосед спит сном праведника. Со своим животом и нафабренными усами он похож на маклера, и уже поэтому он мне нравится. Особенно мне нравится этот живот и все, что пошло на его сооружение. Почему бы ему и не спать? Если ему захочется послушать музыку, он всегда найдет деньги на другой билет. Я заметил, что, чем лучше люди одеты, тем спокойнее они спят. У них чиста совесть, у этих богатых. Вот бедный — совсем другое дело: стоит ему задремать хоть на минуту — и он сконфужен, ему кажется, что он нанес композитору величайшее оскорбление.

Испанские мотивы наэлектризовали публику. Все сидят на краешках стульев — их разбудили барабаны. Когда барабаны вступили, я подумал, что это никогда не кончится. Мне казалось, что все должны вываливаться из лож и подбрасывать шляпы в воздух. В этой музыке есть что-то неистовое. Если бы Равель захотел, он мог бы довести аудиторию до полного исступления. Но Равель не таков. Внезапно музыка стала спокойнее, словно композитор вдруг вспомнил, что на нем визитка и что приличному человеку не подобает так буйствовать. На мой скромный взгляд — большая ошибка. Искусство в том и состоит, чтоб не помнить о приличиях. Если вы начинаете с барабанов, надо кончать динамитом или тротилом. Равель пожертвовал чем-то ради формы — ради овощей, которые полезно есть часа за два-три до отхода ко сну.

Мои мысли разбредаются. Барабаны смолкли, и музыка ускользает от меня. Все вокруг тоже приходит в прежнее состояние. Под красным светом пожарного выхода сидит Вертер, погруженный в отчаяние; его подбородок упирается в ладони, глаза остекленели. Возле дверей испанец в небрежно наброшенном плаще, с сомбреро в руках. Он точно позирует Родену для его Бальзака. Лицом он напоминает Буффало Билла. На балконе напротив меня в первом ряду сидит женщина, широко расставив ноги, похоже, что у нее свело скулы; голова ее откинута назад, и шея свернута на сторону. Женщина в красной шляпке спит, свесившись через барьер, — вот если б у нее пошла горлом кровь! Целое ведро крови на все эти крахмальные рубашки внизу. Представляете себе — эти сукины дети идут домой, а их манишки в крови!

В музыке звучит лейтмотив сна. Никто больше не слушает. Нельзя думать и слушать. Невозможно даже мечтать — сама музыка и есть мечта. Женщина в белых перчатках держит на коленях лебедя. Легенда говорит, что, когда лебедь оплодотворил Леду, у нее родилась двойня. Все что-то или кого-то рожают, за исключением лесбиянки во втором ярусе. Ее голова запрокинута, шея открыта — ее щекочут брызги, летящие из оркестра... Юпитер в ее ушах. Киты с большими плавниками, Занзибар, Алькасар. «Когда вдоль Гвадалквивира блистали тысячи мечетей...» Глубоко в айсбергах, в сиреневых днях. Улица Денег с двумя белыми тумбами, чтобы привязывать лошадей. Горгульи... человек со вздором Яворского... огни над рекой... огни... над...

7

В Америке у меня было несколько знакомых индусов; одни были хорошие люди, другие — плохие, третьи — ни то ни се. Обстоятельства сложились так, что, к счастью, я мог быть им полезен; я находил им работу, давал приют и при случае подкармливал. Надо сказать, они были очень благодарны — до такой степени, что своим вниманием портили мне жизнь. Двое из них были праведниками, если я правильно понимаю значение этого слова, особенно Гупта, которого однажды нашли с перерезанным от уха до уха горлом. Это случилось в дешевых меблирашках в Гринвич Виллидж. Он лежал на кровати, совершенно голый, рядом с ним лежала его флейта, а горло его было перерезано, как я сказал, от уха до уха. Так и не удалось выяснить, был ли он убит или покончил с собой. Впрочем, я не о том...

Я просто вспоминаю цепь обстоятельств, которые привели меня в дом Нанантати. Странно, что я совершенно забыл про Нанантати и вспомнил о нем всего несколько дней назад, лежа в поганой комнатушке в гостинице на улице Сель. Я лежал на железной койке и думал, до какого же ничтожества я дошел, до какого обнищания, до какого круглого нуля, и вдруг — бац! — в моей голове прозвучало: NONENTITY! Так мы называли Нанантати в Нью-Йорке — Нонентити. Мистер Нонентити, то есть господин Ничтожество.

Я лежу на полу в «великолепной» парижской квартире Нанантати, которой он так хвастался, приезжая в Нью-Йорк. Тогда он разыгрывал доброго самаритянина. Этот самаритянин дал мне два жестких одеяла — не одеяла, а лошадиные попоны, в которые я завертываюсь, лежа на пыльном полу. Каждую минуту он заставляет меня что-нибудь делать — если, конечно, я по глупости остаюсь дома. Он будит меня по утрам самым бесцеремонным образом и требует, чтоб я готовил ему овощи на завтрак — лук, чеснок, бобы и т. п. Его приятель Кепи предупреждал меня, что есть эту дрянь нельзя. Дрянь или не дрянь — какая разница? Все-таки еда. А что еще нужно? Даже за такую кормежку я готов мести его ковры его сломанной щеткой, стирать его одежду и собирать крошки с пола, когда он кончает есть. Дело в том, что, как только я поселился у него, он стал очень аккуратен: пыль должна быть вытерта, стулья — стоять на месте, часы — бить вовремя, а вода в уборной должна спускаться безотказно... Этот Нанантати был скуп, как гороховый стручок. Я знаю, что когда-нибудь, когда я вырвусь из его когтей, я буду над этим смеяться, но сейчас я его пленник, человек вне касты, неприкасаемый...

Если я не ночую дома, завернувшись в лошадиные попоны, то, когда я возвращаюсь утром, он говорит мне: «Так, значит, вы еще живы? А я-то думал, что вы уже умерли». И хотя он знает, что у меня ни гроша, он все время рассказывает мне о дешевых комнатах, которые можно снять поблизости. «Я не могу сейчас ничего снимать», — напоминаю я ему. Тогда, мигая, точно китаеза, он говорит бархатным голосом: «О, я забыл, что у вас нет денег, Енри... Но когда придет перевод, когда мисс Мона пришлет вам деньги, тогда мы вместе пойдем посмотреть эти комнаты, да?» И тут же добавляет, что я могу оставаться у него сколько хочу — «шесть месяцев, семь, Енри. Мне очень удобно, когда вы здесь».

Нанантати — один из тех индусов, для которых я никогда ничего не делал в Америке. Он рассказывал мне, что он богатый купец, торговец жемчугом, что у него «роскошная квартира» в Париже на улице Лафайета, вилла в Бомбее и бунгало в Дарджилинге. Я сразу же понял, что он — идиот, но идиоты часто обладают талантом наживать состояния. Я не знал, что он оплатил свой гостиничный счет в Нью-Йорке парой крупных жемчужин. Забавно вспоминать, как эта толстенькая переваливающаяся с боку на бок утка расхаживала с черной тростью в холле шикарного отеля, помыкая прислугой, заказывая завтраки для себя и своих гостей, билеты в театры и такси на целый день; при этом в кармане у него не было ни гроша. Только жемчужное ожерелье на шее, с которого он по мере надобности снимал одну жемчужину за другой. А как он похлопывал меня по плечу, благодаря за помощь молодым индусам, и говорил: «Они умные ребята, Енри... очень умные!» А его утверждения, что какой-то индусский бог наградит меня за мою доброту! Теперь-то я понимаю, почему эти «умные ребята» только посмеивались, когда я советовал им занять пятерку у Нанантати.

Все-таки интересно, как индусский бог наградил меня за мою доброту. Ведь я стал рабом этой маленькой толстенькой утки. Он помыкал мною денно и нощно. Я был ему «удобен» — он говорил это мне прямо в лицо, не смущаясь. Идя в сортир, он кричал: «Енри, принесите, пожалуйста, кувшин воды, мне надо подтереться». Нанантати и в голову не приходило, что можно пользоваться туалетной бумагой. Наверное, из-за религиозных запретов. Нет, ему нужен был кувшин воды и тряпка. Он, видите ли, был очень утонченным, этот толстенький селезень. Иногда, когда я пил жидкий чай, в который он бросал розовый лепесток, он подходил ко мне и громко пукал — прямо мне в нос. И никогда даже не извинялся. Такого слова, как «простите», очевидно, не существовало в его словаре языка гуджарати.

Когда я впервые попал в квартиру Нанантати, он совершал омовение — другими словами, стоял у таза с грязной водой и старался дотянуться своей искалеченной рукой до затылка. Рядом с ним стоял медный кувшин, чтобы менять воду. Он сказал мне, что я должен соблюдать тишину во время ритуала. И я сидел молча, как он просил, пока он пел молитвы и время от времени сплевывал в таз. Так вот она, эта «роскошная квартира в Париже», о которой он говорил мне в Нью-Йорке. Улица Лафайета! Как впечатляюще это звучало в Нью-Йорке! Я думал, что только миллионеры или торговцы жемчугом могут жить на ней. «Улица Лафайета» — это звучит шикарно, когда ты на другой стороне океана. Так же, как Пятая авеню звучит шикарно в Европе. Но и там и здесь можно найти невообразимые трущобы. В общем, как бы то ни было, а я сижу в этой «роскошной квартире» на улице Лафайета и смотрю, как этот полоумный совершает омовение. Стул, на котором я сижу, сломан, кровать разваливается, обои свисают клочьями, а под кроватью — открытый чемодан, набитый грязным бельем. Из окна мне виден заплеванный двор, в котором высшее общество улицы Лафайета проводит свой досуг, покуривая глиняные трубки. Пока Нанантати бормочет заклинания, я думаю о том, как должно выглядеть его бунгало в Дарджилинге.

Нанантати поет молитвы с перерывами. Он объясняет мне, что должен омываться особым образом. Это предписано его религией. Но по воскресеньям он купается в жестяной ванне; он говорит, что его чудаковатый бог это ему простит. Потом он одевается и подходит к шкафу, где на третьей полке стоит идол. Он становится перед ним на колени и повторяет какую-то абракадабру. По его словам, если так молиться каждый день, с вами ничего плохого не случится. Этот его бог никогда не забывает своих верных слуг. Потом Нанантати показывает мне руку, изуродованную в автомобильной катастрофе, несомненно, в тот день, когда он позабыл проделать свои ритуальные антраша. Рука напоминает сломанный компас, это даже и не рука, а кость с приделанной к ней культяпкой. С тех пор как рука зажила, у него под мышкой распухли железы — маленькие толстенькие железы, совершенно как собачьи яйца. Он скулит о своей несчастной судьбе, но, вспомнив, что доктор рекомендовал ему хорошо питаться, просит меня немедленно сесть за стол и составить меню с обилием мясных и рыбных блюд. «А как насчет устриц, Енри, — для младшего братишки?» Все это он говорит только для того, чтобы произвести на меня впечатление. У него нет ни малейшего намерения покупать ни устрицы, ни мясо, ни рыбу. Во всяком случае, пока я тут.

Пока я тут, мы должны есть чечевицу, и рис, и всякую сухую дрянь, которую он держит на чердаке. И масло, купленное на прошлой неделе, тоже не пропадет. Когда он начинает перетапливать это масло, от него идет невыносимая вонь. Вначале я уходил из дома, но сейчас терплю и это. Для Нанантати было бы несказанным удовольствием, если б меня вырвало. Как будто он и эти продукты смог бы запрятать в свой шкаф, где уже хранятся черствый хлеб, заплесневевший сыр и маленькие жирные лепешки, которые он готовит на кислом молоке и прогорклом масле.

По словам Нанантати, он в последние пять лет не работал ни дня и потому не заработал ни гроша. Его дело развалилось. Он любит подолгу рассказывать о жемчуге, который вылавливают в Индийском океане, об огромных жемчужинах, на которые можно жить целую жизнь. Он говорит, что арабы испортили промысел. Но он молится каждый день своему богу, и это ему помогает. Вообще у Нанантати прекрасные взаимоотношения с богом: он знает, как его умаслить и выпросить у него несколько грошей. Это чисто коммерческие взаимоотношения. За причитания перед шкафом Нанантати получает свою ежедневную порцию бобов и чеснока, не говоря уже о разбухших железах под мышкой. Он уверен, что в конце концов все будет хорошо. На жемчуг снова поднимется спрос — может, через пять лет, может, и через двадцать, — когда бог Бумарум ниспошлет ему свою милость. «И когда дело пойдет, вы, Енри, будете получать десять процентов за то, что пишете для меня письма. Но сперва вы должны написать письмо в Индию и узнать, можем ли мы получить там кредит. Мы получим ответ через шесть месяцев, даже через семь — пароходы ходят медленно, а до Индии далеко». У него нет ни малейшего представления о времени. Когда я спрашиваю его, хорошо ли он спал, он отвечает: «Да, Енри, я сплю очень хорошо... Иногда я сплю девяносто два часа в три дня».

По утрам он слишком слаб, чтобы что-нибудь делать. Его рука! Жалкая переломанная культяпка! Когда он заворачивает ее за спину, пытаясь дотянуться до шеи, я не могу понять, как он ее вернет на место. Если бы не его кругленький животик, его можно было бы принять за «человека-змею» из цирка «Медрано». Для этого ему достаточно сломать ногу. Глядя, как я, поднимая пыль, чищу ковер, это ничтожество кудахчет: «Хорошо! Очень хорошо, Енри! А теперь мне придется убирать кучи мусора». Это значит, что я оставил несколько соринок, и Нанантати, укоряя меня, пытается сочетать сарказм с вежливостью.

Обыкновенно после обеда к нему заходят приятели, тоже торговцы жемчугом. Это обходительные, изысканно вежливые сволочи с мягкими оленьими глазами. Они сидят за столом и пьют душистый чай, а Нанантати прыгает вокруг них и, показывая на хлебные крошки на полу, говорит своим мерзким голосом: «Енри, пожалуйста, подберите это». Для гостей он достает из шкафа сухой хлеб, который поджарил, может быть, неделю назад и который напоминает на вкус поросшую мхом деревяшку. В этом доме ничего не выбрасывается. Когда корки совсем окаменеют, он несет их вниз, консьержке, которая, по его словам, была к нему очень добра. Из этих корок консьержка делает сухарный пудинг.

Однажды мой приятель Анатоль зашел повидать меня. Нанантати был в восторге. Он уговорил Анатоля остаться на чай. Угощал его сухим хлебом и жирными лепешками. «Вы должны приходить к нам каждый день и учить меня русскому языку... Чудесный язык... как это вы говорите? Борштъ? Енри, пожалуйста, запишите это для меня...» И я должен не просто записать, а напечатать на машинке — он любит смотреть, как я это делаю. Машинку Нанантати купил, когда получил страховку за искалеченную руку. Доктор сказал, что печатание на машинке — хорошее упражнение для руки. Однако машинка ему скоро надоела — это ведь была английская машинка.

Когда Нанантати узнал, что Анатоль играет на мандолине, он загорелся: «Прекрасно! Вы должны приходить к нам каждый день и учить меня музыке. Я куплю мандолину, как только мои дела пойдут получше. Это будет очень полезно для моей руки». На следующий день он попросил у консьержки граммофон. «Енри, вы будете учить меня танцевать. У меня слишком большой живот». Я надеюсь, что когда-нибудь он купит отличный бифштекс, и тогда я скажу ему: «Пожалуйста, укусите его за меня, господин Ничтожество. У меня слабые зубы».

Как я уже говорил, с момента моего появления в его доме он сделался необычайно требовательным. «Вчера, Енри, вы допустили три оплошности. Прежде всего, вы забыли закрыть дверь в уборную, и всю ночь я слышал шум льющейся воды; во-вторых, вы оставили открытым окно в кухне, и оно треснуло сегодня утром. И наконец, вы забыли выставить на улицу молочную бутылку! Пожалуйста, Енри, всегда выставляйте молочную бутылку вечером, а утром, пожалуйста, приносите мне хлеб».

Каждый день его приятель Кепи заходит узнать, не приехал ли кто-нибудь из Индии. Дождавшись, когда Нанантати уйдет из дому, он бежит к заветному шкафу и достает оттуда хлебные палочки, которые Нанантати прячет в стеклянный кувшин. Он поедает их, как крыса, утверждая при этом, что они ужасная дрянь. Этот Кепи — паразит, человекообразный клещ, который впивается даже в самых бедных из своих соотечественников. С точки зрения Кепи, они все — набобы. За манильскую сигарку и кружку пива Кепи будет целовать задницу любому индусу. Но заметьте, индусу, а не англичанину. У него записаны адреса всех парижских борделей, причем с ценами. Он получает свои маленькие комиссионные даже с десятифранковых заведений. Кепи также может указать кратчайшую дорогу в любое место, куда вам надо. Сначала он поинтересуется, не хотите ли вы взять такси. Если вы откажетесь, он предложит автобус, а если вы сочтете, что и это слишком дорого, тогда трамвай или метро. Скорее всего он посоветует вам пойти пешком, чтобы сэкономить пару франков, отлично зная, что по дороге есть табачный магазин и он выклянчит у вас маленькую сигарку.

Кепи — в своем роде интересный тип, потому что у него нет абсолютно никаких потребностей, кроме одной — е...ся каждый вечер. Каждый грош, который он зарабатывает — а их очень мало, — он тратит на танцульках. У него в Бомбее жена и восемь детей, но это не мешает ему свататься к каждой горничной, если она настолько глупа, чтобы ему поверить. Он живет в маленькой комнатке на улице Кондорсе и платит за нее шестьдесят франков в месяц. Он сам обклеил ее обоями и очень этим горд. Авторучку он заправляет фиолетовыми чернилами, потому что они дольше сохраняются. Он сам чистит себе ботинки, утюжит брюки и стирает белье. За манильскую сигарку он пойдет с вами через весь Париж. Если вы остановитесь посмотреть на рубашку или запонку для воротничка, его глаза тут же вспыхнут: «Не покупайте здесь. Здесь очень дорого. Я покажу вам место, где то же самое можно купить дешевле». И не успели вы сказать и слова, как он притаскивает вас к другому магазину с такими же рубашками и запонками — не исключено, что это тот же самый магазин, но вы этого никогда не узнаете. А все объясняется очень просто. Как только Кепи слышит, что вы хотите что-то купить, душа его наполняется ликованием. Он потащит вас в тысячу мест и будет задавать вам тысячу вопросов, пока вам не захочется пить. И тут, к своему удивлению, вы увидите, что стоите перед бистро, где есть табачный ларек, может быть, вы даже уже были здесь, а Кепи заискивающе говорит: «Не будете ли вы так добры купить мне сигарку?» Что бы вам ни пришло в голову, пусть даже просто прогуляться по кварталу, где вы живете, Кепи, как он уверяет, найдет способ сберечь ваши деньги. Он покажет вам самый короткий путь, самое дешевое бистро, самое сытное блюдо, но при этом вам непременно придется пройти мимо табачной лавки. И конечно, танцульки. Случись революция, забастовка, чума — ничто не помешает Кепи быть в «Мулен Руж», в «Олимпии» или в «Анж Руж» в тот момент, когда оркестр заиграет первый танец.

Недавно Кепи принес мне книгу. Это был отчет о знаменитом процессе между индусским праведником и издателем газеты. Издатель публично обвинил праведника в том, что он ведет развратную жизнь; он даже пошел дальше и заявил, что у праведника венерическая болезнь. Кепи считает ее великим французским сифилисом, но Нанантати утверждает, что это японский триппер. Нанантати любит все немного преувеличивать. Как бы то ни было, он просит: «Пожалуйста, Енри, прочтите и расскажите мне. Я не могу читать сам — у меня больная рука». Потом, чтобы подбодрить меня, он добавляет: «Это хорошая книга, там говорится о разных способах. Кепи принес ее специально для вас. Он ни о чем не думает, этот Кепи, только о девочках. У него их полно — как у Кришны. В это невозможно поверить...»

Потом Нанантати ведет меня на чердак, где сложены банки консервов и всякая дрянь из Индии, завернутая в джутовую мешковину и разноцветную бумагу. «Я привожу сюда девочек... — говорит он и добавляет с грустью: — Я не особенный е..рь, Енри. Я больше не... женщин. Просто обнимаю их и говорю разные слова... Сейчас мне нравится только говорить слова...» Я знаю, что мне не надо больше его слушать, знаю, что он начнет говорить опять про свою руку. Я вижу ее каждую ночь, вижу, как она свисает с кровати, точно сорванная дверная петля. Но, к моему удивлению, он добавляет: «Я больше уже не годен для этого дела... да я и никогда не был хорошим е...рем. Вот мой брат — это совсем другой коленкор. Каждый день по три раза! И Кепи такой же — прямо как Кришна».

Сейчас мысли Нанантати только этим и заняты. Стоя перед шкафом, где он обычно молится, он рассказывает мне, как жил, когда жена и дети были с ним здесь. По праздникам он водил жену в «Дом народов мира» и снимал на ночь номер. Все номера там были отделаны в разных стилях. Его жене это очень нравилось. «Чудное место для е..., Енри. Я знаю там все номера...»

На стенах маленькой комнаты, в которой мы сидим, развешаны фотографии. На них представлены все ветви семьи Нанантати — это своего рода Индийская империя в разрезе. Но листва этого генеалогического древа почти вся пожухла: женщины — хрупки и запуганы, у мужчин — острые умные лица дрессированных шимпанзе. Тут все они — девяносто человек или больше — со всеми своими белыми волами, навозными кучами, тонкими ногами, старомодными оловянными оправами очков; иногда на заднем плане виден кусок выжженного солнцем поля, разваливающиеся стены или многорукий идол вроде человекообразной сороконожки. В этой галерее есть что-то настолько нереальное, оторванное от жизни, что на ум невольно приходит все разнообразие храмов, раскинувшихся от Гималаев до Цейлона, их архитектура, удивительная по красоте и в то же время устрашающая, потому что плодородие воплощено в ней с такой бьющей через край щедростью, будто оно взято из самой земли и земля Индии теперь мертва. Когда видишь эти переплетенные в экстазе фигуры на фасадах бесчисленных храмов, невольно приходит в голову мысль о невероятной потенции этих маленьких смуглых людей, столь искусных в любви вот уже больше тридцати столетий. Какими хрупкими кажутся мне эти красивые мужчины и женщины, смотрящие с фотографий своими черными пронзительными глазами, какими истощенными тенями рядом с теми мощными сплетающимися фигурами, что украшают их храмы. В этих изображениях точно укор нынешним их потомкам, напоминание о героических мифах, о могучих расах, о праотцах. Глядя всего лишь на осколки этих снов, сохранившихся в камне оседающих, разваливающихся храмов, увлажненных человеческим семенем и покрытых драгоценными камнями, я застываю, подавленный и ослепленный роскошью фантазии древних мастеров, которая позволила полумиллиарду людей разного происхождения выразить свои устремления с такой мощью.

Пока я слушаю Нанантати и его рассказ о сестре, умершей во время родов, во мне возникает странная смесь чувств. Вот она на стене — слабенькое, испуганное существо двенадцати-тринадцати лет, держится за руку старика. Ей было десять, когда ее отдали замуж за старого развратника, похоронившего уже пятерых жен. А из ее семи детей только один пережил ее. Ее отдали этой старой горилле, чтобы жемчуг остался в семье. Умирая, она, по словам Нанантати, прошептала доктору: «Не хочу больше е...ся... Я устала лежать с членом во мне...» Рассказывая это, Нанантати задумчиво почесывает голову своей искалеченной рукой. «Да, с е...й теперь плоховато, Енри... Но я подарю вам слово, которое принесет вам счастье... Вы должны повторять его каждый день, миллион раз, снова и снова... Это лучшее в мире слово, Енри... Повторяйте: «УМАХАРУМУМА!»

— Умарабу...

— Нет, Енри... Слушайте... умахарумума.

— Умамабумба...

— Нет, Енри... вот так...

...Нанантати потратил целый месяц, чтобы выудить это слово из книжонки с расплывшейся печатью, изжеванной бумагой и измызганным переплетом. Он читал ее среди танцующих блох и вшей, при жалком свете. Ему — с его дрянью на языке, слизью в глазах, помоями в глотке, чесоткой в ладонях, рыданием в голосе, тоской в дыхании, туманом в голове, спазмами в совести, зудом в хвосте, нарывами в гортани, крысами на чердаке и мерзостью в ушах, ему, который вообще не мог запомнить больше одного слова в неделю, — это было нелегко.

Я, вероятно, никогда бы не вырвался из лап Нанантати, если бы мне не помогла судьба. Как-то вечером Кепи попросил меня проводить одного из его клиентов в соседний бордель. Парень только что приехал из Индии и сидел на мели. Это был один из последователей Ганди, которые совершили исторический «соляной поход» к морю. Надо сознаться, что это был очень веселый последователь Ганди, несмотря на обет воздержания, который он дал. Воздержание, видимо, длилось уже давно, и я с трудом сдерживал его по пути на улицу Лаферрьера — он, точно охотничья собака, рвался за дичью. Должен заметить, это была весьма тщеславная собака. Экипирован он был на славу: плисовый костюм, берет и галстук «Виндзор», тросточка, две самописки, фотоаппарат «Кодак» и необыкновенные подштанники. Деньги, которые он тратил, собрали бомбейские купцы; на эти деньги он должен был поехать в Англию и распространять там учение Ганди.

Войдя в заведение мисс Гамильтон, он, правда, начал терять самоуверенность. А когда его внезапно окружили голые женщины, он взглянул на меня буквально с отчаянием. «Выбирай, — сказал я ему. —

Какая тебе больше нравится?» Но он был так растерян, что не мог даже на них смотреть. «Выбирайте вы...» — прошептал он, покраснев до слез. Я спокойно осмотрел товар и выбрал для него полную молодую девку, как мне показалось, в самом соку. Мы сели в гостиной и стали ждать заказанного вина. Мадам не могла понять, почему я никого не выбрал себе. «Вы тоже возьмите... — сказал мне молодой индус. — Я не хочу быть один». Девицы вернулись, и я остановил свой выбор на высокой, худой, с меланхоличными глазами. Теперь нас было четверо. Через несколько минут последователь Ганди наклоняется ко мне и шепчет что-то на ухо. «Ладно, если она тебе нравится больше, бери ее», — ответил я и в некотором смущении объяснил девушкам, что мы бы хотели произвести обмен. Это, конечно, было нетактично с нашей стороны. Но к этому времени мой индус уже развеселился, и пора было отправляться наверх и заканчивать всю эту музыку.

Мы взяли смежные комнаты, соединенные дверью. Мне казалось, что мой молодой друг будет не прочь произвести вторичный обмен, едва утолит свой острый голод. Как только девушки ушли, чтобы приготовиться, я услышал стук в дверь. «Где здесь уборная?» Думая, что индусу нужно помочиться, я посоветовал ему воспользоваться биде. Девушки с полотенцами в руках вернулись, и я слышал, как он хихикал.

Но когда я уже надевал брюки, в соседней комнате начался какой-то подозрительный шум. Слышу, что девка ругает моего приятеля последними словами, называет его грязной свиньей и проч. Стараясь понять, чем он мог вызвать такое негодование, я стою с одной ногой в штанине и слушаю. Индус старается что-то объяснить по-английски. Начинает кричать и в конце концов срывается на визг.

Хлопает дверь, и через минуту мадам, красная, как свекла, врывается в мою комнату. «Стыдно вам! Стыдно! — кричит она, бешено жестикулируя. — Привести в приличный дом такого человека! Это же варвар... это свинья какая-то... это... это!..» У нее за спиной стоит мой приятель. На его лице — полная растерянность.

— Что ты сделал? — спрашиваю я.

— Что он сделал?! — визжит мадам. — Я вам покажу, что он сделал! Идите сюда! — Она хватает меня за руку и тащит в соседнюю комнату. — Вот, полюбуйтесь! — кричит она, показывая пальцем на биде.

— Пойдем отсюда... — говорит мой индус.

— Нет, подождите! Вы так легко не отделаетесь!

Мадам стоит рядом с биде, задыхаясь от злости. Девочки рядом, с полотенцами в руках. Так мы все стоим и смотрим в биде, где плавают две огромные колбасы. Мадам наклоняется и прикрывает биде полотенцем.

— Ужасно, это просто ужасно! — вопит она. — Никогда в жизни не видела ничего подобного... Свинья!.. Грязная свинья!

Индус смотрит на меня с упреком.

— Вы должны были объяснить мне... Я не знал, что это не пройдет в трубы... Я ведь спросил вас, и вы сказали, что я могу воспользоваться этой штукой... — Он чуть не плачет.

В конце концов мадам отводит меня в сторону. Она успокоилась, она понимает, что это ошибка. Может быть, господа хотят пойти вниз и заказать что-нибудь для девушек? Для них это было большое потрясение.

Они не привыкли к таким вещам. Конечно, господа не забудут и горничную... Ведь для горничной все это довольно неприятно. Она передергивает плечами и подмигивает. Прискорбный случай! Но это просто по ошибке. Если господа подождут здесь немного, горничная принесет вина. Может быть, господа хотят шампанского? Да?

— Я хотел бы уйти... — говорит молодой индус слабым голосом.

— О, не смущайтесь так, — пытается его успокоить мадам. — Все уже позади. Иногда можно и ошибиться. В следующий раз вы наверняка спросите уборную.

Она начинает распространяться про уборные — на каждом этаже есть уборная и ванная. У нее много клиентов из англичан. И все они джентльмены. Молодой человек — индус? О, индусы... Это очаровательные люди... такие умные, такие красивые.

Когда наконец мы выходим на улицу, очаровательный молодой джентльмен чуть не плачет. Ему уже жалко, что он купил плисовый костюм, тросточку и авторучки. Он говорит о принятых им восьми обетах — воздержания от пищи и т. д. Во время похода в Данди он не имел права съесть даже мороженого. Он рассказывает мне о прялке и о том, как группа последователей Ганди подражала молитвенной сосредоточенности, с которой прял их учитель. С гордостью он рассказывает о том, как шел рядом с Ганди и разговаривал с ним. «Мне казалось, что это один из двенадцати апостолов».

Несколько дней мы проводим вместе. Интервью в газетах и лекции для индусов в Париже. Все это надо организовать. Интересно наблюдать, как эти бесхарактерные создания помыкают друг другом, как абсолютно беспомощны, когда дело касается каких-нибудь практических вещей. И сколько тут зависти, мелких, грязных интриг! Где собираются десять индусов, там вся Индия со всеми своими дрязгами и склоками, со всеми политическими, социальными и религиозными раздорами. Ганди стал для них временным символом, он подобен чуду, которое объединило их, но как только его не станет, все развалится, снова наступит хаос, столь характерный для индусов.

Мой молодой индус, конечно, оптимист. Он был в Америке и заразился дешевеньким американским идеализмом, заразился суетой, ванными, пяти- и десятицентовыми магазинами и их побрякушками, практичностью, машинами, высокими заработками рабочих, бесплатными библиотеками и т. п. Его идеал — американизированная Индия. Он совершенно не разделяет патриархальных устремлений Ганди. «Вперед!» — говорит он, как типичный член Союза молодых христиан. Когда я слушаю его рассуждения об Америке, я вижу, как нелепо ждать от Ганди чуда, которое изменит ход истории. Враг Индии не Англия, а Америка. Враг Индии — дух времени, рука, которую ничто не может отвести. Ничто не может спасти мир от этого отравляющего вируса. Америка — это воплощение гибели. Она утянет с собой весь мир в бездонную пропасть.

Индус думает, что американцы — публика доверчивая. Он рассказывает мне о чудаках, которые помогали там ему в трудную минуту, — о квакерах, унитариях, теософах, сектантах «Новой мысли», адвентистах Седьмого дня и т. д. и т. п. Он знал, куда направлять свой корабль, этот хитрый молодой человек. Он знал, как в нужный момент блеснуть слезой, как собрать подписку, как очаровать жену священника, как спать одновременно с матерью и дочерью. Посмотреть на него — настоящий святой. И если разобраться, он и есть святой, только в современном смысле — слегка подпорченный святой, умеющий говорить разом о любви, братстве, уборных, канализации, механике и т. д.

Свой последний вечер в Париже он оставляет для «е...ных развлечений». На этот день у него разработана полная программа — конференции, телеграммы, интервью, фотожурналисты, трогательные прощания, советы правоверным и т. д. Во время обеда он — воплощенная беспечность. Заказывает шампанское, ловким щелчком пальцев подзывает гарсона, словом, ведет себя как типичный хам, то есть тот, кто он в сущности и есть. Насмотревшись до тошноты на всякие приличные заведения, он просит меня найти ему что-нибудь попроще, повести его туда, где можно взять двух-трех женщин сразу. Я веду его на бульвар Шапель, предупредив, чтоб он был осторожен с кошельком. В районе Обервилье мы заходим в дешевый притон и немедленно оказываемся в целой толпе женщин. Через несколько минут мой приятель танцует с голой бабой — тяжелой блондинкой со складками на шее. В дюжине зеркал отражаются ее задница и его темные тонкие пальцы, впивающиеся в нее с липкой жадностью. Стол заставлен пустыми стаканами, механическое пианино хрипит и свистит. Незанятые девушки сидят на кожаных диванах и почесываются, точно семья обезьян. В воздухе — сдерживаемая буря, тишина перед взрывом, который вот-вот должен был прогреметь, но в последнюю минуту совершенно неожиданно выяснилось, что не хватает какой-то мелкой детали, просто крошечной... Эта странная атмосфера позволяет и быть здесь и не быть, и постепенно в моем сознании начинает вырисовываться пропавшая деталь, принимая причудливые формы, точно ледяной узор на окне. И подобно этому узору, как будто произвольно наведенному чьей-то рукой на стекле, а на самом деле возникшему в соответствии со строгими физическими законами, мои чувства тоже, по-видимому, подчинены непреложным законам природы. Всем своим существом я отдаюсь этим ощущениям, не известным мне раньше, и то, что мне казалось моим собственным «я», начинает сжиматься, сгущаясь до точки, покидающей мое тело, границы которого определены только реакциями нервных окончаний.

Чем больше сгущается мое «я», тем хрупче и странней кажется мне эта близкая, осязаемая, реальная жизнь, из которой меня выдавливают. Чем меньше мое «я», тем больше раздувается мир вокруг. Концентрация настолько велика, что любой малости достаточно для взрыва, способного разбить этот мир вдребезги. На какой-то миг я испытываю чувство абсолютной ясности, как эпилептик во время припадка. Я теряю всякое представление о времени и пространстве: весь мир сосредоточился на меридиане, который не имеет оси. Я ощущаю мимолетность вечности и чувствую, что все в этом мире имеет оправдание; я знаю войны и знаю, что такое поражения; знаю преступления, которые совершаются сегодня, а завтра превратятся в крикливые газетные заголовки; я знаю горе, тупое горе, которое размалывается в ступке времени и стекает по каплям на грязные носовые платки. В меридиане времени нет несправедливости — только поэзия движения, создающая иллюзию правды и драмы. Встреча с абсолютом снимает покров божественности с Гаутамы и Христа; удивительно не то, что они выращивали розы на этом житейском навозе, а то, что по какой-то причине хотели их выращивать. По какой-то причине человек ищет чуда, и чтобы найти его, он способен пройти по трупам. Он измучает себя идеями, он превратится в тень, чтобы хоть на мгновение забыть ужас реальности. Он выдержит все — унижение, издевательства, бедность, войны, преступления и даже тоску, надеясь на внезапное чудо, которое сделает жизнь переносимой. И все время внутри человека щелкает неведомый счетчик, и нет руки, которая могла бы его остановить. Но во всех этих смятенных поисках и мучениях чуда нет; нет даже самого крошечного намека на какую-либо помощь извне. Есть только идеи — бледные, вымученные, изможденные; идеи, которые пьют вашу кровь, идеи, которые разливаются, как желчь, вываливаются, как кишки свиньи со вспоротым брюхом.

И я думаю о том, каким бы это было чудом, если б то чудо, которого человек ждет вечно, оказалось кучей дерьма, наваленной благочестивым «учеником» в биде. Что, если б в последний момент, когда пиршественный стол накрыт и гремят цимбалы, неожиданно кто-то внес бы серебряное блюдо с двумя огромными кусками дерьма, а что это дерьмо, мог бы почувствовать и слепой? Это было бы чудеснее, чем самая невероятная мечта, чем все, чего ждет человек и чего он ищет. Потому что это было бы нечто такое, о чем никто не мечтал и чего никто не ждал.

Почему-то мысль, что в этом мире не на что надеяться, подействовала на меня освежающим образом.

Неделями и месяцами, даже годами, да в сущности всю свою жизнь я ждал, что случится какое-то событие, которое в корне изменит всю мою жизнь. И теперь, неожиданно вдохновленный пониманием всей безнадежности человеческого существования, я почувствовал облегчение, точно с меня свалилось огромное бремя.

Утром я расстался со своим индусом, предварительно выудив у него несколько франков, чтоб было чем заплатить за комнату. Идя по направлению к Монпарнасу, я решил отдаться течению жизни и не делать ни малейшей попытки бороться с судьбой, в каком бы обличье она ни явилась ко мне. Всего, что случилось со мной до сих пор, оказалось недостаточно, чтобы меня уничтожить; ничто не погибло во мне, только иллюзии. Я остался невредим. Мир остался невредим. Завтра может быть революция, чума, землетрясение и не от кого будет ждать помощи, тепла или веры. Мне кажется, что все это уже случилось и что я никогда не был более одинок, чем сейчас. С этой минуты я решаю ни на что не надеяться, ничего не ждать — жить, как животное, как хищный зверь, бродяга или разбойник. Если завтра будет объявлена война и меня призовут в армию, я схвачу штык и всажу его в первое же брюхо. Если надо будет насиловать, я буду насиловать с удовольствием. В этот тихий миг рождения нового дня земля полна преступлений и ужасов. Что изменилось в человеческой природе за все тысячелетия цивилизации? В сущности, человек оказался обманут тем, что принято называть «лучшей стороной» его натуры. На периферии духа человек гол, точно дикарь. Даже когда он находит так называемого Бога, он все равно остается гол. Он —

скелет. Надо опять вживаться в жизнь, чтоб нарастить на себе мясо. Слово становится плотью, душа требует питья. Теперь, едва завидев даже крохи, я буду бросаться и сжирать их. Если главное — это жить, я буду жить, пусть даже мне придется стать каннибалом. До сих пор я старался сохранить свою драгоценную шкуру, остатки мяса, которые все еще были на костях. Теперь меня это больше не беспокоит. Мое терпение лопнуло. Я плотно прижат к стене, мне некуда отступать. Исторически я мертв. Если есть что-нибудь в потустороннем мире, я выскочу назад. Я нашел Бога, но мне он не поможет. Мой дух мертв. Но физически я существую. Существую как свободный человек. Мир, из которого я ухожу, — это зверинец. Поднимается заря над новым миром — джунглями, по которым рыщут голодные призраки с острыми когтями. И если я — гиена, то худая и голодная. И я иду в мир, чтобы откормиться.

8

Как мы условились, в половине второго я зашел к ван Нордену. Он предупредил меня, что если сразу не откликнется, значит, он с кем-то спит, вероятно, со своей шлюхой из Джорджии.

Ван Норден лежал, все еще завернутый в теплое одеяло, но уже, как всегда, усталый. Он просыпается с проклятиями и проклинает все — себя, свою работу, свою жизнь: он открывает глаза с тоской и скукой, и мысль, что он не умер этой ночью, гнетет его.

Я сажусь у окна и стараюсь подбодрить его как могу. Это довольно утомительное занятие. Нужно выманить его из кровати. По утрам (а его утро — от часа до пяти часов вечера) ван Норден погружен в задумчивость. Обычно он думает о прошлом — о своих бабах. Он старается вспомнить, хорошо ли им было, что они говорили в известные критические моменты, где это происходило и т. д. Он лежит, то ухмыляясь, то бормоча проклятия, и забавно шевелит пальцами, как бы стараясь показать этим, что его отвращение к жизни невозможно выразить словами — настолько оно велико. Над постелью на стене висит сумка со спринцовкой, которую он держит для экстренных случаев — для невинных девушек, которых выслеживает, как собака-ищейка. Но даже когда он уже переспал с этими мифическими созданиями, он продолжает называть их девушками и почти никогда не зовет по имени. «Моя целка», — говорит он; точно так же он говорит и «эта шлюха из Джорджии». Направляясь в уборную, он дает мне указания: «Если позвонит эта шлюха из Джорджии, скажи ей, пусть подождет. Скажи, что я так сказал. Слушай, бери ее себе, если хочешь. Она мне уже надоела».

Он смотрит в окно и глубоко вздыхает. Если идет дождь, он говорит: «Черт бы побрал этот е...ный климат! От него у меня меланхолия». Если на дворе яркое солнце: «Черт бы побрал это е...ное солнце! Я от него только слепну». Начав бриться, он внезапно вспоминает, что нет чистого полотенца. «Черт бы побрал эту е...ную гостиницу!.. Разве могут эти скупердяи каждый день менять полотенца!» Что бы он ни делал, куда бы ни пошел, все будет не по нем. К тому же эта «е...ная страна», эта «е...ная работа» и эта «е...ная шлюха» вконец подорвали его здоровье.

«Все зубы сгнили, — говорит он, полоща горло. — Это от здешнего е...ного хлеба». Ван Норден широко открывает рот и оттягивает нижнюю губу. «Видишь? Вчера выдрал себе шесть зубов. Пора вставлять вторую челюсть. А все отчего? От работы ради куска хлеба. Когда я был босяком, у меня все зубы были на месте, а глаза — светлые и ясные. А теперь? Посмотри на меня! Это чудо, что я еще могу иметь дело с бабами. Господи, чего бы мне хотелось, так это найти богатую бабу, как у этого хитрюги Карла! Он показывал тебе когда-нибудь ее письма? Ты не знаешь, кто она? Сволочь, он не говорит мне. Боится, что я ее отобью. — Ван Норден полощет горло еще раз, потом долго рассматривает дупла в зубах. — Тебе хорошо, — добавляет он грустно. — У тебя по крайней мере есть друзья... А у меня никого, кроме этого мудака, который действует мне на нервы, рассказывая о своей богатой б...

Послушай, — продолжает он, — ты знаешь такую Норму? Она всегда ошивается в кафе „Дом". Мне кажется, что она — и нашим и вашим. Вчера я привел ее сюда, пощекотал ей задницу. Ничего не вышло. Я затащил ее на кровать... даже снял с нее штаны... Но потом мне стало противно. Хватит с меня этих развлечений. Овчинка выделки не стоит. Хочет — хорошо, не хочет — не надо, а время терять глупо. Пока ты возишься с такой стервой, может быть, десять других сидят на террасе в кафе и умирают, чтоб их кто-нибудь отодрал. Это факт. Они затем сюда и приходят. Жалкие дуры... Думают, что здесь какой-то вертеп! Некоторые из этих учительниц с Запада — настоящие целки. Уверяю тебя! Они только об этом и мечтают. Над ними не надо много работать — им самим до смерти хочется... У меня была на днях замужняя баба, которая сказала мне, что ее полгода никто не драл, — можешь себе представить! Вошла в такой раж — я уж боялся, х.. мне оторвет. Все время стонала и спрашивала: „А ты? А ты?" — прямо как ненормальная. И знаешь, чего эта сука хотела? Переехать ко мне. Можешь себе представить? Спрашивала, люблю ли я ее. А я даже не знал, как ее зовут. Я ведь никогда не спрашиваю, как их зовут... для чего это мне? А замужние! Боже мой, если б ты только мог видеть всех этих замужних баб, которые приходят сюда, у тебя бы не осталось никаких иллюзий. Они хуже целок — замужние. Даже не ждут, пока ты раскачаешься, — сами лезут тебе в штаны. А потом говорят о любви. Тошно слушать. Знаешь, я просто начинаю ненавидеть баб!»

Он опять смотрит в окно. Моросит. Уже шестой день.

— Пойдем в «Дом», Джо. — Я называю его «Джо», потому что он сам себя так называет. Когда Карл с нами, он тоже Джо. Все у нас Джо, это проще. К тому же приятно не относиться к себе слишком серьезно. Однако Джо не хочет идти в «Дом» — он задолжал там приличную сумму. Он хочет в «Куполь». Но сначала — пройтись.

— Идет дождь, Джо.

— Я знаю, но черт с ним. Мне нужен моцион. Я должен вычистить дерьмо из собственного нутра. — И я живо представляю, как весь мир запутался в его кишках и гниет там.

Одеваясь, ван Норден опять впадает в полусонное состояние. Надев шляпу набекрень и просовывая руку в рукав пальто, он начинает мечтать вслух о Ривьере, о солнце, о том, как было бы хорошо вообще ничего не делать. «Все, чего я хочу в жизни, — говорит он задумчиво, — это читать, мечтать и е... — и так все время. — Произнося это, он смотрит на меня с мягкой, вкрадчивой улыбкой. — Как тебе нравится моя улыбка? — спрашивает он и добавляет с отвращением: — Господи, где мне найти богатую бабу, которой бы я мог так улыбаться?»

«Теперь только богатая баба может меня спасти... — На лице его появляется выражение усталости. — Это так утомительно — все время гоняться за новой бабой. Есть в этом что-то механическое. Беда в том, что я не могу влюбиться. Я слишком большой эгоист. Женщины только помогают мне мечтать. Я знаю, что это порок — как пьянство или опиум. Каждый день мне нужна новая баба, и если ее нет, я становлюсь мрачным. Я слишком много думаю. Иногда меня и самого удивляет, как я быстро с ними управляюсь и как мало это все для меня значит. Я делаю это автоматически. Иной раз я даже не думаю о них и вдруг вижу, на меня кто-то смотрит, и опять все сначала. Едва я успеваю понять, что происходит, как она уже здесь. Я даже не помню, что я им говорю. Я привожу их сюда, наверх, шлепаю по жопе — и прежде чем я пойму, в чем дело, все уже кончено. Это как сон... Ты меня понимаешь?»

Он не любит француженок. Просто не переносит. «Они хотят или денег, или замуж. По существу, все они проститутки. Нет, я предпочитаю иметь дело с целками... — говорит он. — Они создают хоть какую-то иллюзию. Они по крайней мере сопротивляются».

Тем не менее, когда мы смотрим на террасу кафе, там нет ни одной проститутки, которую бы он уже не употребил. Стоя в баре, он показывает их мне, описывая их анатомические особенности, плохие и хорошие качества. «Они все фригидны», — говорит он, но тут же потирает руки и делает движение, точно рисует женскую фигуру в воздухе, — он уже весь поглощен мыслями о хорошеньких сочных «целках», которым «до смерти хочется».

Вдруг он замирает, но уже через мгновение возбужденно хватает меня за руку и указывает на нечто слоноподобное, усаживающееся на стул. «Это моя датчанка, — молчит он. — Видишь эту жопу? Датская. Если б ты знал, как она обожает это дело! Как умоляет меня. Поди сюда... посмотри с этой стороны. Посмотри только на эту сраку. Невероятная! Когда она влезает на меня, я не могу даже обхватить ее. Она заслоняет собой мир. Я чувствую себя каким-то червячком, который ползает у нее внутри. Не знаю, почему она мне так нравится, наверное из-за этой жопы. Бред какой-то. И складки на ней! Нет, такая срака не забывается! Это факт... абсолютный факт. Другие надоедают или создают лишь минутную иллюзию, но эта — нет. Бабу с такой роскошной жопой нельзя забыть. Это как спать с памятником!»

Датчанка возбуждает его. Куда-то пропала прежняя вялость. Глаза лезут на лоб. Одно цепляется за другое. Он говорит, что хочет уехать из этой «е...ной» гостиницы — шум действует ему на нервы. И он хочет написать книгу, но проклятая работа отнимает все его время. Ему хочется занять чем-нибудь свой ум. «Она высасывает меня, эта е...ная работа. Я не хочу писать о Монпарнасе... Я хочу писать о своей жизни, о том, что я думаю... хочу вытрясти все дерьмо из своего нутра. Слушай, бери вон ту! Когда-то давно я имел с ней дело. Она все околачивалась возле кафе „Ла Алль". Забавная сучонка. Она ложится на край кровати и задирает юбки. Ты когда-нибудь пробовал так? Неплохо. Она не торопила меня. Просто лежала и играла со своей шляпой, пока я ее наворачивал. И когда я кончил, спрашивает равнодушно: „Ты уже?" Как будто ей все равно. Да, конечно, все равно, я прекрасно это знал... но чтоб такое безразличие... Мне это даже понравилось... Это было просто очаровательно. Вытираясь, она напевала... И когда уходила из гостиницы — тоже. Даже не сказала „Au revoir!"[1]. Уходит вот так, крутит шляпу и мурлычет под нос. Что значит настоящая шлюха! Но при этом — женщина до мозга костей. Она мне нравилась больше, чем любая целка... Драть бабу, которой на это в высшей степени наплевать, — тут есть что-то порочное. Кровь закипает... — Потом, подумав немного: — Можешь себе представить, что было бы, если б она хоть что-нибудь чувствовала?»

— Послушай, — говорит он чуть погодя. — Пойдем со мной в клуб завтра после обеда... Там будут танцы.

— Завтра не могу, Джо. Я обещал помочь Карлу...

— Плюнь ты на этого мудака! Можешь оказать мне услугу? Дело в том... — Он начинает опять лепить что-то в воздухе. — У меня там приготовлена девчонка. Она обещала переспать со мной в мой выходной... Но я еще не уверен. Понимаешь, ее мать — какая-то говенная художница. Каждый раз заговаривает меня до смерти. Мне кажется, она про-

---

[1] До свидания! (фр.)

сто ревнует. Я думаю, она ничего не имела бы против всего этого, если бы я сперва у... ее. Ну, ты понимаешь... В общем, я подумал, что, может, ты занялся бы мамашей... она совсем недурна... если б не дочь, я бы и сам не отказался. Но девчонка — прелесть, молодая, свежачок еще... От нее прямо-таки пахнет чистотой.

— Нет, Джо, лучше поищи кого-нибудь другого...

— А-а! Не валяй дурака! Тебе же это ничего не стоит. Сделай мне маленькое одолжение. Я не знаю, как избавиться от старой курицы. Сначала я думал, напою ее и выпровожу, но боюсь, что девчонке это не понравится. Они, понимаешь, чувствительные! Они из Миннесоты или еще откуда-то. Во всяком случае, приходи завтра хоть разбудить меня, а то я просплю. И потом помоги мне найти комнату. Я этого не умею. Найди мне комнату здесь на какой-нибудь тихой улице. Мне надо жить поблизости... Здесь у меня есть кредит. Ну, обещаешь? А я время от времени буду тебя подкармливать. И вообще, заходи ко мне, а то я схожу с ума, разговаривая с этими глупыми бабами... Я хочу поговорить с тобой про Хевлока Эллиса. У меня лежит его книга уже три недели, а я даже не открывал ее. Тут действительно загниваешь. Поверишь ли, я никогда не был ни в Лувре, ни в «Комеди Франсез». Как ты думаешь, стоит идти в эти заведения? Может, это отвлечет меня... Чем ты занят целый день? Не скучно тебе? Что ты делаешь, когда тебе нужна женщина? Поди-ка сюда. Подожди, не убегай... Я так одинок. Знаешь, еще год такой жизни, и я сойду с ума. Я должен выбраться из этой е...ной страны. Здесь мне нечего делать...

Я знаю, что в Америке сейчас дела хреновые, но все равно... Тут становишься мудоломом... Все эти засранцы, которые просиживают штаны и хвастаются своей работой, не стоят и плевка. Все они неудачники — потому и едут сюда. Послушай, Джо, неужели ты не тоскуешь по дому? Странный ты тип. По-моему, тебе здесь нравится. Что ты во всем этом находишь?.. Скажи мне. Я хотел бы перестать думать о себе... У меня внутри все скрутило, как будто там узел... Послушай, я знаю, что надоел тебе до чертиков, но ведь нужно же мне с кем-то поговорить. Я не могу говорить с этими типами наверху у нас... ты знаешь, что это за сволочи... у всех материалы подписные. А этот самовлюбленный мудила Карл... Да, я эгоист, но не самовлюбленный. Это разница. Я, наверное, неврастеник. Я не могу перестать думать о себе. И не то что я считаю себя таким уж значительным. Просто не могу думать ни о чем другом. Если б я влюбился, это бы мне, наверное, помогло. Но где найти женщину, которая бы меня заинтересовала? Так что дело дрянь, сам видишь. Что ты мне посоветуешь? Что бы ты сделал на моем месте? Ладно, не буду больше тебя задерживать, только разбуди меня завтра в половине второго, хорошо? А если почистишь мои ботинки, я тебе что-нибудь подброшу. Да, послушай: у тебя нет лишней чистой рубашки? Захвати ее с собой, ладно? Харкаешь кровью на этой х...овой работе, и даже на чистую рубашку не хватает. Они нас тут как на плантации... А... к черту! Пойду прогуляюсь... вытрясу дерьмо из нутра. Значит, не забудь — завтра!

Вот уже полгода, а может и больше, Карл переписывается с Ирен, с этой богатой курвой. С некоторых пор я стал заходить к Карлу каждый день, чтобы довести этот роман до логического завершения, потому что, если дать волю Ирен, он будет продолжаться бесконечно долго. В последние несколько дней какой-то поток писем хлынул и в ту и в другую сторону. В заключительном письме было почти сорок страниц, к тому же на трех языках. Это было настоящее попурри — отрывки из старых романов, выдержки из воскресных газет, переделанные старые письма Илоне и Тане, вольные переложения из Рабле и Петрония — короче говоря, мы работали в поте лица и совсем выдохлись. И вот наконец Ирен решила вылезти из своей раковины. Наконец пришло письмо, в котором она назначила Карлу свидание в своем отеле. Со страху Карл намочил штаны. Одно дело переписываться с женщиной, которую ты никогда не видел, и совершенно другое — идти к ней на любовное свидание. В последний момент он до того разнервничался, что я думал, мне придется его заменить. Вылезая из такси перед отелем, он так дрожал, что я сначала должен был прогуляться с ним по кварталу. Он выпил два перно, но это не произвело на него ни малейшего действия. Один только вид отеля чуть не убил его. Отель, правда, был жутко претенциозный, из тех, где в огромном холле часами сидят англичане и пустыми глазами смотрят в пространство. Чтобы Карл не сбежал, я стоял рядом с ним, пока швейцар звонил по телефону, докладывая о его приходе. Ирен ждала его. У лифта Карл бросил на меня последний отчаянный взгляд, точно собака, на шею которой накинули веревку с камнем. Но я уже выходил через вращающиеся двери, думая о ван Нордене...

Я вернулся в гостиницу и стал ждать телефонного звонка. У Карла был всего час до начала работы, и он обещал позвонить мне и рассказать о результатах свидания. Я просмотрел копии наших писем, стараясь представить, что происходит в отеле, но у меня ничего не вышло. Письма Ирен были много лучше наших. Они были искренни, это несомненно. Карл и Ирен наверняка уже познакомились поближе. Или он все еще писает в штаны?

Звонит телефон. Голос в трубке какой-то странный, писклявый, одновременно испуганный и торжествующий. Карл просит меня заменить его в редакции. «Скажи этим сукиным детям, что хочешь... Скажи, что я умираю...»

— Послушай, Карл... Можешь ты мне сказать...

— Алло? Это Генри Миллер?

Женский голос. Голос Ирен. Она здоровается со мной. По телефону ее голос звучит прелестно... просто прелестно. Меня охватывает паника. Я не знаю, что ей ответить. Я хотел бы сказать: «Послушайте, Ирен, вы прелесть... вы очаровательны». Я должен сказать ей хотя бы одно искреннее слово, как бы глупо оно ни звучало, потому что сейчас, когда я слышу наконец ее голос, все переменилось. Но пока я собирался с мыслями, трубку опять взял Карл и запищал:

— Ты нравишься ей, Джо... Я ей все про тебя рассказал...

В редакции я читаю корректуру с ван Норденом. Во время перерыва он отводит меня в сторону. Вид у него мрачный.

— Так он умирает, этот мудила? Послушай, что произошло на самом деле?

— Я думаю, он пошел к своей богатой курве, — говорю я спокойно.

— Что?! Неужели он пошел к ней? — Ван Норден вне себя. — Послушай, где она живет? Как ее зовут?

Я делаю вид, что не знаю.

— Послушай, — умоляет он, — ты же свой парень. Ну помоги мне пристроиться к этому корыту!

Чтобы успокоить его, я обещаю рассказать ему все, как только узнаю от Карла подробности. Впрочем, я и сам умираю от любопытства.

На следующий день в полдень я стучусь к Карлу. Он уже встал и намыливает подбородок. По выражению его лица я ничего не могу определить, не знаю даже, скажет ли он мне правду. Солнце льется через открытое окно, птицы щебечут, но почему-то — и я не могу понять почему — комната кажется мне еще более пустой и бедной, чем обычно. Пол забрызган мыльной пеной, на крючке висят два грязных полотенца, их никто никогда не меняет. Сам Карл тоже не переменился, и это удивляет меня больше всего. Сегодня мир должен был радикально измениться — в лучшую или худшую сторону, но непременно измениться. А между тем все как всегда, и Карл спокойно намыливает лицо.

— Садись... садись на кровать. Я тебе расскажу... только сначала подожди... подожди немножко...

Он снова намыливает лицо, потом правит бритву. Он возмущен, что опять нет горячей воды.

— Послушай, Карл... Я как на иголках. Ты можешь мучить меня сколько хочешь, но сейчас скажи мне одно — это было хорошо или плохо?

Он поворачивается ко мне с помазком в руке и странно улыбается.

— Погоди... скоро узнаешь...
— Значит, все провалилось.
— Нет... — говорит он, растягивая это «нет». — Ничего не провалилось, но ничего особенного и не вышло... Между прочим, что ты сказал в редакции? Как там обошлось?

Я вижу, что из него ничего не вытянешь. Он скажет что-нибудь только тогда, когда сам этого захочет, и ни минутой раньше. Я ложусь на кровать и молчу. Карл продолжает бриться.

Вдруг ни с того ни с сего он начинает говорить — сперва бессвязно, потом яснее, отчетливее и определеннее. Ему приходится делать над собой усилия, но он явно решился рассказать все; он говорит так, точно хочет облегчить совесть покаянием. Он даже вспоминает взгляд, который бросил на меня, садясь в лифт. Он задерживается на этом, как бы намекая, что это был решающий момент и что, если б можно было повторить все сначала, он не вылез бы из лифта.

Когда он вошел, Ирен была в халате. На комоде стояло ведерко с шампанским. В номере — полутьма и приятный звук ее голоса. Карл подробно рассказывает мне о номере, о шампанском, о том, как гарсон его открыл, как хлопнула пробка, как шуршал халат Ирен, когда она подошла к нему поздороваться, — словом, обо всем, кроме того, что меня интересует.

Он пришел к ней около восьми вечера. В половине девятого он начал волноваться, что опоздает на работу.

— Я тебе позвонил часов в девять, да?
— Да, примерно.

— Я здорово нервничал, понимаешь...

— Понимаю. Продолжай...

Я не знаю, верить Карлу или нет, особенно после всех этих писем, которые мы стряпали. Я даже не знаю, верить ли своим ушам, потому что он говорит совершенно невероятные вещи. Но все же, зная его, я думаю, что это правда. И потом, я вспоминаю его голос по телефону, эту смесь испуга и торжества. Но почему же тогда нет торжества в его рассказе сейчас? Он улыбается все время, как маленький розовый клоп, который до отвала напился крови.

— Так я позвонил тебе в девять? — снова спрашивает он.

Я устало киваю головой. Да, в девять. Сейчас он уже уверен, что в девять, потому что помнит, как вынул часы. Во всяком случае, когда он опять посмотрел на часы, было уже десять. В десять Ирен лежит на диване и держит в руках свои груди. Так он мне это рассказывает — в час по чайной ложке. В одиннадцать все было решено: они вместе бегут на Борнео. К чертовой матери мужа, она его никогда не любила. Она никогда не написала бы первого письма, если бы ее муж не был пороховницей без пороха.

— Вдруг она спрашивает меня, — говорит Карл, — «а ты уверен, дорогой, что я тебе не надоем?»

Я начинаю хохотать. Я не могу удержаться — все это звучит так глупо.

— Ну и что ты сказал ей?

— А что я, по-твоему, должен был сказать? Я сказал: «Как вы можете кому-нибудь надоесть?»

И тут наконец Карл стал рассказывать мне со всеми подробностями, что было дальше. Он наклонился и поцеловал ее груди, а после этих страстных поцелуев он запихнул их обратно в корсаж или как это там называется. И выпил еще бокал шампанского.

Около полуночи приходит гарсон с пивом и бутербродами с икрой. Все это время Карлу, по его словам, до смерти хотелось писать. Один раз у него была эрекция. Но потом пропала. Мочевой пузырь мог лопнуть в любую минуту, но этот мудак Карл решил, что должен быть джентльменом.

В половине второго ночи Ирен хочет заказать машину и ехать кататься в Булонский лес. А у него в голове только одна мысль — как бы пописать. «Я люблю вас... обожаю, — говорит он. — Я поеду с вами хоть на край света — в Сингапур, в Стамбул, в Гонолулу, но... сейчас я должен бежать... уже поздно...»

Карл рассказывает мне все это в грязной маленькой комнатке, залитой солнцем. Птицы щебечут так, точно сошли с ума. Но я даже еще не знаю, красивая Ирен или нет. Он сам толком не знает, идиот, но ему кажется, что не очень. Было почти темно, он выпил много шампанского, и нервы у него уже никуда не годились.

— Но ты можешь что-то о ней сказать — или это все гнусная ложь?

— Постой... — говорит он. — Погоди... дай подумать. Нет, она не красивая. В этом я сейчас уверен. Я припоминаю... седой локон на лбу... Но это не беда, я почти забыл... А вот руки... такие худые... такие худы и тонкие... — Он начинает ходить взад и вперед по комнате и вдруг останавливается как вкопанный. — Если б только она была лет на десять моложе! — восклицает он. — Если б она была моложе лет на десять, я б наплевал и на седой локон, и на тощие руки. Но она стара, понимаешь, стара. У такой бабы каждый год идет за десять. Через год она будет старше не на год, а на десять лет! Через два — на двадцать. А я еще буду молод по меньшей мере лет пять...

— Но чем же все кончилось? — перебиваю я его.

— В том-то и дело... ничего не кончилось. Я обещал зайти к ней во вторник, около пяти. Вот это уже будет по-настоящему плохо. У нее морщины, а они гораздо заметнее при солнечном свете. Наверное, она хочет, чтоб я употребил ее во вторник. Но пойми, употреблять такую бабу при дневном свете — это просто катастрофа. Особенно в таком отеле... Вечером в выходной еще куда ни шло... Но во вторник я работаю. И потом, я обещал написать ей письмо до вторника... Как я могу теперь ей писать? Мне нечего сказать. Вот идиотское положение! Ах, если б она была ну хоть немного моложе... Как ты думаешь, ехать мне с ней... на Борнео или куда она там хочет меня везти? Но что я буду делать с этой богатой курвой на руках? Я не умею стрелять, я боюсь ружей и всяких таких вещей. Кроме того, она захочет, чтобы я наворачивал ее день и ночь... А все время охотиться и наворачивать я тоже не могу!

— Может, это будет не так уж плохо. Она купит тебе галстуки и прочее...

— Может, ты поедешь с нами, а? Я рассказал ей о тебе...

— Ты сказал, что я без гроша? Что у меня ничего нет?

— Я сказал ей все. Господи, все было бы хорошо, если б она хоть на несколько лет была моложе...

Она сказала, что ей под сорок. Значит, пятьдесят или даже шестьдесят. Все равно что спать с собственной матерью... я не могу... это невозможно.

— Но ведь что-то в ней есть и привлекательное... ты вот говоришь, что целовал ее груди...

— Ну что ж тут особенного — целовать груди? Кроме того, было темно, я говорил тебе.

Карл начинает натягивать штаны, и от них отлетает пуговица.

— Ты видишь? Разваливается проклятый костюм. Я ношу его уже семь лет... и до сих пор не расплатился. Когда-то это был хороший костюм, а теперь тряпье. Конечно, она накупила бы мне и костюмов, и всего, что я захочу. Но мне противно, когда женщина за меня платит. Я еще никогда в жизни до этого не опускался. Это по твоей части. Лучше я буду жить один. Черт побери, а ведь неплохая комната. Ну чем она плоха? Куда лучше, чем номер Ирен! И вообще, мне не нравится ее замечательный отель. Я такие отели не люблю. Я ей сказал об этом. Она ответила, что ей все равно, где жить... что она переедет ко мне, если я захочу. Представляешь себе, как она вкатывается сюда со всеми своими сундуками, шляпными коробками и прочим дерьмом, которое она таскает за собой? У нее слишком много барахла — платьев, бутылочек, баночек, всякой дребедени. Ее номер — настоящая больница. Она поцарапает палец — уже трагедия. Потом, ей нужен массаж, завивка, того ей есть нельзя, этого нельзя. Послушай, Джо, все было бы в порядке, будь она хоть немного моложе. Молодой женщине прощается все! И ума ей не надо. Но со старой шваброй, даже если она умница, даже если она самая обаятельная женщина в мире, ничто не помогает. Молодая баба — это клад. Старая — хомут на шее. Все, на что они годятся, это покупать тебе шмотки. Но это не прибавляет им ни мяса на костях, ни электричества между ног. Нет, она, в сущности, недурна, эта Ирен. Я даже думаю, что она тебе понравилась бы. Ты — совсем другое дело. Тебе не надо ее драть. Ты можешь быть с ней просто мил. Наверное, тебе тоже не понравятся все эти платья, бутылочки и так далее, но ты уж потерпи. Тебе она не надоест, я в этом уверен. Если хочешь знать, она даже интересная. Но она высохла. Грудь еще туда-сюда, но руки! Я обещал ей привести тебя как-нибудь. Я много говорил о тебе... я не знал, о чем с ней говорить. Может, она тебе понравится, особенно когда одета... я не знаю...

— Послушай, ты говоришь, она богата? В таком случае она мне уже нравится! Мне наплевать, сколько ей лет, лишь бы не оказалась ведьмой...

— Ведьмой? О чем ты говоришь? Это обаятельная женщина. Она хорошо говорит, да и выглядит тоже... если б не эти руки...

— Руки — это пустяки. Я буду ее употреблять, если ты не хочешь. Скажи ей об этом. Но только не в лоб. С такой женщиной надо действовать осторожно. Приведи меня к ней, и пусть все идет своим чередом. Расхваливай меня до небес. Прикинься, что ты ревнуешь. Черт подери, может быть, мы будем ее драть вместе, на пару? И поедем вместе, и будем жить вместе... Будем раскатывать на автомобилях, охотиться и прилично одеваться. Если она хочет ехать на Борнео, пусть берет нас обоих. Я не умею стрелять, но это не имеет значения. Ей это и не нужно. Ей нужно одно — чтобы ее драли как следует.

Ты беспрерывно говоришь о ее руках. Почему ты должен смотреть на них все время? Смотри на постельное покрывало... смотри на зеркало. Разве это жизнь? Ты хочешь быть деликатным и благородным, но жить, как вошь? Тебе нечем даже оплатить гостиничный счет... а ведь у тебя есть работа. Нет, это не жизнь. Плевать, пусть ей даже семьдесят — все равно лучше, чем такая жизнь...

— Послушай, Джо, займись ею сам... тогда все пойдет как по маслу... Может быть, я тоже употреблю ее... как-нибудь в выходной. Уже четвертый день не могу посрать нормально. Какие-то шишки в заднице, как виноградины...

— Это просто геморрой.

— У меня выпадают волосы... и мне надо к зубному. Я разваливаюсь на части... Я сказал ей, что ты хороший парень... Ну сделай это для меня, а? Тебе же все равно. Поедем вместе на Борнео, и у меня пройдет геморрой. Может быть, я подцеплю там что-нибудь похуже... лихорадку, например... или холеру. Черт подери, лучше умереть от хорошей болезни, чем медленно сдыхать в паршивой газетенке, с виноградником в жопе и с отлетающими от штанов пуговицами. Я бы хотел быть богатым, пускай всего неделю, а потом подцепить хорошую болезнь, может даже смертельную, и лежать в больнице, и чтобы в палате стояли цветы, а вокруг порхали бы медицинские сестры, а почтальоны приносили бы телеграммы. Если ты богатый, за тобой настоящий уход. Тебя моют, вытирают, причесывают. Я все это знаю. А может, мне повезет, и я даже и не умру... Может, я просто останусь калекой на всю жизнь... Или меня разобьет паралич, и я буду сидеть в инвалидном кресле на колесиках. Но и тогда за мной будут ухаживать... даже если у меня не останется больше денег. Если ты настоящий инвалид, тебе не дадут умереть с голоду. У тебя чистая постель, и тебе меняют ежедневно полотенца... А так — всем начихать на тебя, особенно если у тебя есть работа. Им кажется, если у человека есть работа, он должен быть счастлив. На что ты скорее согласился бы — быть калекой, или работать... или жениться на богатой старухе? Ты бы женился — по глазам вижу. Все, о чем ты думаешь, — это как бы пожрать. А если б ты женился, а у тебя бы перестал стоять член — такое ведь бывает. Что бы ты делал тогда? Ты был бы в ее власти. Ты ел бы из ее рук, как пудель. Как бы тебе это понравилось? Или ты не думаешь о таких вещах? Вот я думаю обо всем. О костюмах, которые я выбрал бы, и о том, куда бы я хотел поехать, — но я думаю и о другом. О самом важном. Зачем тебе шикарные галстуки и роскошные костюмы, если у тебя не стоит? Тебе не удалось бы даже обманывать ее — она бы ходила за тобой по пятам. Нет, самое лучшее — жениться на ней и сразу же подцепить какую-нибудь болезнь. Только не сифилис. Холеру, например, или желтую лихорадку. Такую, чтобы ты остался калекой на всю жизнь, если бы вдруг чудом выжил. Тогда тебе не надо было бы беспокоиться ни о том, чем ее драть, ни о том, чем платить за квартиру. Она, наверное, купила бы тебе шикарное кресло на колесах — с резиновыми шинами, разными рычагами и прочим. Может, руки у тебя будут работать настолько, что ты сможешь писать. А нет — заведешь секретаршу. Это то, что нужно, — лучший выход из положения для писателя. Зачем вообще человеку руки и ноги? Писать можно и без них. На самом деле нужна лишь уверенность в будущем... покой... защищенность. Все эти герои, которых возят в инвалидных креслах на парадах... почему они не стали писателями! Если б я был уверен, что на войне мне оторвет только ноги... если б я был в этом уверен, тогда пусть война начинается хоть завтра. Мне наплевать на медали... их паршивые медали мне не нужны. Все, что мне нужно, — это хорошее кресло на колесах и еда три раза в день... Тогда я завалил бы этих идиотов чтивом.

На следующий день в половине второго я иду к ван Нордену. Это его выходной день, вернее, вечер. Он передал мне через Карла, что просит помочь ему переехать.

Ван Норден в ужасающем настроении. Он говорит, что не спал всю ночь. Что-то гложет его. О том, что его гложет, я скоро узнаю: он ждал меня с нетерпением, чтобы все выложить.

«Этот тип, — начинает он, подразумевая, конечно, Карла, — этот тип — настоящий художник. Он мне описал все в мельчайших подробностях... с такой точностью, что я знаю: каждое его слово — вранье... а забыть все-таки не могу. Ты знаешь, как у меня работает голова!»

Он прерывает себя и осведомляется, рассказал ли мне Карл всю историю. Ван Нордену и в голову не приходит, что Карл мог рассказать мне одно, а ему — другое. Он, кажется, решил, что эта история была сочинена с единственной целью — помучить его. То, что это плод фантазии, ван Нордена не волнует. Но «картинки» (так он их называет), которые застряли в его памяти после рассказа Карла, не дают ему покоя. Эти картинки реальны, даже если вся история выдумана. А кроме того, богатая курва действительно существует, и Карл действительно нанес ей визит — это неопровержимый факт. Что действительно было, не так уж существенно; ван Норден считает само собой разумеющимся, что Карл хорошо ее отделал. Но мучительнее всего ему сознавать, что то, о чем рассказывал Карл, могло быть на самом деле.

«Вполне в его духе, — говорит ван Норден, — хвастаться, что он употребил ее шесть или семь раз. Я знаю, что он врет, но меня это не волнует. Но когда он рассказывает мне, как она наняла машину и повезла его в Булонский лес и как они закрыли ноги меховым пальто ее мужа, — это уж чересчур. Он, наверное, рассказывал тебе, как шофер почтительно ждал их... погоди, а как мотор тихо урчал все это время — тоже рассказывал? Черт подери, действительно здорово. Он умеет найти деталь... такая вот маленькая деталь и делает рассказ психологически достоверным... И ты не можешь выкинуть это из головы. Он рассказывает так просто, так правдиво... не знаю, придумал он все заранее или сочинял на ходу... Он такой ловкий и хитрый врун, что его невозможно не слушать... Это вроде тех писем — не писем, а просто горшков с цветами, которые он стряпает за одну ночь. Я не понимаю, как можно писать такие письма... и что у него за мозги... Похоже на онанизм, ты не находишь?»

Ван Норден не дает мне высказать свое мнение, он не дает мне даже просто расхохотаться ему в лицо, он продолжает:

«Подожди... наверное, он тебе рассказал все это... Говорил он тебе, как стоял на балконе при лунном свете и целовал ее? Это звучит пошло, когда я это повторяю, но он! Как он расписывал это! Вся картина у меня перед глазами. Этот мудак держит женщину в объятиях — и мысленно уже пишет ей новое цветистое письмо о залитых луной крышах и прочей ерунде, которую он ворует у своих французских писателей. Я проверил — этот тип ни разу не сказал ничего оригинального. Его можно поймать, если узнать, что он сейчас читает, но это трудно сделать, потому что он очень скрытный. Если бы я не знал, что ты был с ним в отеле, я вообще не поверил бы, что эта женщина существует. Такой тип может писать письма и себе самому. Но все же он счастливчик... он такой маленький, хрупкий и внешность такая романтичная, что женщины им увлекаются... иногда... может, из материнских чувств или просто жалеют его... А некоторые любят получать эти горшки с цветами, которые он так ловко стряпает... Это придает им значимости в собственных глазах... Но эта баба, ведь он говорит, что она не дура. Ты должен знать, ты ведь читал ее письма. Как ты думаешь, что такая женщина могла в нем найти? Я понимаю, можно увлечься его письмами... но как ты думаешь, что она должна была почувствовать, когда его увидела?

Впрочем, все это не столь важно. Главное — его манера рассказывать. Ты знаешь, как он говорит — точно вышивает шелком... После этой сцены на балконе, которую он преподнес мне на закуску, он рассказал, как они вернулись в номер и он расстегнул ей пижаму... Чего ты улыбаешься? Ты думаешь, он мне крутит яйца?»

«Нет, нет! Это — слово в слово то, что он рассказывал мне. Продолжай...»

«После этого, — тут уж ван Норден начинает улыбаться и сам, — после этого, по его словам, она села в кресло и задрала ноги... совершенно голая... а он сел на пол, и смотрел на нее, и говорил ей, как она хороша... он сказал тебе, что она точно сошла с картины Матисса? Погоди... Я хочу вспомнить точно, что он мне сказал. Он ввернул здесь остроумную фразу насчет одалиски... Кстати, что такое одалиска? Он цитировал по-французски, и эта е...ная фраза вылетела у меня из головы... но звучало здорово. Абсолютно в его стиле... и она, наверное, подумала, что он сам это сочинил. Может, она думает, что он поэт или что-нибудь в этом роде. Ладно, все это ерунда... я делаю скидку на его воображение. Но то, что он рассказал мне дальше, — это потрясающе... Я всю ночь вертелся, перебирая картинки, которые остались у меня в памяти. Не мог забыть. Все, что он говорит, звучит так правдиво... Если окажется, что он наврал, я задушу этого недоноска. Никто не имеет права выдумывать такие вещи. Или он просто больной...

О чем я говорил?.. Да, о том моменте, когда, по его словам, он стал перед ней на колени и двумя костлявыми пальцами раскрыл ей п..... Помнишь? Он говорит, что она сидела на ручке кресла и болтала ногами и он ощутил прилив вдохновения. Это уже после того, как он поставил ей пару пистонов... после того, как он упомянул о Матиссе... Он становится на колени — ты послушай! — и двумя пальцами... причем только кончиками, заметь... открывает лепестки... сквиш-сквиш!.. ты слышишь! Легкий влажный звук, еле слышный... Сквиш-сквиш! Господи, он звучал у меня в ушах всю ночь! А потом — точно мне еще было мало — он говорит, что зарылся головой у нее между ног. И когда он это сделал, будь я проклят, если она не закинула ноги ему на шею и не обняла его. Это добило меня окончательно! Представь только — умная, утонченная женщина закидывает ноги ему на шею. В этом есть что-то ядовитое. Это до того фантастично, что похоже на правду! Если б он рассказал только о шампанском, поездке по Булонскому лесу и даже о сцене на балконе — я бы еще мог думать, что он врет. Но это... это так невероятно, что уже не похоже на вранье. Я не верю, что он вычитал это где-нибудь, и не понимаю, как он мог придумать такое, если только он действительно это придумал. С таким маленьким говнюком все может случиться. Если даже она и не легла под него, она могла позволить ему сделать *это* — никогда не знаешь, что эти богатые курвы придумают...»

Когда ван Норден наконец вылезает из постели и начинает бриться, день уже подходит к концу. После долгих усилий мне удается повернуть его мысли в новое русло, заставить его сосредоточиться на переезде. Приходит горничная посмотреть, готов ли он — он должен был освободить номер к полудню. Ван Норден надевает штаны. Я несколько обескуражен тем, что он даже не извинится перед горничной и не отворачивается. Видя, как он хладнокровно застегивает ширинку, я начинаю хихикать. «Не обращай на нее внимания. — Ван Норден бросает на горничную взгляд, полный презрения. — Она просто толстая корова. Ущипни ее за жопу, если хочешь. Она ничего не скажет». И, обращаясь к горничной по-английски, говорит: «Эй ты, сука, положи руку сюда!» Теперь уже я не могу сдержаться и разражаюсь громким смехом. Горничная тоже смеется, хотя не имеет ни малейшего представления, о чем идет речь. Она начинает снимать фотографии со стен — большей частью это изображения самого ван Нордена. «Эй, ты! — обращается он к ней, тыча пальцем. — Эй, иди сюда... на, это тебе на память! — Он сдирает одну из фотографий со стены. — Можешь подтереться ею, когда я уеду. — Потом он поворачивается ко мне: — Видишь? Она идиотка. Даже если бы я сказал это по-французски, она бы все равно ничего не поняла». Горничная стоит посреди комнаты с открытым ртом, она уверена, что ван Норден сумасшедший. «Эй! — орет он ей, точно она глухая. — Эй, ты! Да, ты! Вот так! — Он хватает свою фотографию и проводит ею по заднице. — Comme ça? Поняла? Черт ее подери, ей надо рисовать картинки, чтоб до нее что-нибудь дошло...» — добавляет он, выпячивая нижнюю губу.

Он беспомощно смотрит, как горничная бросает в открытый чемодан его вещи. «Эй, положи это тоже», — говорит он, суя ей в руки зубную щетку и спринцовку. Половина его вещей валяется на полу. Чемодан уже наполнен, и картины, книги, полупустые бутылки складывать некуда. «Присядь на минуту, — говорит он мне. — У нас масса времени... Нам надо подумать обо всем этом... Если бы ты не пришел, я бы никогда отсюда не выбрался... Ты видишь, какой я беспомощный. Напомни мне забрать лампочки... они мои. Ведерко для мусора тоже мое. Они хотят, чтобы ты жил как свинья, сволочи проклятые...» Горничная ушла за веревкой. «Ты увидишь, она включит в счет и веревку, даже если цена ей грош. Они здесь не пришьют тебе пуговицу к штанам бесплатно... грязные, паршивые свиньи...» Ван Норден берет с камина бутылку кальвадоса и кивает мне, чтобы я взял другую. «Не стоит перевозить это дерьмо... прикончим его тут. Только не предлагай ей... Паршивая стерва! Я не оставлю ей даже клочка туалетной бумаги. Мне хочется испоганить эту комнату окончательно перед тем, как я уеду... Послушай... если хочешь, помочись на пол... Я бы наложил в ящик шкафа, если б мог...» Злость ван Нордена на себя и на весь мир так велика, что он не знает, как ее выразить. Подойдя с бутылкой к кровати, он поднимает одеяло и простыни и льет вино на матрас. Не удовлетворившись этим, начинает ходить по нему в ботинках. К сожалению, на них нет грязи. Тогда ван Норден берет простыню и вытирает ею ботинки. «Пусть у них будет занятие», — бормочет он с ненавистью. Набрав в рот вина, он закидывает голову и с громким бульканьем полощет горло, а потом выплевывает его на зеркало. «Вот вам, сволочи... Подотрите это после меня!» Он ходит по комнате, что-то злобно бормоча себе под нос. Увидев дырявые носки на полу, он поднимает их и раздирает в клочья. Картины тоже приводят его в ярость. Он поднимает одну — это его собственный портрет, нарисованный его приятельницей-лесбиянкой, — и ударом ноги рвет. «Проклятая сука... Ты знаешь, у нее хватило нахальства просить меня передавать ей моих б... после того, как я их уже использовал... Она не заплатила мне ни франка за то, что я написал о ней в газете... Она думает, что я действительно восхищаюсь ее художествами. Мне никогда бы не видать этого портрета, если бы я не подкинул ей ту б... из Миннесоты... Она сходила с ума по ней... Преследовала нас, точно сука во время течки... мы не знали, как отделаться от этой стервы! Портила мне жизнь как могла... Дошло до того, что я боялся привести к себе бабу, потому что в любой момент она могла сюда заявиться... Я прокрадывался к себе домой, точно вор, и, едва переступив порог, запирался. Она и эта шлюха из Джорджии сводят меня с ума. У одной всегда течка, другая всегда голодная. Ненавижу я это... спать с голодной женщиной — все равно что заталкивать себе обед в рот и тут же вытаскивать его с другого конца... Да, кстати, вспомнил... куда я положил банку с синей мазью? Это очень важно. У тебя когда-нибудь было такое? Это хуже триппера. И я даже не знаю, где подцепил... У меня здесь перебывало столько женщин за последнюю неделю, что я потерял счет. Очень странно... Они все казались такими чистыми. Но ты знаешь, как это бывает...»

Все его вещи горничная свалила на тротуар. Хозяин гостиницы с кислой миной наблюдал за процедурой. В такси нам едва хватило места для этого барахла. Как только мы трогаемся, ван Норден вынимает газету и начинает заворачивать в нее свои кастрюли и сковородки — на новом месте запрещено готовить в комнатах. Когда мы наконец подъехали к гостинице, весь его багаж развязался и лежал в полном беспорядке. Это было бы еще ничего, если б хозяйка гостиницы не высунулась из окна посмотреть, кто приехал. «Боже мой! — ахнула она. — Что все это значит?» Растерянный и испуганный ван Норден только и мог промямлить: «Это я, мадам! — И тут же, повернувшись ко мне, с ненавистью прошептал: — Видал эту сволочь? Заметил, какое у нее лицо? Ох, хлебну я с ней горя!»

Гостиница размещается в конце мрачного пассажа и своей прямоугольной планировкой напоминает новые тюрьмы. Холл — большой, но темный, несмотря на то что свет ярко отражается в кафеле. В окнах клетки с канарейками, а на стенах металлические таблички с вежливыми надписями, просящими «уважаемых клиентов» не делать этого и не делать того. Везде идеальная чистота, но и не менее идеальная бедность, убожество и скудость. Вытертые мягкие кресла, стоящие в холле, скреплены проволокой, что придает им неприятное сходство с электрическим стулом. Номер, предназначенный ван Нордену, находится на пятом этаже. Пока мы карабкаемся по лестнице, он говорит мне, что здесь когда-то жил Мопассан. И тут же прибавляет, что в коридорах — странный запах. На пятом этаже в нескольких окнах выбиты стекла. Мы останавливаемся, чтобы посмотреть на жильцов во дворе. Сейчас обеденное время, и обитатели дома поднимаются к себе с тем усталым и безнадежным видом, который обычно отличает людей, зарабатывающих свой хлеб честным трудом. Почти все окна открыты, и убогие комнаты похожи на зевающие рты. Жильцы в комнатах тоже зевают или чешутся. Они двигаются медленно и, по-видимому, без всякой цели; со стороны их можно принять за помешанных.

Не успеваем мы завернуть к номеру 57, как внезапно распахивается дверь и прямо перед нами оказывается старая ведьма со спутанными волосами и глазами маньячки. От неожиданности мы застываем как вкопанные. За старой ведьмой я вижу кухонный стол, на котором лежит ребенок, совершенно голый и до того маленький и хилый, что напоминает ощипанного цыпленка. Старуха поднимает помойное ведро и идет по направлению к нам. Дверь ее номера захлопывается; слышен пронзительный детский визг. Это — номер 56. Между ним и пятьдесят седьмым — уборная, где старуха и опорожняет свое помойное ведро.

После того как мы добрались до пятого этажа, ван Норден не произнес ни слова. Но выражение его лица говорит больше слов. Когда мы открываем дверь номера 57, мне вдруг кажется, что я сошел с ума. Огромное зеркало, завешенное зеленым газом, висит возле входа под углом в сорок пять градусов над детской коляской со старыми книгами. Ван Норден даже не улыбается — как ни в чем не бывало он подходит к коляске, берет одну из книг и начинает ее листать с рассеянным видом человека, зашедшего в публичную библиотеку. Возможно, это и не произвело бы на меня такого странного впечатления, если б на глаза мне не попались два велосипедных руля, лежащих в углу. Они лежат так мирно и покойно, точно были здесь всегда, и внезапно мне начинает казаться, что и мы здесь уже давно и что все это — сон, в котором мы застыли; сон, который может прервать любая мелочь, даже простое движение век. Но еще более поразительно, что это напоминает мне настоящий сон, виденный всего несколько дней назад. Тогда я видел ван Нордена точно в таком же углу, как сейчас, но вместо велосипедных рулей там была женщина, она сидела, подтянув колени к подбородку. Ван Норден стоял перед ней с напряженным выражением лица, появляющимся у него всегда, когда он чего-нибудь очень хочет. Место действия я вижу точно в тумане, но угол и скрюченную фигуру женщины помню ясно. Во сне я видел, как ван Норден быстро подступал к ней, словно хищное животное, которое не думает о последствиях и для которого важно только одно — немедленно достичь цели. На лице его было написано: «Ты можешь потом убить меня, но сейчас... сейчас я должен воткнуть его в тебя... должен... должен!» Он наклонился над ней, и их головы ударились об стену. Но у него была такая чудовищная эрекция, что близость оказалась невозможной. Тогда с выражением отчаяния, которое так часто появляется на его лице, он встает и застегивает ширинку. Он уже готов уйти, но в этот момент видит, что его пенис лежит на тротуаре. Размерами он с палку от метлы. Ван Норден равнодушно поднимает его и сует под мышку. И тут я замечаю, что на конце этой палки болтаются две огромные луковицы, похожие на тюльпанные, и слышу бормотание ван Нордена: «Горшки с цветами... горшки с цветами...»

Потный и задыхающийся, в комнату входит гарсон. Ван Норден смотрит на него пустыми глазами. За гарсоном появляется и хозяйка. Она подходит к ван Нордену, берет из его рук книгу, бросает ее в детскую коляску и, не говоря ни слова, выкатывает коляску в коридор.

«Это сумасшедший дом...» — говорит ван Норден, страдальчески улыбаясь. У него такая странная, неописуемая улыбка, что сон на миг возвращается; мне кажется, что мы стоим в конце длинного коридора, где висит волнистое зеркало. По коридору, неся свое страдание, как качающийся фонарь, идет, спотыкаясь, ван Норден. То и дело он исчезает в комнатах, двери которых непонятным образом открываются и из них высовываются руки, втягивающие его внутрь. Но через секунду удар конского копыта выбрасывает ван Нордена вон. И чем дальше он идет, тем больше его страдание, напоминающее фонарь, который велосипедисты держат в зубах, катя по мокрой и скользкой мостовой. Ван Норден мотается из комнаты в комнату, и когда он наконец садится, стул под ним ломается. Он открывает чемодан, но там пусто, ничего, кроме зубной щетки. В каждой комнате — зеркало, перед которым он останавливается, скрежеща зубами от злобы. От этого скрежета и злобного бормотания у него сворачивается челюсть, она еле висит, и когда он касается ее рукой, она отваливается. В ярости ван Норден прыгает на свою собственную челюсть и начинает крушить ее каблуками.

Между тем гарсон вносит его вещи, и происходящее принимает еще более ненормальный вид, особенно когда ван Норден, прицепив к спинке кровати пружину, начинает делать упражнения по системе Зандова. «Мне здесь нравится», — говорит он, улыбаясь гарсону. Он снимает пиджак и жилет. Гарсон, у которого в одной руке чемодан, а в другой — спринцовка, смотрит на него недоуменающе. Я стою в стороне, в маленькой прихожей, держа зеркало под зеленым газом. Ничто в комнате не имеет ни малейшего практического смысла. Сама прихожая тоже — зачем прихожая перед сараем? У меня возникает чувство, которое я испытываю, входя в «Комеди Франсез» или «Пале Рояль»: это мир бутафории, дверей-ловушек, оружия, бюстов и навощенных полов, канделябров и рыцарей в доспехах, статуй без глаз и любовных писем в стеклянных ларцах. Все это кому-то нужно, но все это не имеет никакого смысла, так же как не имело смысла допивать бутылку кальвадоса только для того, чтобы ее не перевозить.

Как я уже говорил, ван Норден, поднимаясь по лестнице, упомянул о том, что в этой гостинице когда-то жил Мопассан. Это, очевидно, произвело на него сильное впечатление. Ему хочется верить, что это та самая комната, где родились странные фантазии Мопассана, которые так упрочили его славу. «Они жили как свиньи, эти жалкие сволочи», — говорит он. Мы оба сидим около круглого стола в двух удобных старых креслах, подвязанных веревками и проволокой; рядом — кровать, так близко, что можно положить на нее ноги. Комод стоит позади нас, до него тоже можно дотронуться. Ван Норден вывалил грязное белье прямо на стол; мы сидим, положив ноги на его старые носки и грязные рубашки, и мирно покуриваем. Это убожество, по-видимому, пришлось ван Нордену по душе, во всяком случае вид у него вполне довольный. Когда я встаю, чтобы зажечь свет, он предлагает сыграть в карты, а потом пойти пообедать. Мы садимся возле окна, среди разбросанного грязного белья, и играем несколько партий в безик под свисающей с канделябра пружиной для упражнений по системе Зандова. Ван Норден спрятал свою трубку и набил рот жевательным табаком. Время от времени он сплевывает коричневую жижу за окно; она шлепается о тротуар с громким хлюпаньем. Видимо, он действительно доволен.

«В Америке, — говорит он, — и во сне не приснится жить в таком свинарнике. Даже когда я бродяжничал, и то у меня ночлег был лучше. Но здесь это кажется нормальным, точно ты об этом просто прочел в книге. Если мне суждено когда-нибудь вернуться домой, я забуду это как дурной сон. Я, вероятно, начну жизнь сначала, с того момента, как я уехал... если, конечно, мне суждено вернуться... Иногда, лежа в постели, я думаю о своем прошлом и вижу его так реально, что мне нужно ущипнуть себя, чтобы вспомнить, где я. Особенно когда рядом женщина. Знаешь, с женщинами я легко забываюсь. Это, собственно, все, чего я хочу от них, — чтоб помогли мне забыться. Иногда я так ухожу в себя, что не могу даже вспомнить — как бабу зовут и где я ее подцепил. Смешно, правда? Хорошо, проснувшись утром, почувствовать рядом с собой свежее теплое тело, тогда и сам чувствуешь себя чистым. Это возвышает... пока они не заводят свою обычную песню насчет любви и так далее... Ты можешь мне сказать, почему бабы столько говорят о любви? Что ты хороший е..рь, им недостаточно, они непременно хотят еще и твою душу...»

Слово «душа» часто всплывало в рассуждениях ван Нордена. Сначала оно меня смешило, потом доводило чуть не до истерики; в его устах это слово звучало на редкость фальшиво, особенно потому, что обыкновенно он сопровождал его жирным коричневым плевком, оставлявшим след в углу рта. Я никогда не стеснялся смеяться ему в лицо, и у него даже выработалась привычка делать паузу после этого слова, чтобы я отхохотался, и только потом как ни в чем не бывало продолжать свой монолог, повторяя это слово все чаще и нежнее. Он старался убедить меня, что все женщины хотят добраться до его души. Он объяснял мне это много раз, снова и снова возвращаясь к этой теме, как параноик — к своей навязчивой идее. Я совершенно уверен, что ван Норден слегка помешан. Больше всего на свете он боится оставаться один. Это глубокий и постоянно преследующий его страх, настолько глубокий, что даже в минуту соединения с женщиной он не может сбежать из этой тюрьмы, в которую сам себя заточил.

— Я пробую самые разные способы, — объясняет он мне. — Я даже иногда считаю в уме или думаю на философские темы, но ничто не помогает. Как будто я — это два человека и один все время наблюдает за тем, что делает другой. Я так злюсь на самого себя, что готов себя убить... собственно, именно это и происходит всякий раз, когда у меня оргазм. На какой-то миг я словно исчезаю вообще... От моих обеих личностей ничего не остается... все исчезает... даже п..... Это вроде причащения. Честное слово. Несколько секунд я чувствую духовное просветление... и мне кажется, что оно будет продолжаться вечно — как знать? Но потом я вижу женщину и спринцовку и слышу, как льется вода... эти маленькие детали... и опять становлюсь таким же потерянным и одиноким... И вот за единственный миг свободы приходится выслушивать всю эту чушь о любви... Иногда я просто стервенею... мне хочется выкинуть их вон немедленно... бывает, я так и делаю. Но это их ничему не учит. Им это даже нравится. Чем меньше ты их замечаешь, тем больше они за тобой гоняются. В женщинах есть что-то извращенное... они все мазохистки в душе.

— Что же тогда тебе надо от женщины? — спрашиваю я.

Он разводит руками — это его обычный жест. Нижняя губа отвисает, и весь его вид демонстрирует полную растерянность. Когда наконец он выжимает из себя несколько бессвязных фраз, то говорит их с видом человека, глубоко убежденного, что его слова бесполезны.

— Мне хочется отдаться женщине целиком... — старается он объяснить. — Мне хочется, чтобы она отняла меня у самого себя... Но для этого она должна быть лучше, чем я; иметь голову, а не только п..... Она должна заставить меня поверить, что она нужна мне, что я не могу жить без нее. Найди мне такую бабу, а? Если найдешь, я отдам тебе свою работу. Тогда мне не нужна ни работа, ни друзья, ни книги, ничего. Если она только сумеет убедить меня, что в мире есть что-то более важное, чем я сам. Господи, как я ненавижу себя! Но этих сволочных баб я ненавижу еще больше, потому что ни одна из них не стоит и плевка.

Ты думаешь, что я влюблен в себя, — продолжает он. — Это только показывает, как мало ты меня знаешь... Конечно, я знаю, что я человек необыкновенный... Иначе у меня не было бы всех этих переживаний. Но я никак не могу самовыразиться, и это меня просто убивает. Люди думают, что я просто машина для е.... Что ж, это только говорит о том, как мелко они плавают, эти интеллектуальные сволочи, сидящие на террасах кафе и пережевывающие свою психологическую жвачку... Неплохо сказано, а? Психологическая жвачка. Запиши-ка для меня. Я использую это в своем фельетоне на следующей неделе... кстати, ты читал когда-нибудь Штекеля? Ты думаешь, в нем что-то есть? По-моему, это просто истории болезни его пациентов... Господи, как мне хотелось бы набраться храбрости и пойти к психоаналитику...

настоящему, конечно. Я не хочу иметь дело с этими маленькими жуликами с эспаньолками и в сюртуках, вроде твоего Бориса. Как ты можешь переносить их? Неужели они не изводят тебя? Нет, ты ведь говоришь со всеми, я замечаю. Тебе наплевать. Может быть, ты и прав. Может быть, я просто критикан. Но все эти грязные еврейчики, которые болтаются вокруг кафе «Дом», — меня от них тошнит. Они повторяют прописи. А знаешь, если бы я мог говорить с тобой каждый день, может, я и выгрузил бы все, что во мне накопилось. Ты умеешь слушать. Я знаю, что тебе на меня наплевать, но у тебя есть терпение. И у тебя нет своих теорий, чтобы засорять мне мозги. Я знаю, что ты все эти разговоры записываешь. Мне, в общем, все равно, что ты обо мне напишешь, но не выставляй меня просто охотником за б....... Это слишком примитивно. Когда-нибудь я напишу о себе книгу, в которой будут собраны все мои мысли. Нет, не просто самовосхваление... Я разложу себя на операционном столе и выверну наружу все свои потроха — до последней кишочки. Делал это кто-нибудь когда-нибудь? Ну, чего ты улыбаешься? Наивно звучит?

Я всегда улыбаюсь, когда мы касаемся в разговоре его будущей книги. Это совершенно фантастическая затея. Стоит ему сказать «моя книга», как мир теряет объемность, сжимаясь до ван Нордена и К°. Его книга должна быть совершенно и абсолютно оригинальной. Вот почему он не может ее даже начать. Едва у него появляется идея, он начинает сомневаться в ней. Он вспоминает, что Достоевский, или Гамсун, или еще кто-то ее уже использовал. «Я не говорю, что я хочу быть лучше их, но я хочу быть самобытным», — объясняет ван Норден. И вместо того чтобы писать свою книгу, он читает все новинки; таким образом, он может быть уверен, что не собирается воспользоваться чужими идеями. Но чем больше книг он читает, тем больше презирает их авторов. Ни один из них не удовлетворяет его требованиям, ни один не приблизился к тем вершинам совершенства, которых он собирается достичь. Забывая, что он не написал даже одной главы, ван Норден говорит о них с пренебрежением и снисходительностью, точно в библиотеках целые полки заняты его книгами, которые знает весь мир и которые поэтому нет надобности называть. И хотя ван Норден никогда и никого не обманывает сознательно, у случайных слушателей его философически-критических рассуждений и жалоб на жизнь возникает твердая уверенность, что за этими небрежными замечаниями стоит солидный список достижений. Это касается, конечно, дурочек, которых он заманивает к себе якобы для того, чтобы прочесть им свои стихи или еще лучше — услышать их мнение и совет. Без зазрения совести он дает им грязный клочок бумаги с несколькими строчками, «идею новой поэмы», как он это называет, и со всей серьезностью требует от них честно сказать свое мнение. Но у них не может быть никакого мнения об этих бессмысленных строчках, и потому он начинает излагать им экстравагантные взгляды на искусство, которые сочиняет тут же на ходу и которые целиком зависят от сложившихся обстоятельств. В этом он достиг такой виртуозности, что переход от «Cantos» Эзры Паунда к постели происходит так же просто и естественно, как модуляция из одной тональности в другую. В противном случае возникает диссонанс. Такое бывает иногда, но, конечно, при своем характере он не любит говорить об этих осечках. Зато если уж говорит, то становится преувеличенно откровенным, как бы получая какое-то извращенное удовольствие от описания своих неудач. Есть, например, одна женщина, которую он пытается уложить в постель вот уже почти десять лет — сперва в Америке, а потом тут, в Париже. Это единственная женщина, с которой у него самые сердечные взаимоотношения. Они не только любят, но и понимают друг друга. Вначале я думал, что, если бы он мог достичь своей цели, его проблема была бы разрешена. У них имелось все необходимое для успешного союза, за исключением самого главного. Бесси в своем роде почти такой же необычный человек, как он. Отдаться мужчине для нее все равно, что съесть сладкое после обеда. Обычно, выбрав объект, она сама делает предложение. Она не дурнушка, но и не особенно привлекательна. У нее хорошее тело, что, конечно, главное, и она, как говорится, его любит.

Они с ван Норденом были так дружны, что иногда ван Норден, чтобы удовлетворить ее любопытство (и в тщетной надежде возбудить ее), позволял ей прятаться в шкафу во время своих любовных сеансов. Когда ван Норден оставался один, Бесси вылезала из своего укрытия и они обсуждали все самым подробным образом, обращая особенное внимание на «технику». Это был их конек, во всяком случае «техника» постоянно фигурировала в разговорах, которые они вели в моем присутствии. «Что неправильно в моей технике, по-твоему?» — спрашивал он. И Бесси отвечала: «Ты слишком примитивен. Если ты собираешься меня употребить, тебе надо стать изощреннее».

Как я уже сказал, между ними было поразительное взаимопонимание, и часто я, придя в половине второго к ван Нордену, заставал у него Бесси. Обычно она сидела на кровати, одеяло было откинуто, и ван Норден уговаривал ее погладить ему пенис: «Ну, пожалуйста, всего несколько легких прикосновений... это придаст мне храбрости, чтоб вылезти из постели». Случалось, он просил Бесси подуть ему на пенис, а когда она отказывалась, быстрым движением хватал его и тряс, как обеденный колокольчик; при этом оба умирали со смеху. «Я никогда не справлюсь с этой стервой... — говорил он. — Она не уважает меня. И все почему? Потому что я открыл ей свою душу». И тут же, обращаясь к Бесси, спрашивал: «Как тебе понравилась вчерашняя блондинка?» Бесси подтрунивала над ним, говоря, что у него нет вкуса. «Что ты несешь! — отмахивался он и добавлял, вероятно в тысячный раз, потому что это стало звучать как старая шутка: — Послушай, Бесси, как бы перепихнуться чем бог послал? Хоть бы наскоро, а? — В ответ она смеялась, а он продолжал тем же тоном, указывая на меня: — А как насчет него? Почему ты не даешь ему?»

Все дело было в том, что Бесси не хотела или не могла относиться к этому занятию холодно. Она говорила о «страсти», как будто это было новое слово, которое она сама изобрела. При этом она действительно ко всему относилась со страстью, даже к такому малозначащему для нее явлению, как секс. Она должна была вложить в него душу.

— Я тоже иногда бываю страстным... — говорил ван Норден.

— Ты?! Не валяй дурака. Ты просто потрепанный сатир. Ты даже не знаешь, что такое страсть. Эрекцию ты принимаешь за страсть.

— Хорошо, допустим, эрекция не страсть... Но нельзя быть страстным без эрекции. Это-то ведь факт.

По дороге в ресторан я думаю о Бесси и о других женщинах, которых ван Норден каждый день таскает к себе. Я уже так привык к его монологам, что научился не прерывать ход собственных мыслей, слушая его, и только время от времени, когда его голос затихает, подавая автоматически реплики. Собственно, мы представляем собой хорошо слаженный дуэт, и, как во всех дуэтах, один из музыкантов лишь внимательно ждет сигнала, чтобы вступить. Сегодня у ван Нордена свободный вечер, я обещал составить ему компанию и заранее приготовился к его монологам. Я знаю, что к концу вечера буду чувствовать себя как выжатый лимон; но если мне посчастливится, если я смогу вытрясти из него несколько франков, то сбегу, как только он уйдет в туалет. Но ему хорошо известны мои намерения, и вместо того, чтобы обидеться, он просто держит меня на привязи, зажимая свои гроши. Если я прошу у него деньги на сигареты, он идет покупать их вместе со мной. Он не может оставаться один ни минуты. Даже когда ему удается подцепить женщину, он приходит в ужас от мысли, что останется с ней один. Если бы это было возможно, он бы заставлял меня сидеть в своей комнате, пока они занимаются любовью. В сущности, точно так же он просит меня посидеть с ним, пока он бреется.

На свой свободный вечер ван Норден обыкновенно наскребает франков пятьдесят. Это, однако, вовсе не значит, что он не будет пытаться занять деньги, если найдет подходящую жертву. «Ради Бога, выручите меня, мне до зарезу нужны двадцать франков», — говорит он. При этом его лицо выражает последнюю степень отчаяния. Если он сталкивается с отказом, то наглеет. «Ну тогда заплатите хоть за выпивку!» Выпив, он смягчается: «Ну хорошо, дайте мне хотя бы пять франков... ну два...» Вот так мы и таскаемся из бара в бар, собирая новости и перехватывая по пути несколько франков.

В кафе «Куполь» мы встречаем пьяницу газетчика — одного из сотрудников с верхнего этажа. Он рассказывает нам, что в редакции только что произошел несчастный случай. Корректор свалился в шахту лифта и вряд ли выживет.

Сначала ван Норден потрясен, но, узнав, что это Пековер, англичанин, он успокаивается. «Несчастный идиот, — говорит он. — Такому лучше умереть, чем жить. Между прочим, он только что сделал себе искусственную челюсть...»

Упоминание о вставных зубах доводит газетчика до слез. Всхлипывая, он рассказывает, что Пековер, у которого после удара о дно шахты были сломаны обе ноги и все ребра, каким-то образом встал на карачки и начал искать свою челюсть. В машине «скорой помощи» он бредил о потерянных зубах. Это было трагично и в то же время смешно, и журналист с верхнего этажа сам то плакал, то смеялся. Для нас же наступил ответственный момент, потому что такой пьяница за одно неудачное слово может хрястнуть бутылкой по голове. Но этот тип никогда не питал дружеских чувств к Пековеру и даже редко заходил в корректорскую: между редакционным и техническим отделами была невидимая стена. Но сейчас, когда запахло смертью, он хотел продемонстрировать свое сочувствие и для большей убедительности был даже готов поплакать. Мне и Джо, однако, быстро надоела эта пьяная сентиментальность — мы хорошо знали Пековера, и, по нашему мнению, он не стоил и плевка, не то что слез. Мы бы сказали все это журналисту с верхнего этажа, но с таким типом нельзя быть откровенным. Придется покупать венок, тащиться на похороны и строить постную мину. Да еще придется расхваливать его прочувствованный некролог. Он будет целый месяц таскать этот некролог по всем барам, хвастаясь тем, как он замечательно справился со своей задачей. Мы с Джо понимаем это без слов. Мы просто стоим и слушаем в презрительном молчании. При первой же возможности мы сматываемся, а он остается у стойки бара и что-то бормочет в рюмку с перно.

Убедившись, что он нас не видит, мы начинаем истерически хохотать. Вставные зубы! Что бы мы ни говорили про несчастного Пековера — а кое-что было для него достаточно лестно, — мы все время возвращаемся к вставным зубам. Есть в этом мире люди до того нелепые, что даже смерть делает их смешными. И чем ужасней эта смерть, тем смешнее она выглядит и тем смешнее рассказ о ней. Только врун или лицемер найдет что-нибудь трагичное в смерти этих людей. Но нам не надо было прикидываться, и мы нахохотались досыта. Мы смеялись всю ночь и в промежутках между приступами смеха перемывали косточки этим тупицам с верхнего этажа, которые сейчас, скорее всего, стараются убедить себя, что Пековер был славным малым и что его смерть — настоящая катастрофа. Мы вспоминали всякие смешные истории о том, как он пропускал точки с запятыми, а его честили последними словами. Из-за этих точек с запятыми и дробей, которые он все время путал, его и без того жалкая жизнь превращалась в сплошной кошмар. Однажды его даже чуть не выгнали с работы за то, что от него несло перегаром. Вся редакция презирала его за жалкий вид, за экзему, за перхоть в волосах. Для них он был абсолютным ничтожеством, но теперь, когда он умер, они сложатся и купят ему огромный венок и пропечатают его имя жирным шрифтом в колонке некрологов. Они сделают все, что угодно, чтобы придать себе веса, а Пековера представить важной фигурой. Это будет нелегко, ведь Пековер действительно был круглый нуль, и тот факт, что он умер, не делает его единицей.

«Во всем этом есть только один плюс, — говорит Джо. — Ты, может быть, получишь его место. И если тебе повезет, ты тоже свалишься в шахту и сломаешь себе шею. Обещаю, мы купим тебе великолепный венок».

Незадолго до рассвета мы сидели на террасе кафе «Дом». Проведя пару приятных часов в «Баль негр», мы уже давно забыли о Пековере, и мысли Джо снова вернулись к его излюбленному предмету — к бабам. Обычно в это время, когда ночь почти на исходе, постепенно возрастающее возбуждение ван Нордена достигает апогея. Он думает о женщинах, которых упустил в течение вечера, и о тех «постоянных», которым только свистнуть, но ими он уже сыт по горло. Он опять вспоминает свою «шлюху из Джорджии», которая последнее время не дает ему покоя и просит, чтобы он разрешил ей пожить у него в номере — хотя бы до тех пор, пока она не найдет себе работу. «Я ничего не имею против того, чтоб иногда ее подкормить, — говорит он. — Но взять ее на постоянное жительство я не могу... как же тогда я буду приводить других баб?» Что его особенно расстраивает, так это ее худоба. «С ней спать — все равно что со скелетом, — говорит он. — Дня два назад я взял ее к себе — из жалости, — и что, ты думаешь, эта ненормальная сделала? Она побрилась, ты понимаешь... ни волоска между ногами. У тебя когда-нибудь была женщина с бритой п.....? Это безобразно. Ты не согласен? К тому же смешно. Да и дико. Это уже не п...., а ракушка какая-то». Его любопытство было настолько велико, рассказывает ван Норден, что он не поленился и вылез из постели, чтобы найти электрический фонарик. «Я заставил ее раскрыть эту штуку и направил туда луч. Тебе надо было меня видеть... прекомичная была сценка. Я до того увлекся, что даже забыл про бабу. Никогда в жизни я не рассматривал п.... так внимательно. Можно было подумать, что я никогда ее раньше не видел. И чем больше я смотрел, тем менее интересной она мне казалась. Просто видишь, что ничего в ней нет интересного, особенно когда все кругом выбрито. Так хоть какая-то загадочность. Потому-то статуи и оставляют тебя холодными. Только один раз я видел статую с настоящей п...... У Родена. Посмотри как-нибудь... такая, с широко расставленными ногами. Я даже не помню, была ли у нее голова. Только п.... Ужасное зрелище! Дело в том, что все они одинаковы. Когда видишь их в одежде, чего только не воображаешь; наделяешь их индивидуальностью, которой у них, конечно же, нет. Только щель между ногами, но ты заводишься от нее, хотя на самом деле и не очень-то на нее смотришь. Ты просто знаешь, что она там, и только и думаешь, как закинуть туда палку: собственно, это даже и не ты думаешь, а твой пенис. Но все это иллюзия. Ты загораешься от ничего... от щели, с волосами или без волос. Она настолько бессмысленна, что я смотрел как завороженный. Я изучал ее минут десять или даже больше. Когда ты смотришь на нее вот так, совершенно отвлеченно, в голову приходят забавные мысли. Вся эта тайна пола... а потом ты обнаруживаешь, что это ничто, пустота. Подумай, как было бы забавно найти там губную гармонику... или календарь! Но там ничего нет... ничего. И вот это-то и противно. Я чуть не свихнулся... Угадай, что я после всего этого сделал. Я поставил ей быстрый пистон и повернулся задом... Взял книгу и стал читать... Из книги, даже самой плохой, всегда можно что-нибудь почерпнуть, а п.... — это, знаешь ли, пустая трата времени...»

Заканчивая свой монолог, ван Норден замечает проститутку, которая подмигивает нам. Без малейшего перехода или подготовки он говорит мне: «Послушай, а что, если мы переспим с ней? Это не очень дорого... она возьмет нас обоих за те же деньги». И, не дожидаясь ответа, поднимается и идет к ней. «Все в порядке. Допивай пиво. Она голодная. Все равно сейчас мы не найдем ничего другого... Она возьмет нас обоих за пятнадцать франков. Пошли ко мне — так будет дешевле».

По дороге в гостиницу девица так дрожит от холода, что мы останавливаемся и заказываем ей кофе. Она оказалась довольно скромным существом и совсем не дурна собой. Вероятно, она знает ван Нордена и знает, что от него ничего, кроме обещанных пятнадцати франков, не получишь. «Помни — у тебя нет денег», — говорит он мне вполголоса. У меня действительно нет ни сантима, и потому я не совсем его понимаю. Но тут он громко добавляет по-английски: «Ради Бога, прикинься, что мы без гроша. Не размякай, когда мы придем ко мне. Она будет стараться вытянуть из нас прибавку, я знаю эту б....! Ее можно было бы подрядить и за десять франков, если б я захотел. Зачем сорить деньгами?»

— Твой друг, наверное, большой скаред? — спрашивает девица по-французски, очевидно догадываясь о теме нашего разговора.

— Ничего подобного. Он очень щедрый, — говорю я.

Она качает головой и смеется:

— Я хорошо знаю этого типа.

И тут же начинает обычную душераздирающую повесть про больницу, неоплаченную квартиру и ребенка в деревне. Однако она не пересаливает — ей известно, что все равно наши уши крепко запечатаны. Просто она не может отключиться от своих несчастий — это у нее точно камень внутри, который она перекатывает с места на место. Мне она нравится. Только бы она нас не заразила...

Когда мы приходим к ван Нордену, она начинает свои приготовления.

— Слушайте, нет ли у вас хоть сухарика? — спрашивает она, сидя на биде.

Ван Норден смеется.

— Хвати глоточек, — говорит он, подавая ей бутылку.

Но она не хочет вина и объясняет, что у нее и так расстроен желудок.

— Ее обычные штучки, — говорит мне по-английски ван Норден. — Не давай ей себя разжалобить. Но все-таки лучше бы она говорила о чем-нибудь другом. Как, к черту, можно распалиться с голодной б.....?

Совершенно верно! Ни у меня, ни у него нет ни малейшего желания, а о ней и говорить нечего. Ждать от нее хотя бы искры страсти можно с таким же успехом, как ждать, что на ней окажется бриллиантовое ожерелье. Но тут замешаны пятнадцать франков, и ни у нее, ни у нас уже нет хода назад. Это как война. Во время войны все мечтают о мире, но ни у кого не хватает мужества сложить оружие и сказать: «Довольно! Хватит с меня!» Нет, тут тоже где-то лежат пятнадцать франков, и хотя всем на них уже наплевать и в конечном счете их все равно никто не получит, они превращаются в какую-то мистическую цель, и люди, вместо того чтобы послушаться голоса разума и забыть об этой мистической цели, подчиняются обстоятельствам и продолжают бессмысленную резню. И чем трусливее человек, тем большим геройством окрашены его поступки. Но вот наступает день, когда кругом остаются лишь развалины; тогда замолкают пушки и санитары с носилками начинают подбирать искалеченных, залитых кровью героев и вешать им на грудь медали. У тебя нет ни глаз, ни рук, ни ног, зато остаток жизни ты можешь посвятить мечтам о пятнадцати франках, про которые все давным-давно забыли.

Да, это действительно так, я не могу отключиться от сравнения с войной, наблюдая, как проститутка старается выжать из меня хоть какое-то подобие страсти, и я понимаю, каким никудышным солдатом я был бы, если бы по глупости попал на фронт. Случись такое, я б плюнул на все — на совесть, на честь, — лишь бы выбраться из этого капкана. К тому же у меня попросту нет вкуса к таким вещам, а тут уж ничего не поделаешь. Но проститутка думает только о пятнадцати франках, она не дает мне забыть о них, напротив, она побуждает меня к борьбе за них. Но как можно заставить человека идти в бой, если у него нет ни малейшей охоты воевать? Есть трусы, из которых не сделаешь героев, даже перепугав их насмерть. Не исключено, что у них слишком развитое воображение. Есть люди, которые не живут настоящим, их мысли или отстают, или забегают вперед. Мои мысли постоянно сосредоточены на мирном договоре. Я не могу позабыть, что все эти неприятности начались из-за пятнадцати франков. Пятнадцать франков! Да что мне в этих пятнадцати франках?! Тем более что они даже и не мои.

Ван Норден относится к происходящему более здраво. Ему тоже уже наплевать на пятнадцать франков, но сама ситуация увлекает его. В конце концов на карту поставлено его мужское самолюбие, достоинство самца, а пятнадцать франков все равно потеряны, независимо от того, выйдет у нас что-нибудь или нет. Однако на карту поставлено и еще кое-что — может быть, не только мужское самолюбие, но и сила воли. Я снова вспоминаю солдата в окопе. Солдат не знает, зачем ему теперь жить — ведь если его не прикончат сегодня, до него непременно доберутся завтра, вот он и продолжает свое дело. И даже если он труслив как заяц и сам это понимает — дайте ему ружье и штык или вовсе ничего не давайте, он все равно будет убивать и убивать; он убьет миллион себе подобных, прежде чем остановится и спросит себя, зачем он, собственно, это делает.

Когда я смотрю на ван Нордена, взбирающегося на проститутку, мне кажется, что передо мной буксующая машина. Если чья-то рука не выключит мотор, колеса будут крутиться впустую до бесконечности. Зрелище этих двоих, сношающихся, точно коза с козлом, без малейшей искры страсти, трущихся друг о друга без всякого смысла, кроме смысла, заложенного в пятнадцати франках, заглушает во мне все чувства, кроме одного — какого-то нечеловеческого любопытства. Девица лежит на краю постели, и согнувшийся над ней ван Норден похож на сатира. Я сижу в кресле позади него и с холодным научным интересом наблюдаю за их движениями, и мне все равно, даже если они будут так двигаться бесконечно. Они, в сущности, ничем не отличаются от тех безумных машин, что выбрасывают ежедневно миллионы, биллионы, триллионы газет с кричащими бессмысленными заголовками. Однако работа безумной машины все же разумней и интересней, чем работа этих двоих — работа, в результате которой в мир являются новые люди. Мой интерес к ван Нордену и его партнерше равен нулю; но если бы вот так, усевшись в кресло, я мог наблюдать за всеми парами на земном шаре, занятыми тем же делом, что и они, мне едва ли стало бы интереснее. Я не уловил бы разницы между этим занятием, дождем или извержением вулкана. Все это явления одного порядка, если в этом трении друг о друга нет даже намека на чувство, нет какой-то человеческой осмысленности. Право, машина мне интереснее. Эти двое тоже напоминают машину, но машину, у которой соскочила шестеренка. Только человеческая рука может им помочь. Им необходим механик.

Став на колени за ван Норденом, я проверяю машину более внимательно. Девица поворачивает голову и бросает на меня отчаянный взгляд. «Это бесполезно... — говорит она. — Невыносимо». Слыша эти слова, ван Норден начинает работать с удвоенной энергией, совершенно как старый козел. Упрямый идиот, он скорее сломает рога, чем отпустит свою жертву. К тому же он злится на меня, потому что я щекочу ему крестец.

— Ради Бога, Джо, остановись. Ты убьешь ее так!

— Оставь меня в покое, — огрызается он. — Я уже почти спустил!

Его решительный тон и поза снова напоминают мне мой сон. Но сейчас мне кажется, что палка от метлы, которую он, уходя, так спокойно подхватил под мышку, потеряна навсегда. То, что я вижу сейчас, — это как бы продолжение сна, его вторая глава: тот же ван Норден, но уже без мистической цели. Он как тот герой, что вернулся с войны, несчастный, искалеченный полуидиот, увидевший в реальности свою мечту. Когда он садится, стул разваливается под ним; когда он входит в комнату, она оказывается пуста; когда он кладет что-нибудь в рот, во рту остается противный привкус. Все как раньше, ничто не изменилось, все элементы те же, и мечта не отличается от реальности. Только пока он спал, кто-то украл его тело. Он как машина, выбрасывающая миллионы и миллиарды газет каждый день, газет, заголовки которых кричат о катастрофах, революциях, убийствах, взрывах и авариях. Но он уже ничего не чувствует. Если кто-нибудь не выключит мотор, он никогда не узнает, что такое смерть, — нельзя умереть, если твое тело украдено. Ты можешь взгромоздиться на шлюху и продолжать свое дело, как упрямый козел, до бесконечности; все равно искра чувства не появится без вмешательства человеческой руки. Кто-то должен запустить руку в машину и отрегулировать ее, чтобы шестеренки стали на место. Кто-то, кто сделает это, не надеясь на награду и не думая о потерянных пятнадцати франках: кто-то, чья грудь настолько слаба, что, если на нее повесить медали, она прогнется. И кто-то должен накормить умирающую от голода девку, не боясь, что ее придется кормить снова и снова. Иначе вся эта ерунда будет длиться бесконечно. Другого выхода нет...

Я лизал задницу заведующему редакцией целую неделю (это здесь принято) и получил место Пековера. Он таки умер, бедняга, — через несколько часов после падения в шахту лифта. Как я и предсказывал, были пышные похороны с душераздирающей заупокойной службой, огромными венками и прочим, что полагается в подобных случаях. Tout compris — все включено в стоимость. После похорон верхний этаж отправился в соседнее бистро. Жаль, что сам Пековер не мог уже закусить с этими «персонами с верхнего этажа» и послушать, как они его вспоминают.

Должен предупредить с самого начала — я ни на что не жалуюсь. Но это похоже на сумасшедший дом, где вам разрешили мастурбировать до конца ваших дней. Весь мир приносят вам на подносе, и все, что от вас требуется, это ставить знаки препинания в описаниях несчастий. Ничто не остается без внимания наших профессионалов с верхнего этажа, все мирские радости и горести проходят через их руки. Их дело — сухие факты, или, как они это называют, — действительность. Но, право, их действительность — это болото, а они сами — лягушки, умеющие только квакать. Чем больше они квакают, тем реальнее становится жизнь. Адвокат, священник, врач, политик и журналист — это шарлатаны, держащие руку на пульсе жизни. Воздух здесь постоянно пахнет несчастьем. Замечательно. Это как барометр, который никогда не меняет своих показаний, или флаг, который всегда приспущен. Можно легко понять, каким образом мысль о Царствии Небесном появляется в человеческом сознании даже тогда, когда оно теряет точку опоры. Должен быть какой-то другой мир, кроме этого болота, где все свалено в кучу. Не могу себе представить, что это за Царствие Небесное, о котором так мечтает все человечество. Лягушачье, наверное. Тухлый воздух, тина, кувшинки, гниющая вода. Сиди себе на листьях кувшинок и квакай спокойно весь день. Я думаю, Царствие Небесное — это что-то в таком роде.

Все катастрофы, которые я корректирую, оказывают на меня самое благотворное действие. Представьте себе полный иммунитет и стопроцентную безопасность в среде, где полным-полно зловредных бактерий. Ничто не задевает меня — ни землетрясения, ни взрывы, ни бунты, ни голод, ни столкновения, ни войны, ни революции. У меня прививки против всех болезней, всех катастроф, всех горестей, всех несчастий. Это — предел стойкости. Я сижу в своем маленьком закутке, и все миазмы, выделяемые миром каждый день, касаются моих рук. Но они не загрязняют меня. У меня — абсолютный иммунитет. Мне лучше, чем какому-нибудь лаборанту, потому что здесь нет плохих запахов, только запах расплавленного свинца. Мир может взорваться — я буду сидеть здесь и расставлять запятые и двоеточия.

Я могу даже получить сверхурочные, если какое-нибудь чрезвычайное событие потребует экстренного выпуска газеты. Когда мир взорвется и последний выпуск пойдет в печать, корректоры спокойно соберут все свои точки, запятые, двоеточия, тире, скобки, вопросительные и восклицательные знаки и проч. и сложат их в коробочку над редакторским креслом. Comme ça tout est réglé...[1]

Никто из моих коллег не может понять, чем это я так доволен. Они непрерывно клянут свою судьбу, у них свои запросы, они то не в меру горды, то не в меру озлоблены. Но у хорошего корректора нет ни запросов, ни гордости, ни злобы. Хороший корректор — это что-то вроде Всемогущего: он — в мире, но не принадлежит ему. Он только для воскресений. Воскресенье — его свободный вечер. В воскресенье он спускается с пьедестала и показывает верующим задницу. Раз в неделю он слушает их жалобы и стенания; этого ему хватает до следующего раза. Всю неделю он сидит в подмерзшем болоте, его полный владыка, и только след от прививки выделяет его в бесконечной пустоте.

Самое страшное для корректора — это угроза остаться без работы. Когда мы собираемся вместе, вопрос: «Что вы будете делать, если потеряете работу?» — повергает нас в ужас. Конюху, убирающему навоз, кажется, что нет ничего страшнее, чем мир без

---

[1] Таким образом, все будет в порядке (*фр.*).

лошади. Любая попытка объяснить ему, как безобразно существование человека, всю жизнь сгребающего горячее дерьмо, — идиотизм. Человек может полюбить навоз, относиться к нему с нежностью, если от этого зависят его благополучие и счастье.

Эту жизнь, которая была бы для меня горчайшим из унижений, будь я человеком с самолюбием, гордостью, запросами и т. д., — эту жизнь я сейчас приветствую, как калека приветствует смерть, приветствую, как Царствие Небесное, где нет болезней и нет ужаса перед концом. Все, что от меня требуется в этом нереальном мире, — орфография и пунктуация. Пусть происходит что угодно — главное, чтобы об этом было рассказано без ошибок. Последняя дамская мода и новый линейный корабль, чума и взрывчатое вещество, открытие астрономов и паника на бирже, авария на железной дороге и банковские операции, скачки, смертная казнь и политическое убийство, бандитский налет — все они равны для корректора. Ничто не пройдет мимо его глаз, но и ничто не пробьет его пулезащитного жилета. Мадам Шеер (бывшая мисс Эстив) пишет благодарственное письмо индусу Ага Миру: «Благодаря Вам 6 июня я вышла замуж. Мы очень счастливы, и я надеюсь, что с Вашей помощью наше счастье будет продолжаться. Высылаю Вам телеграфом ... франков за Вашу помощь». Индус Ага Мир предсказывает вашу судьбу и читает ваши мысли необъяснимым образом. Он даст вам совет и поможет преодолеть все житейские невзгоды. Ага Мир принимает по адресу: авеню Мак-Магон, № 20, Париж. Заходите или пишите.

Ага читает все ваши мысли необъяснимым образом. Если я правильно понимаю, это включает все мысли — от самых ничтожных до самых бесстыдных. У него, должно быть, много свободного времени, у этого Ага Мира. Или он ограничивается лишь мыслями людей, приславших ему денежные переводы? В том же номере я вижу заголовок: «Наша Вселенная расширяется так стремительно, что это чревато взрывом». Под заголовком фотография человека, страдающего от безумной головной боли. Рядом статейка о жемчуге, подписанная «Текла». Этот Текла сообщает всем и каждому, что жемчуг производится моллюсками и бывает естественный, или восточный, и культивированный. Немцы показывают в кафедральном соборе Трира «рубашку Христа», которую они вынули из нафталина в первый раз за сорок два года. О его штанах или жилетке ничего не говорится. В Зальцбурге женщина родила двух мышат — хотите верьте, хотите нет. Знаменитая кинозвезда, закинув ногу на ногу, отдыхает на скамейке в лондонском Гайд-парке, а ниже заявление очень популярного художника: «Я считаю, что миссис Кулидж при своем шарме и обаянии могла бы стать одной из двенадцати выдающихся американок, если бы ее муж не был президентом». Из интервью с герром Хюмхалем из Вены я узнал следующее. «В заключение, говорит герр Хюмхаль, я хочу заметить, что безупречный покрой и подгонка — этого еще мало; достоинства костюма выявляются в носке. Костюм должен облегать тело, но не терять формы, когда человек, носящий его, ходит или садится». А если случается взрыв на угольной шахте — английской шахте, — обратите внимание, что король и королева всегда немедленно посылают свои соболезнования по телеграфу. И они всегда присутствуют на главных скачках, хотя недавно, по словам автора статьи, которую я читаю, «к большому удивлению короля и королевы, пошел сильный дождь». (Кажется, это было в Дерби.) Душераздирающее сообщение из Италии: «Говорят, что преследования не направлены против Церкви, но, несмотря на это, они задевают самые чувствительные ее интересы. Говорят, что преследования не направлены против Папы, но они ранят Папу в самое сердце».

Я должен был объехать вокруг света, чтобы найти такое удобное и приятное место. То, что со мной происходит, кажется почти невероятным. Мог ли я предвидеть в Америке, где вам втыкают в задницу ракеты, чтобы придать бодрости и храбрости, что самое идеальное занятие для человека с моим темпераментом — это охотиться за орфографическими ошибками? В Америке человек думает только о том, как ему стать президентом Соединенных Штатов. Там каждый — потенциальный президент. Здесь каждый — потенциальный нуль, и если вы становитесь чем-нибудь или кем-нибудь, это случайность, чудо. Здесь тысяча шансов против одного, что вы никогда не выберетесь из родной деревни. Тысяча шансов против одного, что вам оторвет ноги или вы останетесь без глаз. Впрочем, может случиться чудо, и тогда вы будете генералом или вице-адмиралом.

Выходит, что все шансы здесь — против вас, но то, что у вас почти нет надежд, делает жизнь особенно приятной. День за днем. Нет ни вчера, ни завтра. Барометр никогда не меняет своих показаний, а флаг на флагштоке всегда приспущен. Вы носите на рукаве кусок черного крепа, у вас в петлице — ленточка, и если вам посчастливится разжиться деньгами, вы можете купить себе протезы, лучше алюминиевые, но это совершенно не помешает вам получать удовольствие от аперитива, или от созерцания зверей в зоопарке, или от флирта с хищницами, фланирующими взад и вперед по бульварам в поисках свежей падали. Время проходит. Если вы приезжий и документы у вас в порядке, можете свободно касаться всякой заразы без страха заразиться. Однако лучше всего работать корректором. Comme ça, tout s'arrange[1]. Это значит, что если вы возвращаетесь домой в три часа ночи и вас останавливает полицейский, вы можете послать его к черту. Утром, когда идет бойкая торговля, вы можете купить бельгийские яйца по пятьдесят сантимов за штуку. Корректор обыкновенно встает не раньше полудня. Если вы боитесь проспать, найдите себе гостиницу возле кино, и вас будет поднимать звонок, возвещающий о начале первого сеанса. А если не можете найти гостиницу вблизи кино, ищите ее возле кладбища — это то же самое. И главное, не унывайте. Il ne faut jamais désespérer.

Вот это-то я и стараюсь вдолбить в головы Карла и ван Нордена каждую ночь, когда мы идем домой. Мир без надежд, но и без уныния. Это как бы новая религия, в которую я перешел, и теперь каждый вечер ставлю свечи перед Мадонной. Не знаю, что бы я выиграл, если б меня сделали редактором этой газеты или даже президентом Соединенных Штатов. Я в безнадежном тупике — и чувствую себя в нем уютно и удобно. Читая гранки, я слушаю музыку вокруг — гул голосов, позвякивание линотипов, похожее на позвякивание тысячи серебряных браслетов;

---

[1] Таким образом, все устроится (*фр.*)

иногда пробежит мимо крыса или спустится по стене таракан, быстро и осторожно двигаясь на своих тонких лапках. События дня тихо и мирно проплывают перед вами, неся на себе там и сям следы человеческого тщеславия и гордыни в виде авторских подписей. Они движутся плавно, как похоронная процессия, въезжающая на кладбище. На полу — толстый слой бумаги, точно мягкий ковер. Под столом ван Нордена она забрызгана коричневой табачной слюной. Около одиннадцати вечера в корректорскую заходит торговец арахисом — полоумный армянин, тоже вполне довольный своей судьбой.

Время от времени я получаю телеграммы от Моны, которая сообщает о своем приезде на очередном пароходе. В конце каждой телеграммы — «Подробности письмом». Это продолжается уже девять месяцев, но я не нахожу ее имени в списках пассажиров, а гарсон ни разу не приносил мне писем на серебряном подносе. Я уже перестал на все это реагировать. Если Мона когда-нибудь приедет, пусть ищет меня на первом этаже, за туалетом. Вероятно, она сразу же скажет, что сидеть рядом с уборной негигиенично. Первое, о чем начинает говорить американка в Европе, это санитарные условия или, точнее, отсутствие таковых. Они не могут представить себе рая без водопровода. Если они находят клопа, то готовы писать жалобу в Торговую палату. Как я могу объяснить ей, что мне здесь очень нравится? Она скажет, что я становлюсь дегенератом. Я знаю ее наизусть. Она будет искать ателье с садом и, конечно же, с ванной. Ей хочется быть бедной на романтичный лад. Я знаю ее. Но на сей раз я готов ко всему.

Бывают, однако, солнечные дни, когда я схожу с наезженной колеи и начинаю жадно думать о Моне. Бывают дни, когда, несмотря на мою упрямую удовлетворенность собственной жизнью, я начинаю думать об иной жизни, начинаю представлять себе, что было бы, будь рядом со мной беспокойное молодое существо. Беда в том, что я почти забыл, как она выглядит и что я чувствовал, когда держал ее в своих объятиях. Все, что относится к прошлому, словно опустилось на дно морское; у меня есть воспоминания, но образы утратили свою живость, стали мертвыми и ненужными, как изъеденные временем мумии, застрявшие в сыпучих песках. Припоминая свою жизнь в Нью-Йорке, я вижу лишь страшные, покрытые плесенью обломки. Мне кажется, что мое собственное существование уже закончилось, но где именно, я не могу установить. Я уже не американец, не ньюйоркец, но еще менее европеец или парижанин. Я ничему не предан, у меня нет ни перед кем ответственности, нет ненависти, нет забот, нет предубеждений и нет страстей. Я — ни «за», ни «против». Я нейтрален.

Случается, что когда мы втроем возвращаемся ночью домой, то после первых приступов отвращения начинаем с энтузиазмом говорить о разных вещах — с энтузиазмом, который бывает лишь у людей, не принимающих активного участия в жизни. Когда наконец я заползаю в постель, я с удивлением понимаю, что весь наш энтузиазм тратится только на то, чтобы убить время — три четверти часа, которые занимает дорога от редакции до Монпарнаса. У нас множество блестящих и вполне осуществимых идей касательно того или этого, но у нас нет колесницы, к которой мы можем их прицепить. И еще поразительней то, что пропасть между идеями и жизнью совершенно нас не тревожит. Мы до такой степени приспособились, что, если бы завтра нам приказали ходить на руках, мы подчинились бы без малейшего протеста. Конечно, при условии, что газета выйдет как всегда. И что нам исправно будут платить жалованье. Все остальное не имеет значения. Никакого. Мы стали азиатскими рабами. Мы превратились в китайских кули в белых воротничках, и нам затыкают глотки горстью риса в день. Я читал где-то на днях, что характерная особенность черепа индейца — это так называемая вормиева кость, или os incae, в затылке. Наличие этой кости, по словам ученого, объясняется незарастающим поперечным затылочным швом, который обыкновенно зарастает уже у зародыша. Это свидетельствует о замедленном развитии, что является признаком низшей расы. «Средний объем черепа индейца, — говорилось в статье, — меньше, чем у представителей белой расы, но больше, чем у представителей черной расы. Средний — без учета пола — объем черепной коробки современного парижанина — 1449 кубических сантиметров, негра — 1344 и индейца — 1376 сантиметров». Меня это, в сущности, не касается, потому что я — американец, а не индеец. Но забавно объяснять все какой-то костью в затылке. Этого ученого совершенно не смущает, что в отдельных случаях черепа индейцев давали очень высокие показатели, до 1920 кубических сантиметров — объем, не превышенный ни одной другой расой. Но мне особенно нравится, что парижане и парижанки ходят с черепами нормального объема. Они умеют получать удовольствие от аперитива и не волнуются, если их дома стоят некрашеные. Они не озабочены поперечными затылочными швами, и в их черепных показателях нет ничего необыкновенного. Так что их искусство жить, которое они довели до такого совершенства, явно должно объясняться чем-то другим.

В бистро «Мсье Поль», которое находится поблизости от редакции, задняя комната отведена специально для журналистов, и здесь мы можем есть и пить в кредит. Это приятная маленькая комната с опилками на полу и с мухами во все времена года. Когда я говорю, что она предназначена для журналистов, я не хочу сказать, что они едят здесь в уединении; напротив, они имеют удовольствие общаться, притом самым тесным образом, с проститутками и их «котами», которые составляют значительный процент клиентуры мсье Поля. Это обстоятельство вполне устраивает газетчиков, вечно рыщущих в поисках новой юбки, потому что даже те, у кого есть постоянные французские девочки, не прочь переспать иной раз на стороне. Главное, чего они боятся, — как бы не подцепить какую-нибудь венерическую болезнь; иногда в редакции начинается настоящая эпидемия, поскольку все они спят с одной и той же шлюхой. Во всяком случае приятно видеть, как жалко они выглядят рядом с сутенером, который ведет по сравнению с ними роскошную жизнь, несмотря на превратности своей профессии.

Сейчас мои мысли поглощены высоким блондином, доставляющим на велосипеде сообщения агентства «Ава». Он всегда опаздывает и всегда покрыт по́том и пылью. Он входит с величественным видом, протягивает каждому два пальца и тут же движется к умывальнику, расположенному между кухней и уборной. Вытирая лицо, он быстрым взглядом окидывает съестное. Если он видит на столе свежий бифштекс, то, подняв его, придирчиво обнюхивает, если суп, то, запустив в него черпак, так же придирчиво пробует. Он точно охотничья собака, у которой нос всегда опущен к земле. Закончив все приготовления, помочившись и громко высморкавшись, он подходит к своей девице и смачно ее целует, одновременно похлопывая по заду. Эта девица всегда выглядит как огурчик. Даже в три часа ночи, после многочисленных клиентов, у нее такой вид, как будто она только что вышла из турецкой бани. Приятно видеть этих здоровых животных — их спокойствие, взаимную привязанность и отличный аппетит. После ужина, вернее, легкой закуски девица отправляется на ночной промысел. Вскоре она, покинув своего блондина, пойдет на бульвар и, устроившись где-нибудь в баре за стаканчиком «дижестива», будет ждать клиентов. Ее занятие — в сущности неприятное, трудное и утомительное — никак на ней не отражается. Едва завидев своего голодного как собака возлюбленного, она бросается к нему, заключает в объятия и осыпает жадными поцелуями. Она целует его в глаза, в нос, в щеки, в затылок... Она целовала бы его и в задницу, если бы это можно было сделать на людях. Она благодарна ему, это ясно. Но за что? Она не зависит от него материально. В течение всего ужина она бездумно смеется. Можно подумать, что у нее нет никаких забот. Время от времени в знак любви и симпатии она дает верзиле здоровую пощечину. Такая пощечина оглушила бы любого из моих коллег.

Оба не замечают ничего вокруг; они сосредоточены только друг на друге да еще на еде, которую поглощают как саранча. Какое полное удовлетворение, какая гармония, какое взаимопонимание! Ван Норден просто сходит с ума, глядя на них. Особенно когда она ласково запускает руку верзиле в ширинку, а он в ответ ловит ее сосок и сжимает его с игривой нежностью.

В это же время обычно появляется и другая пара. Эти ведут себя как муж и жена: визгливо ссорятся, трясут свое грязное белье на людях. Испортив криками, угрозами и попреками настроение и себе и окружающим, они начинают ворковать как два голубка. Он называет ее Люсьен. Эта Люсьен — тяжелая крашеная блондинка с жестоким свинцовым лицом. У нее толстая нижняя губа, которую она закусывает, когда ее душит злоба. Взгляд ее голубых бисерных глазок бросает его в пот. Но она все-таки ничего, эта Люсьен, несмотря на ястребиный нрав, который обнаруживается, как только она начинает ругаться. Ее кошелек туго набит, и если она дает ему деньги нехотя, то лишь потому, что не желает поощрять его «дурные привычки». По словам Люсьен, у него слабый характер. Он может истратить пятьдесят франков за вечер, ожидая ее возвращения. Когда подходит официантка, чтобы принять заказ, выясняется, что у него нет аппетита.

— Ах, ты опять не голоден! — рычит Люсьен. — Сволочь, ты, наверное, ждал меня на Фобур Монмартр! Надеюсь, ты приятно провел время, пока я на тебя работала. Что ж ты молчишь, идиот?! Отвечай! Где ты был?

Она задыхается от злости. Он смотрит на нее испуганно, но, полагая, что молчание — лучшая защита, опускает голову и теребит в руках салфетку. Этот жалкий жест, который ей так хорошо знаком и которому, конечно, она втайне радуется как неопровержимому доказательству его вины, озлобляет ее еще больше.

— Говори, идиот! — визжит она.

Тихим, дрожащим голосом он объясняет, что, пока ждал ее, проголодался и по дороге съел бутерброд и выпил пива. Это перебило ему аппетит — в его голосе звучит сожаление, хотя совершенно очевидно, что еда — вовсе не то, что его сейчас интересует.

— Но, — он старается говорить как можно убедительнее, — я все время ждал тебя, Люсьен.

— Врешь! — орет Люсьен. — Подло врешь! Но имей в виду, я тоже умею врать, причем хорошо. Меня тошнит от твоего бездарного вранья. Почему ты не можешь соврать как следует?

Он снова опускает голову, рассеянно собирает крошки и кладет их в рот. Она бьет его по руке.

— Не смей этого делать! Как ты мне надоел! Идиот! Врун! Ну подожди! Я тебе еще кое-что скажу. Я тоже врунья, только я не такая идиотка!

Через несколько минут они сидят, прижавшись друг к другу, держатся за руки и она нежно воркует:

— Мой бедный маленький зайчик... Мне так грустно покидать тебя. Поцелуй меня... Что ты будешь делать сегодня вечером? Скажи мне правду, мой маленький... Прости меня... у меня ужасный характер...

Он осторожно целует ее, действительно как зайчонок с длинными розовыми ушами, касаясь ее губ, точно откусывая листик салата. Но в то же время его беспокойный и острый взгляд падает на ее полуоткрытую сумку. Он с нетерпением ждет минуты, когда наконец сможет удрать и засесть в каком-нибудь тихом баре на Фобур Монмартр.

Я знаю его, этого невинного, тихого чудака с круглыми, испуганными, заячьими глазами. И я знаю, что за чертова улица эта Фобур Монмартр с ее бронзовыми вывесками, любопытным товарцем, бешено мигающими до утра огнями и похотью, истекающей здесь точно из труб. Пройти по Фобур Монмартр от улицы Лафайета до бульвара — все равно что пройти сквозь строй: проститутки липнут к вам, точно мухи к клейкой бумаге, впиваются в вас, как клещи, они уговаривают вас, упрашивают, умоляют; они пытаются говорить по-немецки, по-английски, по-испански; они обнажают перед вами свои кровоточащие сердца и показывают на свои драные туфли, и даже когда вы вырветесь из их липких щупалец туда, где уже не слышны их визгливые голоса, в ваших ноздрях еще долго будет сохраняться едкий аромат уборной — запах духов «Данс», который должен чувствоваться на расстоянии двадцати сантиметров, но не больше. На этом пятачке от бульвара до улицы Лафайета можно проболтаться без толку целую жизнь. В каждом бистро здесь — водоворот, игральные кости налиты свинцом, и кассиры, точно коршуны, сидят на своих высоких табуретах, а деньги, проходящие через их руки, смердят человеком. Во Французском банке не знают таких страшных денег — они блестят от человеческого пота и перебрасываются из рук в руки, как лесной пожар, оставляя после себя дым и вонь. Человек, который в состоянии пройти по Фобур Монмартр ночью, не задохнувшись и не облившись пóтом, пройти без молитвы или проклятия, —

такой человек либо кастрат, либо его надо кастрировать.

Предположим, что этот испуганный заяц действительно может истратить пятьдесят франков за вечер, поджидая свою Люсьен. Предположим, что он действительно проголодался и заказал себе бутерброд и стакан пива. Или даже остановился, чтобы поболтать с чужой шлюхой. Неужели он должен расплачиваться за это каждый вечер? Выносить все эти попреки, угрозы, оскорбления и унижения? Я надеюсь, вы согласитесь со мной, что сутенер — тоже человек. Не забывайте, что у сутенера свои горести и печали. Может быть, он предпочел бы каждый вечер стоять на углу с парой белых собак и спокойно ждать, пока они занимаются своим делом у столба. Может быть, он предпочел бы, вернувшись домой, найти Люсьен на диване с «Пари суар» в руках и с уже слипающимися глазами. Может быть, это не слишком приятно — склоняясь над женщиной, ощущать дыхание другого мужчины? Может быть, если все твое состояние — три франка, а все имущество — две белые собаки, — может, это лучше, чем целовать истрепанные губы? Держу пари, что, когда она притягивает его к себе и умоляет о любви, которую только он и может дать ей, — держу пари, что в этот момент он борется, как дьявол, чтобы разгромить полк, прошедший между ее ногами. Может быть, обхватив в темноте ее тело и пытаясь сыграть на нем новую мелодию, он не просто удовлетворяет свою страсть или свое любопытство, но сражается в одиночку с невидимой армией, взявшей приступом ворота, армией, которая прошла по ней, растоптав и оставив ее голодной — настолько, что даже Рудольфо Валентино не смог бы утолить подобный голод. Когда о таких женщинах, как Люсьен, говорят с пренебрежением, когда их попрекают и унижают за то, что в них нет огня, но много расчета, что они спят с вами, точно бесчувственные машины, или слишком торопятся кончить свое дело, я говорю себе: подожди и подумай, парень! Вспомни, что ты — в самом конце этой очереди; что уже целый армейский корпус осаждал ее, разграбил ее и опустошил. Я говорю себе: послушай, парень, не жалей тех пятидесяти франков, которые ты ей даешь, зная, что ее кот спустит их на Фобур Монмартр. Это — ее деньги и ее кот. И это кровавые деньги. Но их никогда не изымут из обращения, потому что во Французском банке нет ничего, на что их можно было бы обменять.

Вот о чем я часто думаю, сидя в своем закутке и разбирая сообщения агентства «Ава» или распутывая ленты телеграмм из Чикаго, Лондона или Монреаля. Между ценами на резину и шелк и зерновой биржей в Виннипеге ко мне в закуток просачивается иногда жаркое дыхание Фобур Монмартр. И когда курс ценных бумаг понижается, когда цены на нефть и химикалии подпрыгивают, когда зерновой рынок трясет как в лихорадке, а биржевые акулы щелкают зубами, когда каждое е...ное происшествие, каждое рекламное объявление, каждая спортивная колонка или заметка о последних модах, каждое сообщение о прибытии парохода, каждый путевой очерк, каждая сплетня уже прочитаны, выправлены, сверены, вычищены и пропущены через серебряные браслеты линотипа, когда я слышу, как метранпаж забивает гранки первой страницы в свинцовую раму, а редакционные лягушки пляшут вокруг нее, точно пьяные каракатицы, — вот тогда я думаю о Люсьен, проплывающей над бульваром с развернутыми крыльями, точно огромный серебристый кондор, застывший в воздухе над ленивым потоком автомобилей; я думаю об этой странной птице — обитательнице андских вершин с розовато-белым брюшком и упрямой маленькой головкой. Иногда, возвращаясь домой, я следую за ней по тесным улицам, через двор Лувра, через мост Искусств, через пассажи, через дыры и щели, через сонливость и дурманящую белизну, через храп и бормотание, через треньканье и позвякиванье, через звездные лучи, их всплески и блестки, через синие и белые полосы навесов бистро, которые она обмела крыльями, пролетая мимо.

В синеве электрической зари ореховая скорлупа кажется бледной и раздавленной; на монпарнасском берегу водяные лилии гнутся и ломаются. Когда предутренний отлив уносит все, кроме нескольких сифилитичных русалок, застрявших в тине, кафе «Дом» напоминает ярмарочный тир после урагана. В течение следующего часа стоит мертвая тишина. В этот час смывают блевотину. Потом внезапно деревья начинают кричать. С одного конца бульвара до другого вскипает безумная песнь. Она как звонок на бирже, возвещающий о ее закрытии. Все оставшиеся мечты сметаются прочь. Наступает время последнего опорожнения мочевого пузыря. В город медленно, как прокаженный, вползает день...

Когда работаешь по ночам, не следует нарушать установленный распорядок. Если не лег спать до утреннего птичьего гама, лучше не ложиться вообще. Все равно уснуть не удастся. Сегодня утром от нечего делать я отправился в Ботанический сад. Удивительные пеликаны из Чапультепека; павлины с разрисованными хвостами-веерами смотрят на вас своими глупыми глазками.

Возвращаясь автобусом на Монпарнас, я заметил хрупкую француженку, сидящую напротив меня в напряженной неподвижности, точно птица, собравшаяся чистить перышки. Она сидела на кончике скамьи, как бы боясь помять свой великолепный хвост. И мне в голову пришла забавная мысль — а что, если бы сзади у нее вдруг раскрылся огромный разрисованный веер из длинных шелковых перьев?

В кафе «Авеню», куда я зашел перекусить, женщина с громадным животом старается завлечь меня своим интересным положением. Она предлагает пойти в гостиницу и провести там часик-другой. Впервые ко мне пристает беременная женщина. Я уже почти согласен. По ее словам, она сразу, как только родит и передаст ребенка полиции, вернется к своей профессии. Заметив, что мой интерес ослабевает, женщина берет мою руку и прикладывает к животу. Я чувствую, как там что-то шевелится, но именно это и отбивает у меня всякую охоту.

Нигде в мире мне не доводилось видеть таких неожиданных уловок, предназначенных для разжигания мужской похоти, как в Париже. Если проститутка потеряла передний зуб, или глаз, или ногу, она все равно продолжает работать. В Америке она бы умерла с голоду. Там никто не соблазнился бы ее уродством. В Париже — наоборот. Здесь отсутствующий зуб, гниющий нос или выпадающая матка, усугубляющие природное уродство женщины, рассматриваются как дополнительная изюминка, могущая возбудить интерес пресыщенного мужчины.

Конечно, я говорю сейчас о мире больших городов, о мире мужчин и женщин, из которых машина времени выжала все соки до последней капли; я говорю о жертвах современного прогресса, о той груде костей и галстучных запонок, которые художнику так трудно облепить мясом.

Только позже, днем, попав в галерею на рю де Сэз и оказавшись среди мужчин и женщин Матисса, я снова обрел нормальный мир человеческих ценностей. На пороге огромного зала я замираю на миг — так ошеломляет торжествующий цвет подлинной жизни. Это торжество непременно выливается в песню или поэму и разрывает в клочья привычную серость нашего мира. Мир Матисса настолько реален, настолько полон, что у меня перехватывает дыхание. Мне кажется, что я погрузился в самый центр жизни и что здесь все — в фокусе, с какой бы стороны ни смотреть. Я чувствую себя таким же потерянным, как тогда, когда под сенью девушек в цвету впервые сел за обильный обед в огромном мире Бальбека, и лишь теперь понимаю глубочайшее значение этих натюрмортов души, воскрешаемых заклинаниями зрения и осязания. Стоя здесь на пороге мира, созданного Матиссом, я опять переживаю ту силу откровения, которая позволила Прусту так исказить картину жизни, что только те, кто, подобно ему, был восприимчив к алхимии звуков и чувств, могли превратить этот негатив в подлинный и полный смысла абрис искусства. Только тем, кто умеет пропустить свет через себя, дано увидеть, что у них в сердце. Я отчетливо припоминаю, как лучи света, ударяясь в хрустальные люстры, рассыпались кровавыми брызгами, окропляя гребни волн, которые монотонно набегали в тусклом золоте за окном. На набережной, где мачты и трубы домов причудливо переплетались в вышине, я видел закопченную тень фигуры Альбертины, скользившую по воде и соединявшую в себе таинственную нереальность мечты и предчувствие смерти. И тогда наступал вечер, боль поднималась, как дымка от земли, горе набегало, как туман, закрывая собой бесконечность моря и неба. Две восковые руки лежали безжизненно поверх одеяла, и по их синим жилкам пробегал шепот раковины, повторяющей легенду о своем рождении.

В каждой поэме, созданной Матиссом, — рассказ о теле, которое отказалось подчиниться неизбежности смерти. Во всем разбеге тел Матисса, от волос до ногтей, отображение чуда существования, точно какой-то потаенный глаз в поисках наивысшей реальности заменил все поры тела голодными зоркими ртами. И везде, с какого бы угла ни смотреть, — запахи и звуки путешествия. Нельзя увидеть даже краешек мечты Матисса, не почувствовав морскую зыбь под ногами и брызги соленой воды на лице. Матисс стоит у руля, вглядываясь своими спокойными голубыми глазами в панораму времени. В какие только отдаленные уголки не направлял он свой зоркий, проникающий поверхность воды взгляд! Глядя вдоль длинного выступа своего носа, он видит все — и Кордильеры, спадающие в Тихий океан, и историю диаспоры, написанную на пергаменте, и жалюзи, поющие, как флейты, под дыханием морского ветра, и рояль, изогнутый, точно раковина, и венчики цветов, излучающие световые мелодии, и хамелеонов, извивающихся под тяжестью пресс-папье, и гаремы, умирающие в океанах пыли, и музыку, исходящую, как огонь, из тайных хромосфер боли, и споры и кораллы, оплодотворяющие землю, и пупки, извергающие яркие порождения страданий... Матисс — веселый мудрец, танцующий пророк, одним взмахом кисти сокрушающий позорный столб, к которому человеческое тело привязано своей изначальной греховностью. Матисс — художник, который знает — если вообще существует кто-либо, наделенный подобным магическим даром, — как разложить человеческую фигуру на составляющие; и у него достало смелости пожертвовать гармонией линий во имя биения пульса и тока крови; он не боится выплеснуть свет своей души на клавиатуру красок. За мелочностью, хаотичностью, бессмысленностью жизни Матисс видит невидимую другим архитектуру и возвещает о своих открытиях метафизическими красками пространства. Он не ищет формулы, не вымучивает идеи; Матисс не знает иного движущего начала, кроме желания творить. Он в самой сердцевине нашего распадающегося мира, он прикован к ней центростремительной силой, возрастающей по мере того, как ускоряется процесс разложения.

Мир все больше и больше напоминает сон энтомолога. Земля соскальзывает с орбиты, меняя ось; с севера сыплются снега иссиня-стальными заносами. Приходит новый ледниковый период, поперечные черепные швы зарастают, и вдоль всего плодородного пояса умирает зародыш жизни, превращаясь в мертвую кость. Устья рек засыхают по сантиметрам, и русла блестят, точно стекло. Наступает новый металлургический век, когда земля будет звенеть под проливным дождем желтой руды. Температура падает, и очертания мира теряют свою четкость; осмос еще продолжается, тут и там еще можно найти осмысленность, но на периферии все вены уже раздулись, световые лучи ломаются и гнутся, и солнце кровоточит, как разорванный задний проход.

В самом центре разваливающегося колеса — Матисс. И он будет вращаться даже после того, как все, из чего это колесо было сделано, разлетится в прах. Он уже прокатился по значительной части земного шара, по Персии, Индии и Китаю, он притянул к себе, как магнит, микроскопические частички Курдистана, Белуджистана, Тимбукту, Сомали, Ангкора и Огненной Земли. Он осыпал своих одалисок малахитом и яшмой, завесив их тела тысячами благоухающих глаз, погруженных в китовое семя. Где только подует ветерок, там холодные, как студень, груди, там белые голуби улетают спариваться в сине-ледяных жилах Гималаев.

Обои, которыми ученые обклеили мир реальности, свисают лохмотьями. Огромный бордель, в который они превратили мир, не нуждается в декорации; все, что здесь требуется, — это хорошо действующий водопровод. Красоте, той кошачьей красоте, которая держала нас за яйца в Америке, пришел конец. Для того чтобы понять новую реальность, надо прежде всего разобрать канализационные трубы, вскрыть гангренозные каналы мочеполовой системы, по которой проходят испражнения искусства. Перманганат и формальдегид — ароматы сегодняшнего дня. Трубы забиты задушенными эмбрионами.

Мир Матисса с его старомодными спальнями все еще прекрасен. Нигде не видно ни подшипника, ни шайбы, ни поршня, ни французского ключа. Это все еще мир веселых прогулок в Булонский лес, мир пасторальных пикников и пасторальной любви. Я хожу среди этих созданий, чьи поры дышат и чей быт так же солиден и устойчив, как свет, и это бодрит меня. Я выхожу на бульвар Мадлен, где проститутки проходят мимо меня, шурша юбками, и острейшее ощущение жизни захватывает меня, потому что уже один их вид заставляет меня волноваться. И дело вовсе не в том, что они экзотичны или хороши собой. Нет, на бульваре Мадлен трудно найти красивую женщину. Но у Матисса в магическом прикосновении его кисти сосредоточен мир, в котором одно лишь присутствие женщины моментально кристаллизует все самые потаенные желания. И встреча с женщиной, предлагающей себя возле уличной уборной, обклеенной рекламой папиросной бумаги, рома, выступлений акробатов и предстоящих скачек, встреча с ней там, где зелень деревьев разбивает тяжелую массу стен и крыш, впечатляет меня, как никогда, потому что это впечатление родилось там, где кончаются границы известного нам мира. Вечерами, проходя мимо кладбища, я встречаю иногда одалисок Матисса, привязанных к деревьям, со спутанными гривами, пропитанными древесным соком. Несколькими метрами дальше, отделенный от меня бесчисленными веками, лежит на спине укутанный саваном призрак Бодлера — целый мир, отрыжка которого ушла в вечность. В темных углах кафе, сплетя руки и истекая желанием, сидят мужчины и женщины; недалеко от них стоит гарсон в переднике с карманами, полными медяков; он терпеливо ждет перерыва, когда он наконец сможет наброситься на свою жену и терзать ее. Даже сейчас, когда мир разваливается, Париж Матисса продолжает жить в конвульсиях бесконечных оргазмов, его воздух наполнен застоявшейся спермой, и его деревья спутанны, как свалявшиеся волосы. Колесо на вихляющей оси неумолимо катится вниз; нет ни тормозов, ни подшипников, ни резиновых шин. Оно разваливается на глазах, но его вращение продолжается...

9

Как снег на голову, однажды утром на меня свалилось письмо от Бориса, которого я не видел уже несколько месяцев. Это был странный документ, и я не могу утверждать, что вполне его понял. «Между нами — по крайней мере насколько это относится ко мне — произошло вот что: ты коснулся меня, коснулся моей жизни, ее самого живого места — моей смерти. С тех пор эмоционально я погрузился еще глубже и начал жить, уже живой. Теперь не в воспоминаниях, как с другими, но в жизни».

Таково было начало. Ни приветствия, ни даты, ни адреса. Написано на линованной бумаге, вырванной из блокнота, аккуратным бисерным почерком. «Поэтому, нравлюсь я тебе или нет — а мне кажется, что в глубине души ты меня ненавидишь, — ты мне близок. Благодаря тебе я знаю, как я умер; я вижу, что умираю опять; я умираю. Это больше чем просто быть мертвым. Вот почему я так боюсь увидеть тебя: может быть, ты сыграл со мной злую шутку и тоже умер. Сейчас все происходит так быстро».

Я хладнокровно читаю строку за строкой. По-моему, эти рассуждения о жизни, о смерти и о том, что «все происходит так быстро», — полная чушь.

Насколько я вижу, ничего особенного не происходит, кроме обычных событий на первой полосе газеты. Последние полгода Борис живет один в своей дешевенькой маленькой комнатушке, сносясь с Кронштадтом, вероятно, телепатическим образом. Он говорит об «отступлениях», «эвакуации такого-то участка», точно сидит в окопе и пишет военные сводки. Наверное, когда он сел писать это послание, он был в своем сюртуке и, наверное, время от времени потирал руки, как он это делал, когда кто-нибудь приходил смотреть квартиру. «Причина, по которой я хотел, чтобы ты покончил с собой...» Тут я уже разражаюсь смехом. Я вспоминаю, как он ходил взад и вперед, засунув руки под фалды сюртука, на вилле Боргезе или у Кронштадтов — вообще везде, где было достаточно места, и бубнил без конца всю эту ерунду насчет жизни и смерти. Признаться, я никогда не понимал ни слова, но зрелище было эффектное, и мне, как нееврею, естественно, хотелось узнать, что происходит в зверинце его черепной коробки. Иногда он вытягивался на диване, измученный мыслями, которые приходили ему в голову. Тогда его ноги касались книжной полки, на которой он держал Платона и Спинозу, — он всегда удивлялся моему равнодушию к ним. Должен сознаться, что в его изложении они были интересны, хотя и весьма туманны. Иногда я заглядывал в эти книги, из которых он будто бы черпал свои бредовые идеи, но связь между его словами и тем, что написано в книгах, оказывалась самой отдаленной. Борис говорил своим собственным языком, особенно когда мы были одни; но когда я слушал Кронштадта, мне всегда казалось, что Борис ворует его мысли. Он и Кронштадт разговаривали какими-то ими же изобретенными математическими формулами. Ничего настоящего и существенного, все — дико, кошмарно надуманно и абстрактно; ни крови, ни мяса — ни в одном слове. Когда речь заходила о смерти, разговор становился проще — в конце концов, у топора или тяпки должна быть ручка. Я получал огромное удовольствие от этих собеседований. Впервые за всю мою жизнь смерть казалась мне увлекательной — все эти абстрактные «смерти» и бескровные агонии. Иногда Борис и Кронштадт поздравляли меня с тем, что я жив, но так, что мне становилось неловко. Я вспоминал, что родился в девятнадцатом веке, чувствовал себя каким-то осколком прошлого, романтической реликвией, неизвестно откуда взявшимся питекантропом. Борис особенно любил прикасаться ко мне: он хотел, чтобы я был жив, а он бы мог «умирать» сколько душе угодно. Когда он смотрел на меня и прикасался ко мне, можно было подумать, что все эти миллионы людей на улицах просто дохлые коровы. Однако письмо... Я забыл о письме...

«Причина, по которой я хотел, чтобы ты покончил с собой в тот вечер у Кронштадтов, когда Молдорф сделался Богом, проста — ты был мне тогда особенно близок. Ближе, вероятно, чем когда-либо. И я боюсь, страшно боюсь, что ты меня когда-нибудь подведешь и умрешь на моих руках. И тогда я останусь с одним только представлением о тебе, без всякого физического доказательства. Этого бы я тебе никогда не простил».

Можете вы вообразить человека, произносящего эти слова? Не знаю, что у него было за представление обо мне, но ясно, что это была отвлеченная идея, которая могла жить, ничем не питаясь. Борис никогда не придавал большого значения вопросам питания. Он кормил меня идеями. Для него все было идеей. Тем не менее, когда он пытался сдать квартиру, он не забыл, что надо заменить прокладку. Как бы то ни было, он не хотел, чтобы я умер на его руках. «Ты должен остаться для меня жизнью до самого конца, — продолжает он. — Только так ты можешь утвердить мое представление о тебе. Ибо ты связан с чем-то настолько важным для меня, что вряд ли я когда-нибудь от тебя избавлюсь. Да я и не хочу избавляться. Я хотел бы, чтобы — пока я мертв — твоя жизнь с каждым днем все больше была жизнью. Поэтому, когда я говорю о тебе с посторонними, мне всегда стыдно. Нелегко говорить о себе самом так откровенно».

Может быть, вам кажется, что он хочет повидать меня или узнать, что я делаю? Ничего подобного. Там нет ни строчки о чем-нибудь конкретном или о чем-нибудь личном, все написано этим псевдоживым языком: это просто письмо из окопов, маленькое облачко ядовитого газа, чтобы напомнить всем и каждому, что война продолжается. Я иногда спрашиваю себя, что так привлекает ко мне людей с вывихнутыми мозгами, неврастеников, невротиков, психопатов и в особенности евреев? Вероятно, в здоровом неевреe есть что-то такое, что возбуждает еврея, как вид кислого ржаного хлеба. Взять хотя бы Молдорфа, который, по словам Бориса и Кронштадта, сделал из себя Бога. Этот маленький гаденыш ненавидел меня жгучей ненавистью, но не мог без меня обойтись. Он периодически являлся за получением своей дозы оскорблений — они на него действовали как тонизирующее. Правда, вначале я был терпелив с ним —

как-никак он платил мне за то, что я его слушал. И если я не проявлял особой симпатии, то по крайней мере умел слушать молча, когда пахло обедом и небольшой суммой на карманные расходы. Потом я понял, что он мазохист, и стал время от времени открыто над ним смеяться; это действовало на него, точно удар хлыста, вызывая новый бурный прилив горя и отчаяния. Вероятно, все между нами обошлось бы мирно, если бы он не взял на себя роль защитника Тани. Но Таня еврейка, и потому это было для него этическим вопросом. Он хотел, чтобы я оставался с мадемуазель Клод, к которой, должен признаться, я по-настоящему привязался. Он иногда давал мне деньги, чтоб я мог с ней спать. Но потом он понял, что я неисправимый развратник.

Я упомянул сейчас Таню, потому что она недавно вернулась из России — несколько дней назад. Она ездила одна, Сильвестр остался в Париже, чтобы не упустить работу. Он окончательно бросил литературу и посвятил свою жизнь новой Утопии. Таня хотела, чтобы я поехал вместе с ней в Россию, лучше всего в Крым, и начал там новую жизнь. Мы устроили славную попойку у Карла, где и обсуждали эти планы. Меня интересовало, чем бы я мог там зарабатывать себе на жизнь — мог бы я, например, стать там корректором? Таня сказала, что об этом я не должен беспокоиться — работа непременно найдется, если я буду серьезным и искренним. Я попытался сделать серьезное лицо, но получилось что-то трагическое. В России не нужны печальные лица, там хотят, чтобы все были бодры, полны энтузиазма, оптимизма и жизнерадостности. Для меня это звучало так, будто речь шла об Америке. Но от природы мне не дано такого энтузиазма. Конечно, я не сказал об этом Тане, но тайно я мечтал, чтобы меня оставили в покое в моем закутке, пока не начнется война. Вся эта затея с Россией слегка расстроила меня. Таня пришла в такой раж, что мы прикончили полдюжины бутылок дешевенького винца. Карл прыгал вокруг нас, как блоха. Он достаточно еврей, чтобы потерять голову от мысли о России. Карл требовал, чтобы мы с Таней немедленно поженились. «Сейчас же! — кричал он. — Вам нечего терять!» Он даже придумал предлог, чтобы куда-то уйти на время и дать нам возможность воспользоваться его кроватью. Таня тоже хотела этого, но Россия настолько заслонила для нее все остальное, что она растратила это время на разговор, отчего я стал нервным и раздражительным. Но так или иначе, пора было поесть и идти на работу. Мы забрались в такси на бульваре Эдгара Кине. Это был великолепный час для прогулки по Парижу в открытой машине, а вино, которое булькало в наших животах, делало ее еще приятнее. Карл расположился напротив нас на откидном сиденье, и лицо у него было красное, как бурак. Он был счастлив, бедняга, воображая, какую интересную жизнь будет вести на другом конце Европы. Но все-таки он слегка нервничал — я это заметил. Ему не хотелось покидать Париж, так же как и мне. Он натерпелся в Париже, так же как и я и все, кто приезжает сюда, но Париж имеет странное свойство — чем больше тебе здесь досталось, тем сильнее он тебя притягивает, тем крепче, выражаясь фигурально, он держит тебя за яйца — точно одуревшая от страсти женщина, готовая скорее умереть, чем выпустить тебя из своих рук. Я ясно понимал, что чувствует Карл. Когда мы въехали на мост через Сену, на лице Карла появилась глупая улыбка, и он смотрел на дома и статуи так, словно видел их во сне. Для меня все это тоже было как сон: моя рука была под Таниной блузкой, и я сжимал ее грудь. Я видел под мостами воду и баржи, а вдали Нотр-Дам, точь-в-точь как на открытках, и думал о том, что чуть не попался на удочку. Но, даже пьяный, я твердо знал, что никогда не променяю всю эту круговерть ни на Россию, ни на рай небесный или земной. Стоял чудесный день, и я думал о том, что скоро мы наедимся до отвала и закажем что-нибудь этакое, какое-нибудь хорошее крепкое вино, которое утопит в нас всю эту русскую чушь. С такими женщинами, как Таня, в полном соку, надо быть осторожным. Иначе они могут стащить с тебя штаны прямо в такси. Но все же было невыразимо приятно пробираться в потоке автомобилей вот так, с перепачканными губной помадой лицами, особенно когда такси свернуло на улицу Лафитта, достаточно широкую, чтобы служить достойным обрамлением небольшой церкви в конце улицы, а над ней — Сакре-Кёр, хаотичное нагромождение архитектуры, светлая французская идея, которая прорезается через твое пьяное сознание и заставляет тебя беспомощно барахтаться в прошлом, как в полудреме, которая не дает тебе заснуть, но и не портит нервы.

Теперь, когда Таня снова в Париже, когда у меня есть работа, когда можно предаваться пьяным разговорам о России и еженощным прогулкам по летнему Парижу, жизнь приняла приятный оборот. Поэтому, вероятно, письмо Бориса и показалось мне таким дурацким. Я встречался с Таней почти каждый день около пяти часов, чтобы выпить стаканчик «порто», как она называла портвейн. Я позволял ей таскать меня в неизвестные мне места — в шикарные бары вокруг Елисейских полей, где звуки джаза и стонущие детские голоса певцов исходили, казалось, прямо из стен, отделанных панелями красного дерева. Даже когда ты шел в туалет, эта сочная вязкая музыка следовала за тобой, проникая через вентиляционные отверстия и превращая все в какой-то сон, сотворенный из разноцветных мыльных пузырей. И то ли потому, что Сильвестр уехал и Таня без него чувствовала себя свободной, то ли по другой причине, но она была тиха, как ангел. «Ты ужасно обращался со мной перед моим отъездом, — сказала она мне однажды. — Почему ты это делал? Я никогда и ничем тебя не обидела...» От мягкого света и молочнодревесной музыки, которая изливалась из стен, мы становились сентиментальными. Приближалось время идти на работу, а мы еще даже не ели. Перед нами лежали купоны из бара — шесть франков, четыре пятьдесят, семь, два пятьдесят; я складывал их механически, думая о том, что, весьма вероятно, мое настоящее призвание — быть барменом. Пока Таня болтала о России, о будущем, о любви и т. д., я часто думал о самых неподходящих вещах — о том, как бы я чувствовал себя, если бы мне пришлось стать чистильщиком обуви или служителем в уборной. Наверное, потому, что всюду, куда меня таскала Таня, было так уютно и я не мог представить себе, что превращусь в трезвого и согбенного старца... нет, мне всегда казалось, что и в будущем, каким бы оно ни было, сохранится та атмосфера, в которую я погружен сейчас, — та же музыка, позвякивание стаканов и аромат духов, исходящий от каждой соблазнительной попки и заглушающий обычный смрад жизни, даже тот, что внизу, в уборной.

Как ни странно, бесконечное хождение по шикарным барам вместе с Таней совершенно меня не испортило. Расставаться с ней было тяжело, это правда. Обычно я заводил ее в маленькую церковку недалеко от редакции, и там, стоя в темноте под лестницей, мы обнимались в последний раз. Она всегда шептала: «Господи, что я теперь буду делать?» Таня хотела, чтоб я бросил работу и день и ночь занимался с ней любовью; она даже перестала говорить о России — ведь мы были вместе. Но стоило нам расстаться, как в голове у меня прояснялось. Совершенно другая музыка, не такая дурманящая, но тоже приятная, встречала меня, как только я открывал дверь. И другие духи — не такие экзотические, но зато слышные повсюду: смесь пота и пачулей, которой пахло от рабочих. Приходя под хмельком, как это чаще всего бывало, я чувствовал, что теряю высоту. Обычно я направлялся сразу в уборную — это слегка освежало меня. Там было прохладнее, или, скорее, звук льющейся воды создавал эту иллюзию. Уборная заменяла мне холодный душ, возвращала к действительности. Чтобы попасть туда, надо было пройти мимо переодевавшихся рабочих-французов. Ну и вонь же шла от них, от этих козлов, несмотря на то что их труд хорошо оплачивался. Они стояли здесь, бородатые, в длинных подштанниках — нездоровые, истощенные люди со свинцом в крови. В уборной можно было познакомиться с плодами их раздумий — стены были покрыты рисунками и изречениями, по-детски похабными и примитивными, но в общем довольно веселыми и симпатичными. Чтобы добраться до некоторых из этих надписей, пришлось бы принести лестницу, но, пожалуй, это стоило бы сделать — даже из чисто психологических соображений. Иногда, пока я мочился, я думал о том, какое впечатление вся эта литература произвела бы на шикарных дам, которых я видел входящими и выходящими из великолепных туалетов на Елисейских полях. Любопытно, так ли бы они задирали свои хвосты, если б знали, что о них здесь думают? Наверное, они живут в мире из бархата и газа. По крайней мере такое впечатление они создают, шурша мимо тебя в облаках благоухания. Конечно, некоторые из них не всегда были столь благородны, и, проплывая мимо тебя, они попросту рекламируют свой товар. И возможно, когда они остаются наедине с самими собой в своих будуарах, с их губ срываются очень странные слова, потому что их мир, да и всякий другой, состоит главным образом из грязи и погани, вонючей, как помойное ведро, — только им посчастливилось прикрыть его крышкой.

Как я уже говорил, мои ежедневные шатания по барам с Таней не оказывали на меня плохого действия. Когда случалось выпить лишнего, я засовывал два пальца в глотку: у корректора должна быть ясная голова — ведь для поисков пропущенной запятой нужна бóльшая сосредоточенность, чем для рассуждений о философии Ницше. У пьяного воображение может разыграться самым блестящим образом, но в корректуре блеска не требуется. Даты, дроби и точки с запятыми — вот что важно. Но они-то и ускользают от вас, когда голова не варит. Время от времени я пропускал серьезные ошибки, и если бы я не научился с самого начала лизать жопу главному корректору, меня бы давно уже выгнали. Однажды я даже получил письмо от большого человека с верхнего этажа, такого важного, что я никогда его не видел. Среди его саркастических пассажей по поводу моих умственных способностей были прозрачные намеки на то, что, если я не буду внимательней и не перестану болтать в рабочее время, мои дни в газете сочтены. По правде сказать, я чуть не наложил в штаны со страха. Конечно, после этого я свел свои разговоры к односложным словам и междометиям и вообще старался реже раскрывать рот. Я начал разыгрывать из себя полного кретина, что здесь очень ценилось. Иногда я подходил к главному корректору и, чтобы польстить ему, спрашивал значение того или другого слова. Ему это очень нравилось. Это был не человек, а какой-то ходячий словарь и график работы, и сколько бы он ни влил в себя пива во время перерывов (а он, пользуясь своим привилегированным положением, делал их часто), его никогда нельзя было сбить с толку. Он был рожден для своего дела. Мое единственное несчастье состояло в том, что я знал слишком много. Это вылезало наружу, несмотря на все мои старания. Если я приходил на работу с книгой под мышкой, он немедленно замечал это и, если книга была хорошая, становился язвительным. Я никогда не хотел сознательно его поддеть; я слишком дорожил своей работой, чтобы добровольно набрасывать себе петлю на шею. Тем не менее очень трудно разговаривать с человеком, с которым у тебя нет ничего общего, и не выдать себя, даже если ограничиваешься односложными словами. Он великолепно знал, что у меня нет ни малейшего интереса к тому, что он говорит, и все же по какой-то таинственной причине ему доставляло удовольствие отводить меня в сторону и забивать мне мозги датами и историческими событиями. Я подозреваю, что это был его способ мстить.

В результате я обзавелся небольшим неврозом. Стоило мне глотнуть свежего воздуха, я словно с цепи срывался, причем тема разговора не имела никакого значения. Когда мы рано утром начинали путь на Монпарнас, я немедленно направлял на нее пожарный шланг своего красноречия, и скоро от этой темы оставалось одно воспоминание. Особенно я любил говорить о вещах, о которых никто из нас не имел ни малейшего представления. Я развил в себе легкую форму сумасшествия — кажется, она называется «эхолалия». Я готов был говорить обо всем, о чем шла речь в последней верстке. О Далмации, например. Я только что прочел рекламное объявление об этом очаровательном курортном месте. Итак, Далмация. Ты садишься в поезд, а утром уже обливаешься по́том и вокруг тебя лопаются спелые виноградины. Я могу нести чушь о Далмации от Больших Бульваров до дворца кардинала Мазарини и еще дальше. При этом я даже не знаю, где эта Далмация находится, да и не хочу знать, но в три часа утра, когда вены наполнены свинцом, одежда промокла от пота и пачулей, а в ушах гудит от звона серебряных браслетов, проходящих через прессы, и разговоров за кружкой пива, такие вещи, как география, костюмы, язык и архитектура, ничего не значат. Далмация связана с определенным часом ночи, когда гудящие гонги уже заглушены и двор Лувра выглядит так глупо, что хочется плакать ни с того ни с сего, просто потому, что он так прекрасно беззвучен, так пуст и не имеет ничего общего с первой страницей газеты и персонами с верхнего этажа, играющими в кости. С этим маленьким кусочком Далмации, лежащим на моих натянутых нервах, как холодное лезвие ножа, я словно отправляюсь в путешествие, во время которого со мной происходят разные удивительные приключения. И вот что смешно: я могу исколесить в воображении весь мир, но мысль об Америке никогда не приходит мне в голову. Она для меня дальше, чем потерянные континенты, потому что с ними у меня есть какая-то таинственная связь, но по отношению к Америке я не чувствую ничего. Правда, порой я вспоминаю Мону, но не как личность в определенном разрезе времени и пространства, а как что-то отвлеченное, самостоятельное, как если бы она стала огромным облаком из совершенно забытого прошлого. Я не могу себе позволить долго думать о ней, иначе мне останется только прыгнуть с моста. Странно. Ведь я совершенно примирился с мыслью, что проживу свою жизнь без Моны, но даже мимолетное воспоминание о ней пронзает меня до мозга костей, отбрасывая назад в ужасную грязную канаву моего безобразного прошлого.

Вот уже семь лет день и ночь я хожу с одной только мыслью — о *ней*. Если бы христианин был так же верен своему Богу, как я верен ей, мы все были бы Иисусами. Днем и ночью я думал только о ней, даже когда изменял. Мне казалось, что я наконец освободился от нее, но это не так: иногда, свернув за угол, я внезапно узнаю маленький садик — несколько деревьев и скамеек, — где мы когда-то стояли и ссорились, доводя друг друга до исступления дикими сценами ревности. И всегда это происходило в пустынном, заброшенном месте — на площади Эстрапад или на занюханных и никому не известных улочках возле мечети или авеню Бретёй, зияющей, как открытая могила, где так темно и безлюдно уже в десять часов, что является мысль о самоубийстве или убийстве, о чем-то, что могло бы влить хоть каплю жизни в эту мертвую тишину. Когда я думаю о том, что она ушла, ушла, вероятно, навсегда, передо мной разверзается пропасть и я падаю, падаю без конца в бездонное черное пространство. Это хуже, чем слезы, глубже, чем сожаление и боль горя; это та пропасть, в которую был низвергнут Сатана. Оттуда нет надежды выбраться, там нет ни луча света, ни звука человеческого голоса, ни прикосновения человеческой руки.

Бродя по ночным улицам, тысячи раз я задавал себе вопрос, наступит ли когда-нибудь время, когда она будет опять рядом со мной; все эти голодные, отчаянные взгляды, которые я бросал на дома и скульптуры, стали теперь невидимой частью этих скульптур и домов, впитавших мою тоску. Я не могу забыть, как мы бродили вдвоем по этим жалким бедным улицам, вобравшим мои мечты и мое вожделение, а она не замечала и не чувствовала ничего: для нее это были обыкновенные улочки, может быть более грязные, чем в других городах, но ничем не примечательные. Она не помнила, что на том углу я наклонился, чтобы поднять оброненную ею шпильку, а на том — чтобы завязать шнурки на ее туфлях. А я навсегда запомнил место, где стояла ее нога. И это место сохранится даже тогда, когда все эти соборы превратятся в развалины, а европейская цивилизация навсегда исчезнет с лица земли.

Однажды ночью, когда в припадке особенно болезненной тоски и одиночества я шел по улице Ломона, некоторые вещи открылись мне с необычайной ясностью. Было ли это потому, что я вспомнил фразу, сказанную Моной, когда мы стояли на площади Люсьена Эрра, — не знаю. «Почему ты не покажешь мне *тот* Париж, — сказала она, — Париж, о котором ты всегда пишешь?» И тут я внезапно понял, что не смог бы никогда раскрыть перед нею тот Париж, который я изучил так хорошо. Париж, в котором нет арондисманов, Париж, который никогда не существовал вне моего одиночества и моей голодной тоски по ней. Такой огромный Париж! Целой жизни не хватило бы, чтобы обойти его снова. Этот Париж, ключ к которому — только у меня, не годится для экскурсий даже с самыми лучшими намерениями; это Париж, который надо прожить и прочувствовать, каждый день проходя тысячи утонченных страданий, — Париж, который растет внутри тебя, как рак, и будет расти, пока не сожрет тебя совсем.

С этими мыслями, шевелящимися в голове, точно черви, я шел по улице Муфтар и внезапно припомнил один эпизод из моего прошлого, из того путеводителя, страницы которого Мона просила меня открыть. Но переплет его был так тяжел, что у меня не хватило сил это сделать. Ни с того ни с сего — ибо мои мысли были заняты Салавеном, через священные кущи которого я тогда проходил, — итак, ни с того ни с сего мне вдруг вспомнилось, как однажды я заинтересовался мемориальной доской на пансионе «Орфила», которую видел чуть ли не ежедневно, и, поддавшись внезапному импульсу, зашел туда и попросил показать мне комнату, где жил Стриндберг. В то время еще ничего ужасного со мной не случилось, хотя я уже знал, что значит быть бездомным и голодным и что значит бегать от полиции. У меня еще не было ни одного друга в Париже, что очень удивляло и угнетало меня, потому что, где бы я ни бродяжил до тех пор, я без труда обзаводился друзьями. Но на самом деле ничего ужасного со мной тогда еще не произошло. Можно жить и без друзей, как можно жить без любви и даже без денег — этой, по всеобщему мнению, абсолютной ценности. В Париже можно жить — я точно установил! — просто тоской и страданием. Горькая истина, но для некоторых это, вероятно, наименьшее из зол. Во всяком случае, я тогда еще не дошел до ручки. У меня все еще было достаточно интереса к людям и много времени, и я мог заглядывать в чужие жизни и потреблять романтическое варево, которое, как бы оно ни было малосъедобно, всегда кажется заманчивым и интригует, если влито в переплет книги. Выходя на улицу, я чувствовал, как мой рот кривит ироническая улыбка, точно я говорю самому себе: «О нет, ты не готов еще для пансиона „Орфила"!»

Потом, разумеется, я постиг то, что в Париже рано или поздно открывается каждому безумцу: ад совсем не таков, каким мы его себе представляем.

Мне кажется, сейчас я понимаю лучше, почему Мона получала от Стриндберга такое огромное удовольствие. Помню, как она смеялась до слез после какого-нибудь восхитительного пассажа, а потом говорила: «Ты такой же ненормальный, как он... ты *хочешь*, чтобы тебя мучили!»

Какое это, должно быть, удовольствие для садистки — обнаружить рядом мазохиста и перестать кусать себя, убеждаясь в остроте собственных зубов. В те дни, когда мы только познакомились, воображение Моны было занято Стриндбергом. Этот сумасшедший карнавал, на котором он веселился, эта постоянная борьба полов, эта паучья свирепость, которая сделала его любимым писателем отупелых северных недотёп, — всё это свело нас с Моной. Мы начали вместе пляску смерти, и меня затянуло в водоворот с такой быстротой, что когда я наконец вынырнул на поверхность, то не мог узнать мир. Когда я освободился, музыки уже не было, карнавал кончился и я был ободран до костей...

В тот день из пансиона «Орфила» я пошёл в библиотеку и после омовения в водах Ганга и изучения знаков зодиака стал раздумывать о значении того ада, который Стриндберг так безжалостно описывал. И пока я переживал всё это, мне стала постепенно открываться тайна его паломничества: это судьба каждого поэта, которого неведомая сила гонит на край земли, а потом (повторяя давно сыгранную драму) заставляет героически спуститься в самые её недра, совершить страшное путешествие во чрево китово и после ожесточённой борьбы за своё освобождение выйти очищенным от прошлого на чужой берег — выйти уже не тем, чем он был раньше, а ослепительным, покрытым кровью богом солнца. Мне стала понятна тайна паломничества Стриндберга, да и не только его (Данте, Рабле, Ван Гога и т. д. и т. д.), в Париж. Я понял, почему Париж привлекает к себе всех измученных, подверженных галлюцинациям, всех великих маньяков любви. Я понял, почему здесь, в самом центре мироздания, самые абсурдные, самые фантастические теории находишь естественными и понятными, а перечитывая книги своей молодости, видишь в их загадках новый смысл, и с каждым седым волосом его становится все больше. Здесь, в Париже, человек, бродя по улицам, понимает с удивительной ясностью, что он — полоумный, одержимый, потому что все эти холодные, безразличные лица вокруг могут принадлежать только надзирателям сумасшедшего дома. Здесь исчезают все перегородки и мир открывается перед тобой как безумная живодерня. Конвейер тянется до горизонта, все люки задраены, логика стекает по желобам, и окровавленная тяпка свищет в воздухе. Воздух сперт и прохладен. Это язык Апокалипсиса. Отсюда нет иного выхода, кроме смерти. Это тупик, и в конце его — эшафот!

Вечный город Париж! Более вечный, чем Рим, более великолепный, чем Ниневия. Пуп земли, к которому приползаешь на карачках как слепой, слабоумный идиот. И как пробка, занесенная течениями в самый центр океана, болтаешься здесь среди грязи и отбросов, беспомощный, инертный, безразличный ко всему, даже к проплывающему мимо Колумбу. Колыбели цивилизации — гниющие выгребные ямы мира, склеп, в который вонючие матки сваливают окровавленные свертки мяса и костей.

Улицы Парижа были моим убежищем. Никто не может понять очарования улиц, если ему не приходилось искать в них убежища, если он не был беспомощной соломинкой, которую гонял по ним каждый ветерок. Ты идешь по улице зимним днем и, увидев собаку, выставленную на продажу, умиляешься до слез. В то же время на другой стороне улицы ты видишь жалкую лачугу, напоминающую могилу, а на ней надпись: «Отель „Заячье кладбище"». Это заставляет тебя смеяться тоже до слез. Ты замечаешь, что повсюду кладбища для всех — для зайцев, собак, вшей, императоров, министров, маклеров, конокрадов. И почти на каждой улице «Отель де л'Авенир» — «гостиница будущего», — что приводит тебя в еще более веселое настроение. Столько гостиниц для будущего! И ни одной для прошлого, позапрошлого, давнопрошедшего. Все заплесневело, загажено, но топорщится весельем и раздуто будущим, точно флюс. Пьяный от этой скабрезной экземы будущего, я иду, спотыкаясь, через площадь Вьоле. Все кругом розовато-лиловое и бледно-серое, а подъезды в домах настолько низки, что лишь карлики и домовые могут пройти в них не нагибаясь; над скучным черепом Золя трубы извергают белый дым, а мадонна сандвичей слушает своими капустными ушами ворчание в газовых цистернах — в этих прекрасных раздувшихся жабах, сидящих возле дорог.

Почему я вдруг вспомнил Фермопильское ущелье? Потому что в тот день я слыхал, как женщина обратилась к своему щенку на апокалипсическом языке живодерни, и маленькое животное поняло, что говорила эта засаленная повивальная стерва. Меня это ужасно расстроило. Больше даже, чем вид тех скулящих дворняг, которых продают на улице Брансьона, — там меня приводят в уныние не сами эти собаки, а огромная железная загородка с заржавленными шипами, как бы стоящая между мной и той жизнью, на которую я имею право. На приятной улочке под названием Перишо, возле скотобойни Вожирар (специализирующейся на конине), я заметил тут и там следы крови. Так же как безумный Стриндберг, видевший в каждом камне на полу пансиона «Орфила» предзнаменования и странные символы, я, бредя по этой забрызганной кровью улице, перебираю осколки своего прошлого, и они кажутся предвестниками ужасающих несчастий. Я воображаю, что это моя кровь в грязи мостовой, кровь, которую выкачивали из меня, вероятно, с самого начала моей жизни — во всяком случае, с того времени, как я себя помню. В этот мир человека выбрасывают, точно грязную маленькую мумию; все дороги скользки от крови, и никто не знает почему. Каждый идет своей дорогой, и даже когда земля стонет от изобилия, заваленная прекрасными плодами, нет времени, чтоб их собрать; процессия спешит к воротам с надписью «Выход», и каждый одержим истерическим желанием как можно скорее достичь их. Слабых и усталых затаптывают в грязь, но никто не слышит их криков.

Мой мир людей ушел в прошлое. Я был совершенно один, и моими единственными друзьями были парижские улицы, которые разговаривали со мной на печальном, горьком языке, состоящем из страдания, тоски, раскаяния, неудач и напрасных усилий. Ночью, проходя под виадуком на улице Брока́, после того как пришло известие, что Мона больна и голодает, я вдруг вспомнил: как раз здесь, среди грязи и копоти этой улицы, Мона, вероятно в ужасе от мрачных предчувствий, обнимала меня, дрожащим голосом умоляла поклясться, что я никогда ее не брошу — никогда, что бы ни случилось. А спустя всего несколько дней я стоял на платформе вокзала Сен-Лазар и смотрел, как тронувшийся поезд увозит ее. Она высовывалась из окна вагона, точь-в-точь как в Нью-Йорке, когда я покидал ее, с такой же печальной и загадочной улыбкой, и прощальный взгляд должен был сказать так много, но был всего лишь маской, запечатлевшей эту безучастную улыбку. Всего несколько дней назад она умоляла меня не покидать ее... Потом что-то случилось, чего я не понимаю даже сейчас, и она сама, по собственному побуждению влезла в этот поезд и опять смотрела на меня с этой печальной, таинственной улыбкой, которая приводит меня в недоумение своей несправедливостью и неестественностью и которой я никогда не мог поверить. И вот я стою под виадуком и тянусь к ней всем своим существом, с отчаянием и с той же необъяснимой улыбкой на губах, которую я натянул, точно маску, на свое горе. Я могу стоять здесь и странно улыбаться, и как бы ни были горячи мои молитвы, как бы ни было сильно мое стремление к ней, между нами — океан, и ничто не изменится. Она будет голодать там, а я буду ходить здесь с одной улицы на другую, и горячие слезы будут жечь мне лицо.

Такая жестокость заложена в этих улицах; это *она* смотрит со стен и приводит тебя в ужас, когда ты внезапно поддаешься инстинктивному страху, когда твою душу охватывает слепая паника. Это *она* придает фонарям их причудливую форму, чтобы удобнее было прикреплять к ним петлю; это *она* делает некоторые дома похожими на стражей, хранящих тайну преступления, а их слепые окна — на пустые впадины глаз, видевших слишком много. Это *она* написана на человеческих физиономиях улиц, от которых я бегу сломя голову, когда вдруг вижу над собой табличку с названием «Тупик Сатаны». И это *она* заставляет меня содрогаться, когда я прохожу мимо надписи у самого входа в мечеть: «*Туберкулез — по понедельникам и четвергам. Сифилис — по средам и пятницам*». На каждой станции метро оскалившиеся черепа предупреждают: «Берегись сифилиса». С каждой стены на тебя смотрят плакаты с яркими ядовитыми крабами — напоминание о приближающемся раке. Куда бы ты ни пошел, чего бы ты ни коснулся, везде — рак и сифилис. Это написано в небе; это горит и танцует там как предвестие ужасов. Это въелось в наши души, и потому мы сейчас мертвы, как Луна.

10

Четвертого июля из-под моей задницы опять вытащили стул. Без всякого предупреждения. Какой-то большой воротила по ту сторону океана решил наводить экономию; за счет выгнанных корректоров и беспомощных машинисток он сможет проехаться в Европу и обратно, а также снять шикарный номер в отеле «Риц». После того как я заплатил мелкие долги линотипистам и небольшую сумму в бистро через дорогу (для поддержания кредита), от моего жалованья почти ничего не осталось. Пришлось сказать хозяину гостиницы, что я съезжаю. Причину я не объяснил, чтобы он не беспокоился о своих жалких двухстах франках.

«Что ты будешь делать, если потеряешь работу?» Эта фраза постоянно звучала у меня в ушах. И вот это «если» превратилось в действительность. Я был конченый человек. Мне ничего не оставалось делать, как идти опять на улицу, слоняться взад и вперед, сидеть на скамейках, убивая время. На Монпарнасе к моему лицу уже привыкли, и какое-то время я мог делать вид, что все еще работаю в газете. Это помогало тут и там перехватить завтрак и обед «на мелок». Стояло лето, в городе было полно туристов, и я знал, как можно выжать из них деньги. «Что ты будешь делать?..» Во всяком случае я не буду голодать. Даже если придется полностью сосредоточиться на пропитании. Неделю-другую я смогу по-прежнему обедать у мсье Поля; он не будет знать, работаю я или нет. Главное — это есть каждый день. Об остальном позаботится Провидение.

Конечно, я держал ухо востро, чтобы вовремя поспеть туда, где можно хоть немного подработать. Я обзавелся целой кучей новых знакомых — зануд, которых я до сих пор старательно избегал, пьяниц, которых я терпеть не мог, художников, у которых водились деньжата, стипендиатов Гугенхайма и т. д. Когда сидишь в кафе двенадцать часов в день, быстро обрастаешь друзьями. Скоро узнаешь всех пропойц на Монпарнасе. Они липнут к тебе, как вши, даже если единственное, что ты даешь им, — это возможность говорить.

Теперь, когда я потерял работу, Карл и ван Норден придумали новый вопрос: «Что ты будешь делать, если к тебе сейчас приедет жена?» Ну что ж — просто будет два рта вместо одного. У меня появится товарищ по несчастью. И если она не потеряла еще привлекательности, мне будет, может быть, даже легче вдвоем с ней, чем одному, — мир редко позволяет красивой женщине голодать. На Таню я не мог сейчас особенно рассчитывать — она посылала деньги Сильвестру. Я думал, что она позволит мне переехать к ней, но она боялась себя скомпрометировать и, кроме того, не хотела портить отношения с шефом.

Если вы попали в беду, первым делом обращайтесь к евреям. Я знал троих. Очень славные ребята. Один из них был отставным торговцем пушниной, и ему до смерти хотелось увидеть свое имя в печати; он предложил мне написать за него серию статей для нью-йоркской еврейской газеты. Пришлось рыскать вокруг кафе «Дом» и «Куполь» в поисках примечательных евреев. Первым я поймал знаменитого математика, не знавшего ни слова по-английски. Мне приходилось писать что-то насчет теории удара по диаграммам, которые он чертил на бумажных салфетках; описывать движение небесных тел и одновременно громить теорию Эйнштейна. И за все про все двадцать пять франков. Когда я видел свои статьи в газете, то читать их уже не мог, но выглядели они очень солидно, особенно с именем торговца пушниной.

В это время я довольно много писал таким вот образом. Когда открылся большой новый бордель на бульваре Эдгара Кине, мне тоже перепало кое-что за написанные для него брошюрки. Бутылка шампанского и даровая б.... в одной из египетских комнат. За каждого нового клиента, которого я приведу, мне были обещаны комиссионные, совершенно так же, как когда-то моему старому другу Кепи. Однажды я привел ван Нордена; он пришел главным образом ради меня, но когда «мадам» узнала, что он журналист, то наотрез отказалась брать с него деньги. А я снова получил только бутылку шампанского и даровую девицу. В общем, я остался с носом и вдобавок должен был писать заметку за ван Нордена, потому что он не знал, как деликатно обойти вопрос о настоящем назначении этого заведения. Эти неурядицы случались со мной постоянно. Одним словом, меня е.... во всех позициях.

Но самым тяжелым из моих заказов была диссертация, которую я взялся написать для глухонемого психолога. Диссертация была посвящена уходу за детьми-инвалидами. Моя голова оказалась забита болезнями, протезами, трудотерапией и теориями о пользе свежего воздуха; ушло у меня на эту работу около полутора месяцев с перерывами, и потом мне еще пришлось читать корректуру всего этого ужаса. Он был написан по-французски, таким французским языком, какого я за всю свою жизнь никогда не видел и не слышал. Но зато каждое утро я мог позволить себе хороший завтрак, настоящий американский завтрак — апельсиновый сок, овсянку, сливки к кофе, а иногда для разнообразия и яичницу с ветчиной. Это был единственный период в моей парижской жизни, когда я прилично завтракал, — и все благодаря детям-инвалидам из Рокавей-Бича и Ист-Сайда.

Потом я подружился с фотографом; он снимал самые злачные места Парижа для какого-то мюнхенского дегенерата. Фотограф предложил мне позировать для него без штанов и в разных других видах. Я вспомнил тех мозгляков, похожих на гостиничных посыльных, которых можно иногда увидеть на порнографических открытках в окнах книжных магазинчиков, — таинственные призраки, обитающие на улице Люн и в других вонючих кварталах Парижа. Мне не особенно хотелось попасть в такую изысканную компанию. Однако, когда фотограф объяснил мне, что все открытки предназначаются для частной коллекции и что заказчик живет в Мюнхене, я согласился. За границей можно позволить себе некоторые вольности, в особенности ради хлеба насущного — причина в высшей степени уважительная. В конце концов, как я вспоминаю сейчас, я и в Нью-Йорке не был слишком разборчив. Иногда мне по вечерам случалось даже просить подаяние на собственной улице.

С фотографом мы не ходили по обычным туристским маршрутам, а выбирали более уютные маленькие заведения, где до начала работы можно было поиграть в карты. Он был приятный парень, этот мой фотограф. Париж он знал вдоль и поперек, особенно его центральную часть; он говорил со мной о Гёте, о Гогенштауфенах и об избиении евреев во времена Чёрной смерти. Это все были интересные предметы, к тому же они всегда каким-то образом оказывались связаны с тем, что он делал. У фотографа были разные идеи для киносценариев, надо сказать, очень интересные, но не находилось достаточно смелого режиссера, чтобы их реализовать. Лошадь со вспоротым брюхом, напоминавшим дверь салуна, вдохновляла его на разговор о Данте, или о Леонардо да Винчи, или о Рембрандте; выйдя с бойни в Виллет, он хватал такси и вез меня в музей Трокадеро, чтобы показать там череп или мумию, которые произвели на него большое впечатление. С ним мы осмотрели самым детальным образом пятый, тринадцатый, девятнадцатый и двадцатый арондисманы. Нашими излюбленными местами были мрачные площади Насьональ, де Пеплие, Контрэскарп и Поля Верлена. Многие из этих мест я уже хорошо знал, но в его рассказах они обретали для меня новые краски. И если сегодня мне случится попасть на улицу Шато-де-Рантье, например, то, вдыхая зловоние больничных коек, которым пропитан весь тринадцатый арондисман, я удовлетворенно раздую ноздри, потому что этот запах застоявшейся мочи и формальдегида неразрывно связан с нашими воображаемыми путешествиями по чумному кладбищу Европы.

Через фотографа я познакомился с Крюгером, человеком спиритуалистического склада. Он был скульптором и художником. Крюгер почему-то ко мне привязался; когда же он понял, что я готов слушать его «эзотерические» рассуждения, от него стало просто невозможно отделаться. В этом мире есть люди, для которых слово «эзотерический» подобно божественному откровению. Как «кончено» для герра Пеперкорна в «Волшебной горе». Крюгер был одним из тех святых, что сбились с пути, мазохистом, анальным типом, для которого главное — щепетильность, сдержанность и совестливость, но в выходной день он может любому вышибить зубы, причем без малейших колебаний. Крюгер решил, что я созрел для перехода на другой уровень существования, «более высокий уровень», как он говорил. Я был готов перейти на любой уровень по его выбору, поскольку это не отражалось на моем потреблении съестного и спиртного. Он забивал мою голову массой сведений об «астральных телах», «каузальном теле», «переселении душ», упанишадах, Плотине, Кришнамурти, «кармической оболочке души», «сознании нирваны» — обо всей этой ерундистике, которая залетает к нам с Востока, словно дыхание чумы. Иногда он впадал в транс и говорил о своих предыдущих воплощениях, как он их себе представлял. Или рассказывал мне свои сны, которые, на мой взгляд, были скучны, неинтересны и не стоили даже внимания фрейдиста, но он чувствовал в них какой-то скрытый эзотерический смысл, а я должен был помогать ему этот смысл расшифровывать. Он выворачивал себя наизнанку, как изношенный пиджак.

Со временем, завоевав доверие Крюгера, я проник в его сердце. Я довел его до такого состояния, что он ловил меня на улице и спрашивал, не разрешу ли я ему ссудить мне несколько франков. Ему хотелось, чтобы моя душа не расставалась с телом до перехода на более высокий уровень. Я был словно груша, зреющая на дереве. Иногда у меня случались рецидивы, и я признавался, что мне действительно нужны деньги для удовлетворения более земных потребностей, как, например, для визита в «Сфинкс» или на улицу Святой Аполлины, куда и он иногда захаживал, когда его плоть оказывалась сильнее духа.

Как художник он был круглый нуль, а как скульптор — даже меньше нуля. Он умел вести хозяйство — в этом я не мог ему отказать. Он ничего никогда не выбрасывал, даже бумагу, в которую заворачивали мясо. По пятницам вечером Крюгер приглашал к себе своих собратьев-художников, и на этих сборищах всегда было вдоволь и вина, и отличных бутербродов. Если что-нибудь из этого угощения случайно оставалось, то, придя утром, я это съедал.

Был и еще один художник, к которому я часто заходил. Его ателье помещалось позади «Баль бюллье». Художника звали Марк Свифт, и хотя этот едкий ирландец не был гением, он был зато настоящим эксцентриком. Его натурщица — еврейка, с которой он жил многие годы, — ему надоела, и он искал предлога, чтобы с ней расстаться. Но поскольку в свое время он промотал приданое натурщицы, то не знал, как ее спровадить, не возвращая денег. Проще всего было сделать ее жизнь невыносимой, чтоб она скорее согласилась голодать, чем переносить его жестокость.

Она была довольно славная женщина. Единственное, что можно было сказать о ней плохого, так это то, что она расползлась в талии и потеряла возможность содержать своего любовника. Она тоже была художницей, и, по словам тех, кто считал себя знатоком в этом деле, более талантливой, чем он. Но как бы Свифт ни портил ей жизнь, она оставалась ему верна и никому не позволила бы усомниться в том, что он великий художник. Его отвратительный характер она объясняла гениальностью. В их ателье на стенах никогда не висели ее картины — только его. Ее работы были свалены в кухне. Однажды — это было при мне — кто-то настоял на том, чтобы она показала их. Результат был самый неприятный. «Видите эту фигуру? — сказал Свифт, тыча ножищей в одно из полотен. — Человек, стоящий в дверях, собирается выйти во двор помочиться. Он никогда не найдет дорогу назад, потому что его голова приделана к телу совершенно по-идиотски... Теперь посмотрите на эту обнаженную фигуру... Все шло хорошо, пока она не принялась за п...у. Я не знаю, о чем она думала, но п.... получилась такой огромной, что кисть провалилась в нее, и вытащить ее оттуда уже невозможно...»

Чтобы показать всем присутствующим, как надо изображать обнаженное тело, Свифт достал огромный холст, который только что закончил. Это было написано с нее — замечательный образец мести, вдохновленной нечистой совестью. Работа маньяка — пропитанная ядом, ненавистью, желчью, мелочным презрением, но выполненная блестяще. Создавалось впечатление, что художник подсматривал за своей моделью в замочную скважину, подлавливая ее в самые некрасивые моменты — когда она ковыряла в носу или чесала задницу. На картине она сидела на волосяном диване в огромной комнате без всякой вентиляции и без единого окна; эта комната с тем же успехом могла сойти за переднюю долю шишковидной железы. В глубине вела на галерею зигзагообразная лестница, покрытая ковровой дорожкой ядовито-зеленого цвета; эта зелень могла явиться только из мира, находящегося при последнем издыхании. Но прежде всего бросались в глаза ягодицы женщины, скособоченные и покрытые струпьями. Они не касались дивана — женщина чуть приподнялась, как видно, для того, чтобы громко пернуть. Лицо модели Свифт идеализировал, это было невинное кукольное личико с конфетной коробки. Но ее груди были раздуты, точно их наполняли миазмы канализационных труб, и вся она, казалось, плавала в менструальном море — огромный эмбрион с тупым мармеладным взглядом ангела.

И все-таки Свифта любили. Он был неутомим в работе и, кроме живописи, действительно ни о чем не думал. Это, правда, не мешало ему быть хитрым, как хорек. Именно он посоветовал мне подружиться с Филмором, молодым человеком из дипломатического корпуса, каким-то образом попавшим в число знакомых Крюгера и Свифта. «Филмор может вам помочь, — сказал Свифт. — Он не знает, что ему делать со своими деньгами».

Когда человек тратит деньги на себя и получает от этого удовольствие, про него говорят: «Он не знает, что делать с деньгами». С моей точки зрения, такой человек нашел лучшее применение своим деньгам. О таком человеке нельзя сказать, что он скупердяй или транжира. Он пускает деньги в обращение — и это самое главное. Филмор знал, что дни его пребывания во Франции сочтены, и твердо решил выжать из своей заграничной жизни все возможное. А так как вдвоем делать это веселей, чем одному, нет ничего удивительного, что Филмор ухватился за такого человека, как я, — ведь у меня было сколько угодно свободного времени. Про Филмора говорили, что он скучный малый, и, по всей вероятности, это было правдой, но когда человеку надо есть, он может вынести гораздо более тяжкие вещи, чем скука. Филмор оказался страшным балаболкой, он говорил без умолку — главным образом о себе и о писателях, которыми рабски восхищался, например об Анатоле Франсе или Джозефе Конраде. И все же мои вечера с ним были интересными, хотя и в другом отношении. Он любил танцы, хорошее вино и женщин. То, что он также любил Байрона и Гюго, ему можно было простить. Он совсем недавно выскочил из университета, и у него оставалось еще много времени для исправления вкуса. Но что мне нравилось в нем, так это страсть к приключениям.

Нас сблизил довольно странный случай, который произошел во время моего короткого проживания у Крюгера. Это случилось вскоре после появления Коллинза — матроса, с которым Филмор подружился, когда плыл из Америки. Мы все трое встречались каждый вечер перед обедом на террасе «Ротонды». Обед начинался с перно — этот напиток всегда приводил Коллинза в хорошее расположение духа и создавал как бы основу для вина, пива и коньяков, которые за ним следовали. Пока Коллинз оставался в Париже, я жил как герцог: дичь, вина лучших марок, сладкие блюда, о которых я раньше даже не слышал. Еще месяц такого питания, и мне пришлось бы лечиться в Баден-Бадене, Виши или Экс-ле-Бене. Между тем я жил в ателье Крюгера. И это становилось для него все обременительнее — я редко приходил домой раньше трех часов ночи, и меня было трудно вытащить из постели до полудня. Крюгер никогда не делал мне замечаний, но его отношение ко мне ясно показывало, что, по его мнению, я превращаюсь в пропойцу.

И вдруг я заболел. Изысканные яства оказались не по мне. Я не понимал, что со мной происходит, но не мог подняться с постели. Я был совершенно без сил, а вместе с силами пропала и бодрость духа. Крюгеру приходилось ухаживать за мной, варить мне бульон и все такое прочее. Это тяготило его, особенно потому, что он собирался устроить в своем ателье выставку для каких-то богатых меценатов, на которых он возлагал большие надежды. Моя постель стояла здесь же, в ателье, — другого места для нее не было.

Утром, в тот день, когда должны были явиться его возможные благодетели, Крюгер проснулся в самом отвратительном настроении. Если бы я мог стоять на ногах, он, наверное, просто дал бы мне по морде и выкинул вон. Но я лежал пластом. Он пытался выманить меня из постели, чтобы, когда появятся меценаты, запереть на кухне. Я прекрасно осознавал, что мое пребывание здесь было для него катастрофой. Какой интерес могут вызвать картины и скульптуры, когда тут же на ваших глазах умирает человек! А Крюгер был уверен, что я умираю, да и я придерживался того же мнения. Поэтому, несмотря на чувство вины, я без всякого восторга отнесся к предложению Крюгера вызвать машину «скорой помощи» и отвезти меня в Американскую больницу. Если я умираю, то хорошо бы умереть прямо здесь, в уютном ателье, а не искать другого места. По правде говоря, мне было все равно, где я умру, лишь бы не вылезать из постели.

Услышав мои рассуждения, Крюгер встревожился. И больной-то в ателье портил ему дело, а уж покойник и подавно. Это разрушило бы все его надежды, и без того хрупкие. Конечно, он не сказал мне этого прямо, но я ясно понял по его волнению, что именно так он и думает, а поняв, сделался упрямым и наотрез отказался от врача и от больницы. Отказался от всего.

В конце концов Крюгер до того разозлился, что, несмотря на мои протесты, стал меня одевать. У меня не было сил сопротивляться. Я только тихо шипел: «Ну и сволочь же ты...» Несмотря на то что день был теплый, я дрожал как собака. Крюгер одел меня и, накинув мне на плечи пальто, побежал звонить. «Я никуда отсюда не уйду... никуда... никуда...» — повторял я, но он захлопнул дверь перед моим носом. Вскоре он вернулся и, не говоря ни слова, стал приводить ателье в порядок. Последние приготовления. Через несколько минут в дверь постучали. Это был Филмор. Он объявил мне, что внизу нас ждет Коллинз.

Филмор и Крюгер вдвоем взяли меня под мышки и поставили на ноги. Когда они волокли меня на лестницу к лифту, Крюгер разнюнился.

— Это для твоей же пользы, — говорил он. — Кроме того, пойми мое положение... Я бился все эти годы как рыба об лед... Ты должен подумать обо мне...

В глазах его стояли слезы.

Я чувствовал себя на редкость гнусно, но при этих словах почти улыбнулся. Крюгер был значительно старше меня. Как художник он ничего не стоил — но все же он заслужил этот, вероятно, единственный в своей бездарной жизни шанс выбиться в люди.

— Я не сержусь, — пролепетал я. — Я все понимаю...

— Ты всегда был мне симпатичен... — бубнил он. — Когда ты выздоровеешь, можешь вернуться обратно и жить здесь сколько хочешь.

— Да, я знаю... Я еще не собираюсь отдавать концы... — прошептал я с трудом.

Когда я увидел внизу Коллинза, произошло чудо, и я слегка воспрянул духом. Трудно было представить себе человека более живого, здорового, веселого и щедрого, чем он. Коллинз поднял меня на руки, точно куклу, и уложил на заднее сиденье такси — очень осторожно, что было особенно приятно после бесцеремонного обращения Крюгера.

Мы приехали в гостиницу, где остановился Коллинз, и, пока я лежал на диване в холле, Филмор и Коллинз вели долгие переговоры с хозяином. Я слышал, как Коллинз объяснял, что у меня ничего серьезного, так, легкая слабость, и что через пару дней я буду на полном ходу. Потом он сунул в руку хозяину хрустящую ассигнацию и, быстро повернувшись, подошел ко мне: «Эй, держи хвост пистолетом! Пусть не думает, что ты загибаешься». С этими словами он рывком поднял меня и, обхватив рукой за пояс, повел к лифту.

«Пусть не думает, что ты загибаешься!» Конечно, умирать среди чужих людей — дурной тон. Человек должен умирать, окруженный семьей и в частном порядке, так сказать. Слова Коллинза подбодрили меня. Все происходящее стало напоминать мне глупую шутку. Наверху, закрыв дверь, Филмор и Коллинз раздели меня и уложили в постель. «Теперь ты, черт возьми, уже не можешь умереть! — тепло сказал Коллинз. — Ты поставишь меня в ужасное положение... И что с тобой вообще, черт побери? Не привык к хорошей жизни? Выше голову! Через пару дней будешь уписывать замечательный бифштекс! Ты думаешь, что ты болен? Ха-ха, подожди, пока подцепишь сифилис! Вот тогда тебе придется действительно призадуматься». И тут он с юмором стал рассказывать о своем путешествии по реке Янцзы, о том, как у него выпадали волосы и гнили зубы. Я совсем ослаб, но поневоле увлекся его рассказом, и мне стало легче. О себе я уже забыл. Я восхищался стальными нервами и бесконечной жизнерадостностью Коллинза. Вероятно, он привирал, но он ведь делал это ради меня, и я не собирался уличать его во лжи. Я смотрел во все глаза и слушал во все уши. Я видел грязное желтое устье реки, огни Ханькоу, зажигающиеся вдали, море желтых лиц, сампаны, стрелой перелетающие через водовороты и речные пороги, окутанные серным дыханием дракона. Что за рассказ! Кули, облепившие пароход, как мухи, вылавливают из воды отбросы, вышвырнутые за борт; Том Слаттери поднимается со своего смертного ложа, чтобы взглянуть в последний раз на огни Ханькоу; красивый евразиец, лежащий в темной комнате, вводит в свои вены смертоносный яд; монотонность синих

одежд и желтых лиц, миллионов лиц, изъеденных голодом и болезнями; люди, которые ели крыс, собак и коренья, жевали траву прямо с земли и пожирали своих собственных детей... Я не мог представить себе Коллинза, покрытого язвами и струпьями, не мог представить, что от него шарахались, как от прокаженного. Казалось, его дух был совершенно очищен страданиями, через которые он прошел. Когда он потянулся за стаканом, лицо его смягчилось, а слова зазвучали так, точно ласкали меня. И все это время Китай витал над нами, как судьба. Гниющий Китай, распадающийся в прах, как динозавр, но сохраняющий до самого своего конца всю прелесть, очарование, таинственность и жестокость своих древних легенд.

Перестав следить за рассказом Коллинза, я мысленно перенесся назад к Четвертому июля, когда я купил свой первый пакетик бенгальских огней, а вместе с ним и длинные ломкие куски трута, который тлеет красным огнем, если на него подуть; его запах въедается в пальцы на много дней и заставляет думать о странных вещах. Четвертого июля в Америке все улицы усыпаны ярко-красными бумажками с черными и золотыми рисунками, везде — маленькие петарды для фейерверка с такими удивительными внутренностями; сколько их тут, и все связаны вместе своими тонкими плоскими короткими кишочками-струнами цвета человеческих мозгов. Целый месяц в воздухе стоит запах пороха и трута, и повсюду — золотая пыльца от красных оберток, прилипающая к пальцам. Ты не думаешь о Китае, но он с тобой — на кончиках пальцев и в ноздрях, которые он щекочет. И потом, много дней спустя, когда ты уже забыл запах фейерверка, ты внезапно просыпаешься, потому что золотая пыльца душит тебя, и в ноздрях — едкий запах горящего трута, и ты вспоминаешь ярко-красные бумажки с чувством тоски по стране и народу, которых ты никогда не видел, но которые — в твоей крови, которые вошли туда каким-то таинственным образом, как чувство времени и пространства, как какое-то неуловимое, но постоянное впечатление, к которому ты возвращаешься все чаще, по мере того как стареешь; ты стараешься охватить это умом, но безуспешно, потому что во всем китайском — мудрость и тайна, и ты не можешь коснуться их руками или понять разумом, они должны прилипнуть к тебе, остаться на кончиках пальцев и медленно проникать в вены.

Несколько недель спустя, получив настойчивое приглашение от Коллинза, который только что вернулся в Гавр, мы с Филмором сели на утренний поезд, чтобы провести выходные дни с нашим другом. Впервые я покидал Париж. Мы были в чудном настроении и всю дорогу пили анжуйское. Коллинз дал нам адрес «Бара Джимми», где мы должны были с ним встретиться, — его, по словам Коллинза, знает в Гавре каждая собака.

На вокзале мы влезли в открытый экипаж и отправились к месту встречи бодрой рысцой. У нас еще осталось полбутылки анжуйского, и мы допивали его по дороге. Гавр — веселый солнечный город, бодрящий воздух пропитан крепким соленым запахом, который заставил меня вспомнить о Нью-Йорке чуть ли не с ностальгической грустью. Везде мачты и корпуса судов, яркие флаги, большие открытые площади, кафе с высокими потолками — такие кафе можно встретить только в провинции. Все это было замечательно, и, казалось, знаменитый порт встречает нас с распростертыми объятиями.

Не дойдя до бара, мы увидели Коллинза, бегущего по улице — очевидно на вокзал, но, как всегда, с опозданием. Филмор немедленно предлагает выпить по рюмочке перно: мы хлопаем друг друга по спине, хохочем и фыркаем, уже пьяные от солнца и соленого морского воздуха. Сначала Коллинз в нерешительности — стоит ли ему пить перно. Он сообщает нам, что у него легкий триппер; нет, ничего серьезного, скорее всего это наследственное. Он вынимает и показывает мне бутылочку с лекарством, насколько я помню, оно называлось венесьен — матросское средство от триппера.

Перед тем как отправиться к Джимми, мы решаем перекусить и заходим в приморский ресторан. Собственно, это не ресторан, а огромная таверна с прокопченными потолочными балками и столами, гнущимися под тяжестью снеди. Устроившись, мы с удовольствием пьем вина, которые рекомендует нам Коллинз, а потом выходим на террасу пить кофе с ликерами. Коллинз говорит все время о бароне де Шарлю, который ему очень нравится. Почти месяц Коллинз жил в Гавре, спуская деньги, заработанные на контрабанде. Его вкусы очень просты — еда, вино, женщины и книги. И ванная в номере! Это обязательно.

Продолжая болтать о бароне де Шарлю, мы добираемся до «Бара Джимми». Уже темнеет, и заведение постепенно наполняется публикой. Конечно, тут и сам Джимми с красной как свекла физиономией, и его супруга, красивая, пышущая здоровьем француженка со сверкающими глазами. Нас встречают как родных. Опять появляется бутылка перно, граммофон орет точно иерихонская труба, публика галдит по-французски, по-английски, по-голландски, по-норвежски и по-испански, а Джимми и его жена — оба в превосходном настроении — обнимаются и целуются, тут же чокаясь. В баре стоит гам неудержимого веселья, и хочется сорвать с себя одежду и пуститься в дикий пляс. Женщины у стойки бара собираются вокруг нас, словно мухи. Раз мы друзья Коллинза, значит, мы богаты. Не важно, что на нас старые костюмы — «англичане» всегда так одеваются. В кармане у меня — ни сантима, что, конечно, сейчас не имеет никакого значения, потому что я здесь почетный гость. Тем не менее я чувствую себя неловко, когда две сногсшибательные девки берут меня в оборот и ждут, чтоб я что-нибудь для них заказал. В конце концов я решил, что пора действовать. К этому времени уже трудно было разобрать, кто и за что платил. Я должен разыгрывать из себя «джентльмена», даже без гроша в кармане.

Иветт — так звали жену Джимми — встретила нас с исключительным радушием и сейчас готовила нам специальный ужин. Она предупредила, что это займет некоторое время, и просила не пить слишком много — иначе мы не сможем оценить ее кухню. Граммофон продолжал греметь, и Филмор, подхватив красивую мулатку в плотно облегающем бархатном платье, пустился в пляс. Коллинз подсел поближе и шепнул, показывая глазами на женщину, сидящую рядом со мной: «Если она тебе нравится, мадам пригласит ее на ужин». По его словам, эта женщина —

бывшая проститутка, у нее шикарный дом в предместье Гавра. Сейчас она замужем за морским офицером, который недавно ушел в плавание. Так что бояться нечего. «Если ты ей тоже понравишься, она пригласит тебя остановиться у нее», — добавляет Коллинз.

Этого мне более чем достаточно. Немедленно повернувшись к Марсель, я начинаю осыпать ее комплиментами. Мы идем к бару и стоим там, точно танцуя на одном месте, но на самом деле щупаем друг друга без зазрения совести. Джимми подмигивает мне и одобрительно кивает головой. Эта Марсель великолепна. Вторая девица исчезла почти немедленно — очевидно, по знаку Марсель. Мы садимся и начинаем длинный и чрезвычайно интимный разговор, который, к сожалению, прерывается приглашением к столу.

Нас было около двадцати человек. Меня и Марсель усадили на одном конце стола, напротив сели Джимми и его жена. Захлопали пробки, и вскоре начались длинные пьяные речи, во время которых мы с Марсель обследуем друг друга под столом. Когда настала моя очередь встать и предложить тост, пришлось держать перед собой салфетку. Это было и сладко и больно одновременно. Но мой тост был весьма краток, потому что, пока я стоял, Марсель щекотала мне промежность.

Ужин затянулся почти до полуночи. Я с удовольствием думал, как проведу ночь с Марсель в ее великолепном особняке на горе, но вышло, увы, иначе. Коллинз повел нас на ночную прогулку по городу, и я не мог отказаться, не обидев его. «Не беспокойся насчет этой красотки, — сказал он. — Она еще успеет тебе надоесть до смерти. Пусть подождет здесь, пока мы вернемся».

Сначала Марсель обиделась, но когда узнала, что мы пробудем в Гавре еще несколько дней, успокоилась. На улице Филмор с серьезным видом взял нас под руки и сказал, что хочет сообщить нечто важное.

— В чем дело, старина? — жизнерадостно спросил Коллинз. — Выкладывай!

Но Филмор почему-то не может ничего выложить. Он мнется, заикается и, наконец, выпаливает:

— Когда я был в уборной, я заметил что-то неладное.

— Значит, ты подцепил! — торжествующе кричит Коллинз и вытаскивает свою бутылочку венесьена. — Послушай меня, не ходи по врачам, — продолжает он уже ядовито. — Эти сволочи снимут с тебя штаны и будут тянуть деньги десять лет. И не переставай пить. Это все чепуха. Принимай эту штуку два раза в день... перед употреблением взбалтывай. И самое главное — не вешай нос на квинту! Понял? Пошли. Когда мы вернемся, я дам тебе спринцовку и перманганат.

Мы отправляемся к порту, откуда слышны музыка, крики и пьяная ругань. Всю дорогу Коллинз развлекает нас рассказами то про мальчика, в которого он влюбился, то про скандал, который устроили родители мальчика, когда узнали об их отношениях, то опять вспоминает о бароне де Шарлю, то о Курце, который поплыл вверх по реке и не вернулся. Это его любимая тема. Мне нравится, как Коллинз все время плавает по литературным морям; он точно миллионер, который никогда не вылезает из своего «роллс-ройса» и потому не знает, какая разница между реальностью и мечтами. Даже когда мы пришли в публичный дом на набережной Вольтера и Коллинз заказал девочек и выпивку, а потом развалился на диване, он все еще продолжал грести вверх по реке с Курцем и прекратил свои рассуждения только тогда, когда девочки заткнули ему рот поцелуями. Тут, словно вдруг сообразив, где он находится, Коллинз обратился к почтенной хозяйке и произнес торжественную речь о своих двух приятелях, которые специально приехали из Парижа, чтобы посетить ее знаменитое заведение. В комнате было с полдюжины девочек, совершенно голых и, должен признаться, очень красивых. Они порхали вокруг нас, как птички, пока мы старались поддержать чинный разговор с хозяйкой. Наконец она извинилась и ушла, сказав, чтобы мы чувствовали себя как дома. Я был очарован ее любезностью, благожелательностью и ее теплым, прямо-таки материнским отношением к своим девочкам. А какие манеры! Будь она помоложе, я попробовал бы подъехать к ней. В этом доме совершенно невозможно было себе представить, что ты находишься в «вертепе», как принято называть подобные места.

Мы пробыли там около часа, и из нас троих только я воспользовался услугами заведения. Филмор и Коллинз оставались внизу и болтали с девицами. Когда я вернулся, оба лежали растянувшись на диване, а девочки выстроились полукругом и пели ангельскими голосами хор из «Роз Пикардии». Ушли мы, полные сентиментальных чувств, в особенности Филмор. Но Коллинз тут же повел нас в настоящий портовый притон, где мы и просидели некоторое время, с интересом наблюдая за пьяными матросами и пиршеством педерастов, которое к нашему приходу было уже в полном разгаре. Покинув и этот притон, мы прошли через квартал публичных домов с красными фонарями и чинными старушками в шалях. Они сидели на ступеньках, обмахиваясь веерами, и приветливо кивали головами всем прохожим — в этих приветствиях было столько достоинства и скромности, точно вас приглашали зайти в детские приюты. Тут и там группы матросов со смехом исчезали в дверях. Сексуальная горячка подмывала все устои города, как набежавший прилив. Бухта, где мы остановились облегчиться, походила на свалку; траулеры, яхты, шхуны и баржи, точно выброшенные на берег грозной бурей, громоздились у причала.

Эти двое суток в Гавре были так насыщены событиями, что казалось, мы здесь уже целый месяц, а то и больше. Мы собирались уехать в понедельник рано утром, так как Филмору нужно было идти на службу. Все воскресенье мы пили и куролесили, не думая о триппере или о чем-нибудь подобном. Коллинз сказал, что собирается вернуться на свою ферму в Айдахо; он не был дома восемь лет и хотел увидеть родные горы, прежде чем отправиться в новое плавание на Восток. Разговор шел в борделе, где Коллинз ждал женщину, которой он обещал кокаин. Он говорил, что ему надоел Гавр — здесь слишком много хищников, висящих у него на шее. Кроме того, жена Джимми влюблена в него и закатывает сцены ревности. Она делала это почти каждую ночь. Правда, после нашего приезда она вела себя прилично, но Коллинз знал, что это ненадолго.

Особенно она ревновала его к одной русской девочке, которая, напившись, иногда заходила в бар. Эта Иветт — настоящая ведьма, жаловался Коллинз. Ко всему прочему, он был безумно влюблен в мальчика, о котором уже рассказывал нам раньше. «Мальчик может вывернуть тебе душу, — говорил Коллинз. — А этот еще и настоящий красавец, черт его побери. Но такой жестокий!» Мы смеялись — до того нелепо это звучало. Но Коллинз был совершенно серьезен.

В воскресенье около полуночи мы с Филмором отправились спать в отведенную нам комнату над баром Джимми. Стояла невероятная духота — ни малейшего дуновения. Через открытое окно мы слышали обрывки разговоров, крики и вой граммофона, не умолкавшего ни на минуту. Неожиданно разразилась гроза. И между ударами грома и порывами ветра, сотрясавшими весь дом, мы услышали звуки другой грозы, разразившейся в баре. Эта гроза бушевала совсем близко под нами: истерический женский визг, звон бьющихся бутылок, грохот переворачиваемых столов, тупые и страшные удары человеческих тел о стены и об пол.

Около шести утра Коллинз просунул голову к нам в комнату. Его физиономия была заклеена пластырем, одна рука на перевязи. Но на лице его сияла улыбка.

— Все как я и предсказывал, — объявил он. — Иветт совсем спятила. Наверное, вы слышали шум?

Мы быстро оделись и сошли вниз проститься с Джимми. Разгром был полный — бутылки разбросаны, окна и зеркала перебиты, столы и стулья сломаны. Джимми готовил себе гоголь-моголь.

По пути на вокзал мы узнали от Коллинза все подробности. Русская девушка пришла в бар сразу после нашего ухода, и Иветт немедленно обхамила ее, хотя русская еще не успела сказать ни единого слова. Они вцепились друг другу в волосы, и в это время огромный матрос-швед хватил русскую по физиономии, чтобы она пришла в себя. С этого, собственно, все и началось. Коллинз спросил шведа, какое он имеет право вмешиваться в драку. В ответ швед дал ему в челюсть с такой силой, что Коллинз отлетел на другую сторону бара. «Так тебе и надо!» — заорала Иветт и, воспользовавшись замешательством, хватила русскую бутылкой по голове. Началась гроза. Некоторое время в баре происходило дикое побоище: женщины решили, что настал момент вернуть друг другу все мелкие должки. Нет более удобного случая, чем пьяная драка, чтобы всадить человеку нож в спину или ударить бутылкой по башке, пока он лежит под столом. Швед попал в настоящее осиное гнездо — его ненавидели все, в особенности его товарищи по кораблю. Они хотели, чтобы он был добит. Закрыв двери, разбросав столы и стулья и очистив место возле стойки бара, они ждали, что Коллинз его прикончит. И Коллинз их не подвел — несчастного шведа унесли на носилках. Сам Коллинз отделался довольно счастливо — вывихнутой кистью, парой выбитых суставов пальцев, расквашенным носом и подбитым глазом. «Несколько царапин», — как он сказал нам. Но это еще не конец. Коллинз обещал, что если когда-нибудь попадет с этим шведом на один корабль, то убьет его.

Однако ставить точку было еще рано. Оказывается, после побоища в баре Иветт перебралась в другой и напилась там до бесчувствия. Ее оскорбили, и она решила, что пора покончить со всем этим раз и навсегда. Взяв такси, Иветт поехала на берег, к утесам, нависшим над самой водой. Она хотела утопиться, но была так пьяна, что, вывалившись из машины, начала плакать и, прежде чем ее успели остановить, стащила с себя одежду. В конце концов шофер привез ее назад в разгромленный бар почти голой. Увидев ее, Джимми пришел в ярость. Он принес ремень для правки бритвы и избил Иветт до полусмерти. Как ни странно, это ей очень понравилось. «Еще, еще...» — умоляла она, стоя перед ним на коленях и обхватывая руками его ноги. Но Джимми все это уже надоело. «Ты — грязная сука!» — заорал он и дал ей такого пинка под ребра, что она потеряла сознание, а вместе с ним — на время — и большую часть своей сексуальной дури.

Пора было выбираться отсюда. В утреннем свете город выглядел совсем по-другому. Последнее, о чем мы говорили в ожидании поезда, был штат Айдахо. Мы все трое были американцами. И хотя мы жили в разных концах страны, у нас было что-то общее, даже много общего. Мы рассентиментальничались, вспоминая коров, овец, широкие прерии и прочее, — в общем, все было так, как это всегда бывает с американцами, когда они расстаются. И если б вместо поезда пришел пароход, мы бы тут же распрощались с Францией. Но Коллинзу, как я узнал позже, так и не пришлось увидеть Америку. А Филмору... Филмору тоже выпали испытания, о которых мы тогда и не подозревали. Лучше всего держать Америку в отдалении, на заднем плане, как открытку, на которую можно посмотреть в тяжелую минуту. Тогда вы можете всегда вообразить, что она ждет вас — неизменная, неиспорченная, огромная патриотическая прерия с коровами и овцами и с мягкосердечными ковбоями, готовыми уконтражопить все на своем пути — мужчин, женщин, скот. Америки не существует вообще. Ее нет. Это — название, которое люди дали вполне абстрактной идее...

11

Париж — как девка... Издалека она восхитительна, и ты не можешь дождаться, когда заключишь ее в объятия... Но очень скоро ты уже чувствуешь пустоту и презрение к самому себе. Ты знаешь, что тебя обманули.

Я вернулся в Париж с деньгами в кармане — несколькими сотнями франков, которые Коллинз сунул мне в последнюю минуту, когда мы садились в поезд. Этого было достаточно, чтобы заплатить за номер и прекрасно есть в течение недели. Я уже давным-давно не держал в руках таких денег и чувствовал возбуждение, какое испытывает человек, ожидающий, что вот-вот для него начнется новая жизнь. Мне хотелось оставаться богатым как можно дольше. Поэтому я пошел смотреть дешевенькую гостиницу над пекарней на улице Шато, недалеко от улицы Ванв — мне ее когда-то показал Евгений. Рядом был мост, перекинутый через железнодорожное полотно. Знакомый квартал.

Я мог снять здесь комнату за сто франков в месяц, без всяких удобств, конечно, и даже без окна, и я бы, наверное, ее снял, чтобы иметь крышу над головой, если бы мне не нужно было проходить через комнату слепого, смежную с моей. Мысль о том, что я должен каждую ночь проходить мимо его кровати, угнетала меня. Решив поискать что-нибудь другое, я пошел на улицу Сельса, за кладбищем, и мне показали там трущобу с покосившимися балконами на каждом этаже со стороны двора. К нижним балконам были подвешены клетки с канарейками. Очень мило, наверное, но мне это напоминало психиатрическое отделение в больнице. К тому же и хозяин, по-видимому, был не совсем в своем уме. Короче, я решил подождать до вечера, осмотреться как следует и потом найти что-нибудь поприличнее на одной из прилегающих улиц.

За обедом я истратил пятнадцать франков — вдвое больше, чем собирался. Это окончательно испортило мне настроение — до такой степени, что я даже отказался от кофе, хотя начинался дождь, Я встал с твердым намерением побродить по улицам час-другой и рано лечь спать. Экономия уже начинала отравлять мне жизнь. Никогда раньше я подобными вещами не занимался — этого просто не было в моей натуре.

Между тем мелкий дождь перешел в проливной, и я обрадовался. Замечательный предлог, чтобы забраться куда-нибудь в кафе и отдохнуть. Лечь спать в такую рань я не мог. Ускорив шаг, я свернул за угол и пошел обратно на бульвар Распай. Вдруг ко мне подходит женщина и спрашивает, который час. Я отвечаю ей, что у меня нет часов. И тут она выпаливает: «Милостивый государь, не говорите ли вы случайно по-английски?» Я кивнул. Дождь уже лил вовсю. «Не будете ли вы так добры зайти со мной в кафе? Идет дождь, а у меня нет денег. И простите меня, ради Бога, но у вас такое доброе лицо... Я сразу же поняла, что вы англичанин». Произнося все это, она улыбается странной, полубезумной улыбкой. «Я одна на свете... Может быть, вы сможете дать мне совет... Боже мой, это так ужасно — не иметь денег...»

Эти «милостивый государь», «будьте так добры», «доброе лицо» начинают меня смешить. Мне и жалко ее, и в то же время я не могу удержаться от смеха и смеюсь ей прямо в лицо. К моему удивлению, она начинает смеяться тоже, но каким-то диким, визгливым, истерическим смехом и совершенно не в тон. Я хватаю ее за руку, и мы забегаем в первое попавшееся бистро. Она все еще смеется. «Милостивый государь, — начинает она опять. — Может быть, вы думаете, что я говорю вам неправду. Поверьте, я порядочная девушка... из хорошей семьи... только... — При этом она опять улыбается своей пустой, бессмысленной улыбкой. — Только у меня нет счастья, даже самого маленького, чтоб просто где-нибудь приткнуться...» Мне снова становится смешно, я не могу сдержаться — ее голос, язык, ее акцент, нелепая шляпка на голове, полоумная улыбка...

— Послушайте, — говорю я, отсмеявшись, — кто вы по национальности?

— Я англичанка, — отвечает она. — То есть вообще-то я родилась в Польше, но мой отец был ирландец.

— И это делает вас англичанкой?

— Конечно, — говорит она с коротким смешком, слегка смущенно и с претензией на кокетство.

— Вероятно, вы знаете какой-нибудь маленький отель, куда мы можем пойти? — Я вовсе не собираюсь идти с ней, просто хочу помочь ей преодолеть первую стадию подобного рода знакомств.

— О нет, милостивый государь! — говорит она таким тоном, точно я совершил ужасную ошибку. — Я уверена, что вы не хотели сказать этого! Я не такая девушка. Вы, наверное, пошутили... Я вижу это по вашему лицу... Вы такой добрый. Я никогда бы не позволила себе заговорить с французом так, как заговорила с вами. Француз непременно тут же меня бы оскорбил...

Некоторое время она продолжала в том же духе. И мне уже хотелось отделаться от нее, но она меня не отпускала. В ее глазах был испуг — она сказала, что у нее не в порядке документы. Не буду ли я так любезен проводить ее до гостиницы? И может быть, я «одолжу» ей пятнадцать—двадцать франков, чтобы она могла успокоить хозяина? Я проводил ее до гостиницы, где, по ее словам, она жила, и всунул ей в руку бумажку в пятьдесят франков. Либо это была очень хитрая женщина, либо очень наивная — иногда трудно отличить одно от другого, — но она попросила меня подождать, пока разменяет деньги в бистро, чтобы дать мне сдачу. Я сказал ей, чтоб она не беспокоилась. Тут она схватила мою руку и поднесла к губам. Это меня так ошарашило, что я уже был готов отдать ей все. Ее импульсивный глупый жест растрогал меня. Как хорошо, однако, быть иногда богатым и получать такие совершенно новые впечатления, подумал я. Но головы все же не потерял. Пятьдесят франков! Сколько еще можно выбросить за один дождливый вечер! Когда я уходил, она махала мне своей нелепой маленькой шляпкой, которую к тому же не умела носить, махала так, словно я был ее старым приятелем. И я почувствовал себя очень глупо. «Милостивый государь... у вас такое доброе лицо... вы так любезны...» Мне уже казалось, что я святой.

Когда ты прямо-таки лопаешься от важности, очень трудно идти спать. Чувствуешь, что должен как-то возместить себе этот неожиданный припадок благородства. Проходя мимо монпарнасских «Джунглей», я увидел танцевальную площадку. Женщины с обнаженными спинами и жемчужными ожерельями, которые как будто душили их, покачивали своими прелестными попочками. Я тут же направился туда и, подойдя к стойке бара, заказал бокал шампанского. Когда музыка смолкла, рядом со мной уселась красивая блондинка, вероятно норвежка. Зал был вовсе не так полон, как мне показалось с улицы. Всего каких-нибудь шесть пар, но когда они танцевали, возникало впечатление толчеи. Я заказал еще шампанского, чтоб поддержать свое постепенно падающее настроение.

Когда я пригласил блондинку потанцевать, мы оказались одни. В другой раз я был бы этим смущен, но выпитое шампанское, страстность, с которой она ко мне прижималась, притушенные огни и чувство независимости, появляющееся вместе с несколькими сотнями франков в кармане... словом, что говорить! Мы танцевали словно на сцене. Вдруг моя дама заплакала — с этого все и началось. Я подумал, что, может быть, она выпила лишнего, и не придал ее слезам большого значения, а стал оглядывать помещение в поисках другого товара. Но мы были одни.

Если ты попался, то единственный выход — бежать как можно скорее. Но мысль о том, что в другом месте опять придется давать на чай гардеробщику, удерживала меня. Всегда попадаешь в капкан из-за такой вот ерунды.

Причину слез блондинки я узнал почти немедленно: она только что похоронила ребенка. И она вовсе не была норвежкой, она была настоящей француженкой, к тому же акушеркой. Очень шикарной акушеркой, должен признаться, даже в слезах. Я поинтересовался, не подбодрит ли ее капля спиртного. Она тут же заказала виски и проглотила его не моргнув глазом. На мое предложение повторить она ответила, что, наверное, именно это ей сейчас и нужно, ведь она так убита горем. При этом она просит у меня еще и пачку американских сигарет «Кэмел». «Или нет, лучше „Пэлл-Мэлл"», — решает она, поразмыслив. «Бери что хочешь, — подумал я, — но ради Бога прекрати этот рев, он действует мне на нервы». Я поднял ее для нового танца. На ногах это был другой человек. Не знаю, может быть, горе разжигает страсть. Я шепнул ей на ухо, что нам пора отсюда уйти. «Куда?» — откликнулась она с явной готовностью. «О, куда угодно. В какое-нибудь тихое место, где мы сможем поговорить».

В уборной я подсчитал свои ресурсы. Запрятав стофранковые бумажки в кармашек для часов и оставив пятьдесят франков и мелочь в кармане, я вернулся в бар с твердым намерением довести дело до конца.

Это оказалось нетрудно — она сама завела разговор о своих несчастьях, которые так и сыпались на нее. Она не только потеряла ребенка, но у нее на руках была очень больная мать, которой нужны врачи и лекарства. Разумеется, я не верил ни одному ее слову. И поскольку я еще не снял себе комнату, я предложил ей зайти в какую-нибудь гостиницу и там переночевать. Так я собирался сэкономить. Но моя партнерша не согласилась. Она хотела, чтобы мы пошли к ней, у нее есть квартира, к тому же нельзя оставлять больную мать так надолго. Подумав, я сообразил, что это будет еще дешевле, и согласился. Все же я решил выложить карты на стол, чтоб избежать неприятных разговоров в последний момент. Когда я сказал ей, сколько денег у меня в кармане, мне показалось, что она близка к обмороку. Она была оскорблена до глубины души, и я ждал скандала, но тем не менее решил не сдаваться.

— В таком случае, крошка, — сказал я спокойно, — наши пути расходятся. Может быть, я допустил ошибку.

— И еще какую! — воскликнула она, но тем не менее схватила меня за рукав. — Послушай, дружок... будь пощедрее.

От этих слов я вновь обрел уверенность. Я понял: все, что от меня требуется, — это пообещать ей маленькую прибавку.

— Хорошо, — сказал я устало. — Ты увидишь, что я тебя не обижу.

— Так ты сказал мне неправду?

— Да, — ответил я, улыбаясь. — Я хотел тебя проверить.

Не успел я надеть шляпу, как она уже поймала такси и назвала шоферу адрес на бульваре Клиши. Одна поездка туда будет стоить больше, чем комната на ночь, подумал я. Ладно, посмотрим... У меня еще есть время. Не помню, с чего это началось, но вдруг она заговорила об Анри Бордо. Я еще не встречал в Париже проститутки, которая бы не знала Анри Бордо! Но эта говорила с настоящим вдохновением: фразы были прелестны, выбор слов — безупречен, и я уже соображал, сколько же придется ей прибавить. Мне казалось, что я даже уловил фразу: «*Когда в мире не будет больше времени...*» По крайней мере примерно так это звучало. При моем теперешнем настроении такая фраза стоила ста франков. Но я хотел бы знать, сама она это придумала или выудила из Анри Бордо. Впрочем, не важно. Это как раз та фраза, с которой можно подъехать к подножию горы Монмартр. «Добрый вечер, мадам! Ваша дочь и я позаботимся о вас... когда в мире не будет больше времени!» Кроме того, она обещала показать мне свой диплом — я запомнил это.

Едва за нами закрылась дверь, как «норвежка» стала метаться по квартире, заламывая руки почти в исступлении и принимая позы Сары Бернар. При этом она то раздевалась, то прекращала, умоляя меня поторопиться с моим собственным туалетом. В конце концов, когда она разделась и, держа в руках сорочку, искала кимоно, я поймал и зажал ее. Когда я ее выпустил, на ее лице было выражение отчаяния. «Боже мой, Боже мой, мне надо бежать вниз и посмотреть, как мама! — воскликнула она. — Если хочешь, прими ванну, chéri![1] Вон там. Я вернусь через несколько минут!» Возле дверей я опять обнял ее. Я уже был в нижнем белье и вполне дееспособен. Почему-то все это волнение, все эти вопли и несчастья еще больше возбуждали меня. Вероятно, она побежала вниз успокоить своего сутенера, у меня было

---

[1] Дорогой (*фр.*).

странное чувство, что тут есть нечто таинственное, о чем я, быть может, прочту в утренней газете. Какая-то скрытая драма. Я быстро осмотрел квартиру. Две комнаты, довольно прилично, даже кокетливо обставленные, и ванная. На стене висел акушерский диплом — как обычно, «первой степени». А на столе стояла фотография ребенка — прелестной девочки с локонами. Войдя в ванную, я пустил воду, но потом передумал. Если что-нибудь случится, а я в это время буду в ванне... нет, мне эта ситуация не улыбалась. Я ходил по квартире взад и вперед, и мне становилось все более и более не по себе.

Наконец блондинка вернулась, но вконец расстроенная. «Она умрет... она умрет!» — рыдала она. Я хотел даже уйти. Как можно спать с женщиной, когда внизу умирает ее мать, может быть прямо у нас под ногами? Все же я обнял ее — частично из сострадания, частично — еще надеясь получить то, за чем я сюда пришел. Прижавшись ко мне, она начала трагическим голосом шептать про деньги, которые ей так нужны... конечно, для maman. О черт, в эту минуту у меня уже не было сил торговаться из-за нескольких франков. Подойдя к стулу, где были сложены мои вещи, я выудил из кармашка для часов стофранковую бумажку, однако постарался, чтобы она не увидела, что это не последние мои деньги. Для верности я переложил брюки на стул с той стороны кровати, где собирался лечь. Ста франков, по словам блондинки, было маловато, однако по ее интонации я понял, что этого хватит за глаза. Теперь с поразившей меня живостью она сбросила кимоно и немедленно оказалась в постели. Едва я обнял ее и притянул к себе, она нажала выключатель, и комната погрузилась в темноту. Страстно обняв меня, она принялась стонать, как это делают все французские шлюхи. Я был в невероятном возбуждении, а непривычная тьма придавала всей ситуации новый, какой-то романтический оттенок. Все же головы я не потерял и, как только смог, проверил, на месте ли мои брюки.

Я был уверен, что мы уже устроились на ночь. Кровать оказалась удобной, гораздо мягче, чем в гостиницах, и я заметил, что простыни были чистыми. Если бы только она так не крутилась! Можно было подумать, что она не видела мужчину целый месяц. Я хотел растянуть удовольствие — выжать все возможное из своих ста франков. Но она шептала мне что-то, не умолкая ни на минуту, на том страстном постельном языке, который всегда так возбуждает, особенно в темной комнате. Изо всех сил я старался сдержаться, боролся как мог, но все эти усилия бесполезны, если женщина, которую ты сжимаешь в объятиях, стонет, дрожит и шепчет: «Vite, chéri! Vite, chéri! Oh, c'est bon! Oh, oh! Vite, vite, chéri!»[1] Я пытался считать в уме, но ее страсть действовала на меня, как набат. «Vite, chéri!» При этом она содрогнулась всем телом с такой силой, что плотину прорвало и все было кончено. Звезды звенели у меня в ушах, и мои сто франков пошли прахом, не говоря о пятидесяти, про которые я уже позабыл. Вспыхнул свет, и моя красотка выскочила из кровати так же быстро, как туда заскочила, при этом она продолжала стонать и повизгивать, как поросенок. Я закурил и посмотрел с тоской на свои измятые брюки. Через минуту она снова была рядом со мной, кутаясь

---

[1] Скорее, милый, скорее! О, как хорошо! *(фр.)*

в кимоно и говоря быстро и возбужденно (это уже начинало меня раздражать): «Я спущусь вниз к маме, на минутку... Будь как дома... Я скоро вернусь».

Прошло четверть часа, и меня опять охватило беспокойство. Подойдя к столу, я прочел письмо, лежавшее там, — ничего интересного, обычное любовное письмо. В ванной я осмотрел бутылочки на полках; здесь было все необходимое, чтобы женщина приятно пахла. Я надеялся, что она вернется и отработает по крайней мере еще пятьдесят франков. Но время шло, а блондинка не появлялась. Теперь я уже забеспокоился не на шутку. Может быть, внизу действительно кто-нибудь умирает? Вероятно, повинуясь инстинкту самосохранения, я начал одеваться, но когда застегивал пояс, внезапно вспомнил, как она сунула мои сто франков в сумочку. В волнении она положила ее в шкаф на верхнюю полку. Я отчетливо помнил, как она встала на цыпочки, чтобы до нее дотянуться. В ту же секунду я был возле шкафа. Сумочка оказалась на месте. Быстро открыв ее, я увидел мою стофранковую купюру, мирно лежавшую в атласном кармашке. Я положил сумочку обратно, надел ботинки и пиджак и открыл дверь на лестницу. Мертвая тишина. Куда эта девка подевалась? Вернувшись в комнату, я стал копаться в сумочке. Я забрал свои сто франков, а заодно выгреб и всю мелочь. Потом, закрыв дверь, спустился на цыпочках по лестнице и быстро зашагал прочь от этого дома. Добравшись до кафе «Будон», я зашел перекусить. Сидевшие здесь проститутки издевались над толстяком, который заснул над тарелкой. Он спал и даже похрапывал, но его челюсти продолжали двигаться. Кругом стоял хохот. Иногда кто-нибудь кричал: «По вагонам!» И все начинали ритмично стучать ножами и вилками по тарелкам. Толстяк открывал глаза, тупо моргал, но через минуту голова его снова скатывалась на грудь. Я положил мои сто франков в кармашек для часов и подсчитал мелочь. Шум вокруг все усиливался, и теперь я уже не мог припомнить, действительно ли видел слова «первой степени» на дипломе, висевшем в комнате блондинки. О ее матери я не беспокоился, надеясь, что к этому времени она уже умерла. Как странно было бы, если бы все, что она мне говорила, оказалось правдой... «Vite, chéri... vite, vite!» И эта полоумная со своим «милостивым государем» и «добрым лицом»! Интересно, она на самом деле жила в гостинице, у которой мы с ней расстались?..

12

Когда лето уже подходило к концу, Филмор предложил мне переехать к нему. У него была славная квартирка, окна которой выходили на кавалерийские казармы около площади Дюпле. Мы с Филмором часто встречались после нашей поездки в Гавр. И если бы не он, не знаю, что бы со мной сталось — вероятно, я умер бы с голоду.

— Я бы давно уже пригласил тебя, — сказал Филмор, — если бы не эта маленькая шлюшонка Джеки. Я не знал, как от нее отделаться.

Я улыбнулся. Эта сторона жизни Филмора всегда мне нравилась. У него была способность притягивать к себе бездомных шлюх. Джеки, однако, наконец съехала, причем по собственному желанию.

Приближался дождливый сезон — нудные месяцы измороси, грязи и мазутного тумана, который проникает через влажную одежду и впитывается в тело. Париж зимой — отвратительное место. Погода, которая въедается в душу и оставляет человека голым, как Лабрадорское побережье. С тоской я заметил, что у Филмора только одна печурка — в гостиной. Тем не менее квартира была удобная и вид из окон вполне симпатичный.

По утрам, уходя на работу, Филмор бесцеремонно будил меня и оставлял на подушке десять франков. Когда он уходил, я засыпал опять и часто валялся в постели до полудня. Заниматься мне было, в сущности, нечем, кроме собственной книги, но я уже понимал, что никто и никогда ее не напечатает. Однако на Филмора моя рукопись производила большое впечатление. Вернувшись вечером с бутылкой вина под мышкой, он немедленно шел к столу и смотрел, сколько страниц я сделал за день. Вначале его интерес к моему творчеству мне нравился, но потом работа застопорилась, и я чувствовал неловкость, когда он рылся в моих бумагах, ища новые страницы книги, которые, по его представлению, должны были сыпаться из меня как из рога изобилия. В дни, когда мне нечего было ему предъявить, я чувствовал себя такой же вошью, как те шлюхи, которых он пригревал до меня. Я вспоминал, как он говорил о Джеки: «Все бы ничего, если б она давала мне иногда...» Будь я женщиной, я б с удовольствием это делал — мне это было бы легче, чем кормить его страницами собственной рукописи.

Все же Филмор старался сделать мою жизнь у себя приятной. В доме всегда было вдоволь и еды, и вина, а иногда он тащил меня с собой в дансинг. У Филмора было любимое место на улице Одессы, негритянское заведение, где обреталась хорошенькая мулатка, которая часто к нам приходила. И только одно беспокоило Филмора — он не мог найти пьющую француженку. Для него они все были трезвенницами, он любил привести к себе женщину и сначала выпить с ней, а уж потом лечь в постель. Еще почему-то ему хотелось, чтобы женщины думали, что он художник. Создать это впечатление, в общем, было нетрудно, так как человек, у которого Филмор снимал квартиру, был художником. Найдя в чулане старые полотна, Филмор повесил их в комнатах, а одно, незаконченное, водрузил на мольберт. К сожалению, художник был сюрреалистом, и картины создавали неблагоприятное впечатление о Филморе. Когда дело касается искусства, то во вкусах проституток, консьержек и министров нет особой разницы. Филмор вздохнул с облегчением, когда Марк Свифт, часто к нам заходивший, решил писать мой портрет. Филмор питал к Свифту глубокое уважение. По его мнению, Свифт был гений. И хотя люди и предметы на его полотнах имели весьма свирепый вид, он все же не деформировал их до неузнаваемости.

По совету Свифта я начал отпускать бороду. Он говорил, что моя форма черепа требует бороды. Свифт собирался изобразить меня сидящим у окна, на фоне Эйфелевой башни, которая была нужна ему для равновесия композиции. Кроме того, ему была нужна пишущая машинка. Крюгер тоже начал заходить к нам. Но, на его взгляд, Свифт не имел никакого понятия о живописи. Любое нарушение пропорций убивало Крюгера. От твердо верил в законы природы.

Свифту же было плевать на природу, и он писал, как ему хотелось. Так или иначе, на мольберте красовался мой незаконченный портрет, и хотя все пропорции были нарушены, даже министр смог бы понять, что на холсте изображен человек с бородой, а наша консьержка начала проявлять к портрету живой интерес. Она находила, что получается удивительно похоже, а с Эйфелевой башней вдалеке — просто замечательно.

Больше месяца все шло тихо и гладко. Место, где жил Филмор, мне очень нравилось, особенно ночью, когда заметнее были его грязь и убожество. Маленькая площадь, днем такая милая и спокойная, ночью становилась мрачной и угрюмой. С одной стороны ее обрамлял длинный высокий забор казармы, возле которого всегда стояла по крайней мере одна целующаяся парочка, даже в дождь... Печальное это зрелище — двое влюбленных, прижавшихся друг к другу возле тюремной ограды под светом тусклого уличного фонаря, точно это их последний приют в мире. То, что происходило за стеной, тоже было печально. В дождливые дни я часто стоял у окна и смотрел вниз, как на другую планету. Там все делалось по расписанию, но составлено это расписание было, очевидно, безумцем. Скользили по грязи лошади, выли сигнальные трубы, начинались и кончались солдатские учения — и все это в четырех стенах тюрьмы. Идиотское зрелище! Оловянные солдатики, у которых не было ни малейшего желания учиться убивать, чистить сапоги или ходить за лошадьми. Совершенно ненужная, нелепая жизнь — но входящая составной частью в общий план жизни. В дни, когда обитателям казармы нечем было заняться, они выглядели еще нелепее — почесывались, засовывали руки в карманы, считали ворон, а завидев офицера, щелкали каблуками и отдавали честь. Настоящий сумасшедший дом, на мой взгляд. Даже лошади выглядели здесь глупо. Иногда на улицу выволакивали пушки, и солдаты начинали маршировать, а прохожие останавливались и восхищались их красивыми мундирами. Но мне они всегда казались отступающей армией: в них было что-то затрапезное, усталое и безнадежное; мундиры висели на них как мешки, а веселье и шутки, естественные для этих солдат в обычной жизни, во время учений куда-то исчезали.

В солнечные дни картина за стеной была несколько веселей. В глазах солдат появлялся проблеск надежды, их шаг становился упругим, и они маршировали даже с некоторым воодушевлением. Краски обретали веселость, а настроение — ту суматошность, которая так выделяет французов из всех прочих народов; в бистро на углу солдаты беззаботно болтали, потягивая пиво, и, должен признаться, даже офицеры производили здесь впечатление обычных милых французов. Когда светит солнце, каждый уголок Парижа прекрасен, а что касается людей, то в бистро за столиками на тротуаре под навесом и с разноцветными напитками в стаканах они выглядят довольно мило. Французы — вообще самый милый народ в мире, когда светит солнце. Они умны, беззаботны, беспечны. Право, это преступление — загонять таких людей в казармы, водить на учения и разделять на рядовых, сержантов и полковников.

Как я уже сказал, ничто не нарушало тихого течения нашей жизни. Иногда заходил Карл и просил написать путевой очерк о каком-нибудь городе или стране — сам он писать их не любил. За них, правда, платили всего по пятьдесят франков, но и особого труда они не требовали. Чтобы состряпать такой очерк, нужно было только покопаться в подшивках и слегка перекроить старую писанину. Главное — освежить эпитеты, а потом добавить даты и статистические данные. Если это были важные материалы, редактор отдела подписывал их сам. Он был безнадежным тупицей, не знал ни одного иностранного языка, но любил находить ошибки, а прочтя понравившийся ему абзац, говорил: «Вот так вы должны писать всегда. Чудно! Можете использовать это в своей книге». Часто эти «чудные» абзацы были попросту списаны нами из энциклопедии или из старого путеводителя. Кое-что из списанного Карл действительно включил в свою книгу — это придало ей некий сюрреалистический оттенок.

Однажды вечером, вернувшись домой с прогулки, я столкнулся с женщиной, выскочившей из спальни. «Так, значит, вы писатель! — воскликнула она и уставилась на мою бороду, точно ища в ней подтверждения своим словам. — Какая ужасная борода! — продолжала она. — По-моему, вы все здесь помешанные!» С одеялом в руках за ней появляется Филмор. «Это княгиня», — говорит он мне, причмокивая, словно только что поел черной икры. Оба они были одеты так, точно собирались уходить, и я не мог понять, при чем тут одеяло. Но потом сообразил, что, вероятно, Филмор показывал княгине мешок для грязного белья, который стоял в спальне. На мешке были вышиты слова из дурацкого американского анекдота о китайских прачках: «Нет ласписки — нет и любашки». Филмор обожал растолковывать изречение француженкам — если, мол, нет «расписки», то есть товара лицом, то нет и «рубашки», то есть денег. Но эта дама не была француженкой, о чем Филмор немедленно объявил мне. Она была русская и к тому же княгиня.

Филмор не закрывал рта ни на минуту, возбужденный, как ребенок, который получил в подарок новую игрушку.

— Она говорит на пяти языках! — заявил он, явно подавленный такой образованностью.

— Нет, только на четырех, — поправила его княгиня.

— Ну, на четырех... Во всяком случае, это умнейшая женщина, тебе надо послушать, как она говорит!

Княгиня явно нервничала — то и дело почесывала бедро или потирала нос.

— Зачем он стелет постель? — внезапно спросила она меня. — Неужели он думает, что я буду с ним спать? Он просто ребенок. К тому же с ужасными манерами. Я взяла его в русский ресторан, и он танцевал там, как негр! — При этом она завихляла бедрами, показывая, как именно танцевал Филмор. — И он слишком много говорит. И слишком громко. При этом несет всякий вздор!

Княгиня ходила по комнате, рассматривая картины и книги, и все время почесывалась. Иногда она останавливалась и поворачивалась, точно линейный корабль, собирающийся дать залп. Филмор ходил за ней с бутылкой и стаканом в руках.

— Зачем вы ходите за мной? Что вам надо?! — воскликнула она. — Неужели у вас нет ничего более приличного? Неужели вы не можете достать бутылку шампанского? Мне надо выпить шампанского... Ах, мои нервы, нервы!

Филмор наклонился ко мне и зашептал:

— Актриса... Кинозвезда... Кто-то ее бросил, и она не может забыть его... Я ее хочу напоить...

— Тогда, наверное, мне лучше уйти? — спросил я. Но княгиня прервала нас.

— Почему вы шепчетесь? — закричала она, топая ногой. — Разве вы не знаете, что это неприлично? И *вы* — вы обещали повести меня куда-нибудь! Я должна сегодня напиться! Я ведь вам уже сказала!

— Конечно, конечно, — засуетился Филмор. — Мы сейчас пойдем. Я просто хочу выпить стаканчик.

— Вы — животное! — выкрикнула вдруг княгиня. — Но вы все же славный мальчик. Только говорите слишком громко и не умеете себя вести. — Она повернулась ко мне: — Как вы думаете, я могу доверять этому человеку? Мне необходимо напиться, но я не хочу, чтобы он меня опозорил. Может быть, я после еще приду сюда. Мне хотелось бы поговорить с вами. Вы выглядите умнее его.

Когда они уходили, княгиня церемонно пожала мне руку и сказала, что когда-нибудь она придет к нам на обед.

— Когда буду трезвой, — добавила она.

— Чудно! — воскликнул я. — И приведите с собой еще какую-нибудь княгиню или хотя бы графиню. У нас меняют простыни каждую субботу.

В три часа ночи Филмор вкатывается домой... один и пьяный как сапожник. Он стучит своей тростью, точно слепой... тук, тук, тук... и, проползая мимо меня, бормочет:

— Спать, спать... расскажу все утром... — Он проходит в спальню, откидывает одеяло, и тут я слышу его голос: — Что за женщина... что за женщина... — Через минуту он появляется у меня в комнате, все ещё в шляпе и с тростью в руке. — Я ждал чего-то в этом роде. Ты знаешь, она сумасшедшая!

Филмор идет на кухню и появляется с бутылкой анжуйского. Теперь я должен сидеть с ним и пить.

Насколько я смог понять из его сбивчивых слов, все началось в «Рон-Пуэн» на Елисейских полях, куда Филмор зашел по пути домой. Как всегда в этот час, на террасе было полно «стервятниц». Княгиня сидела возле прохода, и перед ней высилась стопка подставок, на которые ставят стаканы: она была одна и настроена вполне мирно. Филмор поймал ее взгляд. «Я пьяна, — сказала она с коротким смешком. — Почему бы вам не присесть?» Когда он сел, она начала ни с того ни с сего рассказывать ему про кинорежиссера, который ее бросил, и как она кидалась с моста в Сену и т. д. и т. п. — она говорила об этом так, точно все это было самым обычным делом. С какого моста она кидалась, она забыла, но помнила, что когда ее вытащили, то вокруг собралась огромная толпа. При чем тут название моста и почему Филмор задает такие дурацкие вопросы? Рассказывая все это, она истерически хохотала, а потом вдруг решила идти танцевать. Заметив, что он колеблется, она открыла сумочку и вытащила оттуда стофранковую купюру. Потом, сообразив, что на сто франков далеко не уедешь, спросила: «Неужели вы совсем без денег?» Наличных у Филмора было действительно немного, но он ответил, что дома у него есть чековая книжка. Они помчались за чековой книжкой. Филмор уже объяснил княгине насчет «расписки» и «рубашки», и тут очень некстати явился я.

По пути домой они заехали в «Пуассон д'Ор» перекусить, причем княгиня выпила несколько рюмок водки. Там она была как дома — все прикладывались к ее ручке и бормотали: «Княгиня... княгиня». Как ни была она пьяна, а все же старалась вести себя в соответствии со своим титулом. «Не вихляйте задом!» — повторяла она Филмору, когда они танцевали.

Филмор намеревался остаться дома и довести дело до конца, но, находя ее слишком умной и не в меру эксцентричной, решил сначала поехать с ней куда-нибудь и таким образом оттянуть финал на несколько часов. У него даже была мысль найти еще одну княгиню и привезти обеих домой. Поэтому он уходил в хорошем расположении духа и с готовностью истратить несколько сот франков. Все-таки княгини не каждый день попадаются.

На этот раз княгиня повела его в другое место, где ее тоже хорошо знали и где, по ее словам, было легко разменять чек. Здесь все были в смокингах, и опять начались эти дурацкие поклоны и целование руки, а потом официант повел их к столику.

Посреди танца княгиня неожиданно бросила Филмора и кинулась к столу, заливаясь слезами.

— Что случилось? — спрашивает Филмор. — Что я сделал на этот раз? — И инстинктивно кладет руку себе на задницу, боясь, что она все еще вихляется.

— Это ничего... ничего, — говорит княгиня. — Вы ни в чем не виноваты... Вы милый мальчик... — Тут она снова потянула его танцевать и танцевала с каким-то исступлением.

— Но что с вами? — допытывался Филмор.

— Ничего, ничего, — повторяла княгиня. — Просто я кое-кого увидела. — И вдруг накинулась на

Филмора в безумном гневе: — Зачем вы спаиваете меня? Разве вы не знаете, что я становлюсь дикой, когда пьянею? Где ваш чек? — спросила она спустя некоторое время. — Мы должны уйти отсюда. — Знаком она подозвала официанта и прошептала ему что-то по-русски. — У вас действительно есть деньги в банке? — спросила она, когда официант отошел. И внезапно добавила: — Подождите меня в гардеробе. Мне надо позвонить.

Официант принес сдачу, и Филмор спустился вниз. Он прохаживался взад и вперед, что-то насвистывая и время от времени причмокивая губами, точно смакуя лакомство, которое теперь получит. Прошло пять минут. Десять. Он все еще насвистывал. Когда прошло двадцать минут и княгиня не появилась, Филмор пришел в полное недоумение. Гардеробщик сказал ему, что княгиня уже давно ушла. Он бросился на улицу. Стоящий у дверей негритос в ливрее, взглянув на Филмора, ухмыльнулся. Филмор спросил, не знает ли он, куда отправилась княгиня. Негритос, хитро подмигнув, говорит: «Я слыхал, она сказала что-то про кафе „Куполь"».

В кафе «Куполь» Филмор нашел ее внизу. Она сидела словно в трансе, с мечтательным выражением лица и со стаканом в руке. Увидев Филмора, она улыбнулась.

— Разве это прилично — поступать так, как поступили вы? — спрашивает он. — Почему вы сбежали? Вы бы могли просто сказать мне, что я вам не нравлюсь.

На это княгиня реагирует с настоящим театральным пафосом. И после бесконечных словоизлияний начинает плакать. «Я сошла с ума, — рыдает она. —

Но и вы тоже сумасшедший. Вы хотите со мной спать, но я вовсе не хочу этого!» И снова несет что-то о любовнике-кинорежиссере, которого она увидела, когда они танцевали. Потому она и сбежала оттуда. Потому она и пьет, и принимает наркотики каждый день, и потому она хотела утопиться. Княгиня продолжает свой монолог о том, что она сумасшедшая и все такое прочее, как вдруг у нее является блестящая идея. «Поедем в „Бриктоп"», — говорит она. Там, по ее словам, есть какой-то человек, который ее знает... он обещал ей когда-то работу. Она уверена, что он ей поможет.

— Сколько это мне будет стоить? — спрашивает Филмор.

Это будет стоить порядочно, заявляет она без обиняков.

— Но, послушайте, если вы отвезете меня в «Бриктоп», я обещаю, что поеду к вам домой. — Она честно предупреждает Филмора, что ему это обойдется в пять-шесть сотен франков. — Но я стою этого! Вы не знаете, что я за женщина. Во всем Париже нет другой такой женщины, как я...

— Это ваше собственное мнение! — вдруг заявляет Филмор — кровь янки берет верх над приличиями. — И я его не разделяю. По-моему, вы не стоите ни гроша. Вы просто сумасшедшая дуреха. Я скорее отдам пятьдесят франков какой-нибудь бедной французской девушке, чем вам. По крайней мере они дают хоть что-то взамен.

Услышав про французскую девушку, княгиня взрывается:

— Не говорите мне про этих женщин! Я ненавижу их! Они глупы! Они безобразны! Они расчетливы! —

Выкрикнув все это, она затихает и пробует по-другому. — Дорогой мой, — говорит она, — вы не знаете, как я хороша раздетая... Я прекрасна, поверьте мне! — И, говоря это, она приподнимает свои груди обеими руками.

Но на Филмора это не производит никакого впечатления.

— Вы просто дрянь, — говорит он холодно. — Мне наплевать на несколько сот франков, но вы ненормальная. У вас грязное лицо и зловонное дыхание. Мне наплевать, что вы княгиня... Мне не нужна ваша аристократическая русская ерунда. Вы должны пойти на панель и работать там, как другие. Вы не лучше обыкновенной французской девчонки. Вы, если на то пошло, — хуже. Я не истрачу на вас больше ни единого франка. Вам надо поехать в Америку — там найдется место для такой пиявки, как вы.

Как ни странно, княгиня не обиделась на него за эту тираду.

— Я думаю, вы просто боитесь меня, — говорит она.

— Я? Боюсь вас?!

— Вы ребенок, — говорит она. — У вас нет манер. Когда вы меня получше узнаете, вы заговорите другим тоном... Ну будьте же хорошим мальчиком. Если вы не хотите ехать со мной в «Бриктоп» — чудесно. Я буду завтра в «Рон-Пуэн» — между пятью и семью. Вы мне нравитесь.

— Я не намерен тащиться в «Рон-Пуэн» ни завтра, ни послезавтра. Я вообще не хочу больше вас видеть... Здесь сколько угодно хороших французских девок. А вы... вы можете отправляться к черту!

Княгиня смотрит на него и устало улыбается.

— Это вам только так кажется... Это все, пока вы со мной не переспали. У меня великолепное тело. Вы думаете, что француженки понимают что-нибудь в любви? О, вы еще будете сходить по мне с ума. Вы мне нравитесь. Но вы дикарь... просто мальчишка... Вы слишком много говорите...

— А вы, — кричит Филмор, — вы сумасшедшая! Я не взглянул бы на вас, даже если бы вы были единственной женщиной в мире. Идите домой и умойтесь. — С этими словами он повернулся и ушел, не заплатив по счету.

Однако спустя несколько дней княгиня появилась у нас. Эта женщина, по-видимому, действительно была настоящей княгиней. По всем признакам. Правда, у нее обнаружился триппер. Но как бы то ни было, теперь она живет у нас, и нам не скучно с нею. У Филмора — бронхит, у княгини, как я уже сказал, — триппер, а у меня — геморрой. Я только что сдал шесть пустых бутылок в русской бакалейной лавке через дорогу. Шесть бутылок, из которых я не выпил ни капли. Мне нельзя ни мяса, ни вина, ни жирной дичи, ни женщин. Только фрукты и парафиновое масло, капли с арникой и адреналиновая мазь. И во всем доме нет ни одного удобного для меня стула. Сейчас, глядя на княгиню, я сижу обложенный подушками, точно какой-нибудь паша. Паша! Это напоминает мне имя княгини — Маша. Для меня оно звучит не особенно аристократично. Напоминает «Живой труп».

Вначале я думал, что жить втроем будет очень неудобно, но я ошибся. Когда Маша переезжала, я уже собрался искать новое пристанище, но Филмор сказал, что дает ей приют только до тех пор, пока она не встанет на ноги. Я не совсем понимаю, что это значит по отношению к такой женщине, как она; насколько я могу судить, она всю жизнь стояла не на ногах, а на голове. Она считает, что это революция изгнала ее из России, но я уверен, что если бы не было революции, то было бы что-нибудь другое. Маша убеждена, что она замечательная актриса; мы никогда с ней ни о чем не спорим. Зачем? Это пустая трата времени. Филмор находит ее забавной. Уходя утром, он кладет десять франков на мою подушку и десять франков на Машину, а вечером мы все втроем обедаем в русском ресторане внизу. В этом квартале много русских, и Маша уже нашла место, где ей открыли кредит. Конечно, десять франков — ничто для княгини; она любит икру и шампанское, и ей нужно одеться, прежде чем искать работу в кино. Пока же она ничего не делает. Она толстеет.

Сегодня утром у нас был небольшой скандальчик. Умывшись, я по ошибке схватил ее полотенце. Нам не удается приучить ее вешать полотенце на свой крючок. И когда я накричал на нее, она совершенно спокойно ответила: «Дорогой мой, если бы от этого можно было потерять зрение, как вы говорите, я бы уже давно ослепла».

Потом, конечно, все эти недоразумения с уборной. Я стараюсь говорить с ней по поводу стульчака отеческим тоном. «Какая чушь! — отмахивается она. — Если вы все так боитесь заразы, я буду пользоваться уборной в кафе!» Я пытаюсь ей объяснить, что нужно просто соблюдать элементарные правила. «Чушь! — повторяет она. — Я не буду садиться. Я буду делать все стоя».

С приездом Маши в доме все идет кувырком. Прежде всего она отказалась спать с нами, ссылаясь на менструацию. Это длилось восемь дней. Мы начали подозревать, что она привирает. Но оказалось, что мы возводили на нее напраслину. Однажды, когда я пытался привести квартиру в порядок, я нашел под ее кроватью ватные тампоны, пропитанные кровью. У нее все идет под кровать: апельсиновые корки, куски ваты, пустые бутылки, ножницы, старые презервативы, книги, подушки... Она перестилает постель только перед тем, как лечь спать. Вообще Маша лежит в постели целый день, читая русские газеты. «Дорогой мой, — говорит она мне, — если бы не надо было ходить за газетами, я бы и вовсе не вылезала из постели». И это правда. Мы заросли русскими газетами. В доме — ни клочка туалетной бумаги. Кроме русских газет, нечем подтереть задницу.

Конечно, она была со странностями. Когда у нее кончилась менструация и она отдохнула и даже нарастила жирок вокруг талии, она все равно отказалась иметь с нами дело. Теперь она уверяла, что любит женщин. Для того чтобы спать с мужчинами, ей нужно специальное возбуждение. Она просила нас взять ее в вертеп, где женщины совокупляются с собаками. Или еще лучше, может быть, где-нибудь есть Леда с лебедем. Взмахи крыльев, видите ли, ужасно ее возбуждают.

Однажды мы устроили ей проверку и взяли в такое место. Но прежде чем мы успели обсудить это дело с мадам, с нами заговорил пьяный англичанин, сидящий за соседним столиком. Он уже дважды ходил наверх, но хотел попробовать еще раз. Англичанин попросил нас помочь ему столковаться с девицей, на которую он положил глаз, потому что у него оставалось всего двадцать франков, а по-французски он не знал ни слова. Девица оказалась негритянкой с острова Мартиника: здоровенная, веселая и красивая, как пантера. Чтоб убедить ее забрать последние гроши у англичанина, Филмор пообещал, что придет к ней, как только она разделается с этим клиентом. Княгиня, наблюдавшая за переговорами, тут же села на своего аристократического конька. Она обиделась. «Хорошо, — сказал Филмор. — Ты хотела возбуждения? Прекрасно. Вот сиди и смотри, как я это буду делать!» Но она вовсе не хотела смотреть на Филмора, она хотела смотреть на селезня. «Черт подери! — возмутился Филмор. — Я не хуже селезня. И даже лучше!» Так, слово за слово, началась ссора. Чтобы успокоить Машу, пришлось позвать одну из девиц и оставить их вдвоем щекотать друг друга... Когда Филмор с негритянкой вернулись, глаза его горели. По тому, как он смотрел на нее, я понял, что за восхитительный спектакль она ему устроила, и у меня пересохло в горле. Филмор взглянул на меня и, вытащив сто франков, положил передо мной. Он понимал, чего мне это стоило — сидеть здесь целую ночь в качестве зрителя. «Послушай, — сказал он, — я думаю, тебе это нужнее, чем нам. Вот деньги, выбери себе кого-нибудь». Почему-то это произвело на меня большее впечатление, чем все, что он сделал для меня раньше — а сделал он немало. Я взял деньги, оценив благородный порыв Филмора, и попросил негритянку приготовиться. Княгиня разобиделась окончательно. Неужели я считаю, что эта негритянка — единственная женщина, которая может привести мужчину в возбуждение? Я сказал, что да, единственная. Так оно и было. Негритянка царила в этом гареме. Стоило только посмотреть на нее, чтобы у вас немедленно возникла эрекция. Ее глаза как будто плавали в сперме. Она точно пьянела от всех мужчин, что бывали у нее наверху. Мне казалось, что она уже не может ходить прямо. Идя за ней по узкой винтовой лестнице, я не мог побороть желания просунуть руку между ее ногами. Так мы и шли — иногда она оглядывалась и смотрела на меня с улыбкой или покручивала задом, когда становилось очень щекотно.

В общем, мы отлично провели время. Все были счастливы. Даже Маша пришла в хорошее настроение. И на следующий вечер, после того как она получила очередную порцию шампанского и икры и рассказала нам новую главу из истории своей жизни, Филмор принялся за нее всерьез. Она перестала сопротивляться. Она легла на кровать, раздвинула ноги и позволила ему делать все, что он хотел. Но когда он был уже совершенно готов ее употребить, она спокойно заявила, что у нее триппер. Филмор скатился с нее кувырком. Я слышал, как он возился в кухне, доставая свое специальное черное дегтярное мыло. Через десять минут он уже стоял возле меня с полотенцем в руках. «Можешь себе представить? Эта сволочная княгиня — трипперная!» Филмор, по-видимому, испугался не на шутку. Между тем княгиня, грызя яблоко, попросила принести ей русские газеты. Очевидно, для нее все это было шуткой. «Подумаешь, триппер... есть вещи и посерьезнее», — крикнула она с кровати в открытую дверь. Спустя несколько минут и Филмор стал относиться к происходящему с юмором. Он откупорил новую бутылку анжуйского, налил стакан и залпом выпил. Был только час ночи, и мы еще некоторое время сидели и болтали. Филмор заявил, что все-таки его взаимоотношения с Машей на этом не закончатся. Конечно, надо быть осторожным... в Гавре у него открылся залеченный триппер. Он уже не помнил, как это случилось. Иногда в сильном подпитии он забывал сразу же помыться. Ничего серьезного, но все же чревато осложнениями. Он не хотел, чтобы ему массировали предстательную железу, да и вообще мысль снова попасть в лапы врачей ему не улыбалась. Заболел он еще в университете. Неизвестно, подхватил ли он триппер от своей девушки или, наоборот, сам ее заразил. В студенческой среде были такие нравы, что разобраться в этом оказалось попросту невозможно. Студентки частенько ходили брюхатые. По большей части от неопытности. Даже профессора и те были неопытны. Поговаривали, что один из них себя кастрировал.

Так или иначе, на следующий день Филмор решил рискнуть и купил для этого случая презерватив. Большого риска, вообще говоря, не было, если, конечно, презерватив не порвется. Но Филмор купил специальный — длинный, из рыбьей кожи. По его словам, они самые прочные. Но и тут его постигла неудача. У Маши оказалось крошечное влагалище. «Господи, — удивлялся Филмор, — со мной вроде бы все нормально. Ты что-нибудь понимаешь? Кто-то ведь должен был проникнуть туда — иначе как она могла заразиться? Наверное, у него был член как у цыпленка».

После этого Филмор оставил Машу в покое. Они лежали в постели вместе, точно брат с сестрой, и видели кровосмесительные сны. Маша отнеслась к этому философски. «В России мужчины часто спят с женщинами, не трогая их... Они могут лежать так вместе неделями, даже ни о чем не думая... Пока однажды он не дотронется до нее... И тогда — раз, и еще раз, и еще много-много раз!»

Теперь все наши усилия сосредоточены на том, чтобы привести Машу в порядок. Филмор считает, что, когда она вылечится, ее влагалище расширится. Странная идея. Он купил ей спринцовку, перманганат, специальный шприц и все прочее, что ему рекомендовал маленький венгерский жулик, специализирующийся на абортах. По словам Филмора, его босс попал как-то в историю с шестнадцатилетней девчушкой — она-то и познакомила его с венгром, а потом, когда босс подцепил великолепный шанкр, его опять лечил этот венгр. В Париже знакомства и дружба завязываются чаще всего на почве секса и венерических болезней. В общем, Маша сейчас лечится под нашим строжайшим надзором. Как-то вечером она привела нас в полную растерянность. Она засунула в себя суппозиторий и потеряла конец шнурка, прикрепленного к нему. «Боже мой! — кричала она. — Где же шнурок? Боже мой! Я не могу его найти!»

— Ты смотрела под кроватью? — ядовито спросил Филмор.

Наконец она нашла шнурок и успокоилась. Но только на несколько минут. Следующее ее заявление было: «Боже мой, опять кровь! Только что кончились месячные — и пожалуйста! Это все от вашего дешевого шампанского! Боже мой, вы хотите, чтобы я изошла кровью?» С этими словами она появляется в кимоно и с полотенцем, зажатым между ног, стараясь выглядеть аристократично, как всегда. «У меня всю жизнь так, — говорит она. — Это неврастения. Бегаю целыми днями и напиваюсь вечером. Когда я приехала в Париж, я была девушкой. Я прочла только Вийона и Бодлера. Но у меня было триста тысяч швейцарских франков в банке, и я сходила с ума по удовольствиям, потому что в России меня держали очень строго. Я была еще прекрасней, чем сейчас, и мужчины падали к моим ногам... — При этом она массирует свою округлившуюся талию. — Когда я приехала сюда, у меня не было живота... это все от того яда, который здесь пьют... эти ужасные аперитивы, которые хлещут французы... Тогда-то я и встретила моего режиссера, и он хотел, чтобы я играла в его фильме. Он говорил, что я самое очаровательное существо в мире, и умолял меня спать с ним каждую ночь. Я была глупенькой, невинной девушкой и позволила ему изнасиловать меня. Мне хотелось быть актрисой, и я не знала, что он болен... Это он наградил меня триппером... и сейчас я хочу вернуть ему этот подарок. Это его вина, что я чуть не покончила с собой... Чего вы смеетесь? Вы не верите, что я кончала самоубийством? Я могу показать вам газеты... мой портрет был во всех газетах. Когда-нибудь я покажу вам русские газеты... они замечательно все это описали... Но сейчас, мой дорогой, мне прежде всего нужны новые платья. Не могу же я соблазнять своего режиссера в этих обносках. И потом, я еще должна портнихе двенадцать тысяч...»

Тут Маша начинает длинный рассказ о наследстве, которое она хочет прибрать к рукам. У нее есть молодой адвокат-француз, по ее словам, довольно застенчивый человек, который ведет это дело. Время от времени он подкидывает ей сотню-другую франков в счет будущего наследства. «Он очень скуп, как все французы, — говорит Маша. — А я была так хороша, когда пришла к нему, что он не мог оторвать от меня глаз. Он все время просил, чтобы я дала ему... Мне до того надоело, что однажды вечером я согласилась — просто чтобы он успокоился, а я и дальше изредка получала бы свои сто франков. — Она умолкает, потом начинает истерически хохотать. — Дорогой мой, — продолжает она, — то, что случилось, было безумно смешно! Однажды он звонит мне и говорит: „Мы должны немедленно увидеться... это чрезвычайно важно!" Я прихожу к нему, и он показывает мне медицинскую справку, что у него гонорея! Я рассмеялась прямо ему в лицо. Ну откуда же мне было знать, что у меня еще не прошел триппер? „Вы хотели, мсье, меня вы..ать, а вы..ла вас я!" После этого он замолчал. Так всегда бывает в жизни... ничего не ожидаешь, и вдруг — трах! О Господи, он такой идиот, что опять в меня влюбился и стал умолять хорошо себя вести, не болтаться больше по Монпарнасу, не пить и не б...ствовать... Говорил, что без ума от меня. Хотел жениться, но семья подняла дикий скандал и заставила его уехать в Индокитай...»

Закончив рассказ об адвокате, Маша совершенно спокойно переходит к рассказу о приключении с лесбиянкой. «Это было так смешно, мой дорогой, — как она подобрала меня однажды ночью в кафе „Фетиш". Я, как всегда, была абсолютно пьяна. Она стала таскать меня по разным кафе и щупать под столом. В конце концов я не выдержала, и когда она привезла меня к себе, я ей позволила за двести франков. Она хотела, чтобы я переехала к ней, но мне вовсе не улыбалось спать с ней каждую ночь... это очень ослабляет женщину. Кроме того, сказать по правде, я не люблю сейчас лесбиянок так, как любила их раньше. Я скорее уж буду спать с мужчиной, хотя мне и больно. Когда я очень возбуждена, я не могу сдерживаться, мне нужно три, четыре, пять раз подряд! Но потом у меня начинает идти кровь, а это очень вредно для здоровья — у меня же предрасположение к малокровию. Вот почему я вынуждена позволять лесбиянкам иногда сосать меня...»

13

Когда наступили настоящие холода, княгиня исчезла. Ей было недостаточно маленькой печурки в гостиной; спальня была как ледник, и кухня не теплее. Только возле самой печки было тепло. Поэтому Маша нашла себе скульптора, который, по его словам, был скопцом. Она рассказала нам об этом перед своим отъездом. Через несколько дней Маша, правда, попыталась вернуться к нам, но на сей раз Филмор был как гранит. Она жаловалась, что скульптор своими поцелуями не дает ей спать по ночам. Кроме того, у него нет горячей воды для подмывания. Но в конце концов она решила, что все-таки, может быть, ей лучше и не переезжать к нам обратно. «По крайней мере там хоть нет этого подсвечника, — сказала она, имея в виду Филмора. — Всегда этот подсвечник... он действовал мне на нервы. Ах, почему вы не педерасты, я б тогда осталась с вами...»

С отъездом княгини наши вечера стали другими. Часто мы сидели перед огнем, потягивая горячий грог и вспоминая Америку. Мы говорили о ней так, как будто совсем не собирались туда возвращаться. У Филмора была большая карта Нью-Йорка, и он прибил ее к стене; мы часами сидели перед ней, обсуждая и сравнивая достоинства Парижа и Нью-Йорка. И всегда с нами был Уитмен — самый значительный поэт, которого создала Америка за время своего короткого существования. У Уитмена вся Америка, весь ее быт живут. Живет ее прошлое и ее будущее, ее рождение и ее смерть. Все, что есть в Америке стоящего, Уитмен сумел уловить и передать в своих стихах, и добавить к этому нечего. Будущее принадлежит машинам и роботам. Уитмен был поэтом Тела и поэтом Души. Первым и последним поэтом. Сегодня его уже почти невозможно расшифровать, он как памятник, испещренный иероглифами, ключ к которым утерян. Здесь даже странно упоминать его имя. Ни в одном из европейских языков нет слов, чтобы передать американский дух, который Уитмен сделал бессмертным. Европа битком набита искусством, в ее земле схоронено множество великих мертвецов, и ее музеи ломятся от краденых сокровищ. Но никогда она не знала ЧЕЛОВЕКА, чей дух был бы свободен и здоров. Из европейских поэтов ближе всех стоит к Уитмену Гёте, но и он рядом с ним просто напыщенное ничтожество. Гёте был уважаемым человеком, скучным педантом, всемирным духом, но на всем, что он делал, неизменно стояла немецкая проба, двуглавый орел. Спокойствие Гёте, его олимпийство — это всего лишь сонливость немецкого буржуазного божка. Гёте — это конец, Уитмен — начало.

После таких разговоров я выходил иногда на прогулку, надев фуфайку, весеннее пальто Филмора, а поверх него набросив накидку. Выходил в этот грязный влажный холод, от которого нет защиты, кроме силы духа. Говорят, что Америка — страна крайностей, и это правда; температура там часто падает ниже, чем в Европе, но парижский холод неведом Америке, потому что это психологический холод. Подобно тому как люди оградили свою частную жизнь от постороннего глаза высокими стенами, замками, ставнями, рычащими, озлобленными, грубыми и нечесаными консьержками, они научились защищаться и от холода и жары, от сурового климата. Смыслом человеческой жизни стало самосохранение. Самосохранение и безопасность, чтобы можно было разлагаться со всеми удобствами. В сырую зимнюю ночь широту Парижа нетрудно определить и без карты. Это северный город, форпост, построенный на болотах, где гниют тысячи костей и черепов. Здесь нет тепла, лишь его холодная электрическая имитация вдоль бульваров. *Все прекрасно!* — это ультрафиолетовое изречение делает посетителей кафе «Дюпон» похожими на гангренозные трупы. *Все прекрасно* — этим кормят нищих и бродяг, бредущих под изморосью фиолетовых лучей. Раз есть свет, значит, должно быть хоть немного тепла. Даже один взгляд в окна, где эти жирные животные пьют свой горячий грог и дымящийся черный кофе, согревает их. Там, где свет, — там и толпа, люди, толкающие друг друга и выделяющие сквозь свое грязное белье и смрадное дыхание немного животного тепла. Может быть, десяток-другой кварталов и создадут впечатление царящего здесь веселья, но потом улицы опять тонут в темной ночи, мрачной, вонючей, беспросветной ночи, напоминающей застывший жир на краях суповой миски. Квартал за кварталом идут темные дома с наглухо закрытыми ставнями и с дверями на крепких запорах. Миля за милей тянутся эти каменные тюрьмы, и нет в них ни малейшего признака тепла; тепло и уютно там лишь собакам и кошкам вместе с канарейками. Да еще тараканы и клопы тоже в тепле и безопасности. Но помните, *все прекрасно!* Не важно, если у вас ни гроша в кармане, вы ведь можете подобрать старые газеты и устроить себе постель на паперти собора. Двери плотно закрыты, и вас не будет беспокоить сквозняк. Еще лучше спать у входа в метро — тут вы найдете компанию. Посмотрите на этих мужчин и женщин в дождливую ночь, они лежат там, сгрудившись, накрывшись газетами, в надежде защититься от плевков и паразитов. Посмотрите на них под мостами и базарными навесами. Как они грязны рядом с чистыми, яркими овощами, сложенными точно горки драгоценных камней. Даже туши лошадей, коров и овец, свисающие с сальных крюков, более привлекательны. Завтра их съедят, и даже внутренности пойдут в дело. А эти вонючие нищие, лежащие под дождем, — кому они нужны? Какой в них прок? Они способны заставить ваше сердце кровоточить несколько минут — и это все.

Пустяки. Это просто мысли, которые лезут в голову от ночного хождения под дождем после двух тысячелетий христианства. Птицам по крайней мере здесь хорошо, да и собакам с кошками тоже неплохо. Каждый раз, проходя мимо окна консьержки, я ловлю на себе ее тяжелый, остекленевший взгляд, и у меня появляется безумное желание передушить всех птиц в мире. Ведь той капли любви, что есть на дне каждого ледяного сердца, хватает только на птиц.

И все-таки я не могу забыть о противоречии между идеями и реальностью. Это противоречие живуче, и его не изжить никакими стараниями. Идеи должны побуждать к действию, но если в них нет жизненной энергии, нет сексуального заряда, то не может быть и действия. Идеи не могут существовать только в безвоздушном пространстве мысли. Они должны быть вплетены в реальность, не важно какую — почечную, печеночную, кишечную и т. д. Ради идеи как таковой Коперник не разрушил бы существующий макрокосм, а Колумб пошел бы ко дну в Саргассовом море. Эстетика идеи выращивает лишь комнатные цветы, а комнатным цветам место на подоконниках. Но если нет ни дождя, ни солнца, какой смысл выставлять цветы за окно?

Филмор теперь помешан на золоте. «Золотой миф», как он это называет. Мне нравится «миф» и нравится идея золота, но само золото меня не волнует; по-моему, комнатные цветы нам ни к чему — даже в золотых горшках. Он рассказывает, что французы складывают свое золото в специальных водонепроницаемых склепах, построенных глубоко под землей, и в этих подземных пещерах и коридорах бегает маленький паровозик. Вот это мне чрезвычайно нравится. Глубокая, мертвая тишина, в которой спокойно спит золото при температуре семнадцать с четвертью градусов по Цельсию. Он говорит, что целая армия за сорок шесть дней и тридцать семь часов не смогла бы подсчитать всего золота, которое похоронено под Французским банком, но есть еще и резерв, состоящий из золотых коронок, браслетов и обручальных колец. В этих склепах также хранится провиант, которого должно хватить на восемьдесят дней. Весь золотой запас зарыт под озером, чтобы предохранить его от сотрясений при взрывах. Золото, по словам Филмора, становится все более невидимым, настоящим мифом, без всяких метафор. Отлично! Я думаю, что стало бы с миром, если бы мы отошли от золотого стандарта в мыслях, в одежде, в морали и т. д. Я думаю о золотом стандарте любви!

Моя идея сотрудничества с самим собой сводится к желанию отойти от золотого стандарта литературы. Вкратце моя мысль такова: показать воскресение эмоций, описать поведение человеческого существа в стратосфере идей — иными словами, в лапах безумия. Изобразить досократовское существо — полукозла, полутитана. Иначе говоря, построить мир на фундаменте «омфала», то есть пупка, а не на абстрактной идее, распятой на кресте. Тут и там можно еще обнаружить заброшенные статуи, нетронутые оазисы, не замеченные Сервантесом мельницы, реки, текущие в гору, женщин с пятью или шестью грудями, расположенными ярусами по всему телу. (В письме Стриндберга к Гогену есть такие слова: «Я видел деревья, которых не нашел еще ни один ботаник; животных, о существовании которых Кювье даже не подозревал; и людей, создать которых могли только вы».)

Когда Рембрандт делал последний удар кистью, для него переставала существовать разница между золотом, сушеной солониной и складной койкой. Золото — это ночное слово, отвлеченная мысль; в нем — мечта, миф. Мы возвращаемся к алхимии, этой жульнической александрийской науке, которая создала наши уродливые символы. Настоящая мудрость закапывается в землю скрягами учености. Наступит день, когда они поднимутся в средние слои атмосферы с магнитами; чтобы найти кусочек руды, придется подниматься на десять тысяч футов со специальными приборами — по возможности в холодных широтах — и устанавливать телепатическую связь с недрами земли и с тенями умерших. Больше не будет клондайков. Больше не будет золотых лихорадок. Придется научиться петь и слегка паясничать, разбираться в знаках зодиака и расшифровывать письмена своих внутренностей. Все золото, которое спрятано в карманах земли, придется добывать снова; весь этот символизм придется заново вытягивать из кишок человечества. Но сначала надо будет усовершенствовать приборы. Надо будет построить самолеты получше теперешних, чтобы различать, *откуда* идет звук, и не сходить с ума каждый раз, когда у вас под задницей раздается взрыв. А потом приспособиться к холоду стратосферы, стать холоднокровной рыбой воздуха. Без благоговения. Без набожности. Без тоски. Без сожаления. Без истерики. Но главное, как сказал Филипп Датц, — БЕЗ СОМНЕНИЙ!

Все эти солнечные мысли навеяны парами вермута, который я пью на площади Трините. Сейчас послеобеденный час субботы, и у меня в руках «неудачная» книга. Все плывет передо мной в божественном розовом мареве. Вермут оставляет во рту терпкий вкус сушеных трав, осадок нашей Великой Западной Цивилизации, которая разлагается на глазах, как ногти на ногах святого. Проходят женщины — целые полки женщин, — и каждая вертит задом у меня перед носом. Под бой курантов автобусы въезжают на тротуар и чмокают друг друга. Гарсон вытирает стол грязной тряпкой, хозяин сладострастно щекочет клавиатуру кассы. На моем лице — отсутствие выражения, заостренное в своей беспредметности. На колокольне через улицу горбун бьет в колокол золотым молотом, и голуби наполняют воздух тревожными криками. Я открываю книгу — книгу, которую Ницше назвал «лучшей немецкой книгой», и читаю:

«*Люди станут умнее и тоньше; но не лучше, чем они сейчас, не счастливее и не решительнее. Я предвижу время, когда Бог перестанет радоваться своему творению, и тогда Он разрушит все, чтобы создать нечто новое. Я убежден, что это решено и что время для этого избрано. Но пройдут еще тысячи лет, прежде чем это случится, и мы сможем еще долго развлекаться на этой старой, но милой поверхности*».

Великолепно! Слава Богу, сто лет назад нашелся человек, оказавшийся достаточно проницательным, чтобы понять, что наш мир валится с ног от усталости. Наш западный мир! Глядя на мужчин и женщин, механически двигающихся за стенами своих домов-тюрем, мужчин и женщин, оказавшихся на несколько часов в безопасности своих убежищ, я удрученно думаю о тех потенциальных возможностях, которые все еще скрыты в их вялых телах. За серыми стенами теплятся искры человеческого разума, но никогда не возгорится из них пламя. Отчего? Настоящие ли это мужчины и женщины, спрашиваю я себя, или марионетки, или даже не марионетки, а только тени марионеток, болтающихся на невидимых ниточках? Они свободно двигаются и могут идти куда захотят, но им некуда идти. Только в одной стихии они ничем не скованы, но они не знают ее, потому что не умеют летать. Человечество еще не знало мечты, способной летать. Еще не родился человек, столь легкий и *бесшабашный*, чтобы оторваться от земли! А орлы, которые пытались взмахнуть крыльями, жестоко разбились о землю. От ударов и шуршания их крыльев у нас осталось лишь головокружение. Оставайтесь на земле, птицы будущего! Небеса уже исследованы, и они пусты. Под землей — тоже пустота, лишь кости и тени. Оставайтесь на земле и парите еще тысячи лет!

Сейчас три часа ночи. С нами две шлюшонки, которые делают сальто-мортале на полу. Филмор, совершенно голый, ходит вокруг них со стаканом в руке. Его животик туг, как барабан, и тверд, как свищ. Все перно и шампанское, коньяк и анжуйское, которые он хлестал с трех часов дня, булькают в его брюхе, точно в канализационной трубе. Девочки прикладывают ушки к его животу, точно это музыкальная шкатулка. Открой ему рот сапожным рожком и брось жетон в эту щель, чтобы шкатулка заиграла. Когда начинается бульканье в этой выгребной яме, я слышу, как летучие мыши срываются с колокольни и мечта сползает в яму хитрости.

Девочки уже раздеты, и мы с Филмором изучаем пол, чтобы они не занозили свои жопки. На них все еще туфли на высоких каблуках. Но их задницы! Изношенные, выскобленные, начищенные наждачной бумагой, гладкие, твердые, блестящие, точно бильярдный шар или череп прокаженного! На стене висит портрет Моны — она смотрит на северо-восток, где зелеными чернилами написано «Краков». Слева от нее — Дордонь, обведенная красным карандашом. Внезапно я вижу перед собой темную волосатую расселину в блестящей отполированной поверхности бильярдного шара: ноги зажали мою шею борцовскими «ножницами». Один взгляд на эту темную незашитую рану — и голова моя раскалывается от образов и воспоминаний, которые мною же самим были трудолюбиво или рассеянно собраны, зарегистрированы, записаны и разложены по папкам с ярлычками: все они выползают сейчас, как муравьи из расселины в тротуаре; земля перестает вращаться, время останавливается, причинная зависимость распадается, кишки вываливаются наружу с какой-то дикой стремительностью, и их неожиданное выпадение оставляет меня лицом к лицу с Абсолютом. Я снова вижу расплывшихся матерей Пикассо с грудями, покрытыми пауками, и легендами, глубоко запрятанными в лабиринте. И Молли Блум, лежащую на грязном матрасе в бесконечности, и х.., нарисованные красным мелом на двери уборной, и рыдающую Мадонну. Я слышу дикий истерический смех, вижу заплеванную комнату — и тело, которое было черным, вдруг мерцает фосфорическим блеском. Дикий, дикий, неудержимый смех — и эта расселина тоже начинает смеяться мне в лицо, она смеется сквозь пушистые бакенбарды, и смех морщит складками блестящую поверхность бильярдного шара. Великая блудница и матерь человеческая с джином в крови. Я смотрю в этот кратер, в этот потерянный и бесследно исчезнувший мир, и слышу звон колоколов... две монашки у дворца Станислав, запах прогорклого масла из-под их одежды; манифест, который не был опубликован, потому что шел дождь; война, послужившая развитию пластической хирургии; принц Уэльский, летающий по всему миру, чтобы украшать могилы неизвестных героев. Каждая летучая мышь, срывающаяся с колокольни, —

это погибшее начинание, каждый торжествующий крик — это стон, идущий из окопов обреченных. Из этой темной незашитой раны, этой выгребной ямы, этой колыбели наводненных черными толпами городов, где музыка мысли тонет в застывающем сале жизни, из задушенных утопий вдруг появляется паяц, в котором соединились красота и безобразие, свет и хаос. Когда он смотрит вниз и вбок — это сам Сатана, а когда поднимает глаза к небу, то видит масляного ангела, улитку с крылышками. Когда я смотрю вниз в эту расселину, я вижу в ней знак равенства, мир в состоянии равновесия, мир, сведенный к нулю без остатка. Не нуль, на который ван Норден направлял свой электрический фонарик, не пустоту, разочаровывающую возбужденного мужчину. Просто арабский нуль, значок, из которого вырастают бесчисленные математические миры, точка опоры, где уравновешиваются звезды и мимолетные мечты, машины легче воздуха, невесомые протезы и взрывчатые вещества, делающие эти протезы необходимыми. Я хотел бы окунуться в эту расселину до глаз и чтобы эти милые, безумные металлургические глаза бешено мигали там. И тогда я снова услышу слова Достоевского, услышу, как они текут со страницы на страницу с его мельчайшими наблюдениями и глубочайшими прозрениями, со всем его страданием, то окрашенные легким юмором, то похожие на могучие звуки органа, — пока, наконец, не разорвется сердце, и тогда не останется ничего, кроме жгучего света, несущего в себе оплодотворяющую пыльцу звезд. В этом — вся история искусства, корни которого — в бойне.

Когда я смотрю вниз, в эту раздолбанную щель б..ди, я чувствую под собой весь мир, гибнущий, истасканный мир, отполированный, как череп прокаженного. Если бы кто-то посмел сказать все, что он думает об этом мире, для него не осталось бы здесь места. Когда в мир является Человек, мир наваливается на него и ломает ему хребет. Он не может жить среди этих все еще стоящих, но подгнивших колонн, среди этих разлагающихся людей. Наш мир — это ложь на фундаменте из огромного зыбучего страха. Если и рождается раз в столетие человек с жадным, ненасытным взором, человек, готовый перевернуть мир, чтобы создать новую расу людей, то любовь, которую он несет в мир, превращают в желчь, а его самого — в бич человечества. Если является на свет книга, подобная взрыву, книга, способная жечь и ранить вам душу, знайте, что она написана человеком с еще не переломанным хребтом, человеком, у которого есть только один способ защиты от этого мира — слово; и это слово всегда сильнее всеподавляющей лжи мира, сильнее, чем все орудия пыток, изобретенные трусами для того, чтобы подавить чудо человеческой личности. Если бы нашелся кто-нибудь, способный передать все, что у него на сердце, высказать все, что он пережил, выложить всю правду, мир разлетелся бы на куски, рассыпался бы в прах — и ни Бог, ни случай, ни воля не смогли бы собрать все эти кусочки, атомы, кванты, из которых он состоит.

С тех пор как в мир явился последний человек с горячей душой, последний человек, знавший, что такое подлинный экстаз, прошло четыре столетия, и все эти четыре столетия мы видели постоянную и неуклонную деградацию человека — в искусстве, в мысли, в поступках. Наш мир устал, в его пороховницах нет больше пороха. Разве может человек, чей взгляд жаден и ненасытен, смотреть с уважением на нынешние правительства, на законы, на кодексы, на принципы, на идеалы, на наши тотемы и табу? Если бы кто-то приподнял завесу над загадкой того, что сегодня называют «щель» или «дыра», если б кто-то объяснил хотя бы частично ту тайну, которая окружает явление, именуемое «непристойным», мир перестал бы существовать. Этот непристойный страх, сухой, раздолбанный взгляд на вещи и придает нашей сумасшедшей цивилизации форму кратера. Этот кратер и есть та великая зияющая пропасть небытия, которую титаны духа и матери человечества носят между ногами. Человек, чей дух жаден и ненасытен, человек, заставляющий визжать всех этих подопытных кроликов, знает, что ему делать с энергией, таящейся в половом влечении; он знает, что под панцирем безразличия всегда можно найти безобразную глубокую незаживающую рану. И он знает, как вонзиться в нее, как уязвить самые сокровенные ее глубины. Ему не нужны резиновые перчатки. Он знает, что все, подвластное интеллекту, — лишь оболочка, и потому, отбросив ее, он идет прямо к этой открытой ране, к этому гниющему непристойному страху. И даже если от этого совокупления родится только кровь и гной, все равно в нем есть живое дыхание жизни. Сухой, раздолбанный кратер, может быть, и непристоен. Но бездействие еще непристойнее. Паралич — богохульство более страшное, чем самое ужасное ругательство. И если в мире ничего не останется, кроме этой открытой раны, мир будет жить, потому что она не бесплодна, хотя и родит только жаб, мышей и ублюдков.

В секунде оргазма сосредоточен весь мир. Наша земля — это не сухое, здоровое и удобное плоскогорье, а огромная самка с бархатным телом, которая дышит, дрожит и страдает под бушующим океаном. Голая и похотливая, она кружится среди облаков в фиолетовом мерцании звезд. И вся она — от своих огромных грудей до мощных ляжек — горит вечным огнем. Она несется сквозь годы и столетия, и конвульсии сотрясают ее тело, пароксизм неистовства сметает паутину с неба, а ее возвращение на основную орбиту сопровождается вулканическими толчками. Иногда она затихает и похожа тогда на оленя, попавшего в западню и лежащего там с бьющимся сердцем и округлившимися от ужаса глазами, на оленя, боящегося услышать рог охотника и лай собак. Любовь, ненависть, отчаяние, жалость, негодование, отвращение — что все это значит по сравнению с совокуплением планет? Что значат войны, болезни, ужасы, жестокости, когда ночь приносит с собой экстаз бесчисленных пылающих солнц? И что же тогда наши сновидения, как не воспоминания о кружащейся туманности или россыпи звезд?

Иногда Мона, впадая в восторженность, говорила мне: «Ты большой человек». И хотя она ушла, бросила меня погибать здесь, хотя она оставила меня на краю завывающей пропасти, ее слова все еще звучат в моей душе и освещают тьму подо мной. Я потерялся в толпе, шипящие огни одурманили меня, я нуль, который видел, как все вокруг обратилось в издевку. Мимо меня проходили мужчины и женщины, пахнущие горящей серой, швейцары в ливреях из кальция открывали челюсти ада, слава, изжеванная зубастыми ртами машин, ковыляла на костылях, а небоскребы придавливали ее к земле. Я шел меж высоких зданий к прохладе реки и видел огни, вырывающиеся между ребрами скелетов, точно ракеты. Если я действительно большой человек, как говорила Мона, почему вокруг меня столько рабского идиотизма? Я был человеком с телом и душой, и у меня было сердце, не защищенное сталью. В минуты экстаза я пел, и мое пение высекало искры. Я пел об экваторе, о ее ногах, покрытых красными перьями, и об островах, скрывающихся за горизонтом. Но меня никто не слушал. Пушечный выстрел через Тихий океан бесполезен, потому что земля круглая и голуби летают вверх ногами. Мона смотрела на меня через стол подернутыми грустью глазами; тоска, которая росла в ней, расплющивала нос о ее спину; костный мозг, размытый жалостью, превратился в жидкость. Она была легка, как труп, плавающий в Мертвом море. Ее пальцы кровоточили горем и кровь обращалась в слюну. С мокрым рассветом пришел колокольный звон, и колокола прыгали по кончикам моих нервов, и их языки били в мое сердце со злобным железным гулом. Этот колокольный звон был странен, но еще страннее было разрывающееся тело, эта женщина, превратившаяся в ночь, и ее червивые слова, проевшие матрас. Я продвигался по экватору, я слышал безобразный хохот гиен с зелеными челюстями, я видел шакала с шелковым хвостом, ягуара и пятнистого леопарда, забытых в саду Эдема. Потом ее тоска расширилась, точно нос приближающегося броненосца, и когда он стал тонуть, вода залила мне уши. Я слышал, как почти бесшумно повернулись орудийные башни и извергли свою слюнявую блевотину; небо прогнулось, и звезды потухли. Я видел черный кровоточащий океан и тоскующие звезды, разрешающиеся вспухающими кусками мяса, и птицы метались в вышине, а с неба свешивались весы со ступкой и пестиком и фигура правосудия с завязанными глазами. Все, что здесь описано, движется на воображаемых ногах по мертвым сферам; все, что увидено пустыми глазницами, буйно расцветает, как весенние травы. Потом из пустоты возникает знак бесконечности; под уходящими вверх спиралями медленно тонет зияющее отверстие. Земля и вода соединяют цифры в поэму, написанную плотью, и эта поэма крепче стали и гранита. Сквозь бесконечную ночь земля несется к неизвестным мирам.

Сегодня утром я пробудился после глубокого сна с радостным проклятием на устах, с абракадаброй на языке, повторяя, как молитву: Fay ce que vouldras!.. Fay ce que vouldras![1] Делай что хочешь, но пусть сделанное приносит радость. Делай что хочешь, но пусть сделанное вызывает экстаз. Когда я повторяю эти слова, в голову мне лезут тысячи образов — веселые, ужасные, сводящие с ума: волк и козел, паук, краб, сифилис с распростертыми крыльями и матка с дверцей на шарнирах, всегда открытая и готовая поглотить все, как могила. Похоть, преступление, святость, жизнь тех, кого я люблю, их ошибки, слова, которые они говорили, слова, которые они не договорили, добро, которое они принесли, и зло, горе, несогласие, озлобленность и споры, которые они породили. Но главное — это экстаз!

Кое-что в жизни моих старых идолов вызывает у меня слезы: их долгое молчание, их безалаберность,

---

[1] Делай что хочешь! *(старофр.)*

их неистовство и эта ненависть, которую они пробудили. Когда я думаю об уродстве, претенциозности и скуке их произведений, о чудовищности их стиля, о хаосе и путанице, в которых им пришлось барахтаться, о сетях, которыми они себя опутали, я впадаю в экзальтацию. Все они вязли порой в собственном дерьме. Все, кто никогда не останавливался в своем стремлении к совершенству. Эта истина вызывает во мне желание воскликнуть: «Покажите мне человека, который не останавливается в своем стремлении к совершенству, и я скажу, что вы показываете мне великого человека!» Вы показываете мне мой идеал. В поисках совершенства — следы борьбы; собственно, это и есть борьба, это та питательная среда, в которой только и может существовать мятежный дух. Покажите мне человека, уже умеющего в совершенстве выражать свои мысли, и я скажу, что это тоже великий человек, но он мне неинтересен — мне не хватает в нем косноязычия возбуждения. Когда я думаю, что задача художника — сломать существующую иерархию ценностей, по-своему упорядочить окружающий хаос, посеять брожение и раздоры, чтобы через эмоциональное освобождение воскресить мертвых, — вот тогда я радостно бегу к великим и несовершенным; их путаница — это моя земля под ногами, их заикание — это моя божественная музыка. Когда я вижу их великолепные пухлые рукописи, появляющиеся после долгого молчания, я вижу их победу над всеми дрязгами жизни, вижу, что трусы, лжецы, воры, клеветники не оставили в их жизни следов. Я вижу в раздувшихся мускулах их лирических глоток то чудовищное усилие, которое необходимо, чтобы повернуть остановившееся колесо творчества.

Я вижу, что мелочи каждодневных забот, злобное мельтешение слабых и бездарных — это символ парализованной жизненной силы, что тот, кто хочет создать свой порядок вещей, кто хочет заставить человеческую мысль работать, — тот должен снова и снова проходить через костер и виселицу. Я вижу, что благородные жесты всегда отбрасывают нелепую тень, я вижу, что тот, кто велик, не только велик, но и комичен.

Когда-то мне казалось, что самая высокая цель, которую можно перед собой поставить, — это быть человечным, но сейчас я вижу, что, поддайся я этой идее, она погубила бы меня. Сегодня я горд тем, что я *вне человечества*, не связан с людьми и правительствами, что у меня нет ничего общего с их верованиями или принципами. Я не хочу скрипеть вместе с человечеством. Я — часть земли! Я говорю это, лежа на подушке, и чувствую, как у меня начинают расти рога. Я вижу всех своих полубезумных предков, танцующих вокруг моей постели, утешающих меня, подбадривающих или бичующих своими змеиными языками, издевающихся надо мной, смотрящих на меня плотоядно своими пустыми глазницами. *Я — вне человечества!* Я говорю это, и мой рот кривится в идиотской усмешке, но я буду это повторять, даже если с неба вдруг пойдет дождь из крокодилов. За моими словами — все эти издевательски оскалившиеся черепа; одни из них скалятся так уже много лет, другие застыли, словно их челюсти свело в судороге, третьи обезобразила гримаса, некое подобие улыбки, возникшей в предвкушении последствий происходящего. Яснее всего я вижу свой собственный череп, свой танцующий скелет, подгоняемый ветром; мой язык сгнил, и вместо него изо рта выползают змеи и торчат страницы рукописи, написанные в экстазе, а теперь измаранные испражнениями. И я — часть этой гнили, этих испражнений, этого безумия, этого экстаза, которые пронизывают огромные подземные склепы плоти. Вся эта непрошеная, ненужная пьяная блевотина будет протекать через мозги тех, кто появится в бездонном сосуде, заключающем в себе историю рода человеческого. Но среди народов земли живет особая раса, она вне человечества — это раса художников. Движимые неведомыми побуждениями, они берут безжизненную массу человечества и, согревая ее своим жаром и волнением, претворяют сырое тесто в хлеб, а хлеб в вино, а вино в песнь — в захватывающую песнь, сотворенную ими из мертвого компоста и инертного шлака. Я вижу, как эта особая раса громит Вселенную, переворачивает все вверх тормашками, ступает по слезам и крови, и ее руки простерты в пустое пространство — к Богу, до которого нельзя дотянуться. И когда они рвут на себе волосы, стараясь понять и схватить то, чего нельзя ни понять, ни схватить, когда они ревут, точно взбесившиеся звери, рвут и терзают все, что стоит у них на дороге, лишь бы насытить чудовище, грызущее их кишки, я вижу, что другого пути для них нет. Человек, принадлежащий к этой расе, должен стоять на возвышении и грызть собственные внутренности. Для него это естественно, потому что такова его природа. И все, что менее ужасно, все, что не вызывает подобного потрясения, не отталкивает с такой силой, не выглядит столь безумным, не пьянит так и не заражает, — все это *не искусство*. Это — подделка. Зато она человечна. Зато она примиряет жизнь и безжизненность.

Когда я думаю, например, о Ставрогине, я представляю себе божественное чудовище, стоящее на возвышении и швыряющее нам свои выдранные кишки. В «Бесах» сотрясается земля; это не катастрофа, которая обрушивается на человека с воображением, а катаклизм, в котором уничтожается и погребается навеки значительная часть человечества. Ставрогин — это сам Достоевский, а Достоевский — это сумма всех тех противоречий, которые или парализуют человека, или ведут его к вершинам. Для Достоевского не было ни слишком низкого, ни слишком высокого. Он прошел весь путь — от пропасти к звездам. И как жаль, что мы никогда уже не увидим этого человека, сумевшего дойти до самой сердцевины тайны и вспышками своего таланта осветившего глубину и огромность тьмы.

Сегодня я знаю свою родословную. Мне не надо изучать гороскоп или генеалогическое древо. Я не знаю ничего, что записано в звездах или в моей крови. Я знаю, что я произошел от мифических основателей расы. Человек, подносящий бутылку со святой водой к губам; преступник, выставленный на обозрение на базаре; доверчивый простак, обнаруживший, что все трупы воняют; сумасшедший, танцующий с молнией в руке; священник, поднимающий рясу, чтобы нассать на мир; фанатик, громящий библиотеки в поисках Слова, — все они соединились во мне, от них моя путаница, мой экстаз. И если я вне человечества, то только потому, что мой мир перелился через свой человеческий край, потому, что быть человечным — скучное и жалкое занятие, ограниченное нашими пятью чувствами, моралью и законом, определяемое затасканными теориями и трюизмами.

Я лью в глотку сок винограда и нахожу в этом мудрость, но моя мудрость не связана с виноградом, мое опьянение не от вина...

Мне хочется сделать крюк через те высокие засохшие горные хребты, где умирают от жажды и холода, через «вневременную» историю, через те самые последние пределы пространства и времени, где нет ни людей, ни фауны, ни флоры, где ты сходишь с ума от одиночества, где твой язык — это просто набор слов, где время разъединено, выключено и оторвано от бытия. Я хочу в мир мужчин и женщин, деревьев, которые молчат (в мире слишком много разговоров!), в мир рек, течение которых несет вас к иным берегам, но не тех рек, которые превратились в легенды, а рек, которые связывают тебя с людьми, с архитектурой, религией, с растительным и животным миром, рек, где плавают лодки и тонут люди — тонут не в мифах и легендах старых пыльных книг, а во времени, пространстве и истории. Я мечтаю о реках, которые создают такие океаны, как Шекспир и Данте, о реках, которые не пересыхают в пустоте прошлого. Да, океаны! Пусть будет больше океанов, новых океанов, что смывают прошлое и создают новые геологические формации, новые топографические дали и странные, страшные материки; океанов, которые разрушают и сохраняют в одно и то же время; океанов, по которым можно плыть к новым открытиям и неведомым горизонтам. Пусть в мире будет больше таких океанов, пусть будут перевороты, войны и бойни. И пусть в новом мире мужчины и женщины обретут невиданную силу влечения, пусть это будет мир подлинного неистовства, страстей, свершений, драм, безумных мечтаний, мир, где торжествует экстаз, а не пустой бздеж. Я уверен, что сегодня больше чем когда-либо необходимо искать Книгу, даже если в ней только одна великая страница; мы должны искать осколки, обрывки, клочки, все, что заключает в себе хотя бы крупицу драгоценного металла, все, что может воскресить тело и душу.

Может быть, для нас в мире не осталось больше надежды и мы обречены — обречены все без исключения. Если так, то соединим же наши усилия в последний вопль агонии, вопль, наводящий ужас, вопль — оглушительный визг протеста, исступленный крик последней атаки. К черту жалобы! К черту скорбные и погребальные песнопения! Долой жизнеописания и историю, музеи и библиотеки! Пусть мертвые пожирают мертвых. И пусть живые несутся в танце по краю кратера — это их последняя предсмертная пляска. Но — пляска!

«Я люблю все, что течет», — сказал великий слепой Мильтон нашего времени. Я думал о нем сегодня утром, когда проснулся с громким радостным воплем; я думал о его реках и деревьях и обо всем том ночном мире, который он исследовал. Да, сказал я себе, я тоже люблю все, что течет: реки, сточные канавы, лаву, сперму, кровь, желчь, слова, фразы. Я люблю воды, льющиеся из плодного пузыря. Я люблю почки с их камнями, песком и прочими удовольствиями; люблю обжигающую струю мочи и бесконечно текущий триппер; люблю слова, выкрикнутые в истерике, и фразы, которые текут, точно дизентерия, и отражают все больные образы души; я люблю великие реки, такие, как Амазонка и Ориноко, по которым безумцы вроде Мораважина плывут сквозь мечту и легенду в открытой лодке и тонут в слепом устье. Я люблю все, что течет, — даже менструальную кровь, вымывающую бесплодное семя. Я люблю рукописи, которые текут, независимо от их содержания — священного, эзотерического, извращенного, многообразного или одностороннего. Я люблю все, что течет, все, что заключает в себе время и преображение, что возвращает нас к началу, которое никогда не кончается: неистовство пророков, непристойность, в которой торжествует экстаз, мудрость фанатика, священника с его резиновой литанией, похабные слова шлюхи, плевок, который уносит сточная вода, материнское молоко и горький мед матки — все, что течет, тает, растворяется или растворяет; я люблю весь этот гной и грязь, текущие, очищающиеся и забывающие свою природу на этом длинном пути к смерти и разложению. Мое желание плыть беспредельно — плыть и плыть, соединившись со временем, смешав великий образ потустороннего с сегодняшним днем. Дурацкое, самоубийственное желание, остановленное запором слов и параличом мысли.

14

Рождественским утром, едва забрезжил рассвет, мы вернулись с улицы Одессы, прихватив с собой двух негритянок из телефонной компании. Мы так устали, что сразу, не раздеваясь, повалились в постель. Моя партнерша, которая весь вечер вела себя точно дикий леопард, заснула, пока я пытался ее оседлать. Некоторое время я бился над ней, как над утопленником, вытащенным из воды. Потом плюнул и тоже заснул.

Все праздники мы пили шампанское — утром, днем и вечером; самое дешевое и самое лучшее шампанское. После Нового года я должен был ехать в Дижон, где мне предложили мелкую должность преподавателя английского языка в рамках одного из так называемых франко-американских обменов, которые, по мысли их организаторов, должны углублять союз и взаимопонимание между дружественными странами. Филмор был доволен больше, чем я, и не без причины. Для меня же это было перемещение из одного чистилища в другое. У меня не было никакого будущего; к тому же должность не предполагала жалованья. Считалось, что я буду удовлетворен возможностью служить делу франко-американской дружбы. Это было место для богатого маменькиного сынка.

В ночь перед моим отъездом мы загуляли. На рассвете пошел снег; мы бродили по Парижу, прощаясь с ним. Пройдя улицу Святого Доминика, мы внезапно очутились на маленькой площади с церковью Святой Клотильды. Прихожане торопились к мессе. Филмор, который все еще был пьян, почему-то решил зайти в церковь. «Просто так, шутки ради», — как он выразился. Мне эта идея не особенно нравилась. Во-первых, я никогда на мессе не был, а во-вторых, я и выглядел и чувствовал себя довольно скверно. У Филмора тоже был вид забулдыги — смятая шляпа сидела набекрень, а к пальто прилипли опилки из последнего кабака. Пожалуй, он выглядел даже хуже меня. Тем не менее мы вошли, заранее готовые к тому, что нас выгонят.

Я был так поражен увиденным, что все мое беспокойство тут же улетучилось. Несколько секунд, пока глаза привыкли к полутьме, я шел за Филмором, держась за его рукав. Странный, нездешний шум наполнил мне уши — какое-то глухое жужжание, поднимавшееся от каменного пола. Это напоминало могилу, в которой болтались плакальщики; что-то вроде прихожей подземного мира. Температура — градусов двенадцать—пятнадцать. Музыки не было, если, конечно, не считать музыкой заунывное нытье, доносившееся из подвала, — точно миллионы кочанов цветной капусты завывали в темноте. Люди в саванах что-то бормотали с тем безнадежным горестным выражением на лицах, какое бывает у нищих, тянущих в трансе руки и беззвучно шевелящих губами.

Конечно, я знал, что существуют церкви, так же как знал, что существуют скотобойни, морги и анатомические театры. Но таких мест инстинктивно избегаешь. На улице я часто встречал священников с маленькими молитвенниками в руках — видимо, они заучивали свою роль. *Идиоты*, говорил я себе и больше о них не вспоминал. На улице можно встретить самых разных сумасшедших, и священник — это еще не худший вариант. Две тысячи лет приучили нас не удивляться этому идиотизму. Однако, когда ты вдруг попадаешь в это маленькое царство, в котором священник действует как будильник, ты воспринимаешь все совершенно по-другому.

На минуту все это бормотание и подергивание губ почти обрело какой-то смысл. Что-то здесь происходило, какая-то пантомима, от которой я еще не начал обалдевать, но которая уже захватила меня. Во всем мире, где только есть эти полутемные могилы, идет этот невероятный спектакль — та же средняя температура, тот же сумеречный свет, то же жужжание и бормотание. По всему христианскому миру в определенные часы люди в черном падают ниц перед алтарями, где стоят священники с маленькой книжечкой в одной руке, с обеденным колокольчиком или пульверизатором — в другой и мямлят слова, которые, даже будь они понятны, уже не имеют ни для кого никакого смысла. Вероятно, священник благословляет свою паству. Он благословляет страну, благословляет правительство, благословляет огнестрельное оружие и броненосцы, благословляет боевые припасы и ручные гранаты. Священника окружают мальчики, одетые как ангелы Господни и поющие альтами и сопрано... Невинные овечки. Все в юбочках, бесполые, как и сам священник, который к тому же, как правило, страдает близорукостью и плоскостопием. Чудный кошачий концерт среднего рода. Мошонка в суспензории, на минорный мотив.

Я старался разглядеть все, насколько это можно было в тусклом свете церкви. Удивительное и увлекательное зрелище. «По всему цивилизованному миру», — повторял я себе. По всему миру. Замечательно. Дождь ли, солнце, град, слякоть, снег, гром, молния, война, голод, мор — не важно, здесь это не имеет значения. Та же температура, та же абракадабра, те же зашнурованные ботинки, те же ангелочки, поющие писклявыми голосами. Возле двери я увидел ящичек для пожертвований, чтобы было на что продолжать эту священную работу и чтоб Божье благословение могло снизойти на короля и на страну, на военные корабли и взрывчатку, на танки и самолеты. Чтобы было больше сил в руках — сил, чтоб резать лошадей, коров и овец; сил, чтоб сверлить дыры в стальных балках; сил, чтоб пришивать пуговицы к штанам; сил, чтоб торговать морковью, швейными машинами и автомобилями; сил, чтобы выводить паразитов, чистить конюшни, опорожнять помойные ведра и мыть уборные; сил, чтобы писать газетные заголовки и пробивать билеты в метро. Сил, сил... Все это бормотание и надувательство — для того лишь, чтоб были силы!

Мы переходили с места на место, осматривая все с тем холодным и ясным вниманием, которое появляется после попойки. Вероятно, мы бросались в глаза, пока бродили вот так в пальто, с поднятыми воротниками, ни разу не перекрестившись и разжимая губы лишь для того, чтобы обменяться скабрезными замечаниями. Но все обошлось бы, не вздумай Филмор пройтись мимо алтаря, чего ни в коем случае нельзя было делать во время службы. Вообще он уже искал выход, но прежде все-таки хотел взглянуть на святая святых, чтоб навсегда сохранить в своей памяти. Поглазев на алтарь, мы направились к приоткрытой двери, ориентируясь на полоску света, как вдруг перед нами выросла фигура священника. Он спросил нас, что мы здесь делаем и куда направляемся. Забыв от растерянности все французские слова, мы вежливо ответили по-английски, что ищем выход. Священник молча, но решительно взял нас за руки, открыл дверь, которая оказалась боковым входом, и буквально вытолкнул из церкви. Мы скатились со ступенек в ослепительный утренний свет. Щурясь, мы сделали несколько шагов и инстинктивно обернулись. Священник все еще стоял на ступеньках, бледный как полотно и с усмешкой, напоминавшей дьявольский оскал. Вероятно, мы довели его до бешенства. Позже, вспоминая этот маленький эпизод, я понял его состояние. Но тогда, увидев его длинную юбку и маленькую шапочку, я разразился хохотом — до того это нелепо выглядело. Я взглянул на Филмора, и он тоже начал смеяться. Так мы стояли, хохоча прямо в лицо этому бедняге. Он совершенно обалдел — настолько, что не сообразил сразу, что ему сказать или сделать, но, опомнившись, сбежал по ступенькам и рысью направился к нам, потрясая кулаками и явно с серьезными намерениями. За церковной оградой он перешел в галоп. Поняв, что пора уносить ноги, я схватил Филмора за рукав и потащил прочь. Но этот идиот уперся как осел. «Нет, нет, я никуда не пойду!» — повторял он. «Скорее! — тащил я его. — Не валяй дурака! Этот тип зол как собака!»

По пути в Дижон я долго еще улыбался; этот эпизод напомнил мне подобный же случай во время моего короткого пребывания во Флориде. Во время знаменитого земельного бума я рванул во Флориду и, как тысячи других, здорово вляпался. Пытаясь выбраться, мы с приятелем застряли, так сказать, в самом горлышке бутылки. Город Джэксонвилл, где мы вынуждены были болтаться около шести недель, напоминал осажденную крепость. Голодранцы со всего мира, да и не только голодранцы, набились во все щели. Общежития Союза молодых христиан, Армии спасения, пожарных команд, полицейские участки, гостиницы и меблирашки — все забито. На всех стенках объявления: «Свободных мест нет». Джэксонвилльцы зачерствели до такой степени, что казалось, они ходят в броне. Опять возник старый вопрос, что бы пожрать и где бы приклонить голову. Жратва приходила поездами с юга — апельсины, грейпфруты и всякая дивная снедь. Мы слонялись возле товарных составов в поисках гнилых фруктов, но даже и этой дряни было немного.

Как-то вечером, в полном отчаянии, я потащил моего приятеля Джо в синагогу. Это была реформистская синагога, и раввин произвел на меня благоприятное впечатление. А пение — эта пронзительная еврейская жалоба на судьбу — захватило меня всерьез. Как только закончилась служба, я направился в кабинет раввина и попросил его уделить мне несколько минут. Он был вежлив со мной, пока не узнал, по какому поводу я к нему обращаюсь, а узнав, смертельно перепугался, хотя все, о чем я его просил, это небольшое вспомоществование мне и моему приятелю Джо. У него было такое выражение лица, как будто я предложил ему сдать синагогу под кегельбан. И что хуже всего, раввин спросил меня напрямик, еврей ли я. Услышав отрицательный ответ, он был оскорблен до глубины души. Почему же я тогда обращаюсь к евреям за помощью? Я наивно ответил, что у меня всегда было больше доверия к иудаизму, чем к христианству. Слова эти я произнес так тихо, как будто говорил о чем-то постыдном. Но в общем я сказал правду. Однако раввина она не тронула. Ни капельки. Он был в ужасе и, чтобы отделаться от меня, написал записку в Армию спасения. «Вот куда вам надо обратиться за помощью», — сказал он сухо и отправился пасти свое стадо дальше.

В Армии спасения, как и ожидал, нам ничем не могли помочь. Если бы у нас было по двадцать пять центов, нам дали бы матрас на ночь. Но у нас не было даже пяти центов на двоих. Пришлось отправиться в парк и залечь на скамейке. Шел дождь, и мы накрылись старыми газетами. Мне кажется, не прошло и получаса, как на дорожке появился полицейский и без всякого предупреждения задал нам такую трепку, что мы, вскочив, бросились прочь, пританцовывая по пути, хотя нам было не до танцев. После побоев я чувствовал себя настолько несчастным, удрученным и озлобленным, что, будь у меня бомба, я, наверное, взорвал бы здешнюю мэрию.

На следующий день, чтобы свести счеты с этими гостеприимными сукиными детьми, мы заявились ни свет ни заря к католикам. На этот раз я решил, что вести переговоры должен Джо. Он был ирландцем, да и говорил с легким ирландским акцентом. Кроме того, у Джо были детские голубые глаза и он умел при желании пустить слезу. Дверь открыла монашка в черном. Однако она не пригласила нас войти, а попросила подождать в прихожей, пока доложит святому отцу. Тот появился через несколько минут, шипя, как паровоз, и спросил, почему мы беспокоим почтенных людей в такую рань. Мы невинно ответили, что нам нужно немного поесть и где-нибудь переночевать. Тогда святой отец поинтересовался, откуда мы родом. Из Нью-Йорка. Ах, из Нью-Йорка! Вот, голубчики, и отправляйтесь туда, не теряя ни минуты, прямо сегодня! После чего эта жирная свинья с репообразной рожей захлопнула дверь прямо у нас перед носом.

Спустя час, болтаясь без всякой надежды по городу, точно две пьяные шхуны, мы случайно опять оказались возле дома священника. Провалиться мне, если я не увидел эту развратную рожу в лимузине, выехавшем задним ходом из подъездной аллеи. Проезжая мимо, он обдал нас выхлопными газами, словно говоря: «Вот вам, голубчики!» Лимузин был шикарный, с двумя запасными колесами сзади, а святой отец удобно расположился за рулем, посасывая большую сигару — судя по толщине и запаху, это была «Корона-Корона». Что на нем — юбка или костюм, я не разглядел, видел только струйку коричневого соуса, стекавшую с губ, и большую сигару с пятидесятицентовым ароматом.

Всю дорогу до Дижона я думал о своем прошлом. Я думал о словах, которые мог бы сказать, но не сказал, о поступках, которые мог бы совершить, но не совершил в те горькие тяжелые минуты, когда я, как червяк, извивался под ногами чужих мне людей, прося корку хлеба. Я был трезв как стеклышко, но чувство горечи от прошлых обид и унижений не покидало меня. Я вновь ощутил удары полицейского в парке Джэксонвилла, хотя ничего особенного в них не было — так, небольшой урок танцев.

В своей жизни я много бродяжничал, и не только по Америке, заглядывал и в Канаду, и в Мексику. Везде было одно и то же. Хочешь есть — впрягайся и маршируй в ногу. Весь мир — это серая пустыня, ковер из стали и цемента. Весь мир занят производством. Не важно, что он производит — болты или гайки, колючую проволоку или бисквиты для собак, газонокосилки или подшипники, взрывчатку или танки, отравляющие газы или мыло, зубную пасту или газеты, образование или церкви, библиотеки или музеи. Главное — вперед! Время поджимает. Плод проталкивается через шейку матки, и нет ничего, что могло бы облегчить его выход. Сухое, удушающее рождение. Ни крика, ни писка. Salut au monde![1]

---

[1] Привет миру! *(фр.)* — поэма Уолта Уитмена.

Салют из двадцати одного заднепроходного орудия. «Я ношу шляпу, как это мне нравится, — дома и на улице», — сказал Уолт. Это говорилось еще в те времена, когда можно было найти шляпу по размеру. Но время идет. Для того чтобы найти шляпу по размеру сегодня, надо идти на электрический стул. Там вам наденут железный колпак на бритую голову. Немного тесновато? Не важно. Зато сидит крепко.

Надо жить в чужой стране, такой, как Франция, и ходить по меридиану, отделяющему полушарие жизни от полушария смерти, чтобы понять, какие беспредельные горизонты простираются перед нами. *Электрическое тело! Демократическая душа! Наводнение!* Матерь Господня, что же означает вся эта ерунда? Земля засохла и потрескалась. Мужчины и женщины слетаются, точно стаи воронов над вонючим трупом, спариваются и снова разлетаются. Коршуны падают с неба, точно тяжелые камни. Клювы и когти — вот что мы такое. Большой пищеварительный аппарат, снабженный носом, чтобы вынюхивать падаль. *Вперед!* Вперед без сожаления, без сострадания, без любви, без прощения. Не проси пощады и сам никого не щади. Твое дело — производить. Больше военных кораблей, больше ядовитых газов, больше взрывчатки! Больше гонококков! Больше стрептококков! Больше бомбящих машин! Больше и больше, пока вся эта е...ная музыка не разлетится на куски — и сама земля вместе с нею!

Сойдя с поезда, я тут же понял, что совершил роковую ошибку. Лицей был недалеко от вокзала, и я шел по главной улице в ранних зимних сумерках, стараясь угадать направление. Падал легкий снежок, и деревья были покрыты блестящим инеем.

Я прошел мимо огромных пустых кафе, напоминавших унылые залы ожидания. Безмолвие, пустота, печаль. В общем, передо мной был безнадежный заштатный городишко, из которого горчицу отправляли вагонами, цистернами, бочками, глиняными горшками и красивыми маленькими баночками.

Первый же взгляд, брошенный на лицей, заставил меня содрогнуться. Некоторое время я в нерешительности стоял у ворот, размышляя, идти мне дальше или повернуть назад. Но денег на обратный билет у меня не было, так что вопрос носил чисто академический характер. Я хотел послать телеграмму Филмору, но не знал, как объяснить ему мое нежелание здесь оставаться. Пришлось зажмуриться и идти вперед.

Господин Директор отсутствовал — у него был выходной. Так мне сказали. Вышедший мне навстречу маленький горбун предложил проводить меня к господину Инспектору, который замещал господина Директора в его отсутствие. Я шел за горбуном, завороженный его вихляющей походкой. Таких уродцев всегда можно увидеть на паперти любого захудалого европейского собора.

Кабинет господина Инспектора был огромен и пуст. Я уселся на жесткий стул, а горбун побежал искать хозяина кабинета. Я чувствовал себя почти как дома. Эта комната очень напоминала конторы некоторых американских благотворительных учреждений, где мне приходилось ждать часами, пока какой-нибудь шепелявый чиновник выйдет, чтобы меня допросить.

Неожиданно открылась дверь, и господин Инспектор с гордым видом просеменил в комнату. Я едва сдержался, чтобы не хмыкнуть. Сюртук у него был в точности как у Бориса, а на лоб свисала челка или что-то вроде завитка — такой, вероятно, был у Смердякова. Серьезный и немногословный, с рысьими глазами, господин Инспектор не стал тратить время на приветствия. Он вытащил из стола расписание занятий, списки учеников и т. п., написанные мелким каллиграфическим почерком, объявил, сколько мне полагается угля и дров, после чего скороговоркой сообщил, что свободным временем я могу располагать по своему усмотрению. Наконец-то я услышал от него что-то приятное. Это прозвучало столь ободряюще, что я мысленно помолился за Францию, за ее армию и флот, за ее систему образования, за ее бистро, за всю эту чертову музыку.

Закончив беседу, господин Инспектор позвонил в колокольчик; тут же появился горбун, которому было поручено проводить меня в кабинет господина Эконома. Этот кабинет больше смахивал на товарную станцию — всюду накладные, резиновые штемпеля, а служащие с бледными одутловатыми лицами скрипели сломанными перьями, делая записи в огромных тяжелых гроссбухах. Я получил положенный уголь и дрова, погрузил все это на тачку, и мы с горбуном двинулись к спальному корпусу. Мне была отведена комната на верхнем этаже, в одном крыле с классными наставниками. Все это становилось довольно забавным. Интересно, что мне еще выдадут. Может быть, плевательницу. Похоже на приготовления к походу; не хватает только ранца и ружья — и личного знака.

Отведенная мне комната была довольно большой, с маленькой печуркой в углу. От печурки шла труба, изгибавшаяся под прямым углом как раз над железной койкой. Возле двери стоял огромный ларь для угля и дров. Окна выходили на ряд неказистых домиков, где жили бакалейщик, булочник, сапожник, мясник и т. д. — все как один слабоумные и по-деревенски неуклюжие. Я посмотрел поверх крыш на голые холмы, мимо которых проходил поезд. Локомотив свистнул тоскливо и истерично.

Горбун развел огонь в печурке, и я спросил его насчет жратвы. Оказалось, что обедать еще рано, и я повалился на кровать прямо в пальто, а сверху натянул одеяло. Возле меня стояла неизменная шаткая тумбочка с ночным горшком. Я поставил на стол будильник и стал следить за движением стрелок. С улицы в сырую, как колодец, комнату просачивался голубоватый свет. Слушая грохот проезжавших мимо грузовиков, я рассеянно смотрел на печную трубу, которая над кроватью образовывала колено, скрепленное ржавой проволокой. Ларь для угля я видел впервые — мне никогда еще не приходилось жить в таких комнатах. Впрочем, я никогда раньше не разводил огня и не учил детей. И если уж говорить правду, то я никогда еще не работал без жалованья. Я чувствовал себя и свободным и скованным одновременно — что-то подобное испытываешь перед выборами, когда все жулики уже выставили свои кандидатуры и вас уговаривают голосовать за «подходящего человека». Я чувствовал себя деревенским батраком, мастером на все руки, охотником, бродягой, галерным рабом, педагогом, червем и вошью. Я был свободен, но закован в кандалы. Демократическая душа с бесплатным талоном на обед, но без возможности двигаться и без права голоса. Я чувствовал себя медузой, пригвожденной к доске. Но главное — я чувствовал голод. Стрелки часов ползли как черепахи — до пожарной тревоги оставалось еще десять минут. Тьма в комнате сгущалась. Было страшно тихо, и эта напряженная тишина действовала мне на нервы. Хлопья снега прилипали к оконным рамам. Где-то вдали взвизгнул паровоз, потом опять мертвая тишина. Печурка раскалилась докрасна, но теплее от этого не стало. Я начал бояться, что засну и пропущу обед. Тогда придется ворочаться всю ночь с пустым животом.

За несколько секунд до гонга я вскочил с кровати и, заперев дверь, бросился во двор. Там я сразу заблудился. Четырехугольные здания и лестницы походили друг на друга как две капли воды. Бегая в поисках столовой, я наткнулся на длинную вереницу школьников, которые куда-то двигались, выстроившись в колонну; точно каторжники, предводительствуемые надсмотрщиком. Вдруг я заметил энергичного человека в котелке, шедшего мне навстречу. Я остановил его и спросил, как пройти в столовую. Оказалось, что он-то мне и нужен. Это был сам господин Директор. Узнав, кто я, он просиял и осведомился, хорошо ли я устроен и не нуждаюсь ли в чем-нибудь. Я ответил, что все в порядке. Правда, в комнате несколько прохладнее, чем хотелось бы, осмелился я добавить. Господин Директор заверил меня, что для Дижона это весьма необычная погода. Иногда бывают туманы и снегопад — тогда действительно лучше какое-то время не выходить и т. д. и т. п. Говоря все это, он поддерживал меня под локоток, и мы шли по направлению к столовой. Господин Директор мне сразу понравился. «Славный парень», — думал я. Я даже предположил, что мы можем подружиться и он в холодные вечера будет приглашать меня к себе на стакан грога. Множество приятных мыслей пришло мне в голову по дороге к дверям столовой. Тут господин Директор внезапно приподнял котелок, пожал мне руку и, пожелав всего доброго, удалился. Я так растерялся, что тоже приподнял шляпу. Как выяснилось, я поступил совершенно правильно. Здесь было принято, встречаясь с учителем или даже с господином Экономом, в знак приветствия приподнимать шляпу. Вы могли встречаться двадцать раз в день, и всякий раз этот ритуал повторялся, даже если ваша шляпа выглядела не лучшим образом. Таков был здешний бонтон.

Но так или иначе, я нашел столовую. Она была похожа на ист-сайдскую больницу — белые кафельные стены, лампочки без абажуров, мраморные столы и, конечно, огромная печь с причудливо изогнутой трубой. Обед еще не подали. Все тот же горбун бегал взад и вперед, разнося ножи, вилки, тарелки и вино. В углу толпилась кучка молодых людей, о чем-то оживленно разговаривающих. Я подошел к ним и представился. Они приняли меня чрезвычайно радушно, даже слишком радушно, как мне показалось. Я не мог понять, что это значит. В столовую входили все новые и новые люди, и меня передавали дальше и дальше, представляя вновь пришедшим. Вдруг они окружили меня тесным кольцом, наполнили стаканы и запели:

Однажды вечером — извилист мысли путь! —
Пришла идея: висельнику вдуть.
Клянусь Цирцеей — тяжкая езда:

Повешенный качается, мудак,
Пришлось е... его, подпрыгивая в такт.
Клянусь Цирцеей — вечно все не так!

Е....ся в узкое подобие п.... —
Клянусь Цирцеей — хрен сотрешь до дыр.
Е.... же непомерную лохань —
Он скачет в закоулках, как блоха!
Дрочить вручную — нудная труха...
Клянусь Цирцеей, вечно жизнь плоха[1].

Когда они кончили, наш Квазимодо объявил, что обед подан.

Эти надзиратели оказались веселыми ребятами. Один из них по имени Кроа рыгал, как свинья, и всегда громко пукал, садясь за стол. Он мог пукнуть тринадцать раз подряд, что, по словам его друзей, было местным рекордом. Другой, крепыш по прозвищу Господин Принц, был известен тем, что по вечерам, отправляясь в город, надевал смокинг. У него был прекрасный, как у девушки, цвет лица, он не пил вина и никогда ничего не читал. Рядом с ним сидел Маленький Поль, который не мог думать ни о чем, кроме девочек; каждый день он повторял: «С пятницы я больше не говорю о женщинах». Он и Принц были неразлучны. Был еще Пасселло, настоящий молодой прохвост, который изучал медицину и брал взаймы у всех подряд. Он без остановки говорил о Ронсаре, Вийоне и Рабле. Напротив меня сидел Моллес. Он всегда заставлял заново взвешивать мясо, которое нам подавали, проверяя, не обжуливают ли его на несколько граммов. Он занимал маленькую комнатку в лазарете. Его злейшим врагом был

---

[1] Перевод с французского К. К. Кузьминского.

господин Эконом, что, впрочем, нисколько не отличало его от остальных. Господина Эконома ненавидели все. Моллес дружил с Мозгляком. Это был человек с мрачным лицом и ястребиным профилем; он берег каждый грош и давал деньги под проценты. Мне он напоминал гравюру Дюрера — соединение всех мрачных, кислых, унылых, злобных, несчастных, невезучих и самоуглубленных дьяволов, составляющих пантеон немецких средневековых рыцарей. Без сомнения, Мозгляк был еврей. Он погиб в автомобильной катастрофе вскоре после моего появления — обстоятельство, спасшее мне двадцать три франка. За исключением Рено, моего соседа по столу, эти люди не оставили никакого следа в моей жизни; они принадлежали к разряду бесцветных личностей, из которых состоит мир инженеров, архитекторов, дантистов, фармацевтов, учителей и т. д. Они ничем не отличались от тех олухов, которыми без всякого на то права будут помыкать всю жизнь. Это были круглые нули; ничтожества, которые составляют ядро нашего почтенного и никому не нужного общества. Они ели, наклоняясь над тарелками, и всегда требовали добавки. Они отлично спали и никогда ни на что не жаловались — они не были ни счастливы, ни несчастны. Равнодушные, которых Данте поместил в преддверие Ада. Элита.

После обеда все они сразу же отправлялись в город. В лицее оставались только дежурные по спальням. В центре города было множество кафе, огромных и скучных, где сонные дижонские лавочники собирались поиграть в карты и послушать музыку. Лучшее, что можно сказать об этих кафе, — в них отличные печки и удобные стулья. Незанятые проститутки за стакан пива или чашку кофе охотно подсаживались к вашему столику поболтать. Но музыка была чудовищная. В зимний вечер в такой грязной дыре, как Дижон, ничего нет хуже, чем звуки французского оркестрика. Особенно если это один из унылых женских ансамблей. Они не столько играли, сколько скрипели и пукали, но делали это в сухом алгебраическом ритме и так монотонно, точно выдавливали зубную пасту из тюбика. Отсипеть и отскрипеть за столько-то франков в час — и к черту остальное! Грустно все это! Так же грустно, как если бы старик Евклид глотнул синильной кислоты. Царство Идеи нынче настолько задавлено разумом, что в мире ничто уже не способно породить музыку, ничто, кроме пустых мехов аккордеона, из которых со свистом вырываются звуки, раздирающие эфир в клочья. Говорить о музыке в Дижоне — все равно что мечтать о шампанском в камере смертников. Нет, к здешней музыке я был равнодушен. Более того, я даже перестал думать о женщинах — настолько все здесь было мрачно, холодно, серо, безрадостно и безнадежно. По пути домой в первую ночь я заметил на дверях одного кафе цитату из «Гаргантюа», хотя внутри кафе напоминало морг. Однако *вперед!*

У меня была масса времени и ни гроша в кармане. Два-три часа в день я должен был вести уроки разговорного английского — вот и все. А зачем этим беднягам английский язык? Мне было их жаль до слез. Долбить все утро страницы из «Прогулки Джона Гилпина», а днем приходить ко мне для практических занятий этим мертвым языком. Я думал о времени, которое я потерял, читая Вергилия и копаясь в такой непроходимой чуши, как «Герман и Доротея».

Вот безумие! И я вспоминал Карла, который знает «Фауста» наизусть и в каждой книге непременно должен лизнуть ниже пояса своего бессмертного, безупречного Гёте. А между тем у него не хватает ума, чтобы завести себе богатую бабу или купить новые подштанники. Есть что-то непристойное в этом почитании прошлого, и кончается оно обычно ночлежками или окопами. Есть что-то непристойное в духовном жульничестве, которое позволяет идиоту кропить святой водой пушки «Большая Берта», броненосцы и динамит. Каждый человек, набитый классиками, — враг рода человеческого.

И вот теперь я должен был проповедовать евангелие франко-американской дружбы — я, посланец трупа, который, разграбив землю и принеся человечеству бесчисленные страдания и несчастья, решил установить всеобщий мир. Тьфу! Так о чем я должен рассказывать? О «Листьях травы», о налоговых барьерах, Декларации независимости, о последней войне гангстеров? О чем? Вот что мне хотелось бы знать. Сознаюсь — я ни разу не обмолвился даже словом обо всем этом. Я начал с урока, посвященного физиологии любви. Рассказал о том, как происходит половой акт у слонов! Мои слушатели были ошеломлены. После первого дня мой класс всегда был набит битком. После этого первого урока английского ученики толпились у дверей, поджидая меня. Мы великолепно поладили. Они задавали мне самые разнообразные вопросы, точно только вчера родились, а я не просто не возражал, но даже приучал их задавать самые щекотливые вопросы. *Спрашивайте что хотите!* — таков был мой лозунг. Я здесь полномочный представитель царства свободного духа. Я здесь, чтобы пробудить ваше воображение. «В известном смысле, — сказал один знаменитый астроном, — материальная вселенная как бы исчезает, подобно уже рассказанной истории, рассеивается, подобно видению». Вот это общее мнение и есть основа того, что называется образованием. Но я этому не верю. Я вообще не верю тому, чем эти сукины дети норовят нас накормить.

Между уроками, если мне нечего было читать, я поднимался наверх поболтать с классными наставниками. Эти люди были полными, абсолютными невеждами, не знавшими ничего, что происходило в мире, особенно в области искусства. Они были почти так же невежественны, как их ученики. Мне казалось, что я попал в маленький частный сумасшедший дом, откуда нет выхода. Иногда я болтался во дворе, глядя на учеников, которые шли мимо, запихивая огромные куски хлеба в испачканные рты. Я сам тоже постоянно ходил голодный, потому что завтрак подавали ни свет ни заря, когда в постели особенно приятно и вылезти из нее просто нет сил. Этот завтрак состоял из огромной кружки синего кофе и ломтя белого хлеба без масла. Днем нас кормили бобами или чечевицей, в которые для аппетита бросали маленькие кусочки мяса. Так кормят каторжников и каменотесов. Даже вино было дрянное. Все, что нам давали, было либо разбавлено, либо выварено. Вообще говоря, мы получали просто калории, а не еду. Говорили, что во всем виноват господин Эконом. Я этому тоже не верю. Просто ему платили за то, чтобы мы не помирали с голоду. И потому его не интересовало, страдаем ли мы от этого меню нарывами или геморроем и у кого из нас деликатный желудок, а кто может переварить и камни. Зачем ему было в это вникать? Его наняли для того, чтобы мы могли превращать столько-то граммов на наших тарелках в столько-то киловатт энергии. Все переводилось в лошадиные силы. Все было аккуратнейшим образом подсчитано в толстых гроссбухах, в которых служащие с бледными одутловатыми лицами строчили утром, днем и вечером. Дебет и кредит — и красная черта итогов посередине страницы.

Бродя по двору с пустым брюхом, я начинал чувствовать себя слегка помешанным. Как несчастный Карл Безумный, только у меня не было Одетт Шандивер, с которой я мог бы сыграть в подкидного. Я должен был стрелять сигареты у лицеистов и частенько жевал черствый хлеб на уроках. Моя печка все время гасла, и скоро у меня не осталось щепок для растопки. Мне стоило огромного труда выклянчить немного дров в канцелярии. В конце концов я обозлился и решил собирать щепки на улице, как араб. Но, к моему удивлению, разжиться растопкой на улицах Дижона оказалось не так-то легко. Однако мои поиски заносили меня иногда в любопытные места. Я хорошо познакомился, например, с маленькой улочкой Филибера Папийона (названной так, по-моему, в честь какого-то умершего музыканта), где было несколько борделей. Здесь оказалось веселее, чем в других кварталах, — в воздухе стоял запах готовящейся еды и мокрого белья. Иногда я видел жалких обитательниц этих мест. Все же их судьба была несколько лучше, чем судьба женщин, которых я встречал в универмаге, куда часто заходил погреться. Они заходили туда с той же целью. Искали кого-нибудь, кто заплатил бы за чашку кофе. В этом холоде и одиночестве все они смахивали на полоумных. А когда сгущались сумерки, и сам город казался не совсем нормальным. Здесь можно было ходить по главной улице из конца в конец хоть до Страшного суда — и не встретить ни одного живого человека. Город населяли шестьдесят, а то и семьдесят тысяч мертвецов, может, даже и больше, — мертвецов, одетых в теплое белье и не знающих, куда идти и что делать. Груженные горчицей вагоны. Скрипучие женские оркестры, играющие «Веселую вдову». Серебряные приборы в больших отелях. Герцогский дворец, разваливающийся по кирпичикам. Деревья, стонущие от мороза. Бесконечное постукивание сабо. Университет, празднующий годовщину смерти Гёте или его рождения — не помню, что именно. (Обычно, по-моему, празднуют годовщину смерти.) Идиотское зрелище. Все зевают и потягиваются.

Чувство бесконечной бессмысленности охватывало меня всякий раз, когда я подходил к воротам лицея. Снаружи он выглядел мрачным и заброшенным, внутри — заброшенным и мрачным. Сам воздух, казалось, был пропитан грязной бесплодностью, туманом книжных наук. Шлак и пепел прошлого. Небольшие постройки, напоминающие охотничьи домики, образовывали внутренние дворы. В них помещались классы. На досках — никому не нужная абракадабра, которую будущим гражданам республики предстоит забывать в течение всей своей жизни. Иногда приезжали родители учеников. Их принимали в большом зале возле главного въезда в этот городок; зал был украшен бюстами древних героев — Мольера, Расина, Корнеля, Вольтера и т. п., всех этих пугал, чьи имена так любят поминать министры, произнося своими мокрыми губами речи по поводу какого-нибудь нового «бессмертного», пополнившего эту галерею восковых фигур. (Но, заметьте, здесь не было бюстов ни Рабле, ни Вийона, ни Рембо.) Именно здесь в торжественной тишине происходит встреча родителей и надутых ничтожных людишек, нанятых правительством уродовать души их детей, сворачивать набекрень их мозги и стричь их, точно газоны в парке. Иногда на эти встречи приходят и дети — маленькие подсолнухи, которым скоро предстоит украсить городские сады. Кое-кто из них — просто фикус, с которого легко будет смахивать пыль старой сорочкой. Как только наступает ночь, все они увлеченно дрочат в своих спальнях. Спальни! Там горят красные лампочки, там звенит колокольчик, как сигнал пожарной тревоги, и раздаются гулкие шаги — таков путь по тюремным коридорам образования.

А учителя! В первые же дни я познакомился с некоторыми из них поближе — «до рукопожатия», и, конечно, мы всегда обменивались поклонами и приподнимали шляпы при встрече. Но о том, чтобы зайти куда-нибудь выпить, не могло быть и речи. Это было просто немыслимо. У большинства из них был такой вид, как будто они со страху наложили в штаны. И потом, я принадлежал к низшей касте. С такими, как я, они не поделились бы даже своими вшами. Мне они были так ненавистны, что, едва завидев кого-нибудь из них, я тут же начинал шептать проклятия. Обычно я стоял с сигаретой во рту, прислонившись к колонне и надвинув шляпу на глаза. Когда «коллега» подходил достаточно близко, я смачно сплевывал и приподнимал шляпу. Я даже не открывал рта для приветствия, а про себя шептал: «Мать твою так-растак».

Через неделю после приезда мне уже казалось, что я здесь всю жизнь. Это был какой-то липкий, назойливый, вонючий кошмар, от которого невозможно отделаться. Думая о том, что меня ждет, я приходил в полуобморочное состояние.

Вечереет. Все, точно крысы, бегут домой под затуманенными фонарями. Деревья ощетинились колючей замерзшей злобой. Тысячу раз я думал о том, что со мной случилось, — тысячу, а может, и больше. Путь от станции до лицея — это как бы Данцигский коридор. Переулок мертвых костей, скрюченных фигур, завернутых в саваны, с рыбьими хребтами вместо спин. Сам лицей из-за снегопада возник передо мной внезапно, как гора, опрокинутая вершиной к центру земли, где Бог или черт, одетый в смирительную рубашку, молол зерно для рая, который ведь не что иное, как сон, кончающийся поллюцией. Если когда-нибудь здесь и светило солнце, я этого не запомнил. Я помнил только холодный жирный туман, наползающий с замерзших болот, которые тянулись к бледным холмам, прорезанным железнодорожными рельсами. Возле станции был канал, а может, и река, запрятавшаяся под желтым небом, с крошечными домишками, облепившими ее обрывистые берега. Где-то здесь, вероятно, были и казармы, потому что я часто встречал маленьких желтых солдат из Индокитая — этих отравленных опиумом жалких коротышек, которые высовывались из своих мешковатых мундиров, точно раскрашенные скелеты, упакованные в древесную стружку. Все, что здесь связано со средневековьем, будь оно проклято, тревожит и действует вам на нервы, как бы наполняя все вокруг немыми стонами. Это средневековье прыгает вам на плечи с карнизов, свисает с горгулий, точно повешенный с переломанной шеей. Я все время оглядывался, как краб, которого ткнули грязной вилкой. Все эти толстенькие маленькие чудовища, эти омерзительные уроды, прилепившиеся к фасаду церкви Сен Мишель, — они преследовали меня, когда я шел по кривым улочкам, выскакивали мне навстречу из-за углов. Ночью весь фасад церкви открывался перед вами, как книга, оставляя вас лицом к лицу с ужасами печатной страницы. Но гасли огни, и все чудовища втискивались обратно в стены, становясь плоскими, мертвыми, как слова, и тогда этот фасад был великолепен: в каждой его извилине, в каждой щели его неровных стен ночной ветер пел печальные псалмы, и холодные каменные кружева окутывал морозный туман цвета абсента.

Здесь, на площади, где стояла церковь Сен Мишель, все было словно задом наперед. Сама церковь сдвинулась с фундамента — должно быть, ее столкнули века прогресса, дождь и снег. Она лежала на площади Эдгара Кине, лицом к ветру, похожая на мертвого мула. На улице де ла Монне ветер поднимал снег, точно трепал седые волосы; он бешено кружился вокруг белых тумб-коновязей, преграждавших путь автобусам и телегам. Проходя на рассвете по этой старинной улице, я встречался иногда с моим соседом Рено, который, завернувшись в плащ с капюшоном, как обжора монах, приветствовал меня на языке шестнадцатого столетия. Идя в ногу с Рено под луной, проглядывавшей на сумрачном небе, как проткнутый воздушный шар, я сразу же попадал в трансцендентальный мир. Рено засыпал меня цитатами из Гёте и Фихте, и его низкий рокочущий бас гремел на гулкой площади, как эхо прошлогоднего грома. Жители Юкатана, жители Занзибара, жители Огненной Земли! Спасите меня от этой прогнившей свиной шкуры! Север громоздится вокруг меня, ледяные фьорды, синие хребты, сумасшедшие огни, непристойное христианское песнопение, которое расползается, как лава от Этны до Эгейского моря. Все здесь окаменело, мысль застыла и покрылась инеем, а придушенное причитание изъеденных молью святых едва слышно. Я весь побелел, закутан в шерсть, запеленут, связан по рукам и ногам, но это не моя вина. Я побелел до костей, но кончики моих пальцев покрыты шафраном. Я беспощаден, как те, кто выплывал из устья Эльбы. И я стремлюсь к морю, к небу, ко всему, что мне непонятно, но так близко и так далеко.

Мечется снег под ветром, рвется, кружится, кусается, щекочет, уносится с шипением в воздух, а потом рассыпается пудрой. Ни солнца, ни шума прибоя, ни набегающих волн. Холодный северный ветер с колючими иглами, ледяной, злобный, жадный, поражающий и парализующий. Улицы убегают извилинами, они ломаются под быстрым взглядом и строгим взором. Они сбегают по решеткам, поворачивая церковь на ее фундаменте задом наперед, скашивая по пути статуи, расплющивая памятники, выкорчевывая деревья, замораживая траву, высасывая аромат из земли. Листья, тусклые, как цемент; листья, которые не оживит никакая роса. Увядшие листья, которые никогда не посеребрит луна. Времена года застыли, деревья чахнут и сохнут, телеги ползут по слюдяным колеям, звеня, как струны арфы. В гнезде между белоголовыми холмами спит Дижон, бледный и бескостный. Ни одной живой души на его ночных улицах — только мятежные духи, двигающиеся на юг, к сапфировым решеткам. Но все же я — здесь, хожу, как привидение, как призрак, белый человек, терроризированный холодным разумом этой геометрической живодерни. Кто я? Что я здесь делаю? Я блуждаю в холодных стенах человеческого безразличия, белая трепыхающаяся фигурка, идущая на дно холодного озера, и надо мной — горы черепов. Я погружаюсь в холодные глубины, опускаюсь на меловые ступени, омытые фиолетовой синькой. Темные коридоры земли знают мои шаги, знают, что я тут, чувствуют движение воздуха, чувствуют, как я пыхчу и содрогаюсь. Я слышу, как душат образование и оно хрипит, слышу, как капает слизь летучих мышей и звенят их картонные позолоченные крылья; я слышу, как сталкиваются поезда, гремят цепи, шипит, гудит, дымит и мочится паровоз. Все это видится мне сквозь светлый туман с запахом повторения и желтым похмельем. В мертвом центре, глубоко под Дижоном и глубоко под арктическими регионами стоит бог Аякс, прикованный к мельничному колесу, под которым хрустят оливки, а из зеленой болотной воды доносится кваканье лягушек.

От тумана и снега, от этих холодных широт, от напряженных занятий, от синего кофе и хлеба без масла, от супа из чечевицы, от бобов со свиным салом, от засохшего сыра, недоваренной похлебки и мерзкого вина все обитатели этой каторжной тюрьмы страдают запорами. И именно тогда, когда мы начинаем лопаться от дерьма, замерзают сортирные трубы. Кучи дерьма растут, как муравейники, и от холода превращаются в камень. По четвергам приходит горбун с тачкой, скребком и щеткой и, волоча ногу, убирает эти замерзшие пирамидки. В коридорах повсюду валяется туалетная бумага, она прилипает к подошвам, как клейкая лента для мух. Когда на улице теплеет, запах дерьма становится особенно острым. Утром мы стоим над этим спелым дерьмом с зубными щетками в руках, и от нестерпимого смрада кружится голова. Мы стоим вокруг в красных фланелевых рубахах и ждем своей очереди, чтобы сплюнуть в дыру; похоже на знаменитый хор с наковальней из «Трубадура», только в подтяжках. Ночью, когда у меня схватывает живот, я бегу вниз в сортир господина Инспектора, около въезда во двор. Мой сортир не работает, а стульчак всегда испачкан кровью. Сортир господина Инспектора тоже не работает, но там хоть можно сесть.

Каждый день к концу ужина в столовую заходит ночной сторож. Это единственное человеческое существо, с которым у меня есть что-то общее. Он — никто. Он носит фонарь и связку ключей. Он бродит всю ночь из здания в здание, как автомат. Сторож приходит в столовую за своим стаканом вина как раз тогда, когда подают засохший сыр. Он стоит, протягивая руку. У него жесткие, проволочные волосы, как шерсть у английского дога, красные щеки и заиндевевшие усы. Он что-то бормочет, и Квазимодо приносит ему бутылку. Сторож берет ее, запрокидывает голову и, не двигаясь с места, медленно вливает вино себе в глотку. Мне кажется, что он льет в себя рубины. Почему-то меня это глубоко впечатляет. Мне кажется, что он вливает в себя все сострадание, всю доброту и человечность в мире. Опустошая эту бутылку до дна одним длинным глотком, он точно вбирает в себя все, что накопилось в мире за день. Этот человек значит меньше, чем кролик, — таким его сделали. В общем порядке вещей он не стоит даже селедочного рассола. Он — кусок живого навоза. И он это знает. Когда он, опустошив бутылку, смотрит на нас с улыбкой, мне кажется, что мир разваливается. Его улыбка — это послание через пропасть. На дне этой пропасти лежит наша вонючая цивилизация, а над ней, как мираж, витает эта неуверенная улыбка.

Такой же улыбкой он встречает меня ночью, когда я возвращаюсь из города после своих увеселительных прогулок. Я помню, как однажды ночью я стоял у запертых ворот, дожидаясь, пока старик кончит свой обход, и мне было так хорошо и покойно, что я мог бы ждать его целую вечность. Я простоял так около получаса. И все это время я внимательно смотрел вокруг, вбирая в себя мертвые деревья перед лицеем, их скрюченные ветви, дома через улицу, менявшие ночью цвет, далекий поезд, прокладывающий свой грохочущий путь через сибирские просторы, забор с картины Утрилло, небо, выбоины на замерзшей дороге. Внезапно откуда-то появились двое влюбленных; пройдя несколько шагов, они останавливались и обнимались, и когда они скрылись из поля моего зрения, я все еще слышал звук их шагов, слышал, как они останавливались, а потом продолжали идти неровными шагами. Я чувствовал напряжение их тел, когда они облокотились о забор, слышал скрип подошв, когда их мускулы напряглись для очередного объятия. Они брели через темный город по извилистым улочкам, направляясь к застывшему каналу, в котором лежала черная угольная вода. Было что-то необыкновенное во всем этом. Во всем Дижоне они одни были такие.

Между тем старик совершал свой обход; я слышал позвякивание его ключей, скрип его сапог, ровный, мерный, автоматический шаг. Наконец я услышал, как он вошел в подъездную аллею, чтобы открыть мне ворота — чудовищные крепостные ворота, только без рва с водой. Я слышал, как он грохотал ключами, не попадая в скважину замерзшими пальцами; его мозги, вероятно, тоже промерзли. Когда он распахнул наконец ворота, я увидел над часовней яркое созвездие. Все двери были заперты, засовы задвинуты. Книги были закрыты. Ночь нависла над землей, украшенная кинжальными остриями звезд, пьяная и сумасшедшая. Она была над нами — эта бесконечная пустота ночи. Над часовней, как митра на епископе, горело созвездие; каждую ночь, все зимние месяцы, оно горело здесь низко и ярко — эти маленькие кинжалы, чистый и пустой блеск. Старик проводил меня до конца аллеи. Ворота беззвучно закрылись. Обернувшись, чтоб пожелать ему доброй ночи, я поймал его отчаянную, безнадежную улыбку — точно вспышка метеора мелькнула над краешком погибшего мира. И я вспомнил, как он стоит, запрокинув голову, и вливает рубины в свою глотку. Все Средиземноморье, казалось, было погребено в нем — апельсиновые рощи, кипарисы, крылатые статуи, деревянные храмы, синее море, застывшие маски, мистические цифры, мифологические птицы, сапфировые небеса, орлята, солнечные заливы, слепые барды, бородатые герои. Все, что ушло из этого мира, сгинуло под лавиной, хлынувшей с севера, похоронено, кануло в вечность. Воспоминание. Безумная надежда.

Некоторое время я стою на месте. Саван, надгробная пелена, невозможная, невыносимая пустота во всем этом... Потом быстро иду по усыпанной галькой тропинке, бегущей вдоль стены, мимо навесов, арок и железных лестниц, от одного корпуса к другому. Все наглухо заперто. Заперто на зиму. Я нахожу проход, ведущий к спальному корпусу. Болезненный синеватый свет пробивается на лестницу через запотевшие, заиндевевшие окна. Краска везде облезла и вылиняла. Камни стерлись едва ли не до дыр, балюстрада скрипит; влага, покрывающая пол, как испарина, поднимается бледной серой мглой в конце лестницы, где тускло мерцает красная лампочка. Я преодолеваю последний марш в холодном поту, иду ощупью в полной темноте по гулкому коридору — все комнаты тут пусты, заперты и покрыты плесенью. Моя рука скользит по стене — я ищу дверную ручку, но едва нахожу ее, меня охватывает ужас. Мне кажется, что сейчас неведомая рука схватит меня за шиворот и потащит назад. Войдя в комнату, я закрываю дверь на задвижку. Это чудо, что я благополучно попадаю сюда каждую ночь и никто не пытается меня придушить по дороге или раскроить мне череп. Я слышу, как по коридору бегают крысы, как они грызут что-то над моей головой между деревянными балками. Лампочка горит зеленовато-желтым светом, и в комнате, которая никогда не проветривается, — сладковатый тошнотворный запах. В углу стоит ларь для угля. Огонь в печурке погас. Вокруг — такая тишина, что она отдается у меня в ушах грохотом Ниагарского водопада.

Я — один с моим огромным пустым страхом и тоской. И со своими мыслями. В этой комнате нет никого, кроме меня, и ничего, кроме моих мыслей и моих страхов. Я могу думать здесь о самых диких вещах, могу плясать, плеваться, гримасничать, ругаться, выть — никто не узнает об этом, и никто не услышит меня. Мысль, что я абсолютно один, сводит меня с ума. Это как роды. Все обрезано. Все отделено, вымыто, зачищено; одиночество и нагота. Благословение и агония. Масса пустого времени. Каждая секунда наваливается на вас, как гора. Вы тонете в ней. Пустыни, моря, озера, океаны. Время бьет, как топор мясника. Ничто. Мир. Я и не я. *Умахарумума*. У всего должно быть имя. Все надо выучить, попробовать, пережить. «*Будь как дома, дорогой*».

Тишина обваливается, как извержение вулкана. Там, за стеной, среди голых холмов паровозы тянут свои составы к великим металлургическим центрам. Они грохочут по стальным и железным рельсам, по земле, покрытой шлаком и пеплом, покрытой лиловой рудой. В товарных вагонах — бурые водоросли, стыковые накладки, прокат, шпалы, катанки, листовое железо, пластмассовые изделия, горячекатаные бугеля, шплинты и минометные лафеты. Колеса восьмидесятимиллиметровые, а может, и больше. Мимо проносятся великолепные образцы англо-нормандской архитектуры, проходят пешеходы и педерасты, мелькают открытые подовые печи, заводы, динамо-машины и трансформаторы, чугунные отливки и стальные слитки. Идет публика — пешеходы, педерасты, золотые рыбки и пальмы из дутого стекла, плачущие ослы; все свободно передвигаются по улицам, расходящимся в пяти направлениях. Бледно-лиловый глаз на площади Бразилии.

В моей памяти возникают все женщины, которых я знал. Это как цепь, которую я выковал из своего страдания. Каждая соединена с другой. Страх одиночества, страх быть рожденным. Дверца матки всегда распахнута. Страх и стремление куда-то. Это в крови у нас — тоска по раю. Тоска по иррациональному. Всегда по иррациональному. Наверное, это все начинается с пупка. Перерезают пуповину, дают шлепок по заднице, и — готово! — вы уже в этом мире, плывете по течению, корабль без руля. Вы смотрите на звезды, а потом на свой собственный пуп. У вас везде вырастают глаза — под мышками, во рту, в волосах, на пятках. И далекое становится близким, а близкое — далеким. Постоянное движение, выворачивание наизнанку, линька. Вас крутит и болтает долгие годы, пока вы не попадаете в мертвый, неподвижный центр, и тут вы начинаете медленно гнить, разваливаться на части. Все, что от вас остается, — это имя. Только весной мне удалось наконец вырваться из этой каторжной тюрьмы и только благодаря счастливому обстоятельству. Карл написал мне, что в газете освободилось место «на верхнем этаже» и, если я согласен, он пришлет мне деньги на проезд. Я немедленно телеграфировал Карлу и, едва получив деньги, помчался на вокзал. Господину Директору и всем прочим я не сказал ни слова. Я просто исчез. Ушел по-английски.

Приехав, я тут же направился в гостиницу к Карлу. Он открыл мне дверь совершенно голый. В постели, как всегда, лежала женщина. «Не обращай внимания, — сказал он. — Она спит. Если тебе нужна баба, ложись с ней. Она недурна». Он откинул одеяло, чтобы я мог ее увидеть. Однако в этот момент меня занимало другое. Я был очень возбужден, как всякий человек, только что сбежавший из тюрьмы, и мне хотелось все видеть и все слышать. Дорога от вокзала теперь казалась мне длинным сном, а мое отсутствие — несколькими годами жизни.

Только сев и как следует осмотрев комнату, я наконец понял, что снова в Париже. Сомневаться не приходилось — это была комната Карла, похожая на смесь беличьей клетки и сортира. На столе еле умещалась даже портативная пишущая машинка, на которой он печатал свои статьи. У него так всегда, независимо от того, один он или с бабой. Открытый словарь всегда лежал на «Фаусте» с золотым обрезом, тут же — кисет с табаком, берет, бутылка красного вина, письма, рукописи, старые газеты, акварельные краски, чайник, зубочистки, английская соль, грязные носки, презервативы и т. п. В биде валялись апельсиновые корки и остатки бутерброда с ветчиной.

— В шкафу есть какая-то еда, — сказал Карл. — Закуси. А я займусь профилактикой.

Я нашел бутерброд и обгрызенный кусок сыра. Пока я уписывал бутерброд и сыр, запивая их красным вином, Карл сел на кровать и вкатил себе здоровую дозу аргирола.

— Мне понравилось твое письмо о Гёте, — сказал он, вытираясь грязными подштанниками. — Я сейчас покажу тебе ответ — я вставляю его в свою книгу. Плохо, что ты не немец. Чтобы понять Гёте, надо быть немцем. Я сейчас не буду тебе это объяснять. Я обо всем этом напишу в своей книге... Между прочим, у меня новая девица — не эта, эта полоумная, — по крайней мере была до прошлой недели. Не знаю, вернется она или нет. Она жила здесь все время, пока ты был в отъезде. Потом нагрянули родители и забрали ее с собой. Они сказали, что ей всего пятнадцать. Представляешь себе? Я чуть в штаны не наложил...

Я начал смеяться. Это очень похоже на Карла — вляпаться в такую историю.

— Чего ты смеешься? Меня могут посадить в тюрьму. К счастью, я ее не зарядил. И это странно, потому что она никогда не предохранялась. Ты знаешь, что меня спасло? По крайней мере я так думаю, «Фауст»! Не смейся. Папаша заметил его на столе. Он спросил меня, читаю ли я по-немецки. Потом начал просматривать остальные книги. К счастью, Шекспир был тоже открыт. Это произвело на него грандиозное впечатление. Он сказал, что, по его мнению, я — серьезный парень.

— А сама девчонка? Она-то что сказала?

— Она перепугалась насмерть. Понимаешь ли, когда она переехала ко мне, у нее были небольшие часики; во всей этой суматохе мы не могли их найти, и мать стала кричать, что, если я не найду часов, она вызовет полицию. Ты видишь, что у меня тут делается! Я перерыл все сверху донизу и не мог найти этих проклятых часов. Ее мать совсем взбесилась. Но мне она понравилась, несмотря ни на что. Она красивее дочери. Погоди, я покажу тебе письмо, которое я начал ей писать... Я влюблен в нее...

— В мать?

— Конечно. Почему нет? Если бы я сперва увидел мать, я бы даже не посмотрел на дочь. И откуда мне было знать, что ей всего пятнадцать? В постели как-то не приходит в голову спрашивать у бабы, сколько ей лет.

— Послушай, Джо, тут что-то не так. Ты случайно не п..дишь?

— Я?! А вот посмотри-ка! — И он показал мне акварели этой девчонки — забавные рисунки: нож и батон, чайник и стол, все — в обратной перспективе. — Она влюбилась в меня, — сказал Карл. — Вообще она совсем ребенок. Я напоминал ей, когда надо чистить зубы, и показывал, как носить шляпу. Посмотри — леденцы на палочках! Я покупал ей леденцы каждый день — она их любит.

— Что же она сделала, когда пришли родители? Подняла крик?

— Всплакнула немножко, и все. Что она могла сделать? Она ведь несовершеннолетняя... Пришлось пообещать, что я никогда ее больше не увижу и не буду ей писать. И вот теперь меня очень интересует, вернется ли она. Ведь когда мы встретились, она была девушкой. Любопытно, сколько она сможет вытерпеть без мужчины. Она сходила с ума по этому делу. Заездила меня чуть не до смерти.

В это время проститутка проснулась и стала спросонья тереть глаза. Она тоже показалась мне очень молоденькой. К тому же она была довольно хорошенькая, но глупая как пробка. Она тут же захотела узнать, о чем мы говорим.

— Слушай, она живет здесь же, на третьем этаже, — сказал Карл. — Хочешь пойти к ней? Я это тебе устрою.

Я не знал, хочу ли я идти с этой девицей или нет, но когда Карл снова взялся за нее, я решил, что хочу, и поинтересовался, не устала ли она. Глупый вопрос. Шлюха никогда не устает. Некоторые из них засыпают, пока вы над ними трудитесь. Как бы то ни было, решили, что я пойду к ней. Таким образом, и за ночлег не придется платить.

Утром я снял номер, выходящий в маленький парк, куда приходили завтракать расклейщики плакатов. В полдень я зашел за Карлом, чтобы пойти с ним перекусить. Пока меня не было, он и ван Норден завели новое правило — ходить завтракать в «Куполь».

— Почему в «Куполь»? — спросил я.

— Почему в «Куполь»? — повторил Карл. — Потому что там каждый день подают овсянку, а от нее хорошо работает желудок.

— Понятно.

С тех пор все идет по-прежнему. Карл, ван Норден и я ходим вместе на работу и с работы. Мелкие дрязги, мелкие интриги. Ван Норден все еще поет свою песню насчет б..дей и необходимости вычистить грязь из нутра. Только сейчас он нашел себе новое занятие. Он понял, что мастурбировать гораздо проще, чем бегать за шлюхами. Я очень удивился, когда он мне об этом сказал. Вот уж никогда бы не подумал, что такой человек, как ван Норден, может получать удовольствие от мастурбации. Еще больше я удивился, узнав, как именно он это делает. По его словам, он изобрел новый способ. «Ты берешь яблоко, — сказал он, — прорезаешь посередине дыру и смазываешь ее кольдкремом. Попробуй как-нибудь. Сначала можно просто спятить. Но, что ни говори, а это и дешево, и времени не теряешь».

«Между прочим, — продолжал он, перескакивая на новую тему, — твой приятель Филмор в больнице. По-моему, он сошел с ума. По крайней мере так мне сказала его девка. Пока тебя тут не было, он связался с француженкой. Они все время скандалили. Она здоровая, огромная бабища, притом довольно дикая. Я с удовольствием подъехал бы к ней, да ведь без глаз можно остаться. У Филмора все время руки и морда были исцарапаны. Да и у нее вид часто помятый. Ты знаешь этих французских б..дей — когда они влюбляются, им нет удержу».

Да, в мое отсутствие здесь явно произошли некоторые перемены. Мне было жалко Филмора. Он сделал для меня много хорошего. Оставив ван Нордена, я поехал прямо в больницу.

Врачи еще не решили, окончательно ли Филмор сошел с рельсов или нет. Во всяком случае, я нашел его наверху в отдельной палате и, по-видимому, без особенного надзора. Когда я пришел, он только что вылез из ванны. Увидев меня, он начал плакать.

— Все кончено! — заявил он тут же. — Они говорят, что я сумасшедший и у меня, может быть, даже сифилис. И мания величия. — Он повалился на кровать и безмолвно рыдал некоторое время. Потом вдруг поднял голову и улыбнулся, как просыпающаяся птица. — Почему они поместили меня в такую дорогую палату? — спросил он. — Почему они не положили меня в общую палату или в сумасшедший дом? Мне нечем платить за все это. У меня осталось только пятьсот долларов.

— Вот потому-то они и держат тебя здесь, — сказал я. — Когда у тебя кончатся деньги, ты тут же отсюда вылетишь.

Мои слова произвели на Филмора впечатление. Не успел я договорить, как он отдал мне свои часы с цепочкой, булавку для галстука, бумажник и проч.

— Подержи у себя, — сказал он. — А то эти сволочи меня обчистят. — Тут он засмеялся странным, невеселым смехом, каким редко смеются нормальные люди. — Я знаю, ты думаешь, что я сошел с ума, — сказал Филмор. — Но я хочу загладить свою вину. Я хочу жениться. Ты понимаешь, я не знал, что у меня триппер. Я заразил ее, к тому же она беременна от меня. Мне безразлично, что со мной будет, но я хочу на ней жениться. Я так и сказал доктору, а он говорит, чтоб я подождал с женитьбой, пока не поправлюсь. Но я никогда не поправлюсь. Я знаю. Это конец.

Слушая его, я не мог удержаться от смеха. Мне было непонятно, что с ним случилось. Но так или иначе, я обещал Филмору навестить его девушку и все ей объяснить. Он просил меня присмотреть за ней, помочь чем можно. Сказал, что полностью на меня полагается и т. д. и т. п. Чтобы успокоить его, я обещал все. Вообще говоря, он не показался мне таким уж сумасшедшим, просто слегка свихнувшимся. Обычная англосаксонская болезнь — острый приступ угрызений совести. Но мне было интересно познакомиться с женщиной, на которой он собирался жениться, да и вообще узнать всю подноготную этого дела.

На следующий день я нашел ее. Она жила в Латинском квартале. Узнав, кто я, она сразу же стала очень приветливой и дружелюбной. Ее звали Жинетт. Это была крупная, пышущая здоровьем девка крестьянского типа с полусъеденными передними зубами.

Жизнь била в ней ключом, а в глазах горел странный сумасшедший огонь. Прежде всего она начала плакать. Но как только выяснилось, что я близкий приятель ее Жо-Жо (так она называла Филмора), она бросилась вниз, принесла две бутылки белого вина и потребовала, чтобы я остался с ней обедать. Вино делало ее то веселой, то сентиментальной. Мне не надо было задавать ей никаких вопросов — она говорила без умолку. Больше всего ее интересовало, получит ли Филмор опять свое место, когда выйдет из больницы. Жинетт рассказала мне, что ее родители — люди состоятельные, но она с ними не в ладах. Им не нравился ее образ жизни. Не нравился им и Филмор — плохо воспитан, к тому же американец. Жинетт хотела, чтобы я заверил ее, что Филмор обязательно вернется работать на прежнее место. Я сделал это не задумываясь. Потом она спросила, можно ли верить Филмору, его словам, его обещанию жениться на ней. Дело в том, что с ребенком в пузе да к тому же с триппером у нее не было шансов найти себе другого мужа, особенно француза. Понимаю ли я это? Я сказал, что, конечно, понимаю. Вообще, мне все было абсолютно понятно, кроме одного — каким образом Филмор мог так вляпаться. Однако не буду забегать вперед. Моя задача состояла в том, чтобы успокоить Жинетт, и я постарался это сделать наилучшим образом — сказал, что все, мол, обойдется, что я буду крестным отцом ее ребенка и т. д. и т. п. Мне показалось очень странным, что она хочет рожать, — ведь ребенок мог родиться слепым. Я деликатно намекнул ей на это.

— Мне безразлично, — сказала она. — Я хочу иметь ребенка от Жо-Жо.

— Даже слепого?

— Боже мой, не говорите этого, — заплакала она. — Не говорите этого!

Тем не менее я должен был сказать ей правду. Она начала реветь как белуга и схватилась за рюмку. Но через несколько минут уже громко смеялась, рассказывая, как они с Филмором дрались в постели. «Ему нравилось, когда я дралась с ним, — заявила Жинетт. — Он настоящий дикарь».

Едва мы уселись обедать, как зашла подруга Жинетт — маленькая потаскушка, которая жила в конце коридора. Жинетт немедленно отправила меня за новой бутылкой. Пока я ходил, они, вероятно, успели все обсудить. Подруга, которую звали Иветт, работала в полиции. Полицейская мелочь, насколько я мог понять. Во всяком случае, она намекала на свою осведомленность. Я сразу понял, что на самом деле она просто шлюха. Но у нее была страсть к полиции и разговорам на полицейские темы. Во время обеда обе женщины уговаривали меня пойти с ними на танцы. Им хотелось развлечься и потанцевать — Жинетт чувствовала себя так одиноко, пока ее Жо-Жо был в больнице. Но я отказался, сказав, что мне надо на работу, и пообещал им в следующий свободный вечер сводить их на танцульку. Конечно, я без стеснения объявил им, что у меня нет денег. Жинетт, которую мои слова поразили как гром среди ясного неба, тем не менее заявила, что для нее это не важно. И чтоб доказать свое великодушие, даже предложила отвезти меня на работу в такси. Ведь я друг ее Жо-Жо, а значит, и ее друг. «Друг... — подумал я про себя. — Если что-нибудь случится с твоим Жо-Жо, ты немедленно прибежишь ко мне. Вот тогда ты узнаешь, каким я бываю другом!» Я был с нею невероятно любезен. Когда мы подъехали к редакции, Иветт и Жинетт уговорили меня выпить напоследок по рюмке перно. Я не слишком сопротивлялся. Иветт спросила, нельзя ли заехать за мной после работы, — по ее словам, ей о многом хотелось со мной поговорить наедине. Я сумел отвертеться так, чтобы не обидеть ее, но, к сожалению, размяк и дал ей свой адрес.

Я говорю «к сожалению». Но теперь я рад, что все так получилось. Потому что уже на следующий день произошли новые события. Утром, когда я еще не встал, обе женщины заявились ко мне. Жо-Жо перевели из больницы в небольшой замок в нескольких милях от Парижа. Они говорили «замок», но на самом деле это была психиатрическая лечебница. Они хотели, чтобы я немедленно оделся и ехал с ними. Обе были в панике.

Один я, может, и поехал бы, но ехать туда с ними — на это я не мог решиться. Чтобы оттянуть время и придумать какой-нибудь благовидный предлог, я попросил их подождать меня внизу. Но обе женщины отказались выйти из комнаты и, будто это было обычное дело, смотрели, как я моюсь и одеваюсь. Тут пришел Карл. Я, перейдя на английский, быстро посвятил его в происходящее, и мы отговорились, заявив, что у меня срочная работа. Все-таки, чтоб как-то замазать неловкость, мы сбегали за вином и стали показывать Иветт и Жинетт альбом с порнографическими рисунками. К этому времени у Иветт пропало всякое желание ехать в «замок». Они с Карлом быстро снюхались. Когда пришло время ехать, Карл вызвался сопровождать женщин. Ему хотелось посмотреть на Филмора среди сумасшедших, а заодно увидеть, как такие заведения выглядят изнутри. В общем, они отправились втроем, слегка под хмельком и в самом лучшем расположении духа.

За все время, что Филмор сидел в «замке», я не съездил к нему ни разу. Этого и не требовалось. Жинетт навещала его регулярно и давала мне подробный отчет. По ее словам, врачи не сомневались, что он придет в норму через несколько месяцев. Они считали, что у него было алкогольное отравление. Конечно, был и триппер, но с ним они надеялись легко справиться; сифилиса, по всем признакам, у него не оказалось. Это было уже хорошо. Для начала врачи промыли Филмору желудок и основательно прочистили весь организм. Некоторое время Филмор был настолько слаб, что не вставал с постели. Мрачные мысли одолевали его. Он говорил, что не хочет лечиться, а хочет умереть. Он повторял этот бред с такой настойчивостью, что врачи начали беспокоиться. Это была скверная реклама для их лечебницы. Они всерьез занялись его психикой, а попутно выдергивали Филмору зуб за зубом, пока он не остался без зубов вообще. Врачи были убеждены, что после этого пациент должен чувствовать себя гораздо лучше, но, как ни странно, улучшения не последовало. Напротив, он пришел в еще большее уныние. У него начали выпадать волосы. И в конце концов обнаружилась склонность к паранойе — он обвинял докторов во всех смертных грехах и спрашивал, на каком основании его держат в сумасшедшем доме. После приступов уныния Филмор вдруг становился чрезвычайно энергичен и грозил взорвать «замок», если его оттуда не выпустят. Но самым скверным для Жинетт было то, что он совершенно излечился от намерения жениться. Он заявил ей твердо и определенно, что у него нет ни малейшего желания обзаводиться семьей, и, если она такая дура, что хочет иметь ребенка, все последствия лягут только на нее.

Доктора сочли это хорошим признаком. Они были уверены, что Филмор выздоравливает. Жинетт, естественно, считала, что он совсем спятил, но тем не менее мечтала, чтобы его наконец выпустили и она могла бы увезти его в деревню — она полагала, что тишина и покой благотворно скажутся на его здоровье. Между тем родители Жинетт приехали в Париж навестить дочь и даже съездили в «замок» с визитом к будущему зятю. Со своей французской расчетливостью они решили, что их дочери лучше выйти замуж за сумасшедшего, чем вообще остаться без мужа. Отец Жинетт сказал, что подыщет Филмору какое-нибудь занятие на своей ферме. Он, кстати, нашел, что Филмор неплохой парень. А узнав от Жинетт, что у Филмора богатые родители, стал еще приветливее.

Все, казалось бы, шло как по маслу. Жинетт уехала на время в деревню. Иветт часто приходила в гостиницу к Карлу. Она думала, что он редактор газеты, и постепенно язык ее развязывался все больше и больше. Однажды, упившись в стельку, она объявила нам, что Жинетт — это просто б...., что она пиявка, присасывающаяся к деньгам, и что она никогда не беременеет, а сейчас просто симулирует беременность. По первым двум пунктам у нас с Карлом не было никаких сомнений, но последнее утверждение нас слегка удивило.

— Тогда откуда же у нее такой живот? — спросил Карл.

Иветт прыснула:

— Может, она надувает его велосипедным насосом. Нет, кроме шуток, живот у нее от пьянства. Она пьет как сапожник, эта ваша Жинетт. Вы увидите, из деревни она приедет еще больше раздутая. Ее отец — запойный пьяница. Жинетт тоже. Может, триппер у нее и есть, не знаю, но насчет беременности — это все чушь!

— Зачем же тогда она хочет выйти замуж за Филмора? Влюбилась она в него, что ли?

— Влюбилась?! Ха-ха! Она не может влюбиться — у нее нет сердца. Просто она хочет кого-нибудь подцепить. Ни один француз на ней не женится, потому что ею давно интересуется полиция, а ваш идиот Филмор даже не навел о ней справки. Вот она и решила его охомутать. Родителей она опозорила так, что они знать ее не хотели. Но если она выйдет замуж за богатого американца, тогда все будет шито-крыто... Вы что, на самом деле думаете, он ей нравится? Да вы просто ее не знаете. Когда они жили вместе в гостинице, она водила к себе мужиков, пока он был на работе, и рассказывала, что ваш Филмор не дает ей даже карманных денег, что он скряга. Этот мех, который вы на ней видели... она сказала Филмору, что ей родители подарили. Ну так вот, он просто кретин, ваш Филмор! Я видела, как она приводила мужчину в гостиницу. Она снимала для этого номер этажом ниже. Собственными глазами видела. А какого мужчину! Песок сыплется. У него так и не встал!

Если бы Филмор приехал в Париж после выписки из «замка», я бы, пожалуй, предупредил его. Но пока он был болен, я не хотел отравлять ему жизнь сплетнями Иветт. А после выписки он уехал в деревню к родителям Жинетт, и они сразу взяли его в оборот. Состоялась помолвка, в местных газетах напечатали официальное объявление о предстоящем бракосочетании. Для друзей и знакомых был дан большой прием. Но Филмор пользовался своим положением сумасшедшего и выкидывал всякие штуки. Он, например, мог взять машину своего будущего тестя и просто так гонять по дорогам. Если ему нравился какой-нибудь городок, он останавливался там и жил в свое удовольствие, пока Жинетт его не разыскивала и не увозила домой. Иногда он уезжал вместе с будущим тестем якобы на рыбалку, и они пропадали по нескольку дней. Филмор стал капризным и раздражительным и вел себя как испорченный ребенок. Очевидно, он решил выжать из своего положения все, что только можно.

В Париж Филмор вернулся с новым гардеробом и полными карманами денег. В деревне он загорел и выглядел теперь здоровым, веселым и совершенно нормальным. Спровадив куда-то Жинетт, он открыл нам душу. Его работа, конечно, пропала, а деньги кончились. Через месяц он должен был жениться, а пока родители Жинетт снабжали его деньгами. «Когда я по-настоящему попаду им в лапы, — сказал он, — я превращусь в их батрака. Ее отец собирается купить для меня писчебумажный магазин. Жинетт будет принимать покупателей, получать деньги, а я буду сидеть в задней комнате и писать или что-то в этом роде. Вы можете себе представить, чтобы я просидел в задней комнате писчебумажного магазина до конца своих дней? Жинетт уверена, что это блестящий план. Ей нравится считать деньги. Но тогда лучше уж я вернусь в „замок"».

Между тем при Жинетт он делал вид, что очень доволен. Я старался убедить Филмора уехать в Америку, но он не хотел об этом слышать. Он считал, что это ниже его достоинства — позволить неграмотным крестьянам выгнать его из Франции. У него был план исчезнуть на время, а потом снять квартиру в каком-нибудь отдаленном районе, где Жинетт не смогла бы его найти. Но, поразмыслив, мы решили, что это невозможно: во Франции нельзя «потеряться», как в Америке.

— Ты же можешь поехать в Бельгию на некоторое время, — предложил я.

— А как насчет денег? — спросил он. — В этих проклятых странах надо иметь право на работу.

— А что, если тебе жениться, а потом получить развод?

— В это время родится ребенок. Кто будет смотреть за ним?

— Откуда ты знаешь, что у нее вообще будет ребенок? — спросил я, решив, что пора выложить карты на стол.

— Как откуда? — переспросил Филмор, не понимая, на что я намекаю.

Я коротко пересказал ему все, что говорила Иветт. Он слушал в полной растерянности, но вдруг перебил меня:

— Не стоит об этом. У нее будет ребенок — я чувствовал, как он шевелится. А Иветт — стерва. Я не хотел говорить этого раньше, но перед больницей я подкидывал ей кое-что. Потом крах на бирже — и мое положение изменилось. Тогда я решил, что сделал достаточно для обеих и теперь буду думать только о себе. Это привело Иветт в бешенство. Она сказала Жинетт, что рассчитается со мной... Я бы хотел, чтобы то, что она говорит, оказалось правдой — тогда мне было бы легче вывернуться из этой истории. Но я попал в западню. Я обещал жениться на Жинетт, и я должен это сделать. Не знаю, что потом со мной будет. Но сейчас, как говорится, они держат меня за яйца.

Вскоре Филмор снял номер в той же гостинице, где жил я, и хочешь не хочешь, а мне приходилось видеть и его и Жинетт по нескольку раз в день. Мы почти всегда обедали вместе, и каждый наш обед, естественно, начинался с двух-трех рюмок перно. Во время обеда Филмор и Жинетт шумно ссорились. Это было крайне неприятно — приходилось заступаться то за него, то за нее. Помню, как однажды в воскресенье, позавтракав, мы перебрались в кафе на углу бульвара Эдгара Кине. На этот раз ничто не предвещало ссоры. Мы нашли столик и сели спиной к зеркалу. У Жинетт, очевидно, случился приступ страсти, и она начала сентиментальничать, обнимая и целуя своего Жо-Жо на глазах у всех. Впрочем, для французов это совершенно естественно. Едва они кончили обниматься, как Филмор вдруг сказал что-то о родителях Жинетт. Она истолковала это как оскорбление и побагровела. Мы старались успокоить ее. Объясняли, что она не поняла слов Филмора, и тут Филмор прошептал мне по-английски, чтоб я ее умаслил. Этого было довольно — Жинетт решила, что мы издеваемся над ней, и пришла в бешенство. Я слегка повысил голос, но это разозлило Жинетт еще больше. Филмор пытался ее успокоить.

«Ты слишком вспыльчива, дорогая», — сказал он и поднял руку, чтобы погладить ее по щеке. Но она, решив, что он хочет дать ей пощечину, развернулась и треснула его по скуле своим увесистым, мужицким кулаком. От неожиданности Филмор замер, побледнел, потом встал и залепил Жинетт такую оплеуху, что она чуть не слетела со стула. «Вот тебе! Может быть, научишься вести себя прилично!» — проговорил он на своем ломаном французском. Наступила мертвая тишина. Потом, точно буря, Жинетт налетела на него, схватила стакан и что есть силы швырнула в голову Филмора. Стакан ударился о зеркало. Филмор уже поймал Жинетт за руку, но она свободной рукой хрястнула об пол кофейную чашку. Жинетт рвалась из наших рук как бешеная. Мы еле удерживали ее. Между тем хозяин кафе подбежал к нам и велел немедленно убираться. «Бродяги!» — кричал он. «Да, да! Бродяги! — завизжала Жинетт. — Грязные иностранцы! Бандиты! Гангстеры! Бить беременную женщину!» Теперь на нас уже окрысились все присутствующие. Как же — бедная француженка с двумя американскими бандитами. Гангстерами. Я начал соображать, как бы нам выбраться отсюда без мордобития. Филмор тоже испугался и стал тише воды, ниже травы. Жинетт бросилась из кафе и оставила нас расхлебывать заваренную ею кашу. Но на пороге она обернулась, подняла кулак и заорала: «Я еще рассчитаюсь с тобой, сволочь! Да ни один иностранец не станет так обращаться с приличной француженкой! Нет уж! Никогда в жизни!»

Слыша все это, хозяин, которому уже уплатили и за выпитое и за разбитое, решил, что настало время выказать себя рыцарем и вступиться за прекрасную представительницу слабого пола Франции. Без лишних церемоний он плюнул нам под ноги и вытолкал в шею, крикнув вслед: «А ну валите отсюда, недоноски!» Или что-то в этом роде.

Оказавшись на улице и обнаружив, что никто ничего в нас не кидает, я рассмеялся. Вот было бы здорово, подумал я, разобрать это дело в суде. Со всеми подробностями, включая показания Иветт. Ведь у французов есть чувство юмора. Может, судья, услыхав рассказ Филмора, освободил бы его от обязательства жениться на этой шлюхе.

Между тем Жинетт стояла на другой стороне, размахивая кулаками и продолжая вопить диким голосом. Прохожие останавливались послушать и высказывали свою собственную точку зрения, как это всегда бывает во время уличных скандалов. Филмор не знал, что ему делать — уйти прочь или, наоборот, подойти к Жинетт и попробовать с ней помириться. Он стоял посреди улицы, жестикулируя и стараясь вставить хотя бы слово. Но Жинетт продолжала осыпать его комплиментами: «Гангстер! Подлец! Ты еще меня попомнишь, сволочь!» — и т. д. и т. п. Все же он решился к ней подойти, но она, думая, что он снова ее ударит, засеменила по улице. Филмор вернулся ко мне. «Давай пойдем за ней тихо...» Мы двинулись за Жинетт, а за нами увязались зеваки. Время от времени Жинетт останавливалась, оборачивалась и грозила нам кулаками. Мы не пытались ее догнать — просто лениво следовали за ней, чтобы посмотреть, что она будет делать дальше. Наконец Жинетт замедлила шаг и перешла на нашу сторону. Кажется, она успокоилась. Расстояние, разделявшее нас, сокращалось, и теперь за нами следовало не больше дюжины любопытных; остальные потеряли интерес. На углу Жинетт остановилась в ожидании. «Я сам поговорю с ней, — сказал Филмор. — Я знаю, как с ней обращаться». Когда мы подошли к Жинетт, по ее щекам текли слезы. Но все же я понятия не имел, чего теперь можно от нее ждать. Меня несколько удивило, когда Филмор сказал с обидой в голосе: «Думаешь, это очень красиво? Почему ты так себя вела?» Тут Жинетт обняла его за шею и, прижавшись к его груди, заплакала, как ребенок, называя Филмора разными ласковыми именами. Но вдруг, повернувшись ко мне, сказала: «Ты видел, как он ударил меня? Разве можно так обращаться с женщиной?» Я собрался было уже ответить «можно», но тут Филмор взял ее за руку и строго сказал: «Довольно. Не валяй дурака... или я опять дам тебе затрещину прямо здесь, на улице».

Я решил, что все начинается сначала. В глазах Жинетт сверкнул огонь, но, очевидно, она была напугана и быстро затихла. Тем не менее, когда мы опять сели в кафе, она с мрачным спокойствием заявила Филмору, что это еще не конец, пусть он не надеется, и что остальное она доскажет ему попозже... может, даже сегодня вечером.

Она сдержала слово. На следующий день лицо и руки Филмора были в царапинах. По его словам, Жинетт дождалась, когда он ляжет, подошла к платяному шкафу, вытащила все его вещи, бросила на пол и стала методично рвать. Такое уже случалось, но так как Жинетт потом всегда зашивала порванное, Филмор не обратил на ее выходку особого внимания. Это-то ее и разозлило, и она отделала его ногтями, причем весьма успешно. То, что она беременна, давало ей некоторое преимущество.

Бедный Филмор! Ему было уже не до смеха. Эта девка его просто терроризировала. Если он грозился сбежать, она в ответ грозилась убить его. И заявляла об этом таким тоном, что было ясно — она действительно это сделает. «Если ты уедешь в Америку, — говорила Жинетт, — я поеду за тобой и найду тебя! Ты никуда от меня не скроешься! Француженка мстит до конца!» После этого она начинала просить прощения, умоляла его «быть уменьким» и все такое прочее. Когда у них будет магазин, жизнь пойдет как по маслу. Ему не придется ничего делать — она будет работать за двоих. Все, что от него требуется, — это сидеть в задней комнате и писать или заниматься чем-нибудь в этом роде.

Их затяжное сражение продолжалось с переменным успехом несколько недель. Я старался избегать их. Мне все это надоело и было противно смотреть на обоих. В один прекрасный летний день я шел мимо банка «Креди Лионне» и вдруг увидел Филмора, который как раз выходил оттуда. Я поздоровался с ним приветливей, чем обычно, — мне было стыдно, что я избегал его так долго. С понятным любопытством я спросил его, как дела. Филмор отвечал уклончиво, но чувствовалось, что он в отчаянии.

— Она позволила мне пойти в банк, — сказал он странным, дрожащим и робким голосом. — У меня всего полчаса, не больше. Она следит за каждым моим шагом. — Он схватил меня за руку, как бы стараясь увести от этого места.

Мы пошли по улице Риволи. День был чудесный, теплый, солнечный и прозрачный — один из тех дней, когда Париж похож на невесту. Легкий ветерок разгонял обычный затхлый запах большого города. Филмор был без шляпы. Вообще говоря, вид у него был здоровый и бодрый — вид обычного богатого американского туриста, фланирующего по бульвару.

— Не знаю, что делать, — сказал он тихо. — Ты должен мне помочь. Сам я ничего не могу. Не могу даже собраться с мыслями. Если бы я избавился от нее хоть ненадолго, я бы пришел в себя. Но она не отпускает меня ни на минуту. Она позволила мне пойти только в банк за деньгами. Но я все-таки пройдусь с тобой немного, а потом побегу обратно — у нее уже готов обед.

Слушая Филмора, я думал, что действительно кто-то должен вытащить его из этой ловушки. Он был совершенно беспомощен, без тени самостоятельности, точно ребенок, которого каждый день бьют и который уже не знает, как ему себя вести, а просто дрожит и пресмыкается. Когда мы вошли в длинный пассаж Риволи, Филмор разразился злобной антифранцузской тирадой. Французы опротивели ему.

— Когда-то я был без ума от них, — сказал он. — Но все это литература. Сейчас я их узнал... я раскусил их. Это жестокие, жадные люди. Вначале тебе все здесь кажется замечательным... чувствуешь, что ты свободен... Но потом это начинает удручать. На самом деле это все мертвечина; здесь нет ни любви, ни сочувствия, ни дружбы. Французы — эгоисты до мозга костей. Самый эгоистичный народ в мире! Они способны думать только о деньгах. Деньги, деньги и деньги! Но при этом они еще заставляют тебя соблюдать их сволочные приличия. Это просто сводит меня с ума. Когда я вижу, как она чинит мои рубашки, я готов хватить ее чурбаком по голове. Вся эта штопка, экономия, вечное считание грошей... С утра до ночи я слышу: «Надо быть экономным, mon chéri!» И я это слышу не только дома — повсюду! «Будь благоразумен, будь рассудителен...» Я не хочу быть благоразумным. Не хочу быть логичным! Я ненавижу это! Я хочу хоть что-нибудь делать! Я не хочу сидеть целыми днями в кафе и трепать языком. Лучше делать глупости, чем вообще ничего не делать! Боже мой! У нас много недостатков, но у нас есть энтузиазм. Я скорее соглашусь быть бродягой в Америке, чем уважаемым буржуа здесь! Может быть, это потому, что я — янки. Я родился в Новой Англии, и там мне и место. Я не могу сделаться европейцем ни с того ни с сего. Мы по крови другие. Может, климат... и прочее. Мы видим все другими глазами. Мы не можем себя переделать, как бы мы ни восхищались французами. Мы — американцы и должны оставаться американцами. Конечно, я ненавижу этих пуританских недоносков у нас дома, меня тошнит от них, но я сам — один из них. Мне нечего здесь делать. Меня тошнит от этой страны.

Пока мы шли по пассажу, Филмор продолжал этот монолог, и я не прерывал его. Ему нужно было выговориться. Но я помнил, как он же всего год назад бил себя в грудь и кричал: «Какой замечательный день! Какая чудная страна! Какой потрясающий народ!» И если бы какой-нибудь американец посмел сказать хоть одно слово против Франции, он расквасил бы ему нос. Я никогда не видел человека, который был бы так влюблен в чужую страну, так счастлив под ее небом, как любил ее и был счастлив Филмор. Когда он произносил «Франция», это значило — вино, женщины, деньги и полная свобода и беспечность. Это значило — бесконечный праздник. И вот теперь этот праздник кончился. Ветер сорвал парусиновую крышу, и он увидел небо и понял, что это не цирк, а просто арена, такая же, как и везде. И жить на ней трудно. Я часто думал, слушая филморовские панегирики Франции, свободе и прочему дерьму, что сказал бы обыкновенный француз, если б понял его слова. Недаром они считают нас чокнутыми. Действительно, для них мы чокнутые. Глупые дети. Престарелые идиоты. То, что мы называем жизнью, — это просто романтика, купленная в дешевой лавчонке. И этот наш энтузиазм... Что это? Грошовый оптимизм, от которого европейца начинает мутить. Пустая иллюзия. Нет, «иллюзия» — слишком хорошее слово для этого. Это не иллюзия. Это — *недомыслие*. Чистое недомыслие, и все. Мы точно табун диких лошадей с шорами на глазах. Несемся в сумасшедшем галопе. К краю пропасти — и вниз. Нам все равно — нам нужно бешеное движение и смятение чувств. Вперед, вперед! Все равно куда. Мы мчимся — и пена выступает у нас на губах. Мы орем: «Аллилуйя!» *Аллилуйя!* Почему? Зачем? Бог знает. Это у нас в крови. Это в нашем климате. Это — и многое другое. И это — конец. Мы рушим весь мир. Но не знаем, зачем и для чего. Это наша судьба. Все остальное — ерунда...

Возле «Пале-Рояль» я предлагаю Филмору зайти в бистро и выпить. Он колеблется. Я вижу, что он думает о Жинетт, об обеде, о скандале, который она ему закатит.

— Черт подери, — говорю я. — Забудь ты о ней на минуту. Я *закажу* что-нибудь, и я хочу, чтобы ты со мной выпил. Не беспокойся, я вытяну тебя из этой идиотской истории. — И с этими словами я заказываю два двойных виски.

Увидев виски, Филмор заулыбался, как ребенок.

— Пей! — говорю я. — И мы закажем еще. Это тебе не повредит. Забудь все, что наговорили тебе доктора; виски — это как раз то, что тебе сейчас нужно. Пей до дна!

Филмор опрокидывает стакан и, когда гарсон уходит за второй порцией, смотрит на меня глазами, полными слез, как будто у него не осталось больше друзей на всем свете. Губы его слегка подергиваются. Он явно хочет что-то сказать, но не знает, с какого бока подойти. Я спокойно смотрю на него, словно не замечая его смущения, потом отодвигаю в сторону тарелки, облокачиваюсь на стол и твердо говорю:

— Довольно валять дурака. Выкладывай все начистоту. Что бы ты хотел сейчас сделать? Говори!

Из его глаз брызгают слезы, и он выпаливает:

— Я хочу домой, к своим. Хочу, чтобы вокруг меня опять говорили по-английски!

Теперь уже слезы текут у него по щекам ручьями, и он даже не смахивает их. Все, что накопилось у него на душе, изливается наружу. Вот это здорово, думаю я про себя. Это — настоящее очищение. Как хорошо позволить себе быть полным трусом, хотя бы один раз в жизни. И не стесняться этого. Право, это прекрасно! Просто великолепно! Глядя на потерявшего самообладание Филмора, я вдруг почувствовал, что для меня нет ничего невозможного. Я был смел и решителен. В голове у меня роились тысячи идей.

— Послушай, — начал я, наклоняясь еще ближе к Филмору. — Если все, что говоришь, — правда, почему бы тебе не уехать? Знаешь, что бы я сделал на твоем месте? Уехал бы прямо сегодня. Точно... Уехал бы сейчас же, даже не попрощавшись с ней. Вообще, это единственная возможность. Если она тебя снова увидит, то уже не выпустит. Ты и сам знаешь.

Гарсон принес нам по второй порции виски. И я видел, с какой отчаянной решимостью Филмор схватил стакан и поднес его к губам. В его глазах блеснула надежда — еще отдаленная, дикая, невероятная. Может быть, ему виделось, как он вплавь пересекает Атлантику. Мне же предстоящая операция казалась парой пустяков. В голове у меня все выстраивалось ясно и четко, от первого шага до последнего.

— Чьи деньги у тебя в банке? — спросил я. — Ее отца или твои?

— Мои! — воскликнул он. — Мне их прислала мать. Я не хочу ее сволочных денег!

— Отлично, — сказал я. — Теперь слушай. Мы возьмем такси и поедем в банк. Забирай все до последнего гроша. Потом мы поедем в английское консульство и поставим визу. Ты сегодня же садишься в поезд и едешь в Лондон, а из Лондона первым же пароходом в Америку. В этом случае не надо будет волноваться, что Жинетт тебя выследит. Ей не придет в голову, что ты поехал через Лондон. Если она погонится за тобой, то, естественно, кинется сначала в Гавр, потом в Шербур... И еще одно — забудь про свои вещи. Оставь все у нее. Пусть она ими подавится. С ее французской психологией ей не придет в голову, что человек может уехать без вещей.

Это же невероятно. Француз не может этого сделать... если он не сумасшедший, как ты.

— Правильно! — вскричал Филмор. — А я-то не додумался! Ты же можешь прислать мне их потом — если она их отдаст! Впрочем, это сейчас не важно. Но... Боже мой, у меня нет даже шляпы!

— Зачем тебе шляпа? В Лондоне купишь все, что понадобится. А сейчас поехали. Нам надо узнать, когда уходит поезд.

— Послушай... — сказал он, вынимая бумажник. — Можно, я тебя попрошу? Возьми деньги и сделай все что надо. У меня нет сил... Голова кружится.

Я взял бумажник и выгрузил все ассигнации, которые Филмор только что получил в банке. У тротуара стояло такси. Мы сели в него. Поезд уходил с Северного вокзала около четырех часов. Я стал прикидывать в уме. Банк, консульство, «Америкен экспресс», вокзал. Чудно! Все можно успеть.

— Теперь не падай духом! — сказал я. — Главное — спокойствие. Черт возьми, через несколько часов ты уже переплывешь Ла-Манш. Сегодня вечером ты будешь гулять по Лондону и слушать свой английский язык. А завтра выйдешь в открытое море, и тебе будет начихать на весь свет. К тому времени, когда ты приедешь в Нью-Йорк, все забудется, как плохой сон.

Филмор ужасно взволновался и начал конвульсивно сгибать и разгибать ноги, как будто хотел бежать прямо в такси. В банке у него так дрожали руки, что он едва расписался. Этого я за него не мог сделать — поставить его подпись. Но если б понадобилось, я посадил бы его на горшок и подтер ему задницу. Я твердо решил отправить парня — даже если придется сложить его, как перочинный нож, и запихать в чемодан.

В английском консульстве был обеденный перерыв до двух часов. Чтобы как-то убить время, я предложил Филмору пообедать. Конечно, он не был голоден и решил, что мы можем удовлетвориться бутербродами. «К чертям бутерброды! — заявил я. — Ты угостишь меня хорошим обедом. Это будет твой последний приличный обед в Париже, может, он тебе надолго запомнится». Я повел его в уютный маленький ресторан и заказал хороший обед и самое лучшее вино, не думая о цене и вкусе. У меня в кармане лежали все его деньги — куча денег, как мне казалось. Во всяком случае, никогда в своей жизни я не держал столько денег в руках. Какое это было удовольствие — разменивать тысячефранковую купюру! Я сжимал ее в руках, я рассматривал ее на свет, изучая водяные знаки. Красивые деньги! Вот что французы умеют великолепно делать. Один их внешний вид уже выражал глубочайшее уважение к этому священному предмету.

После обеда мы пошли в кафе. Я заказал шартрез и кофе. Почему бы нет? И разменял еще одну купюру — на этот раз пятисотфранковую, чистенькую, новенькую, хрустящую. Приятно держать в руках такие деньги. Официант дал мне сдачу — пачку старых, грязных, подклеенных пяти- и десятифранковых бумажек и целую пригоршню мелочи. Китайские деньги, с дырками. Я уже не знал, в какой карман их класть. Брюки у меня просто трещали от монет и бумажных денег. Пришлось вываливать все это богатство при людях; было неловко, к тому же я боялся, что нас примут за жуликов.

Когда мы приехали в «Америкен экспресс», времени уже было в обрез. У англичан — разумеется, по-английски медлительных и обстоятельных — мы сидели как на иголках. Здесь же все скользили словно на роликах. Они так спешили, что все приходилось делать по два раза. Когда чеки были подписаны и скреплены в аккуратную маленькую книжечку, обнаружилось, что Филмор расписался не в том месте. Ничего не оставалось, как начать все сначала. Я стоял над Филмором, глядя одним глазом на часы, а другим следя за каждым движением пера. Расставаться с деньгами было тяжело. Не со всеми, слава Богу, но с большей частью. В кармане у меня осталось приблизительно две с половиной тысячи франков. Я говорю — приблизительно, потому что я больше не считал деньги франками. Сотней, двумя сотнями больше или меньше — какая разница! Что касается Филмора, то он все это время был в полной прострации. Он не знал, сколько у него денег. Он только знал, что нужно что-то оставить Жинетт. Сколько, он понятия не имел — мы должны были подсчитать это по дороге на вокзал.

От волнения мы забыли разменять все деньги. Но мы уже сидели в такси, и каждая минута была на счету. Теперь надо было выяснить наше финансовое положение. Мы быстро извлекли деньги из карманов и начали их делить. Часть денег упала на пол, часть лежала на сиденье. Было отчего растеряться — французские деньги, американские, английские и куча мелочи в придачу. Мне захотелось собрать монеты и побросать их в окно, чтобы упростить дело. В конце концов мы все рассортировали; он взял английские и американские деньги, а я — французские.

Надо было быстро решить, что делать с Жинетт — сколько ей оставить денег, что ей сказать и т. д. Он все плел какую-то ахинею, которую я должен был ей передать, — он, мол, не хотел делать ей больно и тому подобное. Пришлось его оборвать:

— Не думай о том, что сказать Жинетт. Положись на меня. Реши только, сколько ты хочешь ей оставить. Кстати, а зачем вообще ей что-нибудь оставлять?

Филмор подскочил, как будто у него под сиденьем взорвалась бомба, и зарыдал. Я никогда не виде таких слез! Прежние слезы не шли ни в какое сравнение. Я боялся, что он упадет в обморок. Не задумываясь, я выпалил:

— Хорошо, давай отдадим Жинетт все французские деньги. Этого ей на какое-то время хватит.

— А сколько там? — спросил Филмор слабым голосом.

— Не знаю точно... около двух тысяч франков. Во всяком случае больше, чем она заслуживает.

— Ради Бога, не говори так! — застонал он. — В конце концов я поступаю с ней как подлец. Родители никогда не возьмут ее обратно. Нет, отдай ей все — все до последнего гроша... Сколько бы там ни было. — Он вынул платок и стал утирать слезы. — Я ничего не могу поделать, — сказал он. — Мне очень тяжело.

Я молчал. Неожиданно Филмор вытянулся во весь рост — мне показалось, что у него какой-то припадок, — и сказал:

— Нет, я должен ехать назад... Пусть делает со мной что хочет... Если с ней что-нибудь случится, я никогда себе этого не прощу...

Для меня это прозвучало как гром среди ясного неба.

— Ты с ума сошел! — завопил я. — Не смей! Теперь уже слишком поздно. Ты должен ехать, а я о ней позабочусь. Я отправлюсь к ней прямо с вокзала. Неужели ты не понимаешь, идиот несчастный: если она узнает, что ты пытался сбежать от нее, она с тебя живого спустит шкуру! Для тебя уже нет пути назад. Все кончено.

«Вообще, что может произойти? — подумал я. — Что, она покончит с собой? Tant mieux. Тем лучше, как говорят французы».

Когда мы подкатили к вокзалу, до отхода поезда оставалось еще двенадцать минут. Я решил не покидать Филмора до конца. Он был в таком состоянии, что я не удивился бы, если бы в последний момент он выпрыгнул из вагона и побежал к Жинетт. Любая мелочь могла стать той самой соломинкой и свести на нет все мои усилия. Я потащил его в бар напротив вокзала.

— Сейчас ты выпьешь перно — твое *последнее* перно. А я заплачу за него... *твоими* деньгами.

Он посмотрел на меня с сомнением, сделал большой глоток, а потом, повернувшись ко мне, как побитая собака, сказал:

— Я знаю, что не следует доверять тебе все эти деньги, но... но... Ладно, делай все, как ты считаешь нужным. Я не хочу, чтобы она покончила с собой.

— Покончила с собой? — переспросил я. — Только не она! Ты слишком высокого о себе мнения, если можешь даже вообразить нечто подобное. А насчет денег... Мне противно отдавать ей эти деньги, но я тебе обещаю, что немедленно зайду на почту и переведу их ей телеграфом. Я не хочу таскать эту кучу денег с собой... — Увидев на прилавке вертушку с открытками, я вытащил одну — с Эйфелевой башней — и заставил Филмора нацарапать несколько слов. — Напиши ей, что ты сейчас отплываешь. Напиши, что ты ее любишь и вызовешь ее, как только приедешь в Америку... Я отправлю пневматической городской почтой. А вечером я ее увижу. Не беспокойся... все будет хорошо.

Мы вернулись на вокзал. Оставалось две минуты до отхода поезда. Я чувствовал, что опасность миновала. Подведя Филмора к барьеру, отделяющему пассажиров от провожающих, я хлопнул его по плечу. Я не пожал ему руки — он стал бы за меня цепляться. Я просто показал на поезд со словами: «Скорее! Сейчас отправится». И тут же пошел прочь. Я даже не оглянулся, чтобы убедиться, что он сел в поезд. Мне было страшно.

Во время всей этой возни с Филмором я не думал, что я буду делать, когда он уедет. Я надавал ему разных обещаний, но все это было только для того, чтобы его успокоить. Однако я боялся Жинетт не меньше, чем Филмор. Если не больше. Мне становилось не по себе. Все случилось так быстро, что невозможно было как следует разобраться в происходящем. Я вышел с вокзала в каком-то приятном опьянении. В руках у меня была открытка. Остановившись возле фонаря, я прочел ее. То, что там было написано, звучало по-идиотски. Чтобы убедиться, что это не сон, я перечитал открытку еще раз. Потом порвал ее и выбросил в канаву.

И тут же оглянулся, точно ожидая, что Жинетт появится из-за угла с томагавком в руках. Но никто за мной не гнался. Я зашагал по направлению к площади Лафайета. Как я уже говорил, был прекрасный день. По небу плыли легкие барашковые облака. Тенты над кафе мотались и хлопали на ветру. Никогда еще Париж не казался мне таким очаровательным; мне было даже жалко, что я отправил отсюда этого беднягу. На площади Лафайета я присел на скамейку лицом к церкви и взглянул на колокольню. Ее нельзя назвать выдающимся произведением архитектуры, но мне нравилась синева циферблата. Сегодня она была еще синее, чем всегда. Я не мог оторвать от нее глаз.

Если Филмор в припадке сумасшествия не напишет Жинетт письмо с объяснениями, ей совершенно незачем знать, что произошло. И даже если она узнает, что он оставил ей две с половиной тысячи франков, у нее не будет ни малейшего доказательства. Я всегда могу сказать, что Филмор все это выдумал. Человек, который настолько ненормален, что может уехать в Америку даже без шляпы, легко может придумать историю с двумя с половиной тысячами франков, да и вообще что угодно. Сколько же он все-таки оставил? Мои карманы были набиты деньгами. Я вытащил их и тщательно пересчитал. Две тысячи восемьсот семьдесят пять франков тридцать пять сантимов. Больше, чем я думал. Мне надо было избавиться от семидесяти пяти франков тридцати пяти сантимов. Я хотел иметь круглую сумму — две тысячи восемьсот. В этот момент к тротуару подъехало такси. Из него вышла дама, держа на руках белого пуделя, который мочился на ее шелковое платье. Мысль о том, что собаку катают на такси, обозлила меня. Я не хуже пуделя, подумал я. Подозвав такси, я влез в него и попросил шофера отвезти меня в Булонский лес. Он спросил, куда именно, и я ответил: «Не важно. Просто покатайте меня и не торопитесь. У меня масса времени». Усевшись как можно удобнее, я смотрел на проплывавший мимо Париж — на дома, на зубчатые крыши, на трубы, на крашеные стены, на уличные уборные, на все эти артерии города. Проезжая мимо «Рон-Пуэн», я решил остановиться и зайти туда справить нужду. К тому же не исключено, что я смогу кого-нибудь там подцепить. Я попросил шофера подождать меня. Первый раз в жизни меня ждала машина, пока я отправлял естественные надобности. Сколько можно истратить таким образом? Не особенно много. С деньгами, которыми были набиты мои карманы, я мог свободно заплатить и за два такси.

Я осмотрелся, но никто не привлек моего внимания. Мне хотелось чего-нибудь свежего, нетронутого — женщину с Аляски, скажем, или с Виргинских островов. Чистый, свежий товар с естественным ароматом. Конечно, ничего подобного я не нашел. Это, правда, меня не слишком расстроило. В общем, мне было наплевать, найду я кого-нибудь или нет. Главное — не проявлять нетерпения и не торопиться. Все в свое время.

Мы проехали мимо Триумфальной арки. Несколько туристов топтались вокруг останков Неизвестного солдата. Катя́ по Булонскому лесу, я поглядывал на всех этих богатых б...ей, ехавших в своих лимузинах. Они сидели с таким видом, точно куда-то спешили по важному делу. Этот вид должен был придать им значимости, к тому же показать всему миру, как мягко скользят по земле их «роллс-ройсы» и «испано-сюизы». Но я скользил по этой земле еще мягче, чем их «роллс-ройсы». Я весь был точно из бархата — сплошной бархат. Бархатная кора головного мозга, бархатные позвонки. И даже бархатная колесная мазь! Все-таки хорошо хотя бы полчаса быть богатым и сорить деньгами, как пьяный матрос. Весь мир — у твоих ног. И ты даже не знаешь, что с ним делать, и это самое приятное. Ты можешь развалиться на сиденье и смотреть, как на счетчике набегает огромная сумма, можешь позволить ветру трепать твои волосы, можешь остановить такси и зайти что-нибудь выпить, а потом, дав шоферу солидные чаевые, уйти, посвистывая, как будто для тебя это самое обычное дело. Но ты не можешь начать революцию, и тебе никогда не удастся вычистить всю грязь из нутра.

Когда мы подъехали к Порт-д'Отёй, я попросил шофера подвезти меня к реке. Возле Севрского моста я вышел и пошел по берегу в сторону виадука. Здесь Сена суживается, становясь похожей на ручей, и деревья обступают ее вплотную с обеих сторон. Вода зеленая и блестящая, особенно у противоположного берега. Покашливая моторами, по реке плыли баржи. Купальщики в коротких трусиках стояли в траве, подставляя себя солнцу. Все было напоено солнечным светом, пульсировало, было реальным и близким.

Проходя мимо пивной под открытым небом, я увидел группу велосипедистов, сидящих за столом. Я сел рядом с ними и заказал кружку пива. Слушая их болтовню, я вспомнил Жинетт и представил себе, как она мечется по комнате, рвет на себе волосы, рыдает и мычит — я это уже не раз видел. Я представил себе шляпу Филмора, висящую на гвозде, и стал думать, придутся ли мне впору его костюмы и пальто. Его пальто-реглан мне особенно нравилось. Филмор сейчас далеко. Скоро под ним будет качаться корабль. Английский язык! Он соскучился по английскому языку! Надо же придумать такое!

Неожиданно я вдруг сообразил, что если бы мне захотелось, то и я мог бы уехать в Америку. В первый раз мне представилась такая возможность, и я спросил себя: «Ты хочешь уехать?» И не получил ответа. Мои мысли унеслись в прошлое, к океану, к другим берегам, к небоскребам, которые я видел в последний раз исчезающими под сеткой мелкого снега. Я вообразил, как они снова наползают на меня, вообразил тот напор, который так ужасал меня в них. Я видел огни, пробивающиеся между их ребрами. Видел весь этот огромный город, улицы, кишащие муравьями, стремительные поезда надземки, толпу, выходящую из театров. На секунду я вспомнил свою жену — где она? Что с ней сталось?

От всех этих мыслей на меня снизошел тихий мир. Тут, где эта река так плавно несет свои воды между холмами, лежит земля с таким богатейшим прошлым, что, как бы далеко назад ни забегала твоя мысль, эта земля всегда была и всегда на ней был человек. Перед моими глазами в солнечной дымке течет и дрожит золотой покой, и только безумный невротик может от него отвернуться. Течение Сены здесь так спокойно, что его замечаешь с трудом. Оно лениво и сонно, а сама Сена — точно огромная артерия человеческого тела. В той тишине, которая снизошла на меня, мне казалось, что я взобрался на высокую гору и у меня появилось наконец время, чтобы осмотреться кругом и понять значение ландшафта, что развернулся под моими ногами.

Двуногие существа представляют собой странную флору и фауну. Издали они незначительны; вблизи — часто уродливы и зловредны. Больше всего они нуждаются в пространстве, и пространство даже важнее времени.

Солнце заходит. Я чувствую, как эта река течет сквозь меня, — ее прошлое, ее древняя земля, переменчивый климат. Мирные холмы окаймляют ее. Течение этой реки и ее русло вечны.

«ТРИДЦАТЬ ДВЕ ТЫСЯЧИ ТРИСТА ЧЕТЫРЕ ДНЯ НА ПЛАНЕТЕ ЗЕМЛЯ»

Биографический очерк[1]

Генри-Валентин Миллер родился 26 декабря 1891 года в Бруклине, в семье немецких эмигрантов во втором поколении Генри Миллера и Луизы Нитинг. Его отец, как и оба деда — Генрих Мюллер и Валентин Нитинг, — был портным, позднее — владельцем ателье мужского платья, имел солидных клиентов, и, хотя в быту был «кутилой, бонвиваном и сибаритом», дела его процветали, и семья жила в довольстве и достатке. Миллеры имели собственный дом на Декатур-стрит, которую Генри-младший называл «Улицей Ранних Печалей», могли позволить себе держать учителя музыки для сына, унаследовавшего материнские способности (Луиза играла на гитаре и цитре), регулярно пополнять библиотеку, поощряя любовь «кумира соседских матерей» к чтению, с лихвой удовлетворять заказы детей на рождественские подарки и приобщать их к театру. Младшая сестра Генри — Лоретта — страдала врожденным слабоумием, и спустя многие годы, после смерти родителей, Генри-младший взял все заботы о ней на себя.

---

[1] Некоторые сведения, содержащихся в биографическом очерке, почерпнуты из книги биографа Генри Миллера Роберта Фергюсона, см.: *Ferguson Robert*. Henry Miller: A Life. New York; London: W. W. Norton & Company, 119911. При подготовке очерка использованы книга Альфреда Перле «Мой друг Генри Миллер» (London: Neville Spearman, [1955]), различные издания «Дневника Анаис Нин» и другие источники. Все цитаты даются в переводе автора очерка и специально не оговариваются.

«Почти каждый из нас проживает бо́льшую часть жизни под спудом. Конкретно в моем случае — могу сказать, что сам я всплыл на поверхность лишь после того, как покинул Америку, — так писал он в «Тропике Козерога». — Может, Америка тут вовсе ни при чем, но факт остается фактом: я не прозрел до тех пор, пока не покорил Париж. Да и то, может, только потому, что отрекся от Америки, отрекся от своего прошлого». К тому моменту, как, «нырнув» в Нью-Йорке, Миллер в 1930-м «всплыл» в Париже, он имел тридцать восемь лет ученического стажа «в мастерской у Бога». Детство в пестром эмигрантском Бруклине, где называть друг друга «макаронником», «швабом», «жидом», «ирлашкой» считалось в порядке вещей: это был грубый и жестокий и одновременно открытый и честный мальчишеский мир. После школы — неудачная попытка поступить в университет и взамен — неполный курс истории искусства в Нью-Йоркском городском колледже. Тогда же — роман с женщиной, которая была на пятнадцать лет старше его, и первый опыт совместной жизни, окончившийся «побегом на Аляску», а в действительности — в Калифорнию, в Чула-Виста, где он работал подсобным рабочим на цитрусовых плантациях и между делом познакомился с анархистами, случайно попав на лекцию Эммы Гольдман в Сан-Диего, куда приехал в выходной день за компанию с одним из рабочих посетить мексиканский публичный дом. Лекции Гольдман открыли ему идеализм Петра Кропоткина, отвечавший его убеждению, что люди должны следовать своей природе; открыли Ницше, о котором, прочитав его «Антихриста», Миллер написал свое первое (неопубликованное) эссе. Лекция Гольдман поставила точку на его пребывании в Чула-Виста.

По возвращении в Нью-Йорк — работа подмастерьем в ателье отца; здесь он познакомился с людьми старшего поколения: закройщики Банчек, Хаймович, Рубин, Берг потчевали его рассказами из жизни, знакомили с еврейским фольклором. От них Генри приобрел вкус к страстной, меланхоличной еврейской музыке. В ответ он давал им регулярный отчет о своих «читательских похождениях»: Ницше, Спенсер, Грант Аллен, Анри Бергсон. Ателье было расположено вблизи театрального квартала, и там одевались артисты и околотеатральная публика, так что Миллер имел возможность посещать концерты в Метрополитен-Опера и Карнеги-Холл и услышать величайших виртуозов современности Падеревского, Альфреда Кортота, Прокофьева, увидеть Нижинского. В то время Миллер сам питал смутную надежду стать профессиональным пианистом, но философия и литература начинали играть все большую роль в его жизни. Он посещает лекции валлийского поэта, писателя, теоретика литературы Джона Каупера Пауиса о Рабле, Уитмене, о русской литературе: Достоевский, Толстой, Тургенев, Чехов, Горький, Андреев, Арцыбашев — и открывает для себя «славянскую душу». О Пауисе Генри говорил: «Он был для меня как оракул». Барочный стиль Пауиса — инверсия, экзотические слова, окказиональные полубиблейские формулировки — Миллер принял для своей будущей прозы. Еще в «доцитрусовый» период он приобщился к теософии и эзотерическим учениям, и прежде всего к идеям мадам Блаватской.

Летом 1917 года двадцатипятилетний Миллер — отчасти спасаясь от военной службы — вступает в свой первый брак с Беатрисой Сильвас Уикенз и становится отцом дочки Барбары. Беатриса была профессиональной пианисткой, но карьера ее не удалась. Помимо концертов, она давала уроки музыки, к чему позднее присоединился и Генри. Вместе они посещали концерты в Метрополитен-Опера, Карнеги-Холл, Музыкальной академии, привлекавшей музыкантов ранга Горовица, Рахманинова,

Тосканини, но что касается велогонок, рестлинга, шахмат, то тут Беатриса не была подходящим компаньоном. Необходимость содержать семью, библиотеку, фонотеку и прочая вынуждают Миллера, завершившего к тому времени «портновский практикум», ринуться на поиски постоянной, «полноценной» работы, увенчавшиеся в итоге получением места управляющего по найму в «Космодемонической», «Космококковой» — как он ее называл, телеграфной компании, где он продержался до осени 1924 года, познав все прелести работы от звонка до звонка и приобретя там богатейший запас сырья для своей будущей прозы. Но большая проза — это уже во времена Джун. А пока что Миллер обзавелся огромным махогоновым столом и заработал свой первый гонорар в 2 доллара 43 цента, опубликовав в массачусетском журнале «Черная кошка» пять коротеньких вещиц «из уст одного старого философа»...

Между тем брак трещал по швам. В конце лета 1923 года, заглянув в танцевальный зал Уилсона, Миллер встретил Джун Эдит Смит (Мэнсфилд), работавшую там платной партнершей, которая стала его второй женой и «энергетическим соавтором» всего, что он написал. Джун совершенно преобразила его жизнь. Она настояла на том, чтобы он и думать забыл о работе от звонка до звонка и всецело посвятил себя литературе. Финансовое обеспечение Джун взяла на себя и не брезговала даже работой в дешевых забегаловках и кафетериях. Она стала его «путеводителем» в мире богемы Гринвич-виллиджа, где Генри и Джун были частыми посетителями чайных и кафетериев, в которых велись разговоры и дискуссии о психоанализе, о контроле над рождаемостью, о сексуальной свободе, о входившем в моду гомосексуализме. В 1926 году у Джун начинается роман с Мартой Эндрюс, известной в богемных кругах под именем Джин Кронски, или Мары. Она происходила из состоятельной семьи, внешне походила на Рембо, считалась талантливым скульптором, художником, поэтом. Носила в одном кармане «Алису в Стране Чудес», в другом — «Дао-децзин». Мара жила у Миллеров. Дома был «богемный кошмар»: неубранная постель, немытая посуда, нестираное белье, немытый пол и окурки в тарелках... Миллер был консервативен в вопросах сексуальных ролей и с трудом переносил происходившее. Для Джун в Миллере все вдруг стало «буржуазным», даже его гетеросексуальность. В итоге Мара и Джун тайком уезжают в Париж, куда в двадцатых годах переместился из Нью-Йорка центр литературной и культурной жизни. Миллер брал у Мары уроки живописи и, оставшись один, начал писать картины, вдохновившись Тернером, Шагалом, Георгом Гроссом. Как всегда, много читал. Под впечатлением Пруста задумал написать свою, «пролетарскую прустиану». В Нью-Йорк Джун вернулась без Мары и вновь внесла изменения в жизнь Миллера. У нее появился богатый поклонник — Роланд Фридман, который согласился финансировать «ее» книгу, после того как ознакомился с написанными Генри «меццотино», которые она выдала за свои. Миллер пишет свою первую книгу «Молох», отдавая авторство Джун, и на полученные от Фридмана деньги «соавторы» отправляются в Квебек и Монреаль: Джун поездом, Миллер — до Монреаля хичхайкингом. В Канаде они «сорили деньгами, как пьяные матросы» и следующую осень решили провести в Испании или Франции. Фридман еще раз ссужает Джун деньгами — теперь она захотела открыть собственное кафе «Римская таверна», — которые они счастливо проживают в Европе в течение полугода. Это было первое заграничное путешествие 37-летнего Миллера: Париж, Фонтенбло и дальше на велосипедах на юг; римские развалины Арля, Ницца; Мюнхен, Вена, Будапешт, Прага, Черновиц.

По возвращении в Нью-Йорк зимой 1929-го Миллер начинает писать роман «Одуревший петух» (Crazy Cock), «натурой» которому послужил треугольник Генри — Джун — Мара, и по настоянию Джун отправляется заканчивать его в Париже с заходом в Лондон, где он проводит неделю и среди прочего посещает галерею Тейта. Четвертого марта 1930 года Миллер пересек Ла-Манш.

В Париже первое время он жил в отелях «Сен-Жермен», «Сентраль», каждый день бродил по городу и регулярно писал своему другу детства художнику Эмилю Шнеллоку письма, которые были своеобразным «путеводителем» по «Парижу Миллера». Тем временем деньги таяли, он пытался найти постоянный источник дохода, но тщетно. Когда нечем стало платить за отели, был вынужден провести несколько ночей в офисе директора одного из кинотеатров в обществе торговца жемчугом индуса Нанавати (Нонентити «Тропика Рака») и как-то трое суток болтался по улицам вместе со студентами, отождествляя себя с героем гамсуновского «Голода». Впрочем, постепенно Миллер стал обрастать знакомыми: прежде всего это австрийский писатель Альфред Перле, с которым они познакомились еще в прошлый приезд. Позднее он пристроил Генри в парижскую «Трибюн», где тот, правда, продержался всего две недели. Альфред Перле стал одним из ближайших и любимых друзей Миллера до конца жизни. Среди прочих были работавший на «Опера Мунди» венгр Фрэнк Добо, фотограф Жорж Брассё, художник из Вудстока Джон Николс, а также Уэмбли Болд (ван Норден из «Тропика Рака»), который вел в «Трибюн» колонку «Из жизни богемы», Ришар Тома и другие сотрудники и журналисты этой газеты. Позднее, летом тридцать первого года, Миллера приютил у себя на Вилле Сёра писатель Майкл Френкель, которого Миллер очень ценил как человека, но не разделял его апокалипсических настроений. Другим приятелем, давшим Миллеру кров, был американский адвокат из Бриджпорта Ричард Осборн, который работал в Парижском отделении Нэшнл-Сити-Банка днем, а вечером окунался в жизнь богемы. Каждое утро Осборн выдавал Генри 10 франков на карманные расходы.

Ненадолго приезжала Джун, но в то время она тоже была без денег. Издать в Париже «Одуревшего петуха» и «Молоха» не представлялось возможным.

С отъездом Джун и потерей работы в «Трибюн» Миллер получил возможность погрузиться в «проживание» и написание новой вещи — будущего «Тропика Рака», первой книги предполагавшейся трилогии, куда должны были войти «Тропик Козерога» (книга Джун) и «Черная весна» (книга Анаис), первоначально имевшая название «Бог». «Тропик Козерога» был написан, вернее, «выстрадан», по словам Анаис Нин, лишь к 1939 году.

Тогда в моду вошли манифесты, была провозглашена «Революция Слова», одним из лозунгов которой был призыв «К черту широкого читателя». Миллер и Перле — а оба они были шутниками — выступили со своим манифестом, где провозгласили «новый инстинктивизм». Манифест гласил: «Тебе надоела жена? В п...ду ее! Ты устал от политики? Не ходи голосовать! Тебе опротивела работа? Бросай ее! Что бы ты ни захотел сделать — делай!» В проекте была «Инстинктивистская Библия».

В сорок лет стройный, моложавый, хотя и рано полысевший, Миллер в своем «борсалино» выглядел, по описанию Уэмбли Болда, «стареющим юнцом», и издали его можно было принять за девятнадцатилетнего. Сам о себе он писал в рождественском письме одному из друзей юности: «Нет, я уже не тот».

Ровно через год после сорокалетнего юбилея происходит событие, положившее начало разрыву между Генри и Джун, — знакомство с экзотической Анаис Нин, дочерью испанского композитора и пианиста Хоакина Нин-и-Кастельяноса и датской певицы Розы Кульмель. Анаис Нин родилась в 1903 году в Париже, в детстве много путешествовала с отцом во время его гастролей; в 1914-м с матерью и двумя братьями поселилась в Нью-Йорк-Сити — после ухода отца из семьи; в Париж вернулась в 1925-м с мужем — Хью Гилером, преуспевающим молодым банкиром, получившим назначение в Париж. Они квартировали в фешенебельных районах Парижа, имели автомобиль, держали испанскую прислугу. В 1929 году финансовые обстоятельства вынудили их поселиться в заброшенном старом особняке с обширным диким парком в Лувсьенне, принадлежавшем когда-то мадам дю Барри.

В своем «прекрасном заточении» Анаис продолжала писать «Дневники», начатые ею еще в детстве и составившие к концу ее жизни несколько десятков тетрадок, занималась литературой: в частности, написала книжку о Д. Х. Лоуренсе. (Миллер написал о нем впоследствии объемный, 800-страничный труд, который нашел издателя лишь спустя пять десятилетий.) Знакомством друг с другом Миллер и Нин были обязаны своему общему приятелю Ричарду Осборну, показавшему Анаис готовые куски «Тропика Рака». Новый год Генри и Джун встретили в доме Гилера. «Они были околдованы странной обстановкой Лувсьенна, цветом, необычностью моего наряда, моей чужеродностью, запахом жасмина, очагом, в котором я жгла не дрова, а корни деревьев, напоминавшие чудовищ» — так описывала Анаис этот визит в своем «Дневнике», впоследствии изданном.

Джун курсировала между Нью-Йорком и Европой и пыталась убедить Миллера вернуться в Америку, но, приехавший в Париж «изучать порок», он признавался, что скорее «пойдет работать гарсоном в бистро, чем вернется к нью-йоркской рутинной жизни в шикарных апартаментах». Гарсоном не гарсоном, а репетитором он некоторое время поработал: обучал в Дижоне лицеистов английскому языку. Платой был пансион. С той же регулярностью, с какой Нин повторяла себя в «Дневниках», Миллер повторял себя в письмах. Началом романа Генри и Анаис стала их переписка в дижонский период. В ней обнаружилась их общая склонность к «духовно-ментальному эксгибиционизму». Он писал о Прусте, о своих отношениях с Джун; особой темой был «Одуревший петух» и реакция на него Анаис Нин после ознакомления с рукописью. В ответ на попытки Нин сравнивать его с Казановой Миллер писал: «Вы, пардон, совсем не знаете мужчин. Я фантастически нормален. Это правда, что я плаваю в бескрайнем океане секса, но в реальной жизни число моих заплывов фантастически ограничено».

Несмотря на всю свою эксцентричность и экстраординарность, Джун всегда оставалась для Миллера девушкой «пролетарского происхождения», из бедной эмигрантской семьи. Нин же была во всех отношениях — социальном, материальном и интеллектуальном — изысканна, «настоящая принцесса», и к тому же обладала сексуально-извращенным умом гамсуновских героинь. Он часто жаловался Нин на «вульгарность» Джун, хотя его самого преследовало чувство стыда за собственную вульгарность, собственную оторванность от корней, свое американское происхождение. По свидетельству биографа, он с детства страдал от чувства классовой неполноценности, внушенного ему беспочвенным снобизмом его матери.

Нин страстно увлекалась психоанализом, и под ее влиянием Миллер стал делать пространные записи всего того, что он мог вспомнить о своем детстве: первые мемуары, первых друзей, первые страхи, амбиции и предрассудки. Все это легло в основу его литературного автопортрета — «Черной весны». Объединял их также обоюдный интерес к Д. Х. Лоуренсу и астрологии. Миллер поощрял литературные занятия Анаис Нин. По поводу ее дневников он как-то заметил, что в них «на полтора миллиона больше слов, чем во всех произведениях Пруста, вместе взятых», и они «представляют собой неизмеримо бо́льшую ценность для мира».

Что касается Джун, то Миллер писал Нин: «Я не собираюсь ее бросать, но не собираюсь бросать и тебя. ...Я люблю Джун и люблю тебя». Однако к концу года окончательный разрыв все же состоялся. Для Джун это была трагедия. Для Миллера — драма.

Состояние Анаис Нин, освобождавшее Миллера от финансовых забот, и переезд с Альфом Перле на постоянную квартиру в Клиши — рабочем квартале парижских предместий — позволили ему с весны 1932 года полностью посвятить себя работе над «Тропиком Рака». Он писал в день по двадцать страниц «совершенного», по словам Перле, текста, «не требовавшего дополнительной шлифовки», но все же должен был перерабатывать его, чтобы сделать понятней свою «спонтанную прозу». Работая, он одну за другой курил «Голуаз», иногда напевал или наигрывал. Повсюду — на стульях, на кровати, на полу — раскрытые книги, на стенах — выписки, заметки, цитаты... Днем — недолгий сон, затем — прогулка на велосипеде, вечером — кино. Мог писать в присутствии других — со стаканчиком вина, то и дело отрываясь, чтобы принять участие в разговоре. Частым гостем в Клиши была Анаис Нин, которая в один из первых визитов была поражена и слегка разочарована, обнаружив вместо ожидаемой смеси «достоевщины» и богемности — «обходительного немца, не переносившего немытой посуды». Другими посетителями были Майкл Френкель и его друг — поэт Уолтер Лоуэнфельз. Их подход к разрешению проблем человеческого существования, концепция «духовного самоубийства» Френкеля, его «мрачная, депрессивная метафизика» — в противовес потребности Миллера в полном и радостном фатализме — косвенным образом способствовали преодолению писателем барьера «интеллектуализма», по ту сторону которого обнаружилась «пустота», и обращению к «дао».

Тогда же Нин знакомит его с профессиональным астрологом Конрадом Мориканом. «Неисправимый денди, влачащий нищенское существование», — сочувственно говорил о нем Миллер, начавший брать у него платные уроки и с наслаждением слушавший его рассказы о Максе Жакобе, Жане Кокто, Блэзе Сандраре, Модильяни. Позже, в тридцать восьмом году, постигнув тонкости астрологии, Миллер сделал свое предсказание о том, что к 2000 году «слово „коммунизм" перейдет в разряд устаревших, известных лишь филологам и этимологам слов». Психоанализ, в отличие от астрологии, Миллер отверг, находя его «некрофиличным».

Тем временем, прослышав о Генри Миллере от своих друзей, литературный агент Уильям Брэдли, среди клиентов которого были Гертруда Стайн, Джон Дос Пассос, Эзра Паунд, предложил ему свои услуги. Просмотрев «Одуревшего петуха» и «Тропик Рака», он нашел «Рака» восхитительным и показал рукопись Джеку Кагану из «Обелиск Пресс» — тот тоже воспринял роман с энтузиазмом. Каган имел репутацию издателя, готового на риск. Он гордился изданием Джойса и Олдингтона; стяжал себе скандальную славу выпуском «Колодца одиночества» Рэдклифа Холла и «Юноши и зла» Паркера Тайлера и Чарльза-Генри Форда. «Тропик Рака», вышедший в 1934 году с предисловием Анаис Нин, стал его очередным подвигом.

Поселившись по выходе «Тропика Рака» на Вилле Сёра, Миллер после короткой поездки в Нью-Йорк разворачивает рекламную кампанию. Он рассылает книгу всем влиятельным писателям и журналистам, включая Т. С. Элиота, Эзру Паунда, Олдоса Хаксли, Шервуда Андерсона, Теодора Драйзера, Х. Л. Менкена, Эмму Гольдман, Хейвлока Эллиса, Гертруду Стайн, Луи-Фердинанда Селина, Блэза Сандрара, а также литературным критикам, которые, по его мнению, могли оказаться полезными. Кроме того, он лично обегал все парижские книжные магазины, предъявляя владельцам отпечатанный проспект, содержавший хвалебные отзывы о книге. Кампания имела невероятный успех, и в течение года книга приобрела солидную репутацию «подпольной классики».

Положительную оценку «Тропику Рака» дал Джордж Оруэлл в ноябрьском номере «Нью Инглиш Уикли» за 1935 год. Не рассматривая книгу как выдающееся произведение искусства, он все же назвал ее «замечательной» и рекомендовал к чтению. Менее заслуживающей внимания показалась ему «Черная весна», вышедшая в «Обелиск Пресс» в 1936 году. Сравнивая эти две вещи, Оруэлл подчеркнул, что «Тропик Рака» является «своего рода мостом через пропасть, разделяющую интеллектуала и человека с улицы». Кроме того, Миллеру он посвятил опубликованное в 1939 году пространное эссе «Во чреве кита». Встретились Миллер с Оруэллом, когда последний побывал в Париже проездом в Испанию, где собирался принять участие в гражданской войне. Случилось это в конце декабря тридцать седьмого. На память Миллер подарил ему вельветовую куртку. Примерно в то же время Миллер укрепляет дружбу с другим английским писателем, Лоуренсом Дарреллом, который жил тогда в Греции на Корфу, и принимает его приглашение погостить на острове.

Миллер отбыл в Грецию, оставив всякую надежду на совместную жизнь с Анаис Нин, так и не пожелавшей покинуть мужа, и с июля по декабрь 1939 года, когда обстоятельства военного времени вынудили его вместе с другими американцами покинуть Грецию, «проживал» свою будущую книгу «Колосс Марусский». Большую часть времени Миллер проводил на Корфу у Дарреллов, через которых сблизился с Георгием Сефериадесом — поэтом, впоследствии нобелевским лауреатом, и писателем Георгием Катцимбалисом. С друзьями он посетил Микены, Навплию, Дельфы, Фест, наслаждался зрелищем Плеяд и Млечного Пути в Афинской обсерватории, хотя астрономические чудеса в его представлении меркли перед чудесами астрологическими, открытыми ему авторитетными астрологами Конрадом Мориканом, Дейном Радьяром, Фредериком Картером. В Греции продолжался начавшийся еще в Париже под влиянием Давида Эдгара его отход от рационализма и возвращение к юношеским религиозным воззрениям, чему, в частности, способствовало получение им от теософки Френсис Стелофф экземпляра «Тайной доктрины» и долгие дискуссии на темы Тибета, мадам Блаватской и т. п. в доме у Гики в Гидре в обществе местных теософов, а также встреча в Афинах с прорицателем-армянином, предсказавшим ему, что он принесет миру много радости и удостоится самых высоких почестей, какие только может оказать человек человеку; что совершит три путешествия на Восток и после третьего не вернется; что он не умрет, а просто исчезнет — как Лао-Цзы. В Греции Миллера восхищало абсолютно все, и он считал, что постиг дух этой страны, но, как отмечает биограф, восхищение его было поверхностным: Миллера ни в коей мере не интересовали ни подробности войны, ни проявления фашизма-коммунизма-демократии — от всего этого он старался держаться подальше. Гуляя среди развалин древней цивилизации, Миллер, как и во Франции, испытывал чувство легкого стыда за то, что он «просто» американец, и, как ни раздражали его признаки новой цивилизации вроде лотков с газировкой и мороженым, Греция осталась для него Грецией его мечты, и покидал он ее с твердым убеждением, что здесь родился заново, и на сей раз больше мыслителем, нежели писателем. К середине января он пересек океан и вновь ступил на Американский континент.

В Нью-Йорке Миллера ждал выпущенный в «Нью Дирекшнз» стараниями его поклонника Джеймса Лафлина сборник эссе, отрывков и набросков «Космологическое око» — первая его книга, изданная на родине после запрета «Тропиков» и «Черной весны», куда кроме «похвального слова» Анаис Нин, статьи о Бунюэле, «Писем Гамлета» вошла глава из «Черной весны» — «Ателье мужского платья», слегка подчищенная в соответствии с требованиями цензуры, причем слово «fuck» в двух местах разрешено было оставить, тогда как пикантные сцены вышли в курьезно усеченном виде. Хотя Миллер выражал неудовольствие по поводу заглавия и состава сборника, событие его обрадовало, равно как и послужило укреплению его репутации в Америке, повышению интереса к его личности и творчеству. С большой восторженно-аналитической статьей о «Тропике Рака» выступил один из признанных литературных авторитетов Эдмунд Уилсон, но, по мнению Миллера, автор статьи не совсем верно истолковал заключительную сцену книги, и в ответ Миллер написал «Письмо Редактору», содержащее заявление: «...я прекрасно обхожусь без „героев" и, к вашему сведению, никогда не пишу романов. Я сам себе герой и сам себе книга...»

Среди ценителей творчества и личности Миллера и защитников его от нападок цензуры были и респектабельные бизнесмены, дипломаты, политики, именовавшие себя «коллекционерами эротики». Один из них — ни много ни мало специальный советник министерства финансов США Хантингтон Кэрнз, в обязанности которого входило определять разницу между непристойной литературой и книгами, которые могут быть квалифицированы как «произведения искусства», то есть, как ни парадоксально, именно он оказался ответственен за запрещение книги Миллера на родине. Однако после личного знакомства писателя и его цензора в Париже в 1936 году между ними установились дружеские отношения, и Кэрнз говорил, что «с Миллером он чувствовал себя как в обществе святого». Ему же Миллер передает часть своего архива — ввиду несомненного, по его мнению, интереса будущих биографов к его персоне. В Нью-Йорке он пишет несколько коротких вещей: в одной из них — «Мир Секса» — по просьбе Кэрнза излагает свои взгляды на эту область человеческого бытия, но главная его цель — «Колосс Марусский», который он заканчивает в Вирджинии, в доме вдовы своего парижского знакомого Гарри Кросби — американской издательницы Кэресс Кросби, где в то время гостил вместе с женой Сальвадор Дали. Именно здесь Миллер пишет самую вдохновенную главу «Колосса» — «Буги-вуги-пассакалия» — хвалебную песнь «великой негритянской расе», которая, «будучи представлена такими замечательными людьми, как Луи Армстронг, Каунт Бейси, Дюк Эллингтон, только одна и сможет уберечь Америку от развала».

Безуспешные попытки издать «Колосса» обернулись неожиданной удачей: агенту Миллера удалось заинтересовать фирму «Даблдей» вскользь упомянутой им книгой об Америке, задуманной автором «Колосса» еще в 1935 году. Получив от фирмы 500 долларов аванса, Миллер тратит часть денег на приобретение подержанного «бьюика» и в октябре 1940 года, когда Европа уже год как в очередной раз «орошалась кровью войны», садится за руль и, взяв себе в попутчики знакомого по Парижу художника Эйба Раттнера, въезжает в «Аэро-кондиционированный кошмар» — свою американскую книгу.

Вашингтон, Ричмонд, Эшвилл, Атланта, Джорджия, Джексонвилл, Флорида, Алабама, Нью-Орлеан, пароходом по Миссисипи в Натчез, откуда самолетом в Нью-Йорк: скончался уже долгое время угасавший от рака Генри Миллер-старший. Исполнив сыновний долг, Миллер продолжает путешествие, длившееся почти год. Кливленд, Детройт, Чикаго. Читает книги по индийской философии и пытается погружаться в состояние покоя и безмятежности, но зрелище завода Форда в 10 милях от Детройта вызывало чувства, «достойные скорее Селина, чем Рамакришны». Тяжелое впечатление от индустриального севера слегка развеялось после знакомства с религиозными сектами Пенсильвании, Айовы, бахаистами Иллинойса, в которых он тоже видел спасителей Америки. Писал много, но совсем не то, чего ожидали от него издатели. Воссоединившись на юге в Натчезе с Раттнером, он посетил индейские поселения в Альбукерке. Свое восхищение нравственным здоровьем индейцев, их первозданной культурой и примитивным образом жизни Миллер выразил с присущей ему емкой простотой: «Говорят, они воняют — что-то не заметил». Из Альбукерке через Гранд-Каньон Миллер проследовал в Голливуд и, обласканный его мягким климатом, пальмами, знаменитостями, оставался там все лето. Он наслаждался культурной атмосферой этого места, где за одну неделю можно было успеть познакомиться с дочерью Марлен Дитрих, пообедать со Стравинским и вздремнуть на лекции о музыке Шенберга. Здесь он познакомился с Олдосом Хаксли, Кристофером Ишервудом, актрисой Мириам Хопкинз, астрологом Дейном Радьяром; встретился со старыми парижскими знакомыми, среди которых были Ришар Тома, Хилер Хайлер, киномагнат Джозеф фон Штернберг, Джон Стейнбек, Теннесси Уильямс; пожал руку одному из своих первых любимых американских романистов Дос Пассосу.

«Аэро-кондиционированный кошмар» вышел в свет в 1945 году. Книга была принята «как полезный противовес самодовольству американского общества».

На деньги, вырученные от продажи «Мира Секса» и изданного наконец в Сан-Франциско «Колосса Марусского», Миллер покупает билет на самолет и улетает в Нью-Йорк, где приступает к работе над «Сексусом» — первым томом трилогии «Распятие Розы», которую закончит через пятнадцать лет. Голливудское лето 1941 года убедило его, что Калифорния — это именно то место, где бы он хотел поселиться, и к лету 1942 года он возвращается в Голливуд и принимает предложение сначала четы Найманов пожить у них в доме в Беверли-Глен, а затем — Джона Дадли. Каждый ищет то, чего ему недостает в себе самом. Внутренний консерватизм Миллера удерживал его от одобрения всего того, чем жил и дышал Голливуд, и в то же время делал притягательной его утонченно-вульгарную, фривольно-капризную атмосферу продажности и роскоши. Голливудская публика, со своей стороны, боготворила его за бескомпромиссность, неподкупную честность, неспособность «ради денег писать всякий коммерческий хлам для киностудий». Такое отношение к своей персоне льстило Миллеру, и он был вынужден «держать марку», отказываясь даже от солидных предложений приобщиться к кинобизнесу. Однако, чтобы поправить материальное положение, Миллер проводит очередную кампанию финансовой поддержки, и в ответ на свое «Открытое письмо всем и каждому» получает кроме предложений жилья, пищи, сигарет и марок чек на 200 долларов от

Национального института искусства и литературы. «Представляешь, у меня счет в банке — просто не верится», — писал он Анаис Нин. И это в 50 лет! Росту популярности Миллера способствовал, в частности, один из самых активных его «импресарио» — Берн Портер, физик из Беркли и скромный издатель. Миллер называл его «своим верным апостолом». Портер издает письма Миллера Эмилю Шнеллоку, снабдив их в качестве иллюстраций акварельками самого Миллера, которые тот пишет быстро и помногу и успешно продает на выставках и приватно — от 30 до 100 долларов за штуку.

Как бы то ни было, Миллеру прискучивает голливудская жизнь, и он начинает подумывать о том, чтобы подыскать себе какую-нибудь «хибару» на побережье и зажить отшельником. Как раз в это время в Беверли Глен повидать автора «Тропиков» приезжает художник грек Янко Варда, который, узнав о намерениях Миллера, приглашает его проехаться в Биг-Сур, где много пустующих «хибар» — в местечке Андерсон-Грек, — в которых раньше жили строившие дорогу заключенные. Миллер влюбляется в эти суровые пустынные места с их мистической аурой и поселяется сначала в благоустроенном домике подруги Варды — Линды Сарджент, затем — «на самом краю западного мира, обращенного к Востоку» — в вигваме на мысу, высоко над морем, и находит это место как нельзя более подходящим для превращения «Генри-Миллера» в «Генри-Цзы». И наконец, к лету 1944 года перебирается на Партингтон-Ридж — там же, в Биг-Суре, в более или менее благоустроенный одноэтажный коттедж из двух комнат за 15 долларов в месяц. Городской житель, ньюйоркец, парижанин, Миллер тяжело привыкает к «тибетскому» образу жизни в обществе приблудного пса Паскаля и в сентябре, узнав о предстоящей матери операции по удалению раковой опухоли, отбывает в Нью-Йорк. К счастью, мать довольно быстро поправилась, и у Миллера появилась возможность навестить своих друзей и ценителей: преподавателя Йельского университета Уоллеса Фаули, которого он удивил и привел в восхищение отказом прочитать лекцию за 1000 долларов в одном из колледжей; Ричарда Осборна в Бриджпорте; профессора Герберта Уэста из Дартмутского колледжа, где Миллер согласился-таки выступить с лекцией в одной из групп профессора, состоявшей главным образом из будущих моряков и гардемаринов. Лекция стоила ему обвинения в «антиамериканской деятельности» и занесения в файл ФБР. Это с одной стороны. С другой — когда слухи о лекции донеслись до Нью-Йорка, журнал «Нью Каррентс» разразился критической статьей, и журналист Альберт Кан, публиковавший разоблачения деятелей культуры и литературы в приверженности фашизму и антисемитизму, в одном ряду с Жидом, Паундом и Гамсуном обвиняет в обоих грехах не терпящего какого бы то ни было насилия над личностью, всегда остававшегося «над схваткой», всегда признававшего за человеком право быть тем, кто он есть, Миллера. А произошло вот что. Гуляя мыслью между «инь» и «ян», между макрокосмом и микрокосмом, Миллер заявляет не искушенной в даосистских тонкостях аудитории, что «нацисты ничем не отличаются от вас. Они сражаются за то же, за что и вы». Кроме того, на вопрос одного из слушателей, какова, по его мнению, цель человека в жизни, он отвечает: «Следовать своим собственным побуждениям и осуществлять свои собственные желания» — и: «Единственный авторитет, который следует признавать, — это авторитет своей собственной воли». Столкнувшись с таким неадекватным пониманием своих высказываний, Миллер навсегда отказывается от публичных выступлений.

Между тем во время визита в Йель он возобновляет знакомство с 21-летней студенткой, изучавшей историю философии, американкой польского происхождения Яниной Мартой Лепской. «Единственная женщина-гегельянка, которую я знаю», — говорил о ней Хантингтон Кэрнз. Лепска становится третьей женой Миллера и матерью его двоих детей: дочери Валентины и сына Генри-Тони. Первое время они живут на Партингтон-Ридж, затем перебираются в прежний вигвам в Андерсон-Грек, который с помощью Лепски превращается в игрушечный домик. Соседи снабжают молодоженов мебелью, утварью и даже граммофоном. Миллер колол уголь, пилил дрова, писал акварели, носил белье в прачечную, служившую местным клубом. В 1947 году семейство вновь перебирается на Партингтон-Ридж, но теперь уже в полноценный дом с гаражом для автомобиля, которого они не имели, и с отдельной хижиной, где Миллер устроил себе мастерскую. Дом этот — на горе, примерно на высоте тысячи футов над морем, купленный «в долг» за шесть тысяч долларов, становится пристанищем Миллера на последующие пятнадцать лет — без почты, без магазинов, без медицинского обслуживания, без электричества.

Уже с первых месяцев жизни в Биг-Суре, еще до женитьбы, к Миллеру начинается паломничество читателей и почитателей. Среди них были и просто «смятенные души с личными проблемами, зачастую связанными с алкоголем», которым Миллер пытался помочь «спастись от самих себя», были и начинающие писатели и художники, надеявшиеся, что знакомство с таким человеком, как Миллер, принесет им и удачу и выгоду. С одним из них, израильским художником Безелилом Шацом, будущим своим родственником по линии четвертой жены, Миллер изготовил в технике росписи по шелку огромную скатерть, представлявшую собой иллюстрированную главу из «Черной весны», причем, переписывая текст от руки, Миллер менял почерк в соответствии с духом содержания. Эту шелковую книгу они продавали по подписке по 100 долларов за экземпляр.

«Верным апостолом» и секретарем Миллера в Биг-Суре был австриец Эмиль Уайт — служащий книжного магазина в Чикаго, которому попало в руки одно из «писем всем и каждому». Он поселился в отдельной хижине под горой и выполнял для Миллера всякую мелкую работу, начиная с ответов на письма почитателей и кончая рубкой дров, и оставался его секретарем и «советником» многие годы в будущем.

Посещали Миллера и его старые знакомые, в частности вдова Д. Х. Лоуренса и дочь Блэза Сандрара, с которыми он состоял в переписке.

Осенью 1945 года Миллер получает заказ от «Таун энд Кантри» сделать для него обзор французской и английской литературы военных лет, благодаря чему он знакомится с творчеством своих современников Гертруды Стайн, Веркора, Сартра, читает «Аэродром» Рекса Уорнера, «Постороннего» Камю. Однако его читательские пристрастия все больше склоняются к оккультному и познавательному чтению: «Летающие тарелки существуют» Донала Кехоу, «Выбираю жизнь: Библейский призыв к бунту» Эрика Гуткинда, «Кризис и Возрождение: Предсказание судьбы» Сэмюеля Грейнера, «Трактат о белой магии» Элис Бейли. Страстно увлекается он и Германом Гессе.

В этот период помимо «Аэро-кондиционированного кошмара» выходят два сборника эссе: «Воскресенье после войны» и «Помнить, чтобы помнить» с подзаголовком «Аэро-кондиционированный кошмар, том второй», содержащий литературные портреты Варды, Бофора Делане, Джаспера Дитера, Эйба Раттнера, язвительное эссе «Астрологическое фрикасе» и пацифистское «Убить убийцу». «Нью Дирекшнз» в два приема публикует длинное эссе, посвященное Артюру Рембо, которое в

1956 году выходит отдельной книжкой под названием «Время убийц». К Рембо у Миллера было особое отношение: он не просто любил его, но и отождествлял с собой и, склонный верить в трансмиграцию душ, даже тешил себя мыслью, что в нем возобновилось земное существование умершего за месяц до его появления' на свет Рембо.

В то время как, работая над эссе о Рембо, Миллер переводил его «Одно лето в аду», у себя в доме он имел «Дьявола в раю» — так называлась книга, посвященная Конраду Морикану и вышедшая в свет в 1954 году после смерти «героя». Морикану Миллер во многом был обязан своим интересом к астрологии и считал его необыкновенным человеком, экзотической личностью. Поэтому рад был его письму из Швейцарии, куда тот бежал из Парижа во время войны. Узнав из писем о бедственном положении 61-летнего Морикана, Миллер предлагает ему перебраться в Соединенные Штаты и обещает заботиться о нем «по гроб жизни». Миллер берет на себя все хлопоты по оформлению соответствующих бумаг, оплачивает ему дорогу и поселяет в своем бывшем «кабинете». Это был жест чистого альтруизма, филантропический акт, совершенный Миллером, — по его собственному предположению, под влиянием любимого им фильма «Потерянный горизонт». Миллер надеялся, что жизнь в Биг-Суре излечит Морикана от хандры. Однако затея оказалась бессмысленной, и как цзеновские методы Миллера, так и усилия местной «белой ведьмы» только усугубили отвращение Морикана к жизни и возбудили ненависть к «благодетелю». Не возымели действия и попытки Миллера привлечь Морикана к обучению своих детей французскому языку. Мало того, Миллер готов был заподозрить своего гостя в педофилии, услышав, как тот рассказывает детям скабрезные истории. В итоге все сошлись на том, что Морикану лучше вернуться в Париж, причем он выставил своему несостоявшемуся благодетелю требование обеспечить его по прибытии в Париж работой и выплатить кругленькую сумму из Миллеровых парижских гонорарных накоплений. Пребывание «Дьявола в раю» завершилось в 1949 году и обошлось Миллеру, не имевшему возможности купить жене новые туфли, более чем в три тысячи долларов, так что о выполнении требований Морикана не могло быть и речи. В итоге филантропический акт обернулся отвратительным фарсом, в который оказались вовлечены и французский, и швейцарский консулы. Умер Морикан в Париже нищим и одиноким. Случай с Мориканом тем не менее не охладил энтузиазма Миллера в отношении подобных актов.

В 1949 году в Париже выходит «Сексус», обилие пикантных сцен в котором делало абсолютно невозможным издание книги в Штатах. Одновременно вышло два французских перевода: один с купюрами, другой — полностью, что повлекло за собой наложение ареста на полный вариант почти сразу по выходе в свет. Разочарован книгой был и друг автора — Лоуренс Даррелл, который к тому же оказался в неловком положении, заранее пообещав трем журналам написать рецензию: он не хотел ни «зарубить» книгу, ни опускаться до «дружеских врак». Миллер предположил, что корень зла, наверное, в том, что он «чересчур» преуспел в изображении убогости и бессмысленности их жизни с Джун в двадцатые годы в Бруклине и в Гринвич-виллидже.

Как бы то ни было, парижское издательство «Обелиск Пресс», издавая и переиздавая книги Миллера, мало-помалу превращало его в «соломенного миллионера»: франки в силу тогдашних обстоятельств оставались для него недоступными. Однако Морису Жиродиа каким-то образом удалось переслать Миллеру часть денег, что позволило ему выкупить дом на Партингтон-

Ридж. В свою очередь Даррелл и Перле телеграфировали ему из Шотландии, убеждая вложить деньги в какой-нибудь старый замок, чтобы уберечь их от обесценивания. Предлагал свою помощь и муж Анаис Нин банкир Хью Гилер. Проблема в принципе была разрешима, но, как предполагает биограф, перспектива получить сразу много денег, возможно, причиняла Миллеру беспокойство: он считал, что художник не только должен быть бедным, но и казаться бедным; художник должен ютиться в лачуге, носить поношенную одежду, писать на раздолбанной пишущей машинке — внезапное богатство осложнило бы ему жизнь.

Лепска думала иначе. Она не получила от Миллера того, чего ожидала, — размеренной семейной жизни. Миллер был противником всякой дисциплины. В 1951 году, ко взаимному удовольствию и облегчению, Генри и Лепска возвращают друг другу свободу. Через год после развода Миллер встречается с золовкой своего друга Безелила Шаца Эвой Маклюер, с которой они состояли в переписке. Эва родилась в 1924-м, в год женитьбы Миллера и Джун. В отличие от Лепски она счастлива была стать помощницей человека, которого считала гением. К тому же Эва была хорошая хозяйка; внешне она напоминала Аву Гарднер, голливудскую поклонницу Миллера. Он чувствовал себя чрезвычайно счастливым и писал друзьям, что у него началась новая жизнь с женщиной, которая могла быть одновременно и женой и другом. И самое главное — теперь он мог взять к себе детей.

Книги продаются в Европе, по словам Альфреда Перле, «как свежие булочки», появились переводы на немецкий, датский, шведский языки. Это кроме французского. Открылся для Миллера и английский рынок, а в 1953 году — и японский, ставший позднее главным источником дохода. Однако Миллер по-прежнему «прибеднялся» и просил то одного, то другого из своих друзей прислать ему то поношенные перчатки — «но только козьей или свиной кожи», то теплое нижнее белье — «но только не из колючей шерсти»... Большинство друзей Миллера жили в Европе: кто-то в Париже, Даррелл — в Белграде, где служил в Британском посольстве, Перле, женившийся на шотландке, — в Сомерсете. Все приглашали его к себе. Да и сам Миллер стал подумывать о поездке во Францию.

Когда в 1938 году Миллер покидал Париж, имя его только начинало приобретать известность в Европе. К концу войны его уже считали одним из величайших американских писателей. И когда в 1946 году президент Общества блюстителей гражданской и общественной морали Даниэль Паркер возбудил дело против Миллера, его издателей и переводчиков, ведущие писатели Франции создали «Комитет в защиту Миллера и языковой свободы». Туда вошли Андре Жид, Эмиль Анрио, Жорж Батай, Жан-Поль Сартр, Андре Бретон, Андре Руссо, Поль Элюар, Альбер Камю, Макс-Поль Фуше, Морис Ноэль, Фредерик Лефевр, Эммануэль Мунье, Морис Надо и др. Не проходило дня, чтобы в прессе не появилось имя Миллера. Газеты давали возможность высказаться публично всякому, кто имел что сказать об авторе «Тропиков». Даниэль Паркер потерпел полный крах, и его жестоко высмеял «весь Париж». «Дело Миллера» было закрыто, так и не дойдя до суда, и в канун 1952 года Париж, откуда началось «триумфальное шествие» и свадебное путешествие Миллера с Эвой по Европе, оказал восторженный прием своему герою. Роль «почетного гостя» утомляла Миллера, и он оставался в Париже недолго. Турне продолжалось семь месяцев: Ривьера, Брюссель, Испания, встреча с Перле в Барселоне, коррида на велосипедах, Толедо, Кордова, Гранада, Андорра, Монпелье и снова Париж, встречи с Ферналом Леже, Ман Реем, Брассе, актером Мишелем Симоном, джазовым музыкантом Мецц Меццроу... Потом была Англия: снова встреча с Перле в его доме в Уэльсе; Стрэтфорд на Эйвоне; посещение кумира юности — Джона Каупера Пауиса, который стал теперь поклонником Миллера. Пауис был польщен тем, какое влияние он оказал на Генри в юности, и приятно поражен, когда тот рассказал ему, как однажды они с Эмилем Шнеллоком чуть не подрались, обсуждая его лекцию. Кстати, мнение Пауиса в оценке феномена Генри Миллера Альфред Перле приводит в своей книге «Мой друг Генри Миллер» как наиболее компетентное. Пауис, в частности, пишет, что «введение Миллером в «Тропике Рака», «Тропике Козерога», «Чёрной весне» etc. *всех этих коротких, односложных школярских слов англосаксонского происхождения* для обозначения наших *половых и экскрементальных органов и отверстий* ни в малейшей степени не является тем, что принято называть *порнографией:* это вполне обоснованная и давно назревавшая Реформа общепринятой литературной традиции»; что «гений Генри Миллера» — «чисто европейской природы в самом широком и глубоком смысле слова»; что он самым естественным образом, через космос, вобрал в себя эстетику Древней Греции и Рима и итальянского Возрождения; что в красноречии Миллера слились в одно целое «красноречие Еврипида — в трагедийности и красноречие Аристофана — в комедийности»; что Миллер «еврип-аристофанствует», адаптируя для своего времени слог, «оставленный в наследство *авангардистам* сократовской эпохи более ранними предшественниками».

В память о встрече Пауис подарил Миллеру трость чёрного дерева.

И снова Биг-Сур. Жизнь Миллеров «в этих американских Гималаях» Перле, посетивший Генри и Эву после их возвращения из Европы, находит «чрезвычайно приятной». Генри «превратил свой дом в личный Шангри-Ла, своего рода Тибет — не тот Тибет, каким он, вероятно, является на самом деле, а тот, каким бы он был, будь это *его* Тибет, — пишет Перле. — Он обожает свой дом и свой сад, самый что ни на есть настоящий китайский сад — с японскими сливовыми деревьями, гималайскими кедрами, гинкго, китайскими фигами etc. Там же стыдливо притулилась грядочка, где он выращивал отнюдь не тибетский махровый салат. Рано утром (если не собирался поспать подольше) он выскакивал из постели и копался в саду, заботясь о том, чтобы его драгоценные экзотические деревца получили все необходимые удобрения. Затем завтрак: апельсин или грейпфрут, холодная или горячая овсянка, яйца, бекон, тост и отменный американский кофе — вместо тибетского чая с прогорклым маслом. Эва его раскусила и досыта кормила отнюдь не эзотерическими американскими деликатесами. ...Пап и Джоуи — щенки — были единственными членами семьи, сумевшими оценить Америку за то, что она им дала. Они делали все что хотели и все что хотели имели и не были при этом приверженцами тибетского образа жизни. Американская собачья жизнь их вполне устраивала. Когда им надоедала фаршевая диета, они выпрашивали вареную курочку или копченый виргинский окорок и никогда не получали отказа».

Тем временем Миллер возобновляет отношения со своей дочерью от первой жены Барбарой. С Барбарой они не виделись тридцать лет. Она случайно узнала о нем из прессы, написала письмо, потом они встретились и никогда уже не прерывали контакта.

Между тем растет число поклонников Миллера. В начале пятидесятых Калифорнийский университет начинает собирать «миллериану» по инициативе Лоуренса

Кларка Поуэла; в Миннеаполисе стараниями бывшего журналиста Эдди Шварца образуется Литературное общество Генри Миллера с целью мобилизовать общественное мнение на борьбу против литературной цензуры и добиться официального признания Миллера на родине. Миллер ведет обширную переписку с читателями, среди которых были двое заключенных с большим сроком. К переписке с ними подключились и Эмиль Уайт, и Перле, и Анаис Нин, и даже дети Миллера. В итоге после десятилетней переписки один из них, с пожизненным сроком, был освобожден спустя какое-то время, после того как Миллер навестил начальника тюрьмы и попытался его убедить, что тот уже исправился.

Миллер становится кумиром целого поколения американских писателей. Одни — такие, как Норман Мейлер, Сол Беллоу, Джон Апдайк и Джеймс Болдуин, — ценили его за личные качества и не испытали влияния его стиля и религиозных пристрастий. Другие — Джек Керуак, Ален Гинзберг, Джон Клеллон Холмс, Лоуренс Липтоп, Кеннет Рексрот, Лоуренс Ферлингетти и многие поэты-битники — восхищались его антиамериканизмом и антиматериализмом, и Миллер был в большой степени ответственен за возросший интерес к цзенбуддизму, восточным религиозным и философским учениям. Миллер был большим поклонником Керуака и написал предисловие к одной из его книг. Керуак, рано умерший от цирроза печени, признавался ему как-то, что «ни ты, ни я не умрем от „ожирения сердца", как Герберт Уэллс».

В отношении к профессиональной политике Миллер оставался таким же, каким был и в тридцатые годы, и сохранял верность позиции, выраженной в заключительных главах «Дао-де-цзин»: «Хотя соседние страны находятся в поле зрения друг друга и лай собак и петушиный крик в одной стране может быть слышен в другой, — люди, живущие в одной стране, должны стареть и умирать, не вмешиваясь в дела людей, живущих в стране соседней».

Вот почему советское вторжение в Венгрию он воспринял как «очередной позор цивилизации» и послал для венгров посылку с одеждой, какие он посылал уже в послевоенные годы для немцев и поляков.

Миллер продолжает работу над трилогией: в 1953 году в Париже выходит «Плексус» («Сплетенье»). В 1952-м Миллер выпускает «Книги в моей жизни» в Нью Дирекшнз, в 1956-м — «Биг-Сур и апельсины Иеронима Босха», где он представляет Биг-Сур «земным раем». В 1959-м заканчивает «Нексус» («Узы») — последний том трилогии, который также выходит в Париже. «Распятие Розы» становится уникальным человеческим документом, содержащим, помимо прочих «миллеризмов» и автобиографических хитросплетений, те тона исторического спектра Бруклина и Нью-Йорка, которые остаются за пределами газетных страниц. Миллер собирался вослед прустовскому циклу написать еще и четвертый том, который предполагал закончить начальной фразой «Тропика Рака»: «Я живу на вилле Боргезе», — но после нескольких попыток отказался от этой затеи.

В апреле 1959 года Миллер предпринимает очередное турне по Европе — на сей раз вместе с детьми. Тем более что в Париже его ждут 540 тысяч франков. В Париже семейство снимает квартиру на улице Кампань-Премьер, недалеко от Монпарнасского кладбища и в пятнадцати минутах ходьбы от прежнего пристанища Миллера на Вилле Сёра. Миллеры навещают старых знакомых, осматривают достопримечательности, покупают для удобства передвижения старый «фиат», посещают в Сан-Реми дом, где родился Нострадамус, а также места, вдохновившие Данте на его «Ад». Путешествие не было для Миллера приятным. «Сплошной кошмар, не считая чудесных мгновений, проведенных с Дарреллом», — писал он Эмилю Уайту.

Миллера все больше одолевает желание посетить Японию, Сиам и Бирму; он даже сделал необходимые приготовления для поездки в Японию в апреле 1960 года, но его пригласили войти в состав жюри Каннского кинофестиваля, и путешествие сорвалось. Поездка на Каннский фестиваль положила конец продолжительному браку Миллера. Во Франции он встретился со своей старой биг-сурской знакомой, ездил с ней в Милан, Пизу, Флоренцию, где посетил дом, в котором Достоевский писал «Идиота». Узнав о возобновившейся связи, Эва написала ему письмо с требованием развода.

Следующий европейский вояж Миллер совершает в сентябре того же года в компании своего секретаря, переводчика, водителя, партнера по пинг-понгу и советника Винсента Берджа. Помимо обязательного Парижа Миллер на том же старом «фиате» совершает турне по Германии: заезжает в Минден, на родину своего деда Генриха Мюллера, и удивляется, как это дед променял такое прелестное местечко на Нью-Йорк; посещает дом Гете во Франкфурте; затем проводит восхитительную неделю в Вене; наносит краткий визит Жоржу Сименону и в его доме в окрестностях Лозанны знакомится и обедает с Чарли Чаплином.

Тогда же Миллер предполагает начать новую семейную жизнь с Ренатой Герхардт, молодой вдовой с двумя детьми, с которой он встретился у своего немецкого издателя в Гамбурге, и предпринимает путешествие на европейский юг, с тем чтобы подыскать подходящее место, где бы они могли поселиться в будущем. Семидесятилетнему Миллеру был необходим мягкий климат и адекватное медицинское обслуживание, так как его стало беспокоить здоровье. Швейцария, Австрия, Испания, Португалия, Италия, Лихтенштейн, Сан-Марино и —

попутно — музей Рабле в Монпелье, дом Сервантеса в Вальядолиде. Места в окрестностях Тичино и Гибралтара показались Миллеру вполне подходящими, но под конец он отверг их «как чересчур совершенные».

Необходимость принимать решения всегда парализовывала Миллера. «...Я на грани срыва, — писал он Эмилю Уайту, — <...> самый настоящий невроз. Чувствую себя жутко одиноким. В сущности, я превратился в Вечного Жида. Не знаю, куда деваться, что делать. Бывают дни, когда я думаю, а не сдать ли мне себя в сумасшедший дом. Не могу не думать, но, о чем бы я ни думал, — никакого решения. Только не рассказывай, пожалуйста, никому о моем состоянии».

Ситуация разрешилась сама собой. Когда он вернулся в Гамбург, Рената дала ему понять, что брак — это не лучшая идея. Для верности они проконсультировались у астрологов, которые окончательно разрешили их сомнения.

Скрытый элемент депрессии, овладевшей Миллером в 1961 году, биограф видит в том, что он вдруг внезапно сделался состоятельным человеком. Спустя почти тридцать лет после написания «Тропик Рака» был наконец легально опубликован в Соединенных Штатах, что принесло автору невероятный доход. Этому предшествовала долгая борьба за смягчение цензуры и изменение общепринятых правил в определении литературного произведения как непристойного. Миллер был не единственным «знаменем» этой борьбы. Двумя годами раньше в том же издательстве — «Гров Пресс» — вышел без изъятий «Любовник леди Чаттерли» Д. Х. Лоуренса. Эта книга первоначально была запрещена почтовым министром к пересылке по почте, но по решению суда запрет был снят, что, кстати, проложило путь «Тропикам» в Англию. Однако издание «Тропика Рака» на родине писателя обернулось новой волной разбирательств, прокатившихся по всей территории Штатов, — «в пятидесяти трех отдельных залах судебных заседаний». В Чикаго, в Государственном суде Кука, состоялся показательный процесс. Защитник Элмер Герц, написавший в юности книгу о Фрэнке Харрисе, представил в качестве свидетеля защиты молодого лютеранского священника, восхищавшегося книгами Миллера. 21 февраля 1962 года судья Эпштейн вынес приговор: «Закону соответствует». В качестве одного из доводов он привел тот факт, что и в других сферах жизни произошли изменения: «...закрытые купальные костюмы вытеснены бикини, а бальные танцы прошлого — твистом». Обжаловать решение суда пыталось Полицейское управление, и в ответ на это двести писателей и издателей выступили с «Заявлением в защиту свободы чтения». Под прикрытием шумихи вокруг «Рака» в сентябре того же года «Гров Пресс» выбрасывает на книжный рынок гораздо более насыщенный «непристойностями» «Тропик Козерога». Как бы то ни было, окончательно запрет был снят только в июне 1964 года решением Верховного суда.

Еще в 1938 году Миллер писал Фрэнку Добо, предлагавшему ему сделать «печатный» вариант «Тропика Рака»: «Видишь ли, я долго ждал, чтобы меня приняли in toto, а не частями. Чем дольше я продержусь, тем больший куш сорву vis-a-vis с Америкой... С точки зрения стратегии, чем дольше мои книги будут оставаться недоступными американской публике, тем больший престиж я приобрету — волей-неволей. Моя тактика всегда была диаметрально противоположна обычной американской тактике. Я всегда играл свою игру — по-китайски... Если Америка так и не капитулирует, я прекрасно обойдусь без нее. Я не стремлюсь стать миллионером. Я стремлюсь сохранить свою целостность, возможность писать так, как мне нравится, и не выполнять ничьих указаний — кроме Бога, который один является моим боссом». И теперь, с узакониванием его книг в Америке, Миллер стал опасаться, что его имя будет забыто и что милый ему имидж «терпящего лишения» художника полностью растворится в деньгах.

Между тем Биг-Сур, объявленный в книге «Биг-Сур и апельсины Иеронима Босха» земным раем, стал наводняться теперь уже не только предшественниками хиппи и искателями своего подлинного «я», но и туристами, что лишило местечко былой привлекательности для Миллера как «личного Тибета», и в начале февраля 1963 года он перебирается вместе с детьми — 18-летней Валентиной и 15-летним Тони — в двухэтажный георгианский особняк в Пасифик Палисейдз, обошедшийся ему в 77 тысяч долларов и ставший его последним пристанищем.

Узаконивание Генри Миллера открыло шлюзы издательской свободы, и на прилавки книжных магазинов хлынул поток «веками» хранившейся под спудом классической эротики: «Кама-Сутра», «Благоуханный Сад», а также «Моя тайная жизнь» Уолтера, «Моя жизнь и любовь» Фрэнка Харриса; из современников — «Голый завтрак» Уильяма Берроуза, «Город ночи» Джона Ричи, «Американская мечта» Нормана Мейлера, «Парочки» Апдайка и романы Чарльза Буковски — это в Америке. В Европе появилась целая серия романов в жанре сексуальной исповеди. Экранизируется в Париже «Тропик Рака», и затем — в Дании — «Тихие дни в Клиши».

В начале шестидесятых в семье Миллера происходят изменения, которые возвращают его к мысли о новом браке. Дочь Валентина выходит замуж и покидает дом; Тони поступает в военную академию в Карлсбаде, в Калифорнии; умирает сестра Лоретта, которая оставалась на его попечении — после смерти матери — с 1956 года; умирают также и друзья: Эмиль Шнеллок —

в 1959-м, Джоу О'Риган — в 1961-м, Эмиль Конэсон — в 1966-м, и тогда же — бывшая жена Эва. С переездом в Пасифик Палисейдз сменилось и его ближайшее окружение. В доме своего партнера по пинг-понгу он знакомится с японской певичкой Хироко Токудой, приехавшей в Калифорнию «на ловлю счастья», и во исполнение своей давней мечты «завести восточную интрижку» предлагает ей руку и сердце. Брак длился три года, и Миллер, так и не удостоившийся супружеских милостей своей жены, довольствовался ролью ее менеджера и финансиста. Однако это его устраивало. Хоки вносила оживление в жизнь человека, годившегося ей в прадедушки: он занимался ее карьерой, купил ей белый «ягуар», возил в Париж, оплачивал поездки в Японию и на Гавайи и стоически называл себя в адресованных ей письмах «старым козлом».

В начале семидесятых оживает феминистическое движение, и Миллер, как, впрочем, и Мейлер, вкупе с другими писателями-мужчинами подвергается нападкам теперь уже со стороны феминисток — за формирование у мужчин враждебного отношения к женщине. Кейт Миллет, в частности, назвала его в своей книге «компендиумом американского сексуального невроза».

Миллер не из тех, о ком можно сказать, что он «доживал остаток дней...». Хотя на последнем, девятом десятке лет он перенес несколько операций, в том числе операцию по удалению правосторонней артерии и замене ее на искусственную, ослеп на правый глаз, страдал артритом, — он продолжал играть в пинг-понг, по возможности кататься на велосипеде и плавать в своем бассейне. Личного обаяния у него не убавилось, и до конца дней он не испытывал недостатка ни в помощниках, ни в поклонниках. В Пасифик Палисейдз его трижды посещала Анаис Нин, бывал Даррелл, Бренда Венус, Джек Николсон, Эрика Джонг и даже губернатор Калифорнии

Джерри Браун. Сын Тони познакомил отца с новой американской литературой, и Курт Воннегут и Ицхак Башевис-Зингер стали последними его читательскими открытиями.

В 1976 году французы награждают Миллера орденом Почетного легиона, а в 1978-м он начинает кампанию по выдвижению своей кандидатуры на Нобелевскую премию и привлекает к этому кроме Даррелла всех своих европейских издателей. Лауреатом 1979 года стал Ицхак Башевис-Зингер, и Миллер искренне порадовался за своего последнего кумира.

Летом восьмидесятого года издательство «Капра» вознамерилось издать его большую неоконченную книгу о Д. Х. Лоуренсе. Миллер не заглядывал в рукопись пятьдесят лет и, просмотрев первые страницы, дал разрешение на издание. Восьмого мая он продиктовал прощальные письма друзьям — с особой любовью Альфреду Перле и Лоуренсу Дарреллу и ровно через месяц — 7 июня 1980 года — тихо умер во сне. Или отправился в то самое третье путешествие на Восток, после которого, по предсказанию афинского прорицателя-армянина, не должен был вернуться.

Детям он оставил состояние, оцененное более чем в полмиллиона долларов.

Лариса Житкова

СОДЕРЖАНИЕ

ТРОПИК РАКА. Роман 5

«Тридцать две тысячи триста четыре дня на планете Земля». Биографический очерк. *Л. Житкова* 356

Литературно-художественное издание

ГЕНРИ МИЛЛЕР
ТРОПИК РАКА

Редактор Татьяна Шушлебина
Художественный редактор Илья Кучма
Технический редактор Татьяна Раткевич
Корректоры Маргарита Ахметова, Елена Сокольская
Верстка Алексея Положенцева

Директор издательства
Максим Крютченко

ЛП № 000116 от 25.03.99.

Подписано в печать 31.05.2001.
Формат издания 76×100^1/$_{32}$. Печать высокая.
Гарнитура «Академическая». Тираж 10 000 экз. Усл. печ. л. 17,6.
Изд. № 152. Заказ № 786.

Издательство «Азбука».
196105, Санкт-Петербург, а/я 192. www.azbooka.ru

Отпечатано с диапозитивов в ФГУП «Печатный двор»
Министерства РФ по делам печати, телерадиовещания
и средств массовых коммуникаций.
197110, Санкт-Петербург, Чкаловский пр., 15.

ИЗДАТЕЛЬСТВО «АЗБУКА» ПРЕДСТАВЛЯЕТ

СЕРИЯ «СОКРОВЕННЫЙ СВЕТ»

ЗАПАДНЫЕ И ВОСТОЧНЫЕ МИСТИКИ, АЛХИМИКИ, КАББАЛИСТЫ... МОЛЧАНИЕ ПРОШЕДШИХ ЭПОХ НАРУШЕНО: ПРОВИДЦЫ, УЧИТЕЛЯ И ВЕЛИКИЕ МАГИСТРЫ ЗАГОВОРИЛИ

НОВЫЕ КНИГИ СЕРИИ

Никола Фламель. **Алхимия**
***
Даосская алхимия
***
Высокий герметизм
***
Герметическая космогония

ИЗДАТЕЛЬСТВО «АЗБУКА» ПРЕДСТАВЛЯЕТ

СЕРИЯ BIBLIOTHECA STYLORUM

Бестселлеры мастеров интеллектуальной прозы

Вышли в свет первые книги серии:

П. Зюскинд. Парфюмер
Н. Фробениус. Каталог Латура
А. Перес-Реверте. Фламандская доска
М. Павич. Звездная мантия
Н. Фробениус. Застенчивый порнограф
Э. Лу. Наивно. Супер
М. Кундера. Смешные любови
Я. Бэнкс. Шаги по стеклу

Готовятся к выходу:

А. Перес-Реверте. Кожаный барабан
Р. Дэвис. Пятый персонаж

ИЗДАТЕЛЬСТВО «АЗБУКА» ПРЕДСТАВЛЯЕТ

СОБРАНИЕ СОЧИНЕНИЙ

МЭРИ СТЮАРТ

ВЫШЛИ В СВЕТ:

Терновая обитель
Полеты над землей
Черая птица

ГОТОВЯТСЯ К ВЫХОДУ:

Пламя в ночи
Не трогай кошку

Мэри Стюарт — блистательная и величественная королева авантюрного романа. Мировая критика, исследуя феномен сумасшедшего успеха Стюарт, сравнивала ее то с Агатой Кристи, то с Рут Рэнделл, то с Сидни Шелдоном. Но ее творчество поистине уникально. Никому, кроме нее, не удалось так органично соединить изысканный и зловещий детектив с пронзительно романтичной интонацией повествования. Именно удивительное сочетание интеллектуального мастерства и подлинной романтичности делает произведения Мэри Стюарт настоящей «высокой» литературой.

ИЗДАТЕЛЬСТВО «АЗБУКА» ПРЕДСТАВЛЯЕТ

СЕРИЯ «АЗБУКА-КЛАССИКА» (pocket-book)

НОВЫЕ КНИГИ СЕРИИ:

В. Розанов. Апокалипсис нашего времени
Лоуренс Аравийский. Семь столпов мудрости
А. Аверченко. Аполлон
В. Брюсов. Огненный ангел
Г. Гессе. Нарцисс и Гольдмунд
А. Камю. Миф о Сизифе
А. Камю. Чума
С. Довлатов. Чемодан
С. Довлатов. Наши
С. Довлатов. Американка
У. Голдинг. Повелитель мух
Ф. Кафка. Замок
У. Голдинг. Бог-скорпион
И. Сайкаку. Новеллы
Н. Готорн. Алая буква
Э. Фромм. Искусство любить
Гиппократ. Этика и общая медицина
В. Ходасевич. Некрополь

ИЗДАТЕЛЬСТВО «АЗБУКА» ПРЕДСТАВЛЯЕТ

СЕРИЯ «АЗБУКА-КЛАССИКА» (переплет)

В серии "Азбука-классика" вышло уже более 300 названий книг формата "pocket-book" в мягкой обложке. Параллельно с этими изданиями мы предлагаем нашим читателям избранные книги серии "Азбука-классика" в твердом переплете. С мая книги серии выходят в новом оформлении.

НОВЫЕ КНИГИ СЕРИИ:

Ясунари Кавабата. **Стон горы**

Юкио Мисима. **Маркиза де Сад**

О. Уайльд. **Портрет Дориана Грея**

М. Кундера. **Бессмертие**

У. Голдинг. **Свободное падение**

Маркиз де Сад. **Преступления любви, или Безумства страстей**

Кобо Абэ. **Женщина в песках**

ИЗДАТЕЛЬСТВО «АЗБУКА» ПРЕДСТАВЛЯЕТ

СЕРИЯ АЗБУКА-2000

Культовые писатели XX века в новой серии «АЗБУКА-2000»

КНИГИ СЕРИИ

Х. Л. Борхес. **Алеф**
Г. Гарсиа Маркес. **Сто лет одиночества**
П. Зюскинд. **Парфюмер**
М. Пруст. **В сторону Свана**
М. Кундера. **Вальс на прощание**
М. Элиаде. **Гадальщик на камешках**
К. Воннегут. **Галапагос**
Ж.-П. Сартр. **Последний шанс**
Г. Гессе. **Степной волк**
А. де Сент-Экзюпери. **Маленький принц**
М. Булгаков. **Мастер и Маргарита**
В. Набоков. **Дар**
Ф. Кафка. **Замок**
М. Павич. **Хазарский словарь**
Ю. Мисима. **Золотой Храм**
Г. Грасс. **Жестяной барабан**
А. Камю. **Чума**
Х. Кортасар. **Игра в классики**
Рюноскэ Акутагава. **Беседа с богом странствий**
Д. Фаулз. **Любовница французского лейтенанта**

ИЗДАТЕЛЬСТВО «АЗБУКА» ПРЕДСТАВЛЯЕТ

КНИГИ ИЗДАТЕЛЬСТВА «АЗБУКА»
В ИНТЕРНЕТ-МАГАЗИНЕ

Уважаемые читатели!

Если Вы являетесь пользователями сети Интернет,
то у Вас есть возможность познакомиться
с новинками нашего издательства и сделать заказ
не отходя от компьютера.
Предусмотрены выбор книг по аннотированному
каталогу с цветными обложками и возможность
удобной для вас формы оплаты.
Книги высылаются почтой.

Ждем вас круглосуточно по адресам:
http://www.top-kniga.ru/
http://www.esterum.com/
http://www.ozon.ru/

ИЗДАТЕЛЬСТВО «АЗБУКА» ПРЕДСТАВЛЯЕТ

ПО ВОПРОСАМ ПРИОБРЕТЕНИЯ КНИГ
ИЗДАТЕЛЬСТВА «АЗБУКА» ОБРАЩАТЬСЯ

в Санкт-Петербурге:
издательство "Азбука"
тел. (812) 327-04-55, факс 327-01-60

в Москве:
представительство издательства "Азбука"
тел. (095) 276-63-05

ООО «ИКТФ Книжный клуб 36,6»
тел. (095) 265-81-93

книготорговое объединение «Оникс»
тел. (095) 150-52-11, (095) 110-02-50

в Челябинске:
ЗАО "Корвет", тел. (3512) 36-75-10

в Новосибирске:
ООО "Топ-книга", тел. (3832) 36-10-28

в Ростове-на-Дону:
ООО "Фаэтон-Пресс", тел. (8632) 65-61-64

в Иркутске:
издательство "Востсибкнига", тел. (3952) 34-42-95

в Волгограде:
ООО "Эзоп", тел. (8442) 37-25-19